Amélie Duval

Splitter im Herzen

New Orleans Blues 3

Montlake
Romance

Das Buch

CIA-Agentin Jewel wird zu einem gefährlichen Einsatz in ihre Heimatstadt New Orleans geschickt. An ihrer Seite: Leroy Masters. Der Ex-Elitesoldat ist anmaßend, aber heiß wie die Sünde, und schon bei seinem bloßen Anblick bekommt sie weiche Knie. Aber das ist die kleinste Herausforderung in diesem undurchsichtigen Fall. Denn während sie zusammen ermitteln und versuchen, die Finger voneinander zu lassen, tauchen brisante Spuren aus einer alten Akte auf, die mehr mit der Gegenwart zu tun haben, als Jewel ahnt …

Die Autorin

Amélie Duval ist gebürtige Französin. Sie studierte in Deutschland Sprach- und Literaturwissenschaften und arbeitete in einem Frankfurter Verlag sowie in der Werbebranche.

Seit 2008 ist sie als Autorin tätig und schreibt hauptsächlich im romantischen Genre. In ihren Liebesromanen erzählt sie gefühlvolle, spannende und prickelnde Geschichten. Mit ihrer Bestsellerreihe »L.A. Guards« begeisterte sie bereits über hunderttausend Leser.

Amélie Duval

SPLITTER IM HERZEN

New Orleans Blues

Roman

Montlake Romance

Deutsche Erstveröffentlichung bei
Montlake Romance, Amazon Media EU S.à r.l.
38, avenue John F. Kennedy, L-1855 Luxembourg
Dezember 2019

Umschlaggestaltung: zero-media.net, München
Umschlagmotiv: © Vadym Drobot / Alamy Stock Photo;
© CoffeeAndMilk / Getty
Lektorat und Korrektorat: VLG Verlag & Agentur, Haar bei München,
www.vlg.de
Gedruckt durch:
Amazon Distribution GmbH, Amazonstraße 1, 04347 Leipzig /
Canon Deutschland Business Services GmbH, Ferdinand-Jühlke-Straße 7,
99095 Erfurt /
CPI books GmbH, Birkstraße 10, 25917 Leck

ISBN 978-2-49670-291-0

www.montlake-romance.de

Für meine Freundin Nicole S. aus Detmold

Prolog

»Zentrale? Hier Override. In Position. Alpha Null Drei. Haben Sichtkontakt auf Everest«, ertönt eine Männerstimme aus dem Lautsprecher.

»Verstanden, Override. Guter Job so weit. Haben Sie die Zielperson entdeckt?«

Während alle auf die Antwort warten, ist die Anspannung im abgedunkelten Raum mit Händen zu greifen. Die Blicke der anwesenden Männer und Frauen weichen nicht von den Bildern, die über die riesigen Monitore flimmern.

»Negativ. Viel Bewegung da drin für diese Uhrzeit, keine klare Sicht. Bleiben weiter in Position.«

»Verstanden, Override. Und out«, beendet der ranghöchste Offizier im Raum das Gespräch. Er ist eine imposante Erscheinung. Trotz seines Alters hält er sich kerzengerade, die Hände hat er hinter dem Rücken verschränkt, sein Blick ist klar und konzentriert. Die Silberadler auf den Schulterklappen seiner Uniform zeichnen ihn als Colonel aus.

»Warum gehen wir nicht rein, nehmen alle fest und sortieren dann aus?«

Die Frage kommt vom anwesenden Mitarbeiter aus dem Außenministerium, der seit Beginn der Operation nervös auf seinem Stuhl herumrutscht und dabei Gefahr läuft, den Hosenboden seines piekfeinen Anzugs durchzuwetzen.

»Nun«, antwortet der Colonel, ohne den Blick von den Bildschirmen zu wenden. »Ich vermute, der Teamleader will nicht riskieren, sich durch unbekanntes Gebiet durchzuschießen, nur um dann festzustellen, dass die Zielperson doch nicht auf der Party ist.« Der Spott in seiner Stimme treibt dem jüngeren Mann hinter ihm die Röte ins Gesicht. »Wir warten auf die visuelle Bestätigung, bevor wir mit einer Handvoll Ranger stürmen.«

Wie auf Stichwort und drehbuchreif setzt jäh der Funkverkehr wieder ein.

»Zentrale! Hier Override! Bereit für visuelle Bestätigung. Upload erfolgt«, meldet sich erneut die Stimme des Mannes, der sich Tausende von Meilen entfernt mit seinen sechs Männern irgendwo verschanzt hat und darauf wartet, loszuschlagen. Zeitgleich baut sich auf einem der Monitore das undeutliche Bild einer männlichen Person auf, die aus dem Fenster schaut. Während der gesamte Raum gebannt darauf starrt, läuft die Erkennungssoftware über die Aufnahme. In Echtzeit wird jedes Pixel analysiert und mit der Datenbank abgeglichen.

»Achtundsiebzig Prozent Übereinstimmung«, liest der Mitarbeiter des Außenministeriums laut vor, was groß und in Rot auf dem Monitor blinkt und damit für alle erkennbar ist.

»Danke«, gibt der Colonel trocken zurück und wendet sich an die junge Frau, die regungslos neben ihm steht.

Sie ist zwei Köpfe kleiner als die meisten Anwesenden und wiegt allenfalls hundertzwanzig Pfund. Der schmal geschnittene graue Hosenanzug betont ihre zierliche Figur, dazu trägt sie eine weiße Bluse. Ihre weichen rabenschwarzen Haare hat sie zu einem straffen Pferdeschwanz zusammengebunden, was ihr ungeschminktes Gesicht mit den hohen Wangenknochen hervorhebt. Ein Beobachter würde dieses Gesicht, das im fahlen blauen Licht der Monitore wie in Stein gemeißelt wirkt, als stolz, wenn nicht sogar als hochmütig bezeichnen.

»Nun, Miss Duchasnel? Was meinen Sie?«, fragt der Colonel die junge Frau.

»Achtundsiebzig Prozent reichen mir aus.« Ihre grauen Augen mit den dunklen geschwungenen Wimpern blicken ernst. »Ich bestätige die Identität ebenfalls.«

»Okay. Und wie schätzt Ihre Quelle die Feindlage vor Ort ein?«

»Nach wie vor minimal, Colonel. Das haben unsere Aufklärungsdaten bestätigt. Vielleicht eine Handvoll alter Männer im Ort, aber definitiv nichts, mit dem Ihre Ranger nicht fertigwerden«, ergänzt die Analystin mit einem professionellen Unterton. Sie ist zum ersten Mal als »Head of Analytics« bei einem CIA-Einsatz live in der Operationszentrale dabei und sehr darum bemüht, ihre Nervosität zu verbergen.

»Gut«, erwidert der Colonel sichtlich zufrieden. »Dann sollten wir uns den Dreckskerl holen.« Kurz blickt er zum Mitarbeiter des Außenministeriums hinüber, der zustimmend nickt. »Anwesenheit der Zielperson wurde ordnungsgemäß zweifach bestätigt.« Er blickt auf seine Uhr. »Freigabe für den Einsatz durch das Außenministerium erfolgte um null-drei-siebzehn.«

Für einen kurzen Moment scheint es, als würden alle im Raum Anwesenden die Luft anhalten.

»Anweisung an Override«, ergreift der Colonel erneut das Wort. Seine Stimme klingt nun deutlich lauter. »Vorrücken, Zielperson festnehmen und extrahieren. Code Ruby!«

»Hier Override!«, antwortet der Teamleader, dessen gespannte Erwartung trotz der verzerrten Akustik vernehmbar ist. »Code Ruby, verstanden. Na endlich!«

Im selben Moment erwachen weitere Bildschirme zum Leben, als die Bodykameras der Soldaten eingeschaltet werden. Mit klopfendem Herzen verfolgt die Analystin, wie der Teamleader seinen beiden Trupps das Startzeichen gibt. Zwei Scharfschützen bleiben zur Sicherung in Position, während das fünfköpfige Team Alpha gefechtsbereit auf das Haus am Ortsrand zustürmt. Kurz stockt der jungen Frau der Atem, als auf einem der Monitore die Silhouette eines Mannes sichtbar wird, der gegen ein Auto lehnt und raucht. Zu spät erkennt dieser die Gefahr, die sich in seinem toten Winkel nähert. Bevor er die Waffe zücken kann, ertönt ein einzelner Schuss, und sein Schädel zerbirst wie eine Melone. Die Analystin in der Operationszentrale zuckt ungewollt zusammen. Obwohl der Livestream unscharf und verwackelt ist, offenbart er mehr Details, als ihr lieb ist. Seltsamerweise ist es nicht der Anblick des zerfetzten Gesichts, der für einen Sekundenbruchteil jeglichen Gedanken aus ihrem Kopf fegt, sondern die Glut der Zigarette auf der Erde, die durch das viele Blut gelöscht wird. Darauf hoffend, dass der Colonel ihre Reaktion nicht bemerkt hat, richtet sie ihre Aufmerksamkeit wieder auf das Geschehen. Das Alpha-Team ist bereits dabei, durch die Tür ins Haus zu stürmen. Das Geräusch von Blendgranaten dringt aus den Lautsprechern.

»Bravo, hier Alpha! Sind drin«, flüstert der Teamleader seinen Scharfschützen zu. »Erdgeschoss sauber. Irgendwelche Bewegungen?«

»Ja. Auf Rot eins vier und Weiß zwo null.«

Während ihrer Sonderausbildung hat die junge CIA-Analystin den Militärjargon zu verstehen gelernt. Mit *Rot eins vier* und *Weiß zwei null* sind die Seiten des Hauses und die Etagen gemeint. Die Farbe bezeichnet die Himmelsrichtung, die erste Zahl das Stockwerk, gefolgt von der Anzahl der Fenster beziehungsweise Öffnungen. Der Aufklärer des Bravo-Teams hat also etwas wahrgenommen, und zwar auf der Ostseite im ersten Stock am vierten Fenster sowie auf der Nordseite auf dem Dach.

»Verstanden, wir gehen rauf.«

Die Männer hasten eine Treppe hoch, außer den Atemzügen und dem Knarzen der Ausrüstung ist kaum etwas zu hören. Umso lauter mutet der Warnruf in einer fremden Sprache an, der plötzlich aus allen Lautsprechern hallt. Drei Projektile beenden den Satz des Mannes vorzeitig und auch seinen Versuch, das Feuer zu eröffnen.

»Ziel ausgeschaltet«, lautet die lapidare Meldung des Teamleaders.

Obwohl es ihr äußerlich nicht anzusehen ist, versucht die junge Analystin krampfhaft, die Mischung aus Angst, Übelkeit und Aufregung unter Kontrolle zu bringen. Zwei Jahre lang hat die Agency auf eine Chance gelauert, die Zielperson festzusetzen. Ein hochrangiger somalischer Milizionär, der sich wegen Völkermords vor Gericht verantworten soll. Nun stehen sie kurz vor dem erfolgreichen Abschluss, dank ihr und den unzähligen Stunden, die sie geackert hat. Wie viele Nächte und Wochenenden hat sie sich deswegen um die Ohren geschlagen! Aber letzten Endes hat es sich gelohnt. In den diffusen Gefühlscocktail mischt sich Stolz … als plötzlich alle Monitore in Weiß und Grau zu flackern beginnen! Zeitgleich peitschen Schüsse durch die Stille. Viel zu viele Schüsse, stellt die junge Frau erschrocken fest.

»Alpha? Alpha? Lage?«, fragt das Bravo-Team eindringlich.

»Fuck! Sitzen auf dem Dach fest«, kommt es ziemlich unmilitärisch zurück.

Ein weiterer lauter Knall erklingt aus dem Erdgeschoss. »Mann am Boden! Able Six ist getroffen! Ich wiederhole, Able Six ist getroffen!«

»Alpha? Was ist da los?«, fragt der Colonel ruhig. »Lagebericht! Alpha?«

»Stehen unter heftigem Feindfeuer aus dem unteren Stockwerk und mittlerweile auch von den angrenzenden Häusern auf der Ostseite! Benötigen medizinische Unterstützung. Able Six ist schwer getroffen, multiple Splitterwunden am ganzen Körper und im Gesicht!«, berichtet der Teamleader erstaunlich beherrscht. Das hitzige Feuergefecht macht es allerdings schwer, seine Worte zu verstehen.

Die junge Frau hat die Hände tief in den Taschen ihrer Anzugjacke vergraben, und nichts in ihrem Gesicht oder ihrer Haltung lässt auf den Sturm schließen, der in ihr zu toben begonnen hat.

»Feindfeuer? Alpha, kommen! Was meinen Sie mit Feindfeuer?«, fragt der Colonel, nachdem er den Befehl erteilt hat, zwei Helikopter zur Unterstützung zu senden, die außer Sicht- und Hörweite mehrere Kilometer entfernt ihre Runden drehen.

»Zentrale! Hier Override! Haben Able Six gesichert, kommen aber nicht von diesem Scheißdach runter!«, antwortet der Teamleader. »Wir werden von drei Seiten beschossen und können uns hier nicht mehr lange halten! Team Bravo kann nur bedingt helfen. Wir brauchen JETZT Feuerunterstützung, Zentrale! JETZT!«

Knatterndes Gewehrfeuer erfüllt den Raum, während Schmerzensschreie ertönen und Befehle gebrüllt werden. Eine Bodykamera kippt seitlich weg und bleibt liegen, dann noch eine.

»Mann am Boden! Mann am Boden! Viper und Jester sind getroffen! Mein Gott, sie zerlegen uns hier!«, schreit jemand.

»Die Helikopter sollen sofort eingreifen, sobald sie da sind«, befiehlt der Colonel mit wütendem Zischen, bevor er zu der Analystin blickt, deren Gesicht aschfahl geworden ist. »Nur eine Handvoll alter Männer, ja?«

Ohne eine Erklärung abzuwarten, instruiert er seine Leute weiter, um zu retten, was zu retten ist. Zwar vernimmt die junge Frau seine Worte, aber ihr Gehirn ist außerstande, sie zu verarbeiten. Verzweifelt ringt sie nach Luft, während eine unsichtbare Schraubzwinge ihren Brustkorb zusammendrückt.

Unsere Leute sterben, hämmert es wieder und wieder in ihrem Kopf, *und es ist meine Schuld.*

Eine zweite Chance

Jewel

Der Wind. Er flüstert. Ein Wispern in der Baumkrone über mir, das von Sekunde zu Sekunde eindringlicher wird. Als sich eine frische Böe in meinen Haaren verfängt, unterdrücke ich nur mit Mühe ein Frösteln. Die Ureinwohner glaubten, dass der Wind eine Gottheit sei, die sich mit den Menschen verständigen könne, doch nur einer Hexe oder Schamanin sei es vergönnt, die Botschaft zu entschlüsseln. Ich bin weder das eine noch das andere, also vermute ich, dass der Wind mich daran erinnern will, wie leichtsinnig es ist, an einem kühlen Herbsttag in Virginia ein kurzärmeliges Jäckchen zu tragen. Seufzend knülle ich das Sandwichpapier zusammen und werfe es treffsicher in den Metalleimer neben der Bank, dann stehe ich auf. Nachdem ich meine Hose glatt gestrichen habe, setze ich mich in Bewegung. Der Kies knirscht leise unter meinen Füßen, über den Indigohimmel segeln weiße Schäfchenwolken einem unbekannten Ziel entgegen. Bei dem sechsstöckigen Betonbau, der vor mir aufragt, endet der malerische Anblick jäh und damit auch meine Mittagspause.

Ein halbes Dutzend Menschen drängt sich durch die große Glastür, als würden sie von einer unsichtbaren Schnur tief in die Eingeweide der CIA-Zentrale gezogen werden. Ich bin einer von ihnen. Die Absätze meiner Schuhe geben auf dem grünlichen Linoleumboden ein Klackern von sich, während ich den schmucklosen Gang hinuntergehe. Ein Kollege, der es besonders eilig hat, schiebt sich, eine Entschuldigung murmelnd, an mir vorbei. Neiderfüllt schaue ich ihm nach. Vermutlich ist er auf dem Weg zu einer Besprechung. Seit ich an einem Meeting teilgenommen habe, in dessen Verlauf Wichtigeres besprochen wurde als die steigenden Ausgaben für Büromaterial, ist viel Zeit vergangen. Vier Jahre, sechsunddreißig Wochen und zwei Tage, um genau zu sein.

Am Ende des Flurs biege ich nach rechts, dann nach links und wieder nach rechts, bis ich endlich mein Ziel erreicht habe. Ich ziehe die Schlüsselkarte aus der Tasche und öffne die Tür. Mein Büro ist klein, und das Mobiliar stammt aus den Achtzigern, aber wenigstens hat es ein Fenster und einen eigenen Drucker. In den letzten Jahren habe ich die meiste Zeit damit verbracht, Berichte zu schreiben. Über Klimakatastrophen in Südamerika und Afrika, über Volksaufstände in China, über Terrorfinanzierung im Nahen Osten. Solche Dinge eben. Heute stehen die anhaltende Dürre in Eritrea und ihre politischen Folgen auf dem Programm. Gerade will ich mein Jäckchen über die Stuhllehne hängen, als mich das »Pling« meines Handys innehalten lässt. Ich fische das Gerät aus der Tasche und blicke aufs Display.

Deputy Chief Cooper wünscht, Sie sofort zu sprechen.

Immerhin ein Punkt am Ende des Satzes und kein Ausrufezeichen. Möglicherweise ein gutes Omen, andererseits drückt das Adverb »sofort« Dringlichkeit aus. Habe ich irgendeinen Bock geschossen? Während ich die viel zu dünne Jacke wieder anziehe, lasse ich die letzten Wochen Revue passieren.

Schließlich stoße ich ein freudloses Lachen aus. Die Aufgaben, die mir übertragen werden, sind derart unverfänglich, dass ich mich schon verrenken müsste, um Mist zu bauen! Dennoch macht sich ein flaues Gefühl in meiner Magengegend breit. Noch vor zehn Minuten hätte ich mir einen Arm ausgerissen, um erneut Teil von etwas Wichtigem zu sein. Aber nun verspüre ich den unbändigen Drang, meine Tür doppelt und dreifach abzuschließen und mich hier so lange zu verkriechen, bis ich von Neuem in Vergessenheit geraten bin.

Drei Stockwerke und einen Boxenstopp auf der Damentoilette später, wo ich mir kaltes Wasser ins Gesicht spritze und mir vor dem Spiegel meine Haare zurechtstreiche, finde ich mich im Vorzimmer meines Vorgesetzten ein. Seine Assistentin Belinda, eine dralle Mittvierzigerin mit einer Vorliebe für geblümte Röcke, blickt mir über den Rand ihrer Brille ausdruckslos entgegen.

»Gehen Sie hinein. Er erwartet Sie«, sagt sie, bevor ich überhaupt einen Pieps von mir gegeben habe.

Ich nicke ihr kurz zu, straffe die Schultern, dann klopfe ich pro forma an die Tür gegenüber dem Empfang und betrete das lichtdurchflutete Büro, ohne auf eine Aufforderung zu warten. Deputy Chief Ronald Cooper ist ein gedrungener, breitschultriger Mann mittleren Alters, der viel Wert auf Fitness und gesunde Ernährung legt. Entsprechend strotzt er vor überschüssiger Energie, die die Nähte seines dunkelblauen Anzugs zu sprengen droht. Sein Blick ist messerscharf, seine forschen Gesten lassen kaum Raum für Interpretationen. Als er auf den Stuhl vor seinem unprätentiösen Metallschreibtisch weist, nehme ich wortlos darauf Platz.

»Nun, Officer Duchasnel, was macht Eritrea?«, beginnt er das Gespräch und lehnt sich in seinem Sessel zurück.

Obwohl ich bezweifle, dass in seiner Sektion irgendetwas vorgeht, von dem er nichts weiß, antworte ich pflichtgemäß.

»Die Dürre im Osten könnte sich geopolitisch gesehen auf die Macht des Präsidenten destabilisierend auswirken, Sir. Die Allianz der Eritreischen Nationalen Kräfte hat bereits ein Kommuniqué veröffentlicht, in dem sie …«

Ich komme nicht mehr dazu, den Satz zu beenden, denn beim Anblick der Person, die in diesem Augenblick das Büro betritt, schnellt mein Chef wie ein Springteufel von seinem Sessel hoch.

»General!«, ruft er sichtlich erfreut. »Wir haben Sie schon erwartet.«

Wir?

Darauf bedacht, mir meine Verwirrung nicht anmerken zu lassen, drehe ich mich dem Neuankömmling zu, nur um festzustellen, dass er oder genauer gesagt sie mir bestens bekannt ist. Sofort nehme ich Haltung an, kann dennoch nicht verhindern, dass mir vor Scham die Röte ins Gesicht schießt. Wenngleich von eher kleinem Wuchs, strahlt die Frau vor mir Autorität aus. Ob es an den kurzen grauen Haaren liegt oder an der dunkelblauen Uniform mit den vielen Abzeichen, vermag ich nicht zu sagen. Vermutlich an beidem. Ihre strahlend blauen Augen mustern mich prüfend.

»Schön, dich zu sehen, Jewel«, begrüßt sie mich mit ihrer typisch zarten Stimme, die jeden in ihrem Umfeld zwingt, die Ohren zu spitzen. Ein Trick, um die Aufmerksamkeit ihrer Mitmenschen zu erzwingen, wie sie mir eines Tages gestand.

»Es ist auch schön, Sie zu sehen, General«, antworte ich ernst.

Sie nickt mir kurz zu, dann wendet sie sich an Cooper. »Haben Sie Officer Duchasnel schon eingeweiht, Ron?«, fragt sie unumwunden und setzt sich auf den Stuhl neben meinem, was den Deputy Chief veranlasst, ebenfalls schleunigst Platz zu nehmen.

Ich folge seinem Beispiel, wenn auch mit weniger Schmackes. Ich mag zwar in Ungnade gefallen sein, dennoch besteht kein Anlass, mich wie ein Hampelmann aufzuführen. Vor allem nicht vor General Helen Wrangler, die der Grund dafür ist, warum ich nach meinem Uniabschluss direkt zur CIA gegangen bin. Ich erinnere mich an unsere erste Begegnung, als sei es gestern gewesen. Ich kam gerade aus einer Vorlesung, in der es um das Miteinander der Weltreligionen im Europa des dreizehnten Jahrhunderts gegangen war, als sich mir diese Frau in Uniform in den Weg stellte. Ich war über die ungewöhnliche Erscheinung nicht weniger verblüfft als meine Kommilitonen, die aufgeregt tuschelnd an uns vorübergingen.

»Professor Lasalle hat Sie mir empfohlen«, begann sie ohne Umschweife. Später sollte ich erfahren, dass der Professor häufiger solche Empfehlungen gab. »Er sagt, Sie gehen Probleme logisch an, wägen Ursache und Wirkung sorgfältig ab, ohne den Schuss Kreativität vermissen zu lassen, den man benötigt, um die richtigen Schlüsse zu ziehen. Er meinte auch, Sie würden eine wissenschaftliche Laufbahn in der historischen Fakultät anstreben.« Sie schnalzte tadelnd mit der Zunge. »Eine Verschwendung, wenn Sie mich fragen. Mit Ihren Talenten sollten Sie Ihrem Land dienen.«

Ich winkte heftig ab. »Ich will nicht zur Army.«

Sie lächelte sanft, wie eine nachsichtige Großmutter, die ihren Enkel mit der Hand in der Keksdose ertappt hat. »Wir reden hier nicht von der Army, Miss Duchasnel, sondern von der CIA.«

»CIA?«, wiederholte ich ungläubig und strich mir übers Haar, das ich damals in Dreadlocks trug. Vor meinem geistigen Auge hatte das Bild einer langbeinigen Blondine Gestalt angenommen – mit Sonnenbrille, rotem Lippenstift und einer Pistole um den Oberschenkel geschnallt.

Ich, eine Spionin? Nie im Leben!

Als hätte Helen meine Gedanken gelesen, lachte sie leise auf. »Ich dachte an einen Posten in der Zentrale. Sie haben das Zeug dazu, eine hervorragende Analystin zu werden. Ihre Noten sind erstklassig, Sie sind fleißig und ein kluger Kopf, aber das sind andere auch«, warf sie ein, ehe ich die Bodenhaftung zu verlieren drohte. »Was Sie so besonders macht, ist Ihr Background. Sie erfüllen die Quote zweifach. Zum einen sind Sie eine Frau, zum anderen gehören Sie einer Minderheit an. Von beiden gibt es zu wenige bei der CIA.«

»Ich stamme nur zur Hälfte von Cajuns ab«, merkte ich an, aber sie wischte meinen Einwand mit einer knappen Geste beiseite.

»Unwichtig«, gab sie zur Antwort. »Ihre Mutter ist eine Akadierin in fünfter Generation, das genügt völlig.«

Die Frau hatte ihre Hausaufgaben gemacht, und ich wusste nicht, ob ich deshalb besorgt oder beeindruckt sein sollte. Meine anfängliche Begeisterung bekam jedenfalls einen Dämpfer, auch mein Stolz war angeknackst, doch Helen kann sehr überzeugend sein. »Sehen Sie diesen Umstand als Chance, etwas zu bewegen«, sagte sie eindringlich, bevor ich zu einer Erwiderung ansetzen konnte, und traf damit einen Nerv. »Wenn Sie es geschickt anstellen, können Sie es bei der CIA weit bringen. Da bin ich sicher.«

Tja, damit lag sie leider falsch.

Nicht dass es mir an Ehrgeiz gefehlt hätte. Ganz im Gegenteil! Ich war erpicht darauf, zu beweisen, dass ich mehr als nur Quotenfrau oder Quotencajun war. Also arbeitete ich härter und länger als die meisten, erlaubte mir nicht die kleinste Schwäche, und was mein Privatleben betraf … Nun, es war kaum der Rede wert. Alles lief gut. Innerhalb weniger Jahre kletterte ich die Karriereleiter hoch, ich war wohl das, was man eine Überfliegerin nennt – bis zu dem Supercrash vor knapp fünf Jahren. Infolge meiner Fehleinschätzung geriet ein siebenköpfiges Rangerteam in eine Falle, aus der nur vier Soldaten mit knapper Not entkamen. Die Überlebenden wurden zum Teil schwer verletzt, einer verlor beide Beine.

Damals machten wir Jagd auf einen der Anführer der al-Shabaab, einer berüchtigten Elitetruppe der somalischen Schariamilizen. Laut eines Aufklärungsberichtes hatte man herausgefunden, dass der Mann, der sich seit Monaten in seinem Haus verschanzt hatte, an diesem Tag einen Ausbruch wagen wollte. Ein Drohnenangriff kam nicht infrage, da sich das Haus in einem Wohnviertel befand, und weil die Zeit zu knapp war, andere militärische Kräfte einzufliegen, entschied der Kommandeur, ein Team von Rangern einzusetzen, das sich bereits vor Ort befand. Die Voraussetzungen für einen Zugriff waren ideal, denn laut meiner Quelle befanden sich in dem Haus nur die Zielperson und zwei seiner Getreuen. Der Plan sah vor, das Haus von zwei Seiten zu stürmen und sich den Kerl zu greifen. Doch es ging schief. Die Zielperson roch die Lunte und verschwand durch einen Tunnel ins Nachbarhaus, um sich von dort mit dem Wagen abzusetzen. Im Gegenzug schickte er einen Trupp seiner Schergen durch eben jenen Tunnel zurück zum ersten Haus. Dort lauerten sie den Rangern auf, schossen ohne Vorwarnung los und drängten diese aufs Dach, wo sie in der Falle saßen. Nur dem Einsatz von zwei Helikoptern der Army war es zu verdanken, dass einige der Ranger überlebten.

Der Verlauf der Mission basierte auf meinen Kenntnissen und Schlussfolgerungen, denn ich war die verantwortliche Analystin. Am Ende waren Menschen gestorben, weil ich meiner Quelle vor Ort zu sehr vertraut hatte. Entweder hatte sie mich vorsätzlich getäuscht oder aber es nicht besser gewusst. Doch damit nicht genug: Hätte ich mit Wärmebildkameras das Umfeld oder mithilfe eines Millimeterradars das Erdreich checken lassen, wäre der Tunnel entdeckt worden. Aber ich tat es nicht. Seitdem vergeht kaum eine Nacht, in der ich nicht von gesichtslosen Toten und Verstümmelten heimgesucht werde. Wenn ich tränenüberströmt aufwache, spüre ich ihre stumme Anklage wie Messerstiche im Herzen …

Besäße das Leben doch nur eine Strg-Z-Taste!

Bis zu diesem schicksalhaften Tag hatte ich nie Grund gehabt, die Loyalität meiner Quelle infrage zu stellen. Auf Khalil, so sein Deckname, war stets Verlass gewesen. Ich lernte ihn bei einem meiner seltenen operativen Einsätze kennen. Ein ruhiger Mann in den Vierzigern mit warmen braunen Augen, der als Übersetzer und Fotograf in Mogadischu arbeitete. Wir tranken zusammen Tee, und er zeigte mir voller Stolz ein Foto seines Sohnes, der in New York Jura studiert. Er erklärte mir, dass er sich für sein Land eine sichere Zukunft wünschte, und ich glaubte ihm. Nachdem ich aus meinem Schockzustand erwacht war, was viele Monate und Therapiesitzungen dauerte, begann ich, Nachforschungen anzustellen. Meine Bemühungen, etwas über Khalils Verbleib zu erfahren, verliefen alle im Sande. Dann, vor genau einem Monat, rief mich ein Green Beret an, der mir noch etwas schuldig war. Er erzählte mir, dass Khalils verweste Leiche in einem alten versandeten Brunnen in der Nähe seines Hauses gefunden worden war. Freunde hätten ihn aufgrund seines deformierten rechten Beins identifiziert, grobe Verletzungen an den Knochen sowie fehlende Fingerglieder wiesen auf schwere Folter hin. Der Arzt vor Ort mutmaßte, dass Khalil Jahre da unten gelegen hätte. Der Fund war pures Glück gewesen.

Was also, wenn Khalils letzte verschlüsselte Information an mich gar nicht von ihm gestammt hatte, sondern von seinem Mörder? Vorletzte Woche habe ich einen offiziellen Antrag gestellt, damit Khalils Leichnam zur forensischen Untersuchung hierhergebracht wird. Bis die Antwort kommt, kann es allerdings dauern. In solchen Belangen unterscheidet sich die CIA nicht von anderen staatlichen Behörden. Dank hochmoderner Analysemethoden lässt sich der Todeszeitpunkt vielleicht noch feststellen, dann werde ich wissen, ob Khalil die Nachricht selbst verfasst hat oder nicht. Auch wenn dadurch die drei toten Soldaten nicht wieder lebendig werden, muss ich die Wahrheit ans Licht bringen. Das schulde ich Khalil und auch seinem Sohn …

Das Aufflackern des Monitors an der rückseitigen Wand des Büros reißt mich aus meinen trüben Gedanken. Deputy Chief Ronald Cooper hat etwas auf seinem Laptop getippt, woraufhin sich das Fenster eines Onlinevideos geöffnet hat. Zu sehen sind die Umrisse eines Mannes mit Kapuze. Der Raum, in dem er sitzt, wird lediglich von einer violetten Lampe hinter ihm beleuchtet, was dem Ganzen vermutlich einen Hauch von Mysterium verleihen soll.

»Erdenbürger und Kampfgenossen, hier ist Parzival, der Wachsame«, beginnt der Unbekannte mit elektronisch verzerrter Stimme. »Die Zeichen stehen auf Sturm! Der wichtigste Kampf, den die Menschheit je bestreiten musste, steht unmittelbar bevor. Dass die Reptiloiden den Senat infiltriert haben, wissen wir schon lange, aber jetzt sind ihre Fußsoldaten aus ihren Eiern geschlüpft! Es sind Millionen und Abermillionen, die tief unter der Erde leben. Wir müssen sie vernichten, bevor sie uns vernichten! Die Fremden sind heimtückisch und wissen, sich zu tarnen, aber ich, Parzival, habe herausgefunden, wie man sie entlarvt.« Dramatische Pause. »Sie weisen einen kleinen Wulst rechts am Hals auf. Es ist eine Art Kieme, die ihnen erlaubt, unter Wasser zu atmen.«

Während der Kerl weiter krudes Zeug von sich gibt, verdrehe ich innerlich die Augen. Noch ein Spinner, der glaubt, auf der Erde würden reptilienartige Außerirdische wandeln, die nach der Weltherrschaft trachten und die Menschen versklaven wollen.

»Wir haben herausgefunden, wer der Mann ist. Sein Name lautet Owen Kennedy, ein Webentwickler aus Kenner, einem Vorort von New Orleans«, erklärt Deputy Chief Cooper, nachdem das Video zu Ende ist. Wieder tippt er auf seiner Tastatur herum, woraufhin ein Führerschein eingeblendet wird. Das Foto zeigt einen rundlichen Mann um die vierzig mit schütterem Haar und Silberrandbrille, Typ Supermarktleiter. »Kennedy arbeitet von zu Hause aus, lebt allein und ist in keiner Beziehung, so viel wir wissen. Er lässt sich seine Lebensmittel liefern, deshalb gehen wir davon aus, dass er seine vier Wände ungern verlässt, was es schwieriger machen wird, an ihn heranzukommen.« Cooper richtet den Blick auf mich. »Wir wollen, dass Sie ihn observieren, sein Umfeld checken und sich einen Plan zu seiner Liquidierung überlegen.«

Überrascht blicke ich von meinem Vorgesetzten zu Helen und zurück. »Der Kerl da? Bei allem nötigen Respekt, Sir, aber was unterscheidet ihn von anderen Verschwörungstheoretikern, die behaupten, die Illuminaten hätten den amerikanischen Präsidenten durch einen Klon ersetzt?«

»Das Zeug, das er redet, mag Unfug sein, aber seine Anhängerschaft wächst stetig, inzwischen nimmt sie besorgniserregende Ausmaße an«, erklärt Helen in ihrer ruhigen Art. »Seine Videos werden im Schnitt hunderttausendfach angeklickt. Im letzten Monat hat er zum bewaffneten Kampf gegen einzelne Senatoren aufgerufen, um – O-Ton – ›der Schlange den Kopf abzuschlagen‹.«

Schon flimmert das nächste Video über den Bildschirm, das sich von dem ersten kaum unterscheidet, außer dass Kennedy diesmal konkrete Drohungen ausspricht und mit einer Schrotflinte herumfuchtelt. Ein Wunder, dass die Linse seiner Webcam nicht mit Speichel bedeckt ist.

»Es ist uns erst vor Kurzem gelungen, seine Identität aufzudecken«, greift Cooper den Faden wieder auf. »Wir müssen handeln, bevor er oder einer seiner Anhänger zur Tat schreitet.« Sein Tonfall wird eindringlicher. »Hier geht es um das Leben hochrangiger Politiker, wichtiger Stützen unserer Gesellschaft.«

Mich fröstelt. *Eine Tötungsmission auf amerikanischem Boden.*

Wäre das nicht eher ein Fall für die Homeland Security?, will ich fragen, doch etwas hält mich davon ab. Die Sorge um meine berufliche Zukunft, schätze ich.

»Ich verstehe«, murmele ich stattdessen. »Aber gleich töten? Wird er dadurch nicht zum Märtyrer?«, schiebe ich hastig hinterher, um nicht als überempfindlich zu gelten.

Cooper schüttelt den Kopf. »Seine Anhänger werden davon nichts mitbekommen.«

Kurz runzele ich die Stirn, dann fällt der Groschen. »Wir werden den Videoblog fortführen«, sage ich nachdenklich, »seine Botschaften langsam abschwächen, ihn immer mehr an seinen Theorien zweifeln lassen, bis die Videos nur noch sporadisch erscheinen und schließlich ganz aufhören. Richtig?«

Aus dem Augenwinkel sehe ich, wie Helen lächelt.

»So ist es«, erwidert Cooper. »Wir haben ihn über seinen Provider bereits elektronisch gecheckt und seine Daten abgegriffen. Jetzt ist es an Ihnen, sein physisches Umfeld zu checken. Gibt es jemanden aus seinem realen Leben, der von seinem kleinen Hobby weiß? Wenn ja, muss dieser ebenfalls beseitigt werden.«

Eine glühend heiße Faust ballt sich in meinem Magen zusammen.

»Selbst wenn dieser Mensch unschuldig ist?«, frage ich, um Fassung bemüht.

»Selbst dann, Jewel«, mischt sich Helen zum ersten Mal ein. »Die Gefahr ist einfach zu groß. Wir dürfen kein Risiko eingehen.«

Ich nicke langsam und bete inständig darum, dass Owen Kennedy ein verschrobener Einzelgänger ist, ohne Familie oder Freunde, denen er sich anvertraut hat.

»Es ist äußerst wichtig, dass nichts auf unsere Behörde zurückfällt«, erklärt Cooper. »Es darf nicht der leiseste Verdacht entstehen, dass die CIA etwas mit Kennedys Ableben zu tun hat.« Er beugt sich vor, sein Blick ist stechend. »Wir sitzen auf einem Pulverfass, Officer Duchasnel, ein kleiner Funke reicht schon aus, damit die Lage eskaliert. Sie werden dafür sorgen, dass Owen Kennedy einen tödlichen Unfall erleidet oder einem Herzinfarkt erliegt. Typen wie er ernähren sich gern von Fastfood und Chips. Sehr ungesund. Verstopft die Arterien.«

»Ich verstehe, Sir«, antworte ich und verschränke meine zitternden Hände ineinander. »Aber bisher habe ich noch nie jemanden …«

»Liquidiert?«, wirft Cooper unbeeindruckt ein. »Keine Sorge. Das übernimmt ein Profi vor Ort. Ihre Aufgabe wird es sein, die bestmöglichen Bedingungen zu schaffen, ihm sozusagen das Schussfeld freizumachen. Bekommen Sie das hin?«

»Ja, Sir«, sage ich erleichtert.

»Gut. Es wird von Vorteil sein, dass Sie sich dort auskennen.«

»Streng genommen habe ich in New Orleans nur studiert, Sir. Ich bin im Paroisse de l'Ascension geboren und aufgewachsen«, erkläre ich. »In Sorrento, direkt am Ufer des Mississi…«

Cooper macht eine ungeduldige Geste. »Ist doch alles dasselbe. Cajunland!«

Ich verziehe keine Miene, dennoch ärgert mich sein abschätziger Tonfall. Noch immer werden Cajuns als Hinterwäldler betrachtet und wegen ihres fehlerhaften Englischs verhöhnt. Bis in die Siebzigerjahre hinein wurden Kinder, die in der Schule Cajun-Französisch sprachen, bestraft. Seit Französisch in Louisiana als zweite Staatssprache anerkannt wurde, sind diese finsteren Zeiten zum Glück vorbei. Die Vorurteile sind jedoch geblieben, vor allem im restlichen Teil des Landes. Aus diesem Grund habe ich meinen Dialekt früh abgelegt.

»Niemand weiß dort, dass Sie für die CIA arbeiten?«, will Cooper wissen.

Ich schüttele den Kopf. »Meine Familie geht davon aus, dass ich als Kuratorin im National Museum of American History in Washington arbeite.«

»Gut. Sehen Sie zu, dass es auch so bleibt.«

»Natürlich.«

»Und, Officer Duchasnel?«

»Ja, Sir?«

»Angesichts dessen, was damals passiert ist, war ich wenig geneigt, Ihnen eine zweite Chance zu geben, aber General Wrangler hat mich davon überzeugt, dass Sie die Richtige für diese Aufgabe sind.« Wieder eine kurze Pause. »Vermasseln Sie es nicht wieder.«

Wieder? Es war ein einziger verfluchter Fehler in zehn Jahren!

Ich schlucke den bissigen Kommentar hinunter, der mir auf der Zunge liegt, und schaue meinem Vorgesetzten fest in die Augen. Mir liegt es fern, meine Schuld herunterzuspielen. Aber während meine männlichen Kollegen nach vergleichbaren Fehlanalysen mit tragischen Folgen recht schnell die Chance bekommen, sich zu bewähren, ihre Fehler wieder gutzumachen, blieb mir diese Möglichkeit bisher versagt.

»Ich werde es nicht vermasseln, Sir«, entgegne ich schließlich mit klarer Stimme, während ich ihn im Stillen zum Teufel wünsche.

»Gut.« Zu meiner Genugtuung weicht er meinem Blick aus. »Ich schicke Ihnen die Unterlagen zu. Arbeiten Sie sich in die Materie ein. Morgen früh um neun Uhr findet ein Strategiemeeting statt, bei dem wir das weitere Vorgehen diskutieren werden.«

»Ja, Sir.«

Daraufhin nimmt Cooper eine dicke Akte vom Stapel auf seinem Schreibtisch und schlägt sie auf. »General Wrangler und ich haben noch etwas zu besprechen«, sagt er, ohne von den Dokumenten aufzuschauen.

Damit bin ich entlassen. Beim Hinausgehen nicke ich Helen zu, die mir ein kleines Lächeln schenkt, in dem ein »Wir Frauen müssen zusammenhalten« mitschwingt. Vermutlich soll es mich beruhigen.

Tut es aber nicht.

Ich schlucke die aufsteigende Übelkeit hinunter. In all den Jahren bei der CIA hatte ich kaum Außeneinsätze, und wenn, dann nur in beratender Funktion. Das, was Cooper eine zweite Chance nennt, ist ein Sprung ins kalte Wasser. Und äußerst riskant. Offiziell darf die CIA nicht im Inland operieren. Sollte die Sache auffliegen, WikiLeaks kommt mir da in den Sinn, wäre ich geliefert. Wurde ich deshalb ausgewählt, weil ich entbehrlich bin? Das ideale Bauernopfer? Ich verwerfe den Gedanken gleich wieder. Scheitere ich, reiße ich Helen und Deputy Chief Cooper mit in den Abgrund.

Zurück an meinem Schreibtisch rufe ich meine E-Mails in der Hoffnung auf, Cooper hätte mir in der Zwischenzeit Kennedys Akte geschickt, aber der Posteingang ist leer. Also lasse ich erst einmal diverse Suchprogramme nach »*Reptiloide*« im Netz stöbern, wobei mir mehr als hundertdreiunddreißigtausend Einträge angezeigt werden, darunter Videos, die angeblich beweisen, dass Hillary Clinton und der Schauspieler Sean Penn außerirdische Echsen sind. Während ich mich durch die Berge von Informationen wühle, komme ich aus dem Kopfschütteln nicht mehr heraus. Gleichzeitig überkommt mich ein mulmiges Gefühl angesichts der Tatsache, dass offenbar mehr als zehn Millionen Amerikaner diesen Unsinn für bare Münze halten. Nicht auszudenken, wenn nur ein Bruchteil von ihnen zu den Waffen greift!

Die Vorstellung, großes Unheil zu verhindern, durchströmt mich wie eine frische Brise und wischt alle Zweifel beiseite. Als wenige Minuten später der Rechner mit seinem charakteristischen Ton den Eingang einer Nachricht aus der Chefetage meldet, öffne ich diese umgehend. Nachdem ich den mehrseitigen Anhang überflogen habe, begebe ich mich hinunter in die Kantine, um meine Thermoskanne bis zum Rand mit Kaffee zu füllen. Vor mir liegt ein langer Arbeitstag.

Der Auftrag

Leroy

»Du willst schon los?«, schnurrt die Frau neben mir. Das matte Morgenlicht, das durch die Vorhänge fällt, streift ihr verschlafenes Gesicht.

»Ich muss«, antworte ich und schwinge mich aus dem Bett.

Während ich mir hastig die Boxershorts überstreife, spüre ich ihren tastenden Blick auf meinem nackten Körper.

»Aber es ist erst halb sieben«, gibt sie schmollend zurück. »Bleib doch noch ein bisschen.«

Aus dem Augenwinkel kann ich sehen, wie sie sich mit der Hand durch die Haare fährt, eine anmutige weibliche Geste.

»Ein verlockendes Angebot«, sage ich und schüttele bedauernd den Kopf. »Aber es geht nicht.«

In ihren blauen Augen lese ich einen Hauch von Unmut. Sandra ist eine schöne Frau. Ihre halblangen blonden Locken verleihen ihr das Aussehen eines Engels, eines verruchten Engels, wie ich heute Nacht erfahren durfte. Ich habe sie im The Spotted Cat Music Club kennengelernt, einem dieser kleinen Jazzklubs in der Frenchmen Street, und weiß, dass sie Martini pur bevorzugt, jeden zweiten Samstag den Klub besucht und es im Bett gern etwas härter mag. Mehr brauche ich nicht zu wissen.

»Hast du es denn nicht genossen?«, fragt sie mit einem sexy Hauch in der Stimme.

»Doch«, antworte ich wahrheitsgemäß. »Sehr sogar.«

Sie legt den Kopf schief, bannt meinen Blick. »Sehen wir uns wieder?«

»Vielleicht«, sage ich und entschärfe meine ausweichende Antwort mit einem Lächeln. »Ich weiß ja, wo ich dich finden kann.«

Kurz kämpft sie mit sich, bevor sie lässig mit den Schultern zuckt. »Okay.«

Erleichtert atme ich auf. So halte ich es am liebsten. Unverbindlicher Sex ohne Option auf mehr. Mein Leben ist perfekt, wie es ist, und mir liegt es fern, etwas daran zu ändern. Als Kane Deveraux' Chauffeur und Privatsekretär bin ich ausgelastet, abgesehen davon habe ich bereits zwei junge Damen zu Hause sitzen. Sie sind zwar erst sechs und acht Jahre alt, haben es aber faustdick hinter den Ohren. Ein weiteres Exemplar dieser Gattung würde die Sache nur verkomplizieren. Um kein Missverständnis aufkommen zu lassen: Ich mag Frauen. Deshalb bin ich auch kein Arschloch, das sie reihenweise flachlegt und ihnen das Blaue vom Himmel verspricht. Bei mir wissen sie von Anfang an, woran sie sind. Ich mache keinen Hehl daraus, dass es mir nur um Sex geht, dafür kommen sie in den Genuss einer unvergesslichen Nacht. Klingt arrogant? Vielleicht, aber es ist nun einmal Fakt. Ich bin ein guter Liebhaber, was kein Wunderwerk ist, sondern das Ergebnis jahrelanger Übung.

Schon als Knirps brauchte ich die Mädchen nur anzulächeln, um von ihnen alles zu bekommen. Zu Beginn ging es um ein Stück Schokolade oder um die Hälfte ihres Pausenbrots, später gab es stattdessen einen keuschen Kuss auf die Lippen und wieder Jahre später … nun, zu der Zeit ging es längst nicht mehr um Schokolade oder Pausenbrote. Von Natur aus war ich ein schüchternes Kind, und hätte mich Melissa nicht damit aufgezogen, wäre ich mir meiner Wirkung auf das andere Geschlecht vielleicht niemals bewusst geworden. Während ich noch ahnungslos durch die Welt stapfte, entging meiner drei Jahre jüngeren Schwester nichts.

»Wuff! Wuff!«, pflegte sie auf dem Schulhof zu rufen, wenn Mädchen aus meiner Klasse an uns vorübergingen, weil mir – O-Ton – »die doofen Trullas wie liebeskranke Hündchen hinterherhecheln«. Vor Scham wäre ich am liebsten im Erdboden versunken. Mizzy, die Pestbeule, so nannte ich sie damals. Im Gegenzug bezeichnete sie mich als Flachhirn, womit sie vermutlich nicht ganz unrecht hatte. Melissa war die Clevere von uns beiden, und so verwundert es nicht, dass sie später einer akademischen Karriere den Vorzug gab, während ich einen völlig anderen Weg einschlug. Die Erinnerung versetzt mir einen schmerzhaften Stich ins Herz. Gott, wie ich meine kleine Schwester vermisse! Ihre frechen Sprüche, die übermütig leuchtenden braunen Augen, ihr Lachen … Gewaltsam kämpfe ich die Trauer nieder, die mich zu ersticken droht, und sehe zu, dass ich aus Sandras Apartment verschwinde.

Draußen vor dem Haus steige ich in meinen Dienstwagen, einen dunkelblauen Range Rover Discovery, den ich auch privat nutze. Ich drücke den Startknopf, der Motor springt mit einem leisen Brummen an, und ich wähle übers Display das Album »Kind of Blue« von Miles Davis aus dem Jahr 1959. Als der Jazzbesen in einem entspannten, beinahe meditativen Rhythmus über das Schlagzeug streicht und kurz darauf die gedämpfte Trompete einsetzt, huscht ein Lächeln über mein Gesicht. Ich stelle die Automatik auf »Drive« und fahre los. Zu dieser frühen Stunde herrscht auf den Straßen von New Orleans wenig Verkehr, und schon zwanzig Minuten später schließe ich die Tür zu meinem Haus auf, wo ich das Handy auflade, mich rasiere und unter die Dusche springe. Danach ziehe ich frische Kleidung an: ein weißes Hemd, dazu eine dunkelgraue Anzughose und hellbeige Wildlederslipper – alles von Boss. Bei meiner Garderobe bin ich wählerisch und will auf der Haut nur das Feinste spüren. Bevor ich aus dem Haus gehe, lasse ich noch schnell für die Fahrt einen Latte macchiato aus der italienischen Kaffeemaschine in einen Mehrwegbecher laufen.

Kurz darauf sitze ich wieder im Wagen. Mein Weg führt mich nach Treme, ein pulsierendes Viertel, das für seine Klubs und Soul-Food-Läden bekannt ist und Jazzgrößen wie Alphonse Picou und Trombone Shorty hervorgebracht hat. Vor einem farbenfrohen Haus mit weißem Balkon und Spitzdach halte ich. Kaum bin ich ausgestiegen, fliegt auch schon die Tür auf und zwei kleine Mädchen mit Schulranzen auf dem Rücken stürmen jauchzend heraus. Die bunten Schleifen in ihrem schwarzen Kraushaar leuchten im Morgenlicht wie Schmetterlinge.

»Onkel Leroy!«, rufen sie und werfen sich in meine Arme, als hätten wir uns seit Tagen nicht gesehen, was mir ein leises Lachen entlockt.

»Sachte«, sage ich, wenn auch sehr halbherzig.

Auf der Türschwelle erscheint eine drahtige Frau mit sanften Augen, deren dunkles Haar von einigen grauen Strähnen durchzogen ist. Sie trägt ein geblümtes Kleid, darüber eine rote Küchenschürze. Es ist Mrs Laura Masters, meine Mutter.

»Und? Waren sie brav?«, frage ich sie über die Köpfe der Kinder hinweg.

»Jaaaa! Waren wir!«, rufen die beiden Mädchen, die ausnahmsweise einer Meinung sind.

Ihre Großmutter wiegt den Kopf in einer zweifelnden Geste hin und her, kann sich ein Lächeln aber nicht verkneifen. »Nun ja, abgesehen davon, dass sie gestern Abend ein Riesentheater veranstaltet haben, als es darum ging, ins Bett zu gehen.«

Nelly, die jüngere der beiden Mädchen, sieht mit vorgeschobener Unterlippe zu mir hoch. »Es war erst acht. Ich bin doch kein Baby mehr«, sagt sie.

»Doch, Schätzchen«, erwidere ich und streiche ihr zärtlich über den Schopf. »Genau das bist du.« Und wirst es immer für mich bleiben, füge ich in Gedanken hinzu. Und dann lauter in Richtung meiner Mutter. »Danke, Mom! Und grüß Dad von mir.«

Sie winkt mir lächelnd zu und geht zurück ins Haus. Indessen lotse ich die Mädchen zum Auto, nehme ihnen die Schulranzen ab und hebe sie hinten in die Kindersitze, wo ich sie festmache.

»Und?«, frage ich. »Wie war's bei Grandma und Grandpa?«

»Super!«, antwortet Denise. »Es gab Apfelkuchen.«

»Ja, und wir haben *Winnie Puuh* geguckt«, ergänzt Nelly. »Ich liebe Winnie Puuh!«

Wie eure Mutter, als sie klein war.

Schweigend starte ich den Motor. Vier Jahre ist es nun her, dass Melissa und Virgil ums Leben kamen, als sie frontal mit ihrem Wagen gegen einen Truck prallten, der von der Fahrbahn abgekommen war. Der Fahrer war am Steuer eingeschlafen. Die beiden waren auf der Stelle tot, hieß es. An diesem Abend hatten sie bei einem romantischen Candlelight-Dinner in ihrem Lieblingsrestaurant ihren siebten Hochzeitstag gefeiert. Zum Glück, muss man sagen, hatten sie Denise und Nelly bei Virgils Eltern gelassen, um etwas Zeit für sich zu haben.

Obwohl meine Eltern daraufhin anboten, die beiden Mädchen bei sich aufzunehmen, zog ich nach dem Unfall einen radikalen Schlussstrich unter mein bisheriges Leben, um fortan für sie da zu sein. Zumal ich einige Jahre zuvor Melissa feierlich geschworen hatte, mich um ihre Kinder zu kümmern, sollte ihr und Virgil etwas zustoßen. Da seine Eltern keine Einwände erhoben, war es schnell beschlossene Sache, und ich erhielt das

Sorgerecht. Ich suchte mir ein geräumiges Haus mit Garten in New Orleans, nicht weit von meinem alten Viertel entfernt, sowie einen lukrativen Job. Von Kindern hatte ich keine Ahnung, geschweige denn von Erziehung, aber meine Mutter unterstützte mich auf jede erdenkliche Weise und tut es heute noch. Inzwischen mache ich mich als alleinerziehender Onkel gar nicht so schlecht, denke ich, und in Kane habe ich einen verständnisvollen Arbeitgeber. Vor allem seit er selbst Vater geworden ist.

»Onkel Leroy!«, reißt mich Nelly aus meinen Erinnerungen.

Ich muss mich räuspern. »Ja, Süße?«

»Du spielst aber nicht wieder die komische Musik, die klingt wie die Katze von Mr Armstrong, wenn sie rollig ist, oder?«

Mr Armstrong ist ein pensionierter Lehrer und unser Nachbar.

»Nelly!«, ruft Denise prompt. Die Empörung der älteren und vernünftigeren Schwester ist ihr deutlich anzuhören.

»Was denn?«

»Rollig sagt man nicht.«

Nelly bricht in entzücktes Quietschen aus. »Du hast es aber gerade selbst gesagt. Rollig, rollig, rollig!«

Während die Mädchen kichern und sich gegenseitig schubsen, hellt sich meine Stimmung spürbar auf. Die beiden haben es nicht so mit dem modalen Jazz von Miles Davis, also schalte ich das Radio ein. Aus den Lautsprechern ertönt »Crazy In Love«.

»Beyoncé!«, ruft Denise begeistert und grölt inbrünstig »Uh oh, uh oh, uh oh, oh, no, no«, was Nelly veranlasst, die Augen zu verdrehen, wie mir ein Blick in den Rückspiegel verrät.

Während sich Denise alle Mühe gibt, Beyoncés Gesangsakrobatik gerecht zu werden – sie will später einmal Popstar werden –, lässt Nelly die Musik kalt. Am liebsten verbringt sie ihre Zeit mit Tieren. Seit sie den Film »Der Pferdeflüsterer« im Fernsehen gesehen hat, ist kein Vierbeiner mehr vor ihr sicher, ganz gleich, ob Hund, Katze oder Waschbär. Was genau sie ihnen ins Ohr flüstert, sofern sie sie zu fassen bekommt, will sie nicht verraten. Das sei ihr großes Geheimnis, bekennt sie dann feierlich. Zu Beginn wandte sie die Methode bei ihren Kuscheltieren an, aber weil das Ergebnis ziemlich unbefriedigend war, ging sie dazu über, ihr Können an lebenden Objekten auszuprobieren. Ein Wunder, dass sie bisher weder gekratzt noch gebissen wurde. Ich schmunzele. Vielleicht funktioniert ihre Methode ja. Hauptsache, sie kommt nicht auf die Idee, sie eines Tages an einem Alligator zu testen.

Viel zu schnell haben wir die Elementary School erreicht, ein rotes Backsteingebäude, dessen Strenge durch weiß gestrichene Türen und halbrunde hohe Fenster gemildert wird und in dem rund siebenhundert Schüler unterrichtet werden. Nach einem stürmischen Abschied, bei dem mir die Luft buchstäblich abgeschnürt wird, beobachte ich, wie die Mädchen zur offenen Eingangstür rennen. Erst nachdem sie im Gebäude verschwunden sind, wende ich mich ab. Meine Armbanduhr verrät mir, dass es kurz vor acht ist.

Just in dem Moment klingelt mein Handy.

Es ist Kane.

»Bist du schon unterwegs?«, beginnt er ohne Umschweife.

»So gut wie. Ich habe die Mädchen eben abgesetzt und fahre gleich weiter.«

»Okay. Könntest du auf dem Weg zur Werft einen Umweg zum Faubourg Marigny machen? Meinen dunkelblauen Anzug von der Reinigung abholen?«

Ich kann mir ein Grinsen nicht verkneifen. Umweg ist gut. Die Reinigung befindet sich in der entgegengesetzten Richtung, was mich aber nicht weiter stört. Mit dem richtigen Beat auf den Ohren könnte ich den ganzen Tag durch die Stadt cruisen. Zumal ich gut dafür bezahlt werde.

»Kein Problem«, antworte ich.

»Und du denkst daran, dass du den kleinen Pisser heute Nachmittag vom Flughafen abholen musst?«

Mit »kleiner Pisser« ist ein einundzwanzigjähriger Russe namens Oleg Tupolew gemeint, der glaubt, sich wie der Zarewitsch aufführen zu müssen. Als er vor einem Jahr eine Luxusjacht in Auftrag gab, war Kane ganz aus dem Häuschen gewesen. Inzwischen hat sich seine Begeisterung deutlich abgekühlt, weil das verzogene Oligarchensöhnchen ihm dauernd dazwischengrätscht und Extras verlangt, die nicht Teil des Vertrags sind. Frei nach dem Motto: »Was interessiert mich mein Geschwätz von gestern?«

»Klar«, entgegne ich. »Soll ich ihm Betonschuhe verpassen und ihn im Lake Pontchartrain versenken?«

»Haha, sehr komisch.« Kane klingt keineswegs amüsiert.

»Welche Laus ist dir denn über die Leber gelaufen?«, frage ich alarmiert, während ich den Rückwärtsgang einlege und den Wagen wende.

Kane seufzt. »Rosalie zahnt. Eli und ich haben heute Nacht kein Auge zugetan. Unsere Maus leidet schrecklich ...« Ich kann die Qual in seiner Stimme hören. »Fuck! Ich habe mich so hilflos gefühlt, das glaubst du gar nicht.«

»Das wird schon«, sage ich gedehnt. »Ist doch nur ein Zahn.«

»Das ist null hilfreich, Leroy!«, brummt Kane und legt auf.

Ich kann nicht anders und breche in schallendes Gelächter aus. Kanes Schale mag hart sein, auf manche Zeitgenossen wirkt mein Boss und Freund aus Kindheitstagen gar Furcht einflößend, aber seit er Frau und Kind hat, ist sein Kern in etwa so robust wie Vanillepudding.

Der Tag verläuft wie üblich mit Besorgungen aller Art, telefonischen Terminvereinbarungen und Dienstfahrten. Langeweile kommt in dem Job nicht auf. Schließlich stehe ich Punkt zwei Uhr nachmittags am Terminal des Lakefront Airport. Zu meinem Leidwesen informiert mich die schwarze Anzeigetafel darüber, dass der Privatjet aus Moskau fünfundvierzig Minuten Verspätung hat. Um vier muss ich die Mädchen von der Schule abholen und sie nach Hause bringen, wo die Babysitterin sie in Empfang nehmen und dafür sorgen wird, dass sie ihre Hausaufgaben machen, etwas spielen und zu Abend essen. Mein Arbeitstag wird dann noch nicht zu Ende sein, aber ich werde rechtzeitig Feierabend machen, um ihnen vor dem Einschlafen etwas vorzulesen. Ich habe es ihnen versprochen. Zurzeit sind beide ganz wild auf »Die Abenteuer des Ollie Glockenherz«, in dem es um einen kleinen Jungen geht, der sich eines Nachts auf den Weg macht, um sein Lieblingskuscheltier Ollie vor anderen bösen Kuscheltieren zu retten. Eine für meinen Geschmack etwas zu düstere Geschichte, aber Nelly und Denise lieben sie.

Nachdenklich runzele ich die Stirn. Angesichts des Prozedere an der Passkontrolle und der Fahrt zur Werft könnte es zeitlich eng werden. Andererseits sind unerwartete Vorkommnisse in meinem Job keine Seltenheit. Ich kriege das schon irgendwie hin. Am Ende erweist sich meine Zuversicht als falsch, weil der Zoll die Dreistheit besitzt, den Louis-Vuitton-Koffer des Oligarchensohns zu durchsuchen. Der Hänfling in Hip-Hop-Klamotten mit Ziegenbärtchen und Klunkern um den Hals veranstaltet ein solches Theater, dass wir weitere zwanzig Minuten verlieren.

»Scheißprovinz!«, schimpft er mit starkem russischem Akzent, als ich mir seinen schweren Koffer schnappe und die Reisetasche schultere. Dankesworte scheinen in seinem Vokabular nicht zu existieren.

»Stemmen Sie Gewichte?«, fragt er stattdessen.

»Nein«, antworte ich knapp und steuere den Ausgang an.

Ein kurzer Blick auf die Wanduhr in der Mitte der Halle verrät mir, dass ich die Schule nicht mehr rechtzeitig erreichen werde. Ohne auf Oleg Tupolew Rücksicht zu nehmen, begebe ich mich schnellen Schrittes zum Range Rover draußen vor dem Flughafengebäude und verstaue das Gepäck im Kofferraum, direkt neben den ausgebauten Kindersitzen. Dann steige ich in den Wagen. Mein Passagier, der mehr oder minder hinterhergehechelt ist, steht nun unschlüssig draußen herum, das Ziegenbärtchen missmutig verzogen, wie ein kleiner Junge, dem das gewünschte Eis versagt bleibt. Offensichtlich erwartet er, dass ich ihm die Tür aufhalte. Falsch gedacht! Als ich den Motor starte, geht ein Ruck durch seinen Körper, und er klettert hastig auf die Rückbank, wild auf Russisch fluchend. Ich warte nicht ab, bis er sich angeschnallt hat, sondern fahre los.

»Hey, du Arsch! Du könntest …«

»Sorry, ich muss telefonieren«, unterbreche ich ihn unbeeindruckt und wähle die Nummer von Nellys Klassenlehrerin.

»Hallo, Miss Duncan«, sage ich, als sie sich meldet. »Hier ist Leroy Masters. Leider werde ich mich etwas verspäten. Ich komme erst gegen halb fünf. Könnten Sie Nelly und Denise bis dahin …«

Weiter komme ich nicht.

»Mister Masters, Gott sei Dank!«, tönt es aufgeregt aus dem Hörer. »Ich wollte Sie gerade anrufen.«

»Wieso?«, frage ich. »Was ist passiert?«

Hat Ihnen Nelly wieder einen Käfer ins Dekolleté gesteckt?

»Ihre Nichten sind nicht mehr hier. Sie wurden bereits abgeholt.«

Mir sackt das Herz in die Hose, und ich bremse den Wagen vor einer roten Ampel viel zu hart ab. Dem empörten Schnauben in meinem Rücken schenke ich keine Beachtung.

»Bitte was?«, stoße ich hervor.

»Es war eine Frau in einem schwarzen Chevrolet Equinox.«

»Was erzählen Sie da?«, frage ich und spüre kalte Wut in mir aufsteigen. Die Frau würde die längste Zeit Lehrerin gewesen sein. »Wie konnten Sie die Mädchen einer Fremden überlassen?«

Die Stimme am anderen Ende zittert. »Sie meinte, sie hätte die nötigen Befugnisse. Und sie hat mir ihren Ausweis gezeigt.«

»Was für einen Ausweis?«

»Sie war von der CIA«, antwortet sie leise und mit Ehrfurcht in der Stimme.

Ich atme tief durch. »Wie hieß die Frau?«, frage ich so ruhig wie möglich.

Als mir Miss Duncan den Namen nennt, schließe ich kurz die Augen. *Fuck!* Hinter mir hupt jemand ungeduldig. Die Ampel ist inzwischen auf Grün umgesprungen, also gebe ich Gas.

»Wann sind sie losgefahren?«, will ich wissen.

»Vor fünf Minuten.« Die Lehrerin klingt zerknirscht. »Soll ich die Polizei anrufen?«

»Nein. Ich kenne die Frau. Es besteht kein Grund zur Sorge«, lüge ich.

»Dem Himmel sei Dank!« Die Erleichterung ist der Lehrerin deutlich anzuhören. »Ich bedaure die ganze Sache wirkl…«

Da ich bereits aufgelegt habe, höre ich den Rest nicht mehr,

»Sind Sie angeschnallt, Mister Tupolew?«, rufe ich nach hinten.

Mein Tonfall scheint feste Entschlossenheit auszudrücken, denn es erklingt ein simples, wenn auch garstiges »Da« für Ja. Kurz blicke ich in den Rückspiegel, um sicherzugehen, dass niemand an meiner Stoßstange klebt, dann reiße ich das Lenkrad hart nach links. Das Heck des Range Rover bricht aus, und der Wagen vollführt mitten auf der Straße eine Kehrtwendung. Ein vielstimmiges Hupkonzert ertönt, begleitet von kreischenden

Bremsen und quietschenden Reifen. Sobald der Geländewagen wieder gerade steht, trete ich aufs Gaspedal, und wir schießen vorwärts. Meinem Fahrgast, dem die Action zu gefallen scheint, stößt ein langes, gedehntes »Cooool!« aus.

Indessen konzentriere ich mich auf den Verkehr vor mir, schlängele mich eng an den Fahrzeugen vorbei, während ich gedanklich die Route durchgehe, die der schwarze Chevy vermutlich nehmen wird. Ich biege mehrmals in kleine Querstraßen ein, wähle eine Abkürzung, um ihm den Weg abzuschneiden. Zwei Meilen vom Ziel entfernt entdecke ich ihn vor mir – ein Zivilfahrzeug der CIA rieche ich meilenweit gegen den Wind – und hänge mich dran. Als er kurz darauf blinkt und nach links abzweigt, sehe ich mich in meiner Vermutung bestätigt. Der Chevy ist zu unserem Haus unterwegs. Ob Nelly und Denise drinsitzen, kann ich wegen der getönten Scheiben nicht erkennen, dennoch gehe ich davon aus.

Als der Wagen Anstalten macht, in unsere Einfahrt zu biegen, drücke ich aufs Gaspedal und überhole ihn, schwenke herum und stoppe abrupt. Versperre ihm so den Weg aufs Grundstück. Das Oligarchensöhnchen hinter mir giggelt fröhlich. Schön, dass er Spaß hat! Kaum ist das Zivilfahrzeug der CIA zum Stehen gekommen, springe ich auch schon aus dem Wagen, nicht ohne dem jungen Russen vorher ein »Sie bleiben sitzen!« zuzurufen. Die Beifahrertür des Chevy wird geöffnet, und eine Frau vom Typ Avon-Beraterin steigt aus. Sie ist Anfang vierzig, mittelgroß und schlank und trägt ein für das hiesige Klima untaugliches hellblaues Twinset, dazu einen dunklen Rock. Ihr Gesicht ist stark geschminkt, ihre hennagefärbten Locken trägt sie kurz. Diese Frisur hat sie, seit ich sie kenne. Ein wenig wirkt sie, als wäre sie in den Fünfzigern stehen geblieben.

»Nancy Ohlsen«, begrüße ich sie kalt, während wir aufeinander zugehen. »Was für eine Überraschung!«

»Eine angenehme, hoffe ich«, erwidert sie mit ihrer viel zu schrillen Stimme.

Ich verzichte auf eine Antwort.

»Lange nicht gesehen, Commander. Wie geht es Ihnen?«

Commander. Ist ewig her, dass mich jemand so genannt hat.

»Ihre falsche Freundlichkeit können Sie sich sparen«, entgegne ich. »Sitzen die Mädchen im Wagen?«

Ein dünnes Lächeln legt sich um Ohlsens Lippen. »Wie immer kommen Sie direkt zum Punkt.« Sie nickt bedächtig. »Sie sind hinten auf dem Rücksitz.«

Ohne sie aus den Augen zu lassen, begebe ich mich zum Chevy. Als ihr Speichellecker am Steuer einschreiten will, hält sie ihn mit einer Geste zurück. Ich reiße die hintere Tür auf und sehe mit Erleichterung, dass Nelly und Denise nebeneinander auf der Rückbank sitzen, die Schulranzen auf den Knien. Ihren Mienen nach zu urteilen, sind sie überhaupt nicht verängstigt.

»Onkel Leroy!«, ruft Denise mit leuchtenden Augen. »Das ist ein Spionageauto! Hast du schon mal in einem Spionageauto gesessen? Das ist so der Hammer!«

»Ich mag die Frau mit den Karottenhaaren nicht«, brummt hingegen Nelly. »Sie sieht aus wie ein böser Kobold.«

Ich verbiete mir ein amüsiertes Grinsen. »Raus mit euch, und ab ins Haus!«, sage ich, wohl wissend, dass die Babysitterin dort bereits wartet. Sie besitzt einen Schlüssel.

»Ich find's hier aber cooler«, widerspricht Denise, während Nelly bereits an ihrem Gurt fummelt, um ihn zu öffnen. »Können wir nicht noch ein bisschen rumfahren?«

»Keine Widerrede, Miss«, sage ich mit einem strengen Unterton, der sie veranlasst, ebenfalls ihren Gurt zu lösen, wenn auch mit sichtlichem Widerwillen.

Ich warte, bis die Mädchen im Haus verschwunden sind, bevor ich mich erneut an Ohlsen wende. »Was sollte diese Scheißaktion?«

Unmut flackert in ihren Augen auf. »Sie ignorieren seit Tagen meine Anrufe«, erklärt sie. »Ich musste mir etwas einfallen lassen, um Ihre Aufmerksamkeit zu erregen.«

»Okay.« Ich stecke meine Hände in die Hosentaschen, mustere sie frostig. »Jetzt haben Sie meine Aufmerksamkeit. Was wollen Sie?«

»Hey, Maasteer!«, ertönt es in diesem Moment missmutig aus dem Range Rover. »Wann geht's endlich weiter?«

»Nur fünf Minuten, Mister Tupolew!«, rufe ich dem Russen zu.

Nancy Ohlsen hebt eine Augenbraue. »Wollen wir das wirklich hier draußen besprechen?«

»Ja«, antworte ich. »Wollen wir.«

Sie seufzt übertrieben, entfernt sich dann aber einige Schritte von meinem Wagen. Ich folge ihr. »Wir brauchen Ihre Talente in einer dringenden Angelegenheit«, sagt sie schließlich mit gesenkter Stimme.

Ich lache ihr ins Gesicht. »Nichts für ungut, aber Sie scheinen vergessen zu haben, dass ich vor vier Jahren den Dienst quittiert habe. Unwiderruflich.«

»Aus Gründen der nationalen Sicherheit werden Sie zurück in den aktiven Status versetzt«, leiert sie ihren Spruch herunter.

Ich spüre, wie mir die Galle hochsteigt. »Wer hat das veranlasst?«

»Der Direktor persönlich.«

Grimmig starre ich sie an. »Vergessen Sie's!«

»Als Sie vor fünfzehn Jahren den Eid abgelegt haben, haben Sie die Treue zu Ihrem Land geschworen. Unwiderruflich«, fügt sie genüsslich hinzu.

Ich presse die Kiefer so fest aufeinander, dass meine Zähne knirschen. »Inzwischen führe ich ein völlig anderes Leben. Ich habe einen Job und zwei kleine Kinder, um die ich mich kümmern muss.«

Ein Anflug von Verständnis huscht über Nancy Ohlsens Züge, den ich ihr keine Sekunde lang abnehme. »Das wissen wir, deshalb wird es auch bei dieser einmaligen Sache bleiben.«

»Ach ja?«, schnaube ich. »Und wer garantiert mir das?«

»Ebenfalls der Direktor«, erklärt Ohlsen und lässt sich von ihrem Begleiter ein Dokument geben, das sie mir überreicht.

Wortlos starre ich auf das Stück Papier, lese den kurzen, aber unmissverständlichen Text, der sich wie ein Krebsgeschwür in mein friedliches Leben einnistet.

»Und was genau soll ich für Sie machen?«, frage ich mit eisiger Stimme.

»Was schon?« Die Frau lächelt dünn. »Sie sollen jemanden liquidieren.«

Mein Blick fliegt über ihre Schulter zum Haus, wo Nelly am Fenster steht und mir durch die halb offenen Gardinen fröhlich zuwinkt.

Mühsam schlucke ich die bittere Galle hinunter. »Wen?«

»Das erfahren Sie noch früh genug.«

»Und wo geht's hin? Iran, Afghanistan, Venezuela, Nordkorea?«, leiere ich betont gelangweilt herunter.

»New Orleans.«

»Hier in den USA?« Mir entfährt ein kurzes, ungläubiges Lachen. »Verstößt das nicht gegen die Verfassung?«

Nancy Ohlsens Lächeln vertieft sich. »Genau deshalb brauchen wir Sie.«

Ladykiller

Jewel

Eine Palette an Blusen in unterschiedlichen Blautönen, ebenso viele Hosen und Blazer von Hellgrau bis Anthrazit, zwei Paar Pumps, eine schwarze Jeans, eine farblich dazu passende Cabanjacke und robuste Doc Martens, Baumwollunterwäsche, die Autobiografie von Anjelica Huston »Das Mädchen im Spiegel« in einer gebundenen Ausgabe ... Geschäftig nehme ich meine Habseligkeiten aus dem alten Lederkoffer, den mir meine Mutter zu meinem einundzwanzigsten Geburtstag geschenkt hat, und räume alles in den Schrank ein. Den Kulturbeutel stelle ich ins Bad, meine Arbeitsunterlagen samt Laptop landen im Safe. Das Zimmer ist nicht groß, bietet aber die für die mittlere Preisklasse üblichen Annehmlichkeiten wie kostenloses W-LAN, Flachbildfernseher, Minikühlschrank und Klimaanlage. Das Hotel, das mir in nächster Zeit als Unterkunft dienen wird, befindet sich am Rand des French Quarter und ist im europäischen Stil gehalten. Die Decken sind über fünf Meter hoch, an den cremefarbenen Wänden hängen alte Gemälde und Spiegel mit Goldrahmen, das Bad besticht durch Marmor und Granit. Ich hätte es wahrlich schlechter treffen können!

Als Kuratorin des National Museum of American History in Washington bin ich nach New Orleans gekommen, um eine seltene Tonaufzeichnung von Louis Armstrong aus dem Jahr 1919 aufzutreiben. Zu der Zeit bestritt der spätere Weltstar sein Leben mit Auftritten auf Mississippidampfern. Dieser Mitschnitt existiert wirklich, und wer meinen Namen im Internet sucht, wird automatisch auf einen Server der CIA umgeleitet, wo ihm fingierte Daten präsentiert werden. Sollte ein besonders misstrauischer Zeitgenosse tiefer graben und ihm der Zugriff auf meine Personalakte tatsächlich gelingen, würde er nichts anderes vorfinden als eine mustergültige Mitarbeiterin, die stets pünktlich erscheint und in all den Jahren keinen einzigen Tag gefehlt hat.

Gerade als ich den Safecode eingebe, signalisiert mir der Ton meines Handys, dass eine SMS eingetroffen ist. Mein Herzschlag beschleunigt sich. Es geht los!

Treffen um 12:30 Uhr in der Bar Sucré, lautet die kryptische Nachricht.

Der Laden befindet sich nur zwanzig Minuten entfernt, und weil ich genügend Zeit habe, beschließe ich, zu Fuß zu gehen. Meiner Rolle entsprechend trage ich einen konservativen Hosenanzug sowie eine kurzärmelige Bluse. Eine große, wichtig aussehende braune Hängetasche und dunkelgraue Pumps vervollständigen das Bild. Ich war seit Jahren nicht mehr im Vieux Carré, wie die Einheimischen den historischen Teil der Stadt nennen, und sauge die Atmosphäre gierig auf. Noch vor einer Stunde hat es geregnet, und die Luft ist schwül und schwer, einzelne Tropfen fallen von den Dächern und Bäumen auf den feucht glänzenden Asphalt. Mir kommt es vor, als wäre mir zum ersten Mal seit Jahren endlich wieder richtig warm. Beinahe beschwingt schlendere ich an kleinen Lebensmittelläden mit Fliegentüren vorbei, deren Kühltruhen mit Wurst, Käse und geschupptem Fisch gefüllt sind. Ich umrunde Obstkisten, die sich auf dem Bürgersteig gefährlich hoch stapeln. Die Absätze meiner Schuhe erzeugen auf den blau-weißen Kacheln mit den Straßennamen, die im Boden eingelassen sind, ein leises Klacken. Mitten auf der Toulouse Street steigt mir der süße Duft von Schmalzgebäck in die Nase, und die Erinnerungen stürzen ungefiltert auf mich ein. Sonntags gab es daheim immer selbst gebackene Beignets, nach einem alten Familienrezept, wie *maman* gern betonte.

Obgleich es eine bewusste Entscheidung war, in die Welt hinauszugehen, um »mein eigenes Ding zu machen«, wird mir in diesem Moment schmerzlich gewahr, wie sehr ich mein Zuhause vermisse. Heimisch habe ich mich in Langley nie gefühlt, wenn ich recht darüber nachdenke, was auch nicht vonnöten gewesen ist, weil für mich immer nur die Arbeit gezählt hat. Für einen Sekundenbruchteil erwäge ich, das Treffen sausen zu lassen und den nächsten Fernbus nach Sorrento zu nehmen. Ich habe meine Mutter seit Jahren nicht gesehen. Immerfort habe ich sie mit der Ausrede abgespeist, ich hätte zu viel um die Ohren, aber in Wahrheit habe ich mich geschämt. Ein Blick in meine Augen, und sie wüsste sofort, welche Schuld ich auf mich geladen habe.

Bevor der Kummer mich aufzehrt, schüttele ich ihn wie ein lästiges Insekt ab. *Sentimentalitäten!* Es gibt Wichtigeres als das, zum Beispiel dafür zu sorgen, dass Owen Kennedy unsere ohnehin aus den Fugen geratene Welt nicht noch weiter ins Chaos stürzt. Energisch setze ich meinen Weg fort, die Düfte und Geräusche um mich herum ausblendend, und gelange wenige Minuten später unbehelligt an mein Ziel.

Die Bar Sucré liegt etwas versteckt in einem Hinterhof, was die Menschen offensichtlich nicht davon abhält, jetzt, zur Mittagszeit, in Massen dort einzufallen. Während ich auf den offenen Eingang zusteuere, erklingt aus dem benachbarten Musikaliengeschäft das Trompetensolo eines, wie ich vermute, potenziellen Käufers. Ich ergattere einen der letzten freien Tische in einer der rot gepolsterten Ledernischen und setze mich so, dass ich die Tür im Blick behalte. Böse Überraschungen mag ich nicht. Meinen Schlüsselbund mit dem Totempfahl-Anhänger, das vereinbarte Erkennungszeichen, lege ich gut sichtbar in die Tischmitte. Als die Bedienung mit einem Lächeln auf mich zukommt, bestelle ich ein Po' Boy Sandwich mit Roastbeef, Tomaten, grünem Salat, Gurken und Remoulade, dazu schwarzen Kaffee. Während ich auf die Ankunft des »Liquidators« warte, wie ich meinen unbekannten Partner insgeheim getauft habe, schaue ich mich um. Seine Mahagonitäfelung älteren Datums und das viele Messing verleihen dem Laden eine verstaubte Vornehmheit. Unterstrichen wird dieser Eindruck durch den matten, ramponierten Spiegel hinter der Theke, vor dem Flaschen mit Bourbon, Whisky und weiteren bernsteinfarbenen Spirituosen aufgereiht sind. Intensiver Kaffeeduft überlagert alle anderen Gerüche, das Publikum ist bunt gemischt, wie es typisch ist für New Orleans. In einer Ecke am Fenster steht die obligatorische Minibühne, die zu spontanen Gigs einlädt.

Die Bedienung bringt den Kaffee, und ich nicke dankbar. Genüsslich nippe ich daran. Stark und aromatisch, wie ich ihn liebe. Herrlich! Einen solchen Wohlgeschmack sucht man in Langley vergeblich. New Orleans ist eine trickreiche Verführerin. Ich mag in den letzten Minuten Augen und Ohren vor ihrem Zauber verschlossen haben, aber beim Kaffee hat sie mich wieder! Ich schwelge immer noch, als sich mein Blick unter den halb geschlossenen Lidern auf den Eingang heftet. Eben betritt ein Mann den Laden, den eine Frau schwerlich ignorieren kann. Ich öffne die Augen ganz, um besser sehen zu können. Nebenbei bemerke ich, dass sich die meisten der anwesenden Frauen den Hals verrenken, um ihn anzustarren. Was ich ihnen nicht verübeln kann. Der Neuankömmling ist groß und athletisch, es würde mich nicht wundern, würde er an der Ein-Meter-neunzig-Marke kratzen. Ich schätze ihn auf Mitte, Ende dreißig. Seine Züge sind von makelloser Ebenmäßigkeit, als wären sie von einem antiken Bildhauer modelliert worden, die strahlend grünen Augen bilden einen bemerkenswerten Kontrast zu dem samtig wirkenden Teint in der Farbe von Milchkaffee. Die dunklen Haare des Mannes sind kurz, wobei sie an den Seiten noch kürzer getrimmt sind. Ein klassischer Buzz Cut. Das dunkelblaue Polohemd, dessen kurze Ärmel sich um die muskelbepackten Arme spannen, und die olivgrüne Leinenhose trägt er mit der Lässigkeit eines Dressmans. *Cool und maskulin,* ist das Erste, was mir bei seinem Anblick einfällt.

»Hey, Marcy!«, ruft er mit einem strahlenden Lächeln der Bedienung zu, die jäh errötet.

»Das Übliche, Mister Masters?«, fragt sie etwas atemlos.

Zur Antwort zwinkert er ihr zu, und ich verdrehe innerlich die Augen. Der Typ hält sich vermutlich für ein Geschenk Gottes an die Frauen. Ich widme mich erneut meinem Kaffee, komme dennoch nicht umhin, ihn aus den Augenwinkeln weiter zu beobachten. Ob er diesen federnden Gang vor dem Spiegel geübt hat? Wie wird der in kitschigen Liebesromanen noch mal bezeichnet? Als Raubtiergang? Nun kann ich ein Grinsen nicht unterdrücken, das allerdings auf meinen Lippen gefriert, als das »Raubtier« meinen Tisch ansteuert. Den perfekt geschwungenen Mund hat er zu einem perfekten Lächeln verzogen.

Das wird dir auch nicht helfen, Hübscher! Hier ist besetzt.

Ehe ich etwas sagen kann, kommt er mir zuvor. »Miss Duchasnel«, begrüßt er mich mit einer tiefen, markanten Stimme. »Sie hatten hoffentlich keine Schwierigkeiten, hierher zu finden. Ich bin Leroy Masters.«

Der Liquidator!

Für einen Moment hat es mir die Sprache verschlagen, und ich schüttele seine ausgestreckte Hand eher mechanisch. Sie fühlt sich zupackend und warm an, dennoch halte ich sie nicht länger fest als nötig. Ich werde mich ganz sicher nicht vom Äußeren dieses Mannes blenden lassen. Notfalls stelle ich ihn mir im Tutu auf dem Klo vor.

»Nennen Sie mich Jewel«, entgegne ich mit einem reservierten Lächeln.

Während er mir gegenüber Platz nimmt, blicke ich unauffällig auf die Uhr. 12:32. Zumindest ist er pünktlich, was hoffen lässt.

Ich hüstele und bemühe mich um einen geschäftsmäßigen Tonfall. »Sie wissen über den Fall Bescheid?«

»Ja.« Und dann, an Marcy gewandt, die eine heiße Schokolade vor ihn auf den Tisch stellt. »Danke, Süße.« Die mit Marshmallows gespickte Schlagsahne obendrauf weist eine verblüffende Ähnlichkeit mit dem Mount Everest auf. Allein vom Anblick droht eine meiner Plomben, spontan aus dem Zahn zu springen. Kurz nippt er an seinem Getränk, wobei er das Kunststück vollbringt, keine Schlagsahne an der Oberlippe zu hinterlassen, dann nickt er zufrieden. »Ich halte Ihnen den Rücken frei, während Sie Ihr Ding durchziehen, danach sorge ich dafür, dass der Spinner nie wieder Scherereien macht«, führt er aus, nachdem die Bedienung gegangen ist.

Mein Nicken fällt schwach aus. So kann man es natürlich auch ausdrücken.

»Und wenn wir erwischt werden, verbringen wir den Rest unseres Lebens im Knast«, fügt er fast fröhlich hinzu. »Habe ich das in etwa richtig zusammengefasst?«

Ich komme nicht mehr dazu, etwas zu sagen, denn Marcy kehrt bereits mit zwei Tellern zurück. Auf dem einen liegt mein Po' Boy Sandwich, auf dem anderen mache ich eine halbe Muffuletta aus. Das aufgeschnittene mit Sesamkörnern bestreute runde Weizenmehlbrot ist mit dünnen Salamischeiben, Coppa, Mortadella, Schinken, Mozzarella und mariniertem Olivensalat belegt. Der Goliath unter den Sandwichs! Wir essen schweigend, wofür ich dankbar bin. Ich hätte auf seine zynische Bemerkung eh nichts zu erwidern gewusst. Ja, wir bewegen uns in einer rechtlichen Grauzone, und ja, im Ernstfall würde die CIA nicht zögern, uns den Wölfen zum Fraß vorzuwerfen. Genau deshalb kommt ein Versagen nicht infrage!

»Und? Haben Sie schon einen Plan?«, fragt Leroy, nachdem er sein gigantisches Sandwich bis auf den letzten Krümel verspeist hat. Offensichtlich benötigt sein Körper jede Menge Treibstoff, um am Laufen gehalten zu werden.

Da ich ebenfalls aufgegessen habe – mein Po' Boy war eine Offenbarung, und ich muss mir die Bar Sucré für meinen nächsten New-Orleans-Besuch unbedingt vormerken –, lege ich das Besteck beiseite und erkläre es ihm. »Zunächst müssen wir Kennedys Umfeld auskundschaften. Wir werden uns vor seinem Haus postieren und ihn ein paar Tage lang beobachten. Sobald wir seine Gewohnheiten kennen, gehe ich auf Tuchfühlung. Irgendwie bringe ich ihn dazu, mich in sein Haus zu lassen, dann werde ich Telefon und Computer verwanzen …«

»Es ist ein dämlicher Plan«, wirft mein Gegenüber ein und lehnt sich in seinem Stuhl zurück. Weil er so groß ist, sitzt er schräg zum Tisch, die langen Beine lässig übereinandergeschlagen.

Irritiert starre ich ihn an. »Wie meinen Sie, bitte?«

»Es ist ein dämlicher Plan«, wiederholt er und schnippt einen Brotkrümel von seinem Hosenbein. »Und ich sage Ihnen auch, wieso.« Künstlerische Pause. »Der Zeitfaktor. Wir haben nicht den Luxus, den Kerl tagelang zu beobachten, sein Vertrauen zu gewinnen und dann noch sein Telefon zu verwanzen, um dann wieder abzuwarten, was dabei herauskommt. Was, wenn er in der Zwischenzeit meint, den großen Retter der Nation spielen zu müssen? Blitzschnell zuschlagen und dann verschwinden, so lautet meine Devise.«

Und damit das Risiko eingehen, Owen Kennedy zum Märtyrer zu machen.

»Schön für Sie«, entgegne ich ruhig. Männer wie er, die meinen, Frauen bevormunden zu müssen, kenne ich nur zu gut.

»Aber ich bin diejenige, die diese Mission verantwortet, nicht Sie. Und ich habe anders entschieden.«

Betont gleichmütig zuckt er mit den Schultern. »Bitte, dann setzen Sie die Mission eben in den Sand … Aber wehe, wir landen wegen Ihrer Inkompetenz hinter Gittern«, schließt er mit einem drohenden Unterton.

Wusch! Schnell wie eine Kobra stößt der Selbstzweifel zu, schnappt und beißt und droht, sein böses Gift zu verspritzen. Mir bricht der kalte Schweiß aus, während ich gegen die aufsteigende Panik ankämpfe. Ich habe keine Wahl. Ich muss zum Angriff übergehen. Mit offenkundiger Verachtung mustere ich Leroy Masters' gelacktes Erscheinungsbild.

»Die Frage lautet wohl eher: Werden Sie in der Lage sein, zu tun, was getan werden muss?«, erwidere ich eisig.

Unsere Blicke treffen sich. Das makellose Männergesicht lächelt milde, doch die Augen darin sind kalt und berechnend.

»Da machen Sie sich mal keine Sorgen«, sagt er in einem Tonfall, der ausreicht, damit sich meine Nackenhaare aufstellen. »Bisher habe ich noch jeden Auftrag erledigt.«

Viel weiß ich nicht über den Mann, der mir gegenübersitzt. Seine Militärakte ist versiegelt, deshalb nehme ich an, dass er für die CIA verdeckte Operationen durchführt. Dass solche Typen dazu neigen, eher mit dem Kopf durch die Wand zu gehen, als diesen zu benutzen, liegt in ihrer Natur.

Mit Vorsicht zu genießen ist daher das Zweite, was mir zu Leroy Masters einfällt.

»Lassen Sie uns gehen!« Ich räuspere mich und winke Marcy heran. »Ich möchte Owen Kennedys Haus in Augenschein nehmen.«

Nachdem ich die gesamte Rechnung beglichen habe, stehen wir auf. Als ich an seine Seite trete, gerät mein Atem kurz ins Stocken. Der Mann überragt mich um gefühlte zwei Meter, und seine körperliche Präsenz zieht mir buchstäblich den Sauerstoff aus der Lunge. Wie ein Rammbock bahnt er uns einen Weg nach draußen, ein Rammbock mit Tausend-Volt-Lächeln, das die Gäste, die freiwillig zur Seite weichen, zu verhexen scheint. Ob Moses auch so ein Charmebolzen war? Ich versuche, nicht allzu sehr beeindruckt zu sein. Praktisch ist es allemal. Schweigend begeben wir uns zu seinem Wagen, der einige Querstraßen entfernt steht. Wie zu erwarten, fährt er eine dicke Karre. Können solche Typen nicht normale Autos fahren? Autos, in denen man sich nicht wie ein Hobbit vorkommt? Um eine würdevolle Miene bemüht, klettere ich auf den Beifahrersitz und schnalle mich an. Sollte Leroy meine seltsamen Verrenkungen bemerkt haben, so verliert er zum Glück kein Wort darüber.

Er startet den Motor und gibt Owen Kennedys Adresse ins Navi ein. Kaum sind wir losgefahren, als eine quäkende Trompete durch den Innenraum schallt. Ohne erkennbare Struktur oder Melodie treffen die Töne auf mein Trommelfell, wie fiese kleine Nadelstiche. Weil wir bis zum Ziel lediglich fünfundzwanzig Minuten benötigen, beschließe ich, die Zähne zusammenzubeißen. Leroy und ich hatten einen holprigen Start, und ich möchte die Situation nicht weiter verschärfen. Vor uns liegt schließlich eine heikle Aufgabe. Ein Gutes hat das Quäken zumindest. Es lenkt mich von dem berauschenden Duft ab, den der Mann neben mir verströmt. Ob er in Moschus und Lavendel gebadet hat? Energisch streiche ich das Bild aus meinem Kopf, das sich zu formen droht, samt flackernden Teelichtern auf dem Badewannenrand …

Als wir kurz vor dem Louis Armstrong Airport in einen Stau geraten und uns zehn Minuten lang nicht von der Stelle rühren, bricht meine Selbstbeherrschung wie ein Kartenhaus in sich zusammen. Ich weiß nicht, was meine Nerven mehr strapaziert: Leroys Lockstoffe oder die plärrenden Lautsprecher.

»Können wir vielleicht etwas anderes hören?«, frage ich zuckersüß.

Mich trifft ein kurzer Seitenblick. »Sie mögen keinen Jazz?«

»Ich mag Miles Davis nicht«, verbessere ich ihn. »Klingt für mich wie Katzenmusik.«

Zwischen seinen perfekten Augenbrauen bildet sich eine Falte. »Was würden Sie denn gern hören?«

»Vielleicht etwas von Abba«, schlage ich das Erstbeste vor, was mir durch den Kopf geht.

»Abba?«, keucht er und bedenkt mich mit einem angewiderten Ausdruck. Als hätte ich ihm soeben eröffnet, dass ich Blutwurst in meinen Kaffee tunke!

»Ja«, entgegne ich ein wenig eingeschnappt. »Ich mag Abba. Jeder mag Abba. Außer natürlich, man ist darauf bedacht, sein cooles Image zu pflegen.«

Ein Muskel in seiner Wange zuckt. »Sie glauben, ich höre Miles Davis, weil es cool ist?« Zum ersten Mal, seit ich ihm begegnet bin, ist sein Lächeln verrutscht.

Offenbar habe ich ihn beleidigt, aber zumindest schaltet er die Musik aus.

»Danke«, murmele ich widerwillig.

Er antwortet nicht, aber die Temperatur im Wagen ist gerade dabei, gefährlich zu sinken. Klasse! Ausgerechnet jetzt, da so viel auf dem Spiel steht, gerate ich mit meinem Partner aneinander. Das kann ja was werden!

»Sie haben die Texas Avenue erreicht. Das Ziel befindet sich rechts«, mischt sich in diesem Moment die unbeteiligte Stimme des Navi ein.

Vor uns erstreckt sich eine schnurgerade Straße mit quadratischen Rasenflächen vor Bungalows aus grauem Backstein, die sich nur durch die Farbe der Eingangstüren voneinander unterscheiden. Neu gepflanzte Bäume hier und da vermögen die Eintönigkeit kaum zu durchbrechen.

»Eine Observierung wird schwierig«, bemerke ich nachdenklich.

»Das hätte ich Ihnen gleich sagen können«, erklärt Leroy mit gedehnter Stimme.

»Ach ja?«

»Ja.« In seinen Augen funkelt leise Verachtung. »Ich sage nur Google Maps.«

»Glauben Sie vielleicht, ich hab's vorher nicht gecheckt?«, erwidere ich kühl. »Ich wollte mir ein eigenes Bild machen.«

»Schon gut«, sagt er und hebt beschwichtigend die Hand, um sie gleich darauf zurück aufs Lenkrad zu legen.

Seine Finger sind schlank und elegant, wirken dennoch, als könnten sie ordentlich zupacken. Hastig wende ich den Blick ab. *Nicht ablenken lassen!*

»Hier gibt es nichts außer Wohnhäusern«, nehme ich den Faden wieder auf. »Ein fremder Wagen fällt zu sehr auf, vor allem wenn er immer an der gleichen Stelle steht. Wir sollten ihn jeden Tag wechseln.«

»Es wird trotzdem nicht einfach«, gibt Leroy zu bedenken, der offensichtlich beschlossen hat, zu kooperieren. »Wir könnten uns als Techniker ausgeben, die die Stromleitungen checken.«

»Das wäre eine Möglichkeit«, sage ich.

Während wir unsere Strategie besprechen, fahren wir im Schritttempo an Kennedys Haus vorbei und dann weiter die Straße hinunter. An der nächsten Kreuzung wendet Leroy und kehrt um.

»Was haben Sie vor?«, frage ich neugierig.

»Ich habe da vielleicht eine Idee, wie wir das Ganze beschleunigen können.«

Ich versteife mich. »Fangen Sie schon wieder damit an?«

Er überhört meinen Vorwurf. »Haben Sie eine Sonnenbrille?«

Verblüfft starre ich ihn an. »Äh, wie bitte?«

»Eine Sonnenbrille?«

»Ja, natürlich«, antworte ich.

»Gut. Und einen Notizblock und etwas zu schreiben?«

»Auch das. Aber …«

Etwa zwanzig Meter von Kennedys Haus entfernt bleibt er stehen und zeigt auf den Bungalow gegenüber.

»Sehen Sie die alte Frau da drüben?«, fragt er.

Ich nicke. Sie ist mir schon auf dem Hinweg aufgefallen. Mit Lockenwicklern im Haar, die Ellenbogen auf ein Kissen gestützt, lehnt sie aus dem Fenster und beobachtet die Straße.

Leroy sucht meinen Blick. *Wie grün seine Augen sind! Wie Farn in der Frühlingssonne.* »Ich wette, sie hängt den ganzen Tag hier ab und tut nichts anderes, als die Nachbarn auszuspähen. Vielleicht zählt sie auch die vorbeifahrenden Autos.« Er verzieht die Lippen zu einem leichten Grinsen. »Sie kann uns bestimmt sagen, was im Haus gegenüber vor sich geht.«

»Gut möglich.« Mein Blick schweift zu der Frau hinüber, die uns argwöhnisch mustert. »Aber wie wollen wir sie zum Reden bringen?«

Leroys Grinsen wird breiter. »Wir geben uns als FBI-Agenten aus.«

»Wir haben keine entsprechenden Ausweise«, entgegne ich. »Die müsste ich erst …«

»Die brauchen wir nicht«, fällt er mir ins Wort. »Dafür haben wir ja Sie.«

»Was meinen Sie damit?«

Mit hochgezogenen Augenbrauen taxiert mich Leroy von Kopf bis Fuß, sein Gesicht spricht Bände. Zunächst stutze ich, dann dämmert mir, worauf er anspielt. FBI-Agenten sind für ihren drögen Kleidergeschmack und den Besenstiel in ihrem Allerwertesten bekannt.

»Also hören Sie mal!«, stoße ich erbost hervor.

Statt einer Erwiderung zieht Leroy seine Augenbrauen noch weiter in die Höhe, als wollte er sagen: »Aber ich habe recht.«

Was für ein arroganter Bastard!

»Fuchteln Sie aus der Entfernung einfach mit Ihrem CIA-Ausweis!«, sagt er im Plauderton. Mein Versuch, ihn in Grund und Boden zu starren, zeigt offenbar keinerlei Wirkung. »Die Frau wird den Unterschied nicht merken.«

»Und wozu die Sonnenbrille?«, stoße ich zwischen zusammengebissenen Zähnen hervor.

»Sie verleiht Ihnen die nötige Autorität.«

»Wie bitte?«

»Jetzt hören Sie auf, zu schmollen. Die Alte guckt schon ganz komisch. Nicht, dass sie noch die Bullen ruft!« Er lächelt breit. Offensichtlich bereitet ihm das Ganze einen Heidenspaß. Ich schätze, das ist die Retourkutsche für vorhin. »Und überlassen Sie mir das Reden, ja?«

»Ich dachte, Sie halten mir den Rücken frei, und nicht andersherum«, entgegne ich scharf.

»So unflexibel, Jewel?«, kontert er mit honigsüßer Stimme.

Ich bin so nah dran, ihm eine zu knallen!

Mit meinem offenen Ausweis in der Hand und einer Stinkwut im Bauch steige ich aus dem Wagen. Während wir den kurzen betonierten Weg zum Haus nehmen, hoffe ich, dass die alte Frau keinen Adlerblick hat. Die zusammengekniffenen Augen, die auf uns gerichtet sind, stimmen mich ein wenig zuversichtlich. Ich schätze die Frau auf knapp achtzig. Ein ärmelloses Jeanshemd bedeckt ihren dürren, sonnenverbrannten Oberkörper, die geschminkten Lippen in dem faltigen Gesicht strahlen in knalligem Pink.

»Guten Tag, Ma'am«, beginnt Leroy mit einem charmanten Lächeln, das die Züge der alten Frau jäh erweichen lässt.

Innerlich schüttele ich den Kopf, obwohl ich zugeben muss, dass Leroys blendendes Aussehen in dieser Situation nützlich ist. Hastig stecke ich den Ausweis wieder ein.

»Ich bin Agent Nolan, das ist Agent Broomstick.«

Agent Besenstiel?!

Ich spüre, wie ich vor Zorn rot anlaufe. Dass aus meiner Nase kein Rauch steigt, grenzt an ein Wunder. Leroy hat den Bogen eindeutig überspannt. Nur weil er ein hübsches Gesicht hat, himmlisch duftet und sein Körper vermutlich Adonis vor Neid grün werden lassen würde, wird er damit nicht durchkommen!

»Wir sind vom FBI«, erklärt er weiter. »Uns sind in der Gegend vermehrt Einbrüche gemeldet worden. Wir vermuten dahinter eine landesweit agierende Bande. Sie scheinen jemand zu sein, der die Augen offenhält.« Wieder das Tausend-Volt-Lächeln. »Ist Ihnen vielleicht etwas Verdächtiges in Ihrer Straße aufgefallen, Ma'am?«

»Nennen Sie mich Margaret.« Sie kichert tatsächlich wie ein junges Mädchen! »Möchten Sie vielleicht reinkommen? Ich habe Limonade gemacht«, fügt sie mit einem koketten Lächeln hinzu.

Der Vorteil von blickdichten Sonnenbrillen besteht darin, dass man unbemerkt die Augen verdrehen kann, was ich ausgiebig nutze.

»Das klingt verlockend, Margaret, wirklich«, antwortet der Ladykiller an meiner Seite. »Aber leider haben wir wenig Zeit. Die Situation ist sehr ernst«, schließt er mit Grabesstimme.

Die grell geschminkten Lippen der alten Frau formen sich zu einem O. »Ich verstehe«, haucht sie ehrfurchtsvoll.

»Also Margaret …«, sagt Leroy, der das Spiel perfekt beherrscht, mit einem aufmunternden Zwinkern. »Haben Sie in letzter Zeit etwas Verdächtiges beobachtet?«

Um meine geballten Fäuste zu beschäftigen, zücke ich meinen Notizblock und blicke die alte Frau erwartungsvoll an, so gut es mit Sonnenbrille eben geht.

Sie wiegt nachdenklich den Kopf. »Hmm, eigentlich nicht. Es ist ruhig hier, wissen Sie.« Sie stößt einen tiefen Seufzer aus. »Viel zu ruhig.« Fast panisch reißt sie die Augen auf. »Also nicht, dass Sie glauben, ich würde mir wünschen, jemand würde ein Verbrechen begehen, nur damit …«

»Aber nein«, wirft Leroy sanft ein. »Natürlich nicht.« Dann blickt er sich um. »Die Nachbarn sind allesamt tagsüber beim Arbeiten, nehme ich an.«

»Die meisten schon, ja. Außer Henry …« Margaret weist mit dem Kopf auf das Nachbarhaus links von ihr. »Er ist Frührentner. Ein Arbeitsunfall, wissen Sie. Er sitzt von früh bis spät vor der Glotze. Schon traurig so was …«

»Und sonst sind alle anderen Häuser tagsüber verwaist?«, hakt Leroy nach, bevor die Frau ausschweift.

»Ja.« Sie runzelt die Stirn. »Nein! Mister Kennedy von gegenüber arbeitet von zu Hause aus. Er ist auch jeden Tag da, aber er zeigt sich nur selten.«

»Ein Stubenhocker, was?«, fragt Leroy leichthin, als würde es ihn nicht wirklich kümmern.

Margaret nickt, während ich mir Notizen mache und dabei FBI-mäßig sauertöpfisch dreinschaue, was mir nicht sonderlich schwerfällt. Sie beugt sich leicht nach vorn und senkt die Stimme. »Ein komischer Kauz, wenn Sie mich fragen. Er geht kaum vor die Tür und lässt sich jeden Pups nach Hause liefern. Einmal die Woche besucht er seine Mutter im Heim.« Aus den Akten weiß ich, dass Kennedys Mutter an Demenz erkrankt und in einem nahe gelegenen Pflegeheim untergebracht ist. »Er hat kein Auto, wissen Sie. In der Garage bewahrt er sein Fahrrad auf. Das läuft dann jedes Mal auf die gleiche Weise ab. Er öffnet das Tor, schiebt sein Fahrrad nach draußen, wo er es abstellt – immer an der gleichen Stelle –, dann schließt er das Tor. Er geht dreimal um sein Fahrrad herum, wobei er mit der rechten Hand über Lenker und Sitz streicht. Am Ende krempelt er das eine Hosenbein hoch, setzt seinen Helm auf und fährt los.« Sie lässt den rechten Zeigefinger an ihrer Schläfe kreisen. »Er hat nicht alle Tassen im Schrank, ein bisschen wie Monk. Kennen Sie die Serie?«

Leroy nickt. »Ist er den ganzen Freitag außer Haus?«

Margaret lacht auf. Es klingt brüchig, als wären ihre Stimmbänder mit Sandpapier bearbeitet worden. »Nein, nein! Er bleibt genau drei Stunden weg, keine Minute länger oder kürzer. Immer Freitagmorgen von neun bis zwölf.«

Genügend Zeit, um sich in seinem Haus umzuschauen und die Wanzen anzubringen.

»Gut. Es ist also unwahrscheinlich, dass Henry oder dieser Mister Kennedy Opfer eines Einbruchs werden. Oder Sie.« Leroy lächelt schief. »Das ist doch schon mal beruhigend. Was können Sie mir sonst über die Leute in der Straße erzählen?«

Während Margaret mit offenkundigem Enthusiasmus berichtet, gebe ich vor, mitzuschreiben. In Wirklichkeit überlege ich, wie die alte Frau, die ihre Augen überall zu haben scheint, abgelenkt werden kann, damit wir unbehelligt in Kennedys Haus eindringen können.

»Danke, Margaret«, beendet Leroy wenige Minuten später das Gespräch. »Sie waren uns eine große Hilfe. Und passen Sie gut auf sich auf!«

»Pah! Die sollen nur kommen!«, entgegnet die alte Frau kämpferisch. »Ich jage ihnen eine Ladung Schrot in den Hintern!«

»Schämen Sie sich nicht, eine alte Frau dermaßen zu ängstigen?«, zische ich Leroy an, während wir zum Wagen zurückgehen.

Er lacht leise. »Die und Angst? Wenn jemand Angst haben muss, dann wohl eher die Einbrecher.« Grinsend schaut er zu mir herunter, dabei wirkt er verflucht selbstzufrieden. »Sie wissen, welcher Tag heute ist?«

»Ja«, antworte ich. »Mittwoch.«

Wir haben eineinhalb Tage Zeit, um uns einen Plan zurechtzulegen. Und ja, er hat es gut gemacht. Nichtsdestotrotz ist er ein selbstgerechter Mistkerl!

Ein abgebrühter Hund

Leroy

Agent Broomstick sitzt auf dem Beifahrersitz stocksteif wie eine Holzpuppe, passend dazu ihr biederer Hosenanzug, der wirkt, als sei er zu lange gestärkt worden. Ich hatte gehofft, den Auftrag zügig erledigen zu können, um danach wieder zum Tagesgeschäft überzugehen. Aber sie mussten mir unbedingt eine überambitionierte Analystin vor die Nase setzen! Eigentlich ist die Frau ganz ansehnlich, lässt man die Klamotten und den strengen Pferdeschwanz außer Acht. Sehr ansehnlich sogar, wenn ich es recht bedenke. Sie hat ein schmales Gesicht mit sinnlich geschwungenen Lippen, die hohen Wangenknochen verleihen ihren Zügen etwas Exotisches. Die Farbe ihrer Augen erinnert mich an ein schweres Gewitter, das sich über dem Lake Pontchartrain zusammenbraut. Ein Jammer, dass sie nicht den geringsten Sinn für Humor besitzt.

»Wir könnten uns die Wanzenaktion natürlich auch sparen und sein Fahrrad gegen einen Baum wickeln, wenn er zu seiner Mutter fährt«, sage ich, während ich den Range Rover auf den Airline Drive lenke.

Die vierspurige Straße, die vom Flughafen wegführt, verläuft durch ein trostloses Industriegebiet. Tankstellen, ein

Einkaufszentrum, ein Gebrauchtwagenhändler und leer stehende Bürogebäude, deren »Zu Vermieten«-Schilder verzweifelt um Aufmerksamkeit buhlen, ziehen an uns vorbei. Ein Burger King und ein Trailerpark sind auch dabei.

Fahrig wischt sich Jewel über das rechte Hosenbein, um etwas zu glätten, wo es nichts zu glätten gibt.

»Das wäre nicht sehr subtil«, erwidert sie.

»Nicht?«, frage ich. »Wie subtil hätten Sie es denn gern?«

»Ich weiß nicht …«, sagt sie mit einer hilflosen Handbewegung. Ein schneller Blick zur Seite verrät mir, dass sie kreidebleich geworden ist. Die Rüstung aus gestärktem Stoff und Pflichtgefühl hat einen ersten Riss bekommen.

»Sie haben noch nie jemanden getötet«, schließe ich aus ihrer Reaktion und richte meine Aufmerksamkeit zurück auf die Straße.

»Ich bin Analystin.« Kurz scheint es, als wollte sie etwas hinzufügen, aber ihr Mund bleibt geschlossen.

»Keine Sorge«, sage ich ruhig. »Fürs Ausknipsen bin ich zuständig.«

Der Satz kommt mir flüssig über die Lippen. Moralische Bedenken habe ich keine, denn im Krieg gegen den Terror gelten nun einmal andere Gesetze. Trotzdem hatte ich gehofft, dieser Schattenwelt endgültig den Rücken gekehrt zu haben. Schon erschreckend, wie leicht mir der Wiedereinstieg fällt.

»Was ist mit der Option Herzinfarkt?«, fragt Jewel, die sich wieder gefasst hat.

»Mit der allseits beliebten Giftpfeilpistole, meinen Sie?«

Sie nickt, sagt aber nichts.

»Dazu muss ich nah an ihn herankommen«, gebe ich zu bedenken.

»Wie wäre es im Pflegeheim, wenn er seine Mutter besucht? Sie rempeln ihn auf dem Flur an und …« Den Rest lässt sie ungesagt.

»Anrempeln ist eine gute Idee, was Sie betrifft«, erwidere ich. »So können Sie mit ihm in Kontakt treten. Sie wissen schon … um sein Umfeld zu checken«, füge ich spöttisch hinzu, obwohl ich weiß, dass der Ansatz vernünftig ist.

Agent Broomstick aus der Reserve zu locken, übt mit einem Mal einen ungemeinen Reiz aus. Von der Agency bekomme ich außer einem feuchten Händedruck nichts für den Scheißjob, also will ich wenigstens meinen Spaß haben.

Sie ignoriert meine Bemerkung. »Ich lenke das Gespräch auf die Reptiloiden und sage ihm, dass ich eine glühende Verfechterin der Theorie bin und …«

»Unsinn!«, unterbreche ich sie fröhlich. »Er ist ein Mann. Flirten Sie mit ihm! Legen Sie ihn flach, wenn es sein muss!«

Aus dem Augenwinkel sehe ich ihre entgeisterte Miene. »Was?«

»Ich wette, der Kerl hat ewig keinen mehr versenkt«, setze ich noch einen drauf und wechsele die Spur, um nach rechts in die Tulane Avenue einzubiegen.

Empört schnappt sie nach Luft. »Sie haben sie doch nicht alle!«

»Verschaffen Sie sich Zugang zu seinem Haus, und während Sie es ihm besorgen, lassen Sie die Hintertür einen Spalt auf«, fahre ich ungerührt fort und freue mich diebisch über die Röte in ihrem Gesicht. »Ich erledige den Rest.«

Sprachlos starrt sie mich an, unsicher, ob ich es ernst meine oder nicht.

»Herzinfarkt beim Orgasmus klingt absolut glaubwürdig.« Ich tippe mir nachdenklich gegen die Unterlippe. »Vielleicht reicht es ja, wenn Sie ihm einen blasen …«

»Blasen Sie ihm doch selbst einen!«, platzt es aus ihr heraus. »Also wirklich!«

Es kostet mich einige Mühe, meinen ernsten Gesichtsausdruck beizubehalten. »Nein, nein. Der Typ ist zwar ein Spinner, aber hetero. Da bin ich sicher.«

Sie wendet den Kopf ab, ihre Kiefer mahlen. »Wir werden sein Telefon und seinen Computer verwanzen«, sagt sie mit eiskalter Stimme. »Danach sehen wir weiter.«

»Sie sind der Boss«, antworte ich leichthin.

Jewel Duchasnel ist wie viele Frauen mitunter anstrengend, weil sie sich und anderen etwas beweisen will, dennoch besitzt sie großen Unterhaltungswert. An einer roten Ampel lasse ich meinen Blick unauffällig über ihr Gesicht wandern, streife damit über die empfindliche Stelle hinter ihrem Ohr, gleite von dort an ihrem Hals hinunter bis zum sittsamen Dreieck ihres Dekolletés. So hell und zart. Ihre Brüste unter der Bluse heben und senken sich ein wenig schneller als normal.

Ich sollte sie flachlegen.

»Gibt es Baupläne von dem Haus?«, frage ich.

Sie schüttelt den Kopf. »Leider nein. Gut möglich, dass es einmal welche gegeben hat, aber wenn, haben sie sich inzwischen in Luft aufgelöst.«

»Okay«, sage ich. »Heute Nacht werde ich mich auf dem Grundstück umschauen. Mit etwas Glück finde ich ein Versteck, zum Beispiel einen Schuppen, in dem ich mich Donnerstagnacht verschanzen kann. Dann warte ich einfach den Morgen ab, um von dort ungesehen ins Haus zu gelangen.«

Jewel nickt. »Klingt nach einem guten Plan.« Sie wirft mir einen kurzen Blick zu. »Ganz gleich, wie spät es wird: Rufen Sie mich nach Ihrer Erkundungstour an, um mir Bericht zu erstatten, ja?«

Ich nicke, will etwas erwidern, als mein Handy klingelt. Auf dem Display erscheint die Nummer meiner Mutter.

»Entschuldigen Sie«, sage ich und nehme den Anruf entgegen, wenn auch nicht über die Freisprechanlage. Mein Privatleben geht die CIA nichts an.

»Ja?«, spreche ich ins Handy.

»Onkel Leroy«, meldet sich Denise. »Ich bin's.«

»Was ist los, Schatz?«

»Nelly hat mir mein Fahrrad geklaut und will es nicht mehr hergeben! Sie meint, ich benutze es eh nicht. Aber das ist eine Sache des Prinzips!«, sagt sie in einem feierlichen Tonfall, der mir verrät, dass sie den Ausdruck erst vor Kurzem aufgeschnappt hat. Vermutlich von meinem Vater.

Nachdem ich meinen Eltern erzählt habe, ich müsse in Kanes Auftrag für ein paar Tage verreisen, haben sie sich bereit erklärt, die beiden Mädchen in dieser Zeit aufzunehmen.

»Sobald ich zurück bin, kümmere ich mich darum«, antworte ich und höre, wie Nelly im Hintergrund »blöde Petze!« ruft.

»Wirklich?«

»Natürlich, Süße.«

Jewels verkrampfter Haltung nach zu urteilen, verfolgt sie jedes Wort.

»Wirst du mit ihr schimpfen?«, fragt Denise, der die Schadenfreude deutlich anzuhören ist.

»Wir werden sehen«, sage ich ausweichend.

Ein brummiges »Okay« ertönt, dann legt Denise auf. Trotzdem rede ich weiter, als wäre nichts gewesen.

»Und schön brav sein, ja?« Ich senke die Stimme, spreche dennoch laut genug, damit meiner aufmerksam zuhörenden Beifahrerin nichts entgeht. »Dann spiele ich mit dir ›Rotkäppchen und der böse Wolf‹.« Pause. »Klar kannst du deine Freundin mitbringen.« Aus dem Augenwinkel kann ich sehen, wie sich Jewels Wangen rosa färben. Herrlich! »Zu dritt macht es mehr Spaß«, schließe ich säuselnd ab, bevor ich das Handy zurücklege.

»Ihre Freundin?«, erklingt Jewels kühle Stimme neben mir.

»Nur ein Mädchen, das ich kenne.«

Was nicht einmal gelogen ist.

»O Mann«, entfährt es ihr.

Sofort ergreife ich die Gelegenheit beim Schopf. »Neidisch, Jewel?«, frage ich mit einem schiefen Grinsen.

»Wohl kaum!«, entgegnet sie scharf. »Rotkäppchen und der böse Wolf? Ernsthaft?«, fügt sie mit gespitzten Lippen hinzu, wie eine Lehrerin, die ihren Schüler beim Onanieren auf dem Klo erwischt hat.

Statt einer Antwort schenke ich ihr ein laszives Lächeln, das ihr ein Schnauben entlockt und sie beschließen lässt, bis zum Ende der Fahrt in trotziges Schweigen zu verfallen.

»Wie wär's? Hätten Sie Lust, nachher mit mir essen zu gehen?«, frage ich, als wir ihr Hotel erreicht haben.

»Nein«, antwortet sie mit einem Blick, der besagt, dass ich geistesgestört bin.

Mit Widerstand habe ich gerechnet, deshalb bin ich auch nicht wirklich enttäuscht. Es erhöht den Reiz nur.

»Haben Sie etwas Besseres vor?«, hauche ich und beuge mich zu ihr hinüber. Meine Augen verweilen auf ihrem hübschen Mund.

»Als mit einem Gigolo den Abend zu verbringen?«, schleudert sie mir entgegen. »Raten Sie doch mal.«

Ich breche in Lachen aus, und wieder errötet sie. Die Farbe steht ihr ausgezeichnet. Ich könnte dieses Spiel endlos weiterspielen.

»Touché«, entgegne ich. »Aber ich glaube Ihnen nicht.«

Sie zuckt mit den Achseln. »Sollten Sie sich nicht lieber auf Ihre nächtliche James-Bond-Nummer vorbereiten?«

»Vor Mitternacht werde ich nichts unternehmen. Wir haben also noch viel Zeit«, gurre ich.

Ausdruckslos schaut sie mich an. »Hier gibt es kein Wir.«

»Kommen Sie.« Ich ziehe in gespieltem Schrecken die Augenbrauen in die Höhe. »Was, wenn mich dieser Kennedy erwischt? Ich die Nacht nicht überlebe? Wollen Sie einem Todgeweihten nicht einen letzten wunderbaren Abend schenken?«

Ich habe mit einem Lachen oder zumindest einem kleinen Lächeln gerechnet, aber nichts. Ihre Miene bleibt völlig regungslos. Jewel ist ein harter Brocken, was mich tierisch antörnt. Schon sehr bald werde ich ihr den Hochmut ausgetrieben haben und dann … Dann werde ich ihre Lust entfachen.

Lust auf mich.

»Nein«, antwortet sie kühl. Nun ist es an ihr, sich vorzubeugen. Ihre Lippen nähern sich meinem Ohr. »Muss am Besenstiel liegen.« Ihr Atem streift warm über meine Haut. »Fragen Sie Rotkäppchen oder deren Freundin.«

»Sie können ja doch witzig sein«, murmele ich entzückt und atme mit leicht geblähten Nüstern ihren Duft ein. So süß und exotisch.

Ihre Lippen öffnen sich einladend, nur einen Spaltbreit, aber es genügt mir. Gerade als ich die letzten Zentimeter überbrücken will, um von ihrem Mund zu kosten, entzieht sie sich mir und öffnet die Beifahrertür. Ehe ich mich versehe, ist sie aus dem Wagen gestiegen.

»Ich erwarte Ihren Bericht!«, ruft sie noch, dann eilt sie zum überdachten Hoteleingang.

Das Letzte, was mein Blick erhascht, ist ihr fröhlich wippender Pferdeschwanz. Ich muss grinsen. Diese Schlacht mag sie gewonnen haben, aber den Krieg werde ich bis zum Ende der Woche für mich entschieden haben. So wahr ich Leroy Masters heiße.

* * *

Stunden später betrachte ich die Gestalt im Spiegel mit prüfendem Blick. Schwarze Outdoorhose, schwarzer Windbreaker, leichte schwarze Boots, auch die Sturmmütze ist schwarz. Die Augen schauen durch den Sehschlitz hoch konzentriert. Unter der Jacke verbirgt sich für alle Fälle eine Beretta 92. Der Nachthimmel über New Orleans ist heute mondlos und für einen kleinen Ausflug wie geschaffen. Niemand wird mich bemerken, ich werde nicht mehr als ein Schatten sein, ein schlechter Traum.

Wie in den guten alten Zeiten.

»Ich muss mir ein paar Tage freinehmen«, hatte ich Kane am Morgen eröffnet.

Wir standen in seinem Büro mit Ausblick auf den Hafen und tranken gemeinsam Kaffee.

Seine Miene verfinsterte sich jäh. »Wieso?«

»Eine familiäre Angelegenheit.«

»Das kommt aber ziemlich plötzlich«, sagte er und knallte seine Tasse auf den Schreibtisch. Wenn Kane verärgert ist, hält er damit selten hinterm Berg.

»Glaub mir, ich wünschte, es wäre anders«, antwortete ich.

»Für wie lange?« Seine Frage war mehr ein Brummen.

»Eine Woche«, sagte ich, als der hoffnungslose Optimist, der ich gewesen war. Ich hatte ja nicht ahnen können, dass ich an Jewel Duchasnel geraten würde, die sich nicht nur zweifach oder dreifach, sondern gleich zehnfach absichern will. »Ich habe mit Falk gesprochen. Er springt für mich ein.«

Trotz seines Unmuts darüber, dass Oleg Tupolew seinen Besuch spontan verlängert hatte und Falk mit ihm vermutlich nicht so gut klarkäme, hatte Kane eingewilligt. Nicht ahnend, dass er keine wirkliche Wahl gehabt hatte. Das Gespräch mit meinen Eltern war nicht annähernd so angenehm verlaufen.

Während sich meine Mutter sichtlich gefreut hatte, ihre beiden Enkelinnen für ein paar Tage bei sich zu haben, hatte mein Vater die Chance ergriffen und mir eine seiner berühmten Strafpredigten gehalten.

»Was bist du? Kane Deveraux' Laufbursche?«, hatte er gebellt und reflexartig Haltung angenommen, den kurz geschorenen Kopf zurückgeworfen, das Kinn nach vorn geschoben. »Dein Platz war und ist bei der Navy. Bekomm dein Leben endlich wieder in den Griff, statt dich in der Weltgeschichte herumzutreiben!«

»Da gibt es nichts in den Griff zu kriegen. Ich bin mit meinem Leben vollauf zufrieden«, hatte ich ihm zum gefühlten hundertsten Mal versichert.

Aber wie immer hatte er nicht zugehört, also hatte ich seine Tirade wortlos über mich ergehen lassen und war anschließend gegangen. Er, ein hochdekorierter Seal, war der Grund gewesen, warum ich mit neunzehn zur Navy gegangen war. Als sein einziger Sohn hatte ich mich verpflichtet gefühlt, in seine Fußstapfen zu treten. Eine Alternative hatte es für mich nie gegeben. Als Kind hatte ich ihm gern dabei zugesehen, wie er sonntags nach dem Gottesdienst am Wohnzimmertisch seine Schusswaffen auseinandernahm und die Federn und Schräubchen ölte, putzte und polierte, während meine Mutter das Essen zubereitete. Nach der Grundausbildung schlug ich die Offizierslaufbahn ein, zeichnete mich bei diversen Einsätzen im Ausland aus, bis mich eines Tages mein Captain zur Seite nahm und mich einem wichtigtuerischen Typen im Anzug vorstellte. Er unterbreitete ein Angebot, das ich nicht ablehnen konnte. Fortan sprang ich per Fallschirm über feindlichem Gebiet ab, um böse Buben auszuschalten, Waffenfabriken in die Luft zu jagen oder Regierungen zu stürzen. Niemand durfte davon erfahren, nicht einmal meine besten Freunde, und schon gar nicht meine

Familie. Bis heute glaubt alle Welt, ich hätte meinen Dienst auf einem Kriegsschiff im Persischen Golf verrichtet.

In all den Jahren habe ich die Richtigkeit meines Handelns niemals infrage gestellt. Dann kam Melissa ums Leben und hinterließ mir ihre kostbarsten Schätze. Gut möglich, dass meine kleine Schwester durch ihren Tod meine Seele vor dem Fegefeuer bewahrt hat …

Kein schöner Gedanke.

Finster betrachte ich mein Spiegelbild, dann gebe ich mir einen Ruck. Für mich wird es Zeit, zu gehen.

Jewel

Himmel!

Obwohl ich weiß, dass er seine Spielchen mit mir treibt, war ich einen Herzschlag lang versucht, nachzugeben. Mich fallen zu lassen, jegliche Professionalität über Bord zu werfen, einfach um herauszufinden, ob Leroy hält, was seine grünen Augen versprechen. Das dumpfe Pochen zwischen meinen Beinen hat mich schmerzhaft daran erinnert, dass ich eine Frau bin und er ein Mann. Aber zum Glück hat die Vernunft die Oberhand gewonnen. Für mich steht zu viel auf dem Spiel, und eine weitere Chance, mich zu bewähren, bekomme ich nicht. Während ich mit möglichst gleichgültiger Miene die Hotellobby durchquere, lässt meine Erregung gottlob nach. Memo an mich: Halte mindestens dreißig Zentimeter Abstand zu Leroy Masters! Bei einem Mann, der aus jeder Pore Sex ausströmt, bringt die Vorstellung von ihm im Tutu rein gar nichts.

Zurück in meinem Zimmer rufe ich Deputy Chief Cooper über mein abhörsicheres Handy an, um ihn auf den aktuellen Stand zu bringen. Er nennt mir die Adresse eines Kontaktmannes in Algiers Point, bei dem ich mir das erforderliche Equipment besorgen soll: elektrische Dietriche, einen Codeknacker, sprachgesteuerte Audiorecorder, GSM-Abhörwanzen, Ohrhörer, als Armbanduhren getarnte Handgelenkmikrofone sowie eine SIG-Sauer-Pistole mit zehn Schuss Munition, die ich nur dann benutzen soll, »wenn es sich nicht vermeiden lässt«, so seine Worte. Solche Dinge hätte ich schwerlich durch die Sicherheitskontrolle am Flughafen bekommen! Zum Schluss will Cooper wissen, wie die Zusammenarbeit mit Commander Masters klappt. Als ich ihm versichere, dass alles in schönster Ordnung sei, grunzt er zufrieden, murmelt etwas von »es heißt, er sei der Beste für den Job« und legt auf.

Der Beste für den Job vielleicht, aber nicht für mein Seelenheil.

Den Rest des Tages versuche ich, neue Erkenntnisse über Owen Kennedy zu sammeln, speziell über seine Kindheit und seine Mutter, doch viel mehr als das, was die Kollegen in Langley zusammengetragen haben, finde ich nicht. Die Kennedys haben sich stets bedeckt gehalten, und Freunde sucht man vergeblich. Am Abend bestelle ich eine Pizza mit Garnelen aufs Zimmer, die miserabel schmeckt und die ich mit viel kalifornischem Rotwein hinunterspüle. Danach schaue ich mir Videos im Internet an, die eine Invasion von Reptiloiden heraufbeschwören, suche nach Parallelen zu Kennedys Botschaften und arbeite noch einmal die Unterlagen durch, bis ich sie resigniert zur Seite lege. Inzwischen kenne ich die Akte in- und auswendig, und mag ich sie auch noch so oft durchgehen, zwischen den Zeilen verbirgt sich nichts, was ich nicht ohnehin schon weiß. Also läute ich den Feierabend ein und greife nach Anjelica Hustons »Das Mädchen im Spiegel«, doch die Wörter auf den Seiten scheinen miteinander zu verschmelzen. Ich ertappe mich dabei, denselben Satz immer und immer wieder zu lesen, ohne den Sinn zu erfassen. Alle naselang schleicht sich Leroy in meine Gedanken wie ein streunender Kater. Hoffentlich geht bei seinem Vorhaben alles glatt! Wiederholt blicke ich auf die Uhr, aber die Zeiger sind scheinbar mit Pattex behandelt worden und bewegen sich kaum von der Stelle.

Obwohl draußen nach wie vor zwanzig Grad herrschen, beschließe ich, lang und warm zu duschen, bis meine Glieder angenehm schwer werden. Hinterher ziehe ich mich um und gehe zu Bett. Ich habe eine Schwäche für schöne Nachtwäsche, was nicht zwangsläufig heißt, dass sie sexy sein muss. Ausgefallen soll sie sein und sich auf der Haut wie eine Liebkosung anfühlen. Und sie soll gut riechen, deshalb besprühe ich sie mit einem dezenten Spritzer Parfum. Mir würde nie im Traum einfallen, in einem schnöden Baumwoll-T-Shirt zu schlafen. Wenn ich mich schon tagsüber formell anziehen muss, will ich in einem Meer aus duftender Seide nächtigen. Heute trage ich ein kurzes champagnerfarbenes Nachthemd mit einem schwarzen Oberteil aus hauchzartem Tüll. Der weiche, schimmernde Stoff schmiegt sich eng, aber angenehm an meinen Körper, und ich fühle mich behütet und sicher, wie auf einer Insel inmitten einer dunklen, aufgepeitschten See. So falle ich bei eingeschalteter Nachttischlampe schnell in einen traumlosen Schlaf …

Ein durchdringendes Geräusch, ein aufblitzender Gedanke, schon wird die Schwärze in meinem Kopf gesprengt. Benommen schlage ich die Augen auf und brauche einen Moment, um mich zu orientieren. Ein Blick auf mein randalierendes Handy verrät mir, dass es 1.32 Uhr ist. Die angezeigte Nummer ist unterdrückt, aber es gibt nur einen Menschen, der mich um diese Uhrzeit anrufen würde. Ich räuspere mich ausgiebig, um sicherzustellen, dass ich nicht heiser klinge, erst dann melde ich mich.

»Ja?«, tiriliere ich hell und glockenklar.

»Haben Sie geschlafen?« Das dunkle Timbre in Leroys Stimme klingt im Kontrast dazu, als würde er sich nackt in Seide rekeln. »Oder warum hat das so lange gedauert?«

»Ich war beschäftigt«, antworte ich kurz angebunden. »Und? Wie ist es gelaufen.«

»Es gibt eine gute und eine schlechte Nachricht«, erklärt er. »Welche wollen Sie zuerst hören?«

Ich entscheide mich für die schlechte.

»Die Sache mit dem Versteck können wir vergessen«, lautet Leroys Antwort. »Hinter dem Haus befindet sich nichts außer einer Rasenfläche und einem zwei Meter hohen Zaun. Es gibt auch keine Hintertür im eigentlichen Sinn. Wir müssen durch den vorderen Eingang rein.«

»Und wie gelangt Kennedy in den Garten?«, unterbreche ich ihn irritiert.

»Durch die Garage. Es gibt seitlich eine Metalltür.«

»Und die ist keine Option, um ins Haus zu kommen, weil …?«

»Sie so konstruiert ist, dass, wenn wir sie mit Gewalt öffnen, Kennedy merken wird, dass bei ihm eingebrochen wurde«, beendet Leroy meinen Satz. »Aber wir können sie für den Fluchtweg nutzen und hinten über den Holzzaun verschwinden.«

Ich seufze. »Und was ist die gute Nachricht?«

»Ich bin heil und gesund zurückgekehrt.«

»Sehr witzig«, murmele ich gedankenverloren. Mein Blick bleibt an der gegenüberliegenden Wand haften, wo das farbenfrohe Gemälde eines Blumenmädchens hängt, dessen Pinselstrich an Renoir erinnert. »Wenn wir durch die Vordertür ins Haus gelangen wollen, müssen wir Margaret irgendwie ablenken, sie idealerweise von ihrem Beobachtungsposten am Fenster weglocken. Wir können schlecht warten, bis sie irgendwann auf die Toilette muss.«

»Hmm, wir könnten ihr eine gefakte Einladung zuk…«

»Rote Rosen«, unterbreche ich ihn, die Augen immer noch auf das Blumenmädchen gerichtet.

Verblüfftes Schweigen.

»Ich bin ganz Ohr«, entgegnet Leroy schließlich.

Während ich ihm meinen Plan unterbreite, lauscht er aufmerksam.

»Es könnte funktionieren«, sagt er nach kurzem Nachdenken. »Morgen besorge ich den Lieferwagen. Ich schätze, Sie besitzen einen dieser Superhightech- Spionagekoffer?«, fragt er leicht ironisch.

Mir kommt die Adresse in Algiers Point in den Sinn, die mir Cooper genannt hat. »Noch nicht, aber morgen habe ich es. Auch das Einbruchswerkzeug.«

»Ich benutze lieber mein eigenes Equipment.«

»Wie Sie wollen.«

»Gut.« Unmerkliche Pause. »Liegen Sie schon im Bett?«

Der jähe Themenwechsel erwischt mich eiskalt, zumal seine Stimme eine Oktave tiefer gerutscht ist. Reflexartig fliegt mein Blick zu meinen Brüsten, die durch den transparenten Stoff hell schimmern, vor allem die rosa Spitzen stechen keck hervor. Ich spüre, wie meine Wangen heiß werden.

»Das geht Sie nichts an«, entgegne ich so kühl wie möglich.

»Soll ich kurz auf einen Drink vorbeikommen?«

»Nein!«

Sein leises Lachen erzeugt wieder so ein heimtückisches Ziehen in meinem Schoß.

»Gute Nacht«, sage ich, bevor ich hastig auflege.

Ich weiß nicht, was mich mehr erzürnt: die Tatsache, dass ich wider besseres Wissen für Leroys Sex-Appeal empfänglich zu sein scheine oder dass er ein abgebrühter Hund ist. Wie kann man ans Anbaggern denken, wenn man gleichzeitig die Ermordung eines Menschen plant? Selbst wenn dieser eine Gefahr für die Allgemeinheit bedeutet?

Insel hin oder her: Diesmal vergeht beinahe eine Stunde, bis ich eingeschlafen bin.

Schatten der Vergangenheit

Jewel

Glücklicherweise bekomme ich Leroy am nächsten Tag nicht zu Gesicht. Während er den weißen Lieferwagen besorgt, den wir für unser Ablenkungsmanöver benötigen, und vermutlich ganz nebenbei die Frauenwelt in Aufruhr versetzt, nehme ich den Bus nach Algiers Point. Die Adresse führt mich zu einem Anwesen mit altem Baumbewuchs, zwischen dem eine Villa aus rötlichen Backsteinen hervorlugt. Am Eingang hängt ein Messingschild mit der Aufschrift »Öffentliche Bücherei«. Mein Kontaktmann, Marke alternder Professor mit Brille und Spitzbart, kommt auf mich zu, kaum dass ich durch die breite Holztür getreten bin.

»Ah!«, ruft er freundlich und ausschließlich für die Handvoll Besucher bestimmt, die schmökernd zwischen den Bücherregalen stehen. »Ich habe Sie schon erwartet. Mark Twains ›Der Prinz und der Bettelknabe‹ ist ein Meilenstein der amerikanischen Literatur, und ich finde es schön, dass Sie ihn in Ihrer Klasse durchnehmen wollen. Aber bitte versprechen Sie mir, dass das Material mit Bedacht und Respekt behandelt wird.«

»Das wird es«, versichere ich ihm. »Sobald wir durch sind, bringe ich es Ihnen unversehrt zurück.«

Das Gesicht meines Gegenübers nimmt einen zufriedenen Ausdruck an. »Schön.« Dann begibt er sich zu der Empfangstheke links vom Eingang und holt einen Metallkoffer hervor. »Hier sind Ihre Exemplare. Wollen Sie einen Blick hineinwerfen?«

»Gern.« Kurz vergewissere ich mich, dass uns niemand beobachtet, dann öffne ich den Koffer. Indessen tritt mein Kontaktmann einen Schritt zur Seite, um den Inhalt vor neugierigen Augen zu schützen. Ein schneller Blick genügt, und ich schließe den Deckel wieder. »In Ordnung. Soll ich etwas unterschreiben?«

»Selbstverständlich«, antwortet der Mann, seine Augen blicken ernst. »Es muss alles seine Richtigkeit haben.«

Er reicht mir ein offizielles Dokument, in dem alles akribisch aufgelistet ist. Nachdem ich es unterschrieben habe, geben wir uns die Hände, und ich verlasse das Gebäude. Am nahe gelegenen Pier steige ich in ein Taxi und fahre zurück ins Hotel, wo ich den Koffer in meinem Zimmer unter dem Bett verstaue – die geladene SIG-Sauer-Pistole verwahre ich sicherheitshalber im Safe –, dann gehe ich noch einmal vor die Tür, um Besorgungen zu machen.

Keine vierundzwanzig Stunden später stehe ich an der Ecke Royal Street/Orleans Street und warte darauf, abgeholt zu werden. Es ist halb neun, und den grauschwarzen Wolken zum Trotz, die sich über den Himmel wälzen, sind die ersten Straßenmaler dabei, ihre Staffeleien an der Pirate's Alley aufzustellen. In der schmalen, palmengesäumten Gasse mit den bunt bemalten Häusern, die von der viel befahrenen Royal Street abgeht, treiben nachts Geister ihr Unwesen. Tagsüber sind es die Touristen auf der Suche nach wohligen Schauern des Grauens, die in der Regel mit Enttäuschung einhergeht. Geister sind nämlich sehr scheu, noch scheuer als Alligatorschildkröten! Als ich meine Augen von der Spukgasse gegenüber abwende, erblicke ich mein Spiegelbild im Schaufenster, und die grell geschminkte, Kaugummi kauende Blondine mit dem Metallkoffer in der Hand nickt mir wohlwollend zu. Nichts an ihr erinnert an Agent Broomstick – weder das schlabbrige Trikot der New Orleans Saints noch die zu enge Jeans oder die billigen Stiefeletten.

»Nett«, lautet Leroys lakonischer Kommentar, als er kurz darauf den weißen Lieferwagen am Straßenrand parkt und aussteigt.

Wortlos gehe ich auf die Fahrerseite, während er neben mir Platz nimmt. Nachdem ich ihm den Metallkoffer überreicht habe, stelle ich den Sitz ein und starte den Motor.

»Haben Sie die Rosen besorgt?«, frage ich ihn, und er nickt.

Mit sicherer Hand lenke ich den Transporter durch den morgendlichen Verkehr und versuche, nicht auf Leroys schwarzes T-Shirt zu starren, das sich über seinen breiten, muskulösen Brustkorb spannt. Selbst in legerer Aufmachung macht er eine beunruhigend gute Figur. Die schwarze Baseballcap verleiht ihm etwas Verwegenes, wobei der Bartschatten auf seinem kantigen Gesicht zum Gesamtbild beiträgt. Müßig zu sagen, dass er wieder sehr gut duftet.

Rund zwanzig Minuten später biegen wir in die Texas Avenue ein, wo uns prompt Owen Kennedy auf seinem Fahrrad entgegenkommt. Er trägt ein kurzärmeliges blaues Hemd und eine braune Cordhose, sein spärliches Haar klebt an der Kopfhaut fest. Sein Gesicht ist von der körperlichen Anstrengung leicht gerötet. Die Situation mutet surreal an, und zu wissen, dass sein Tod beschlossene Sache ist, erzeugt einen Knoten in meinem Magen.

Ohne ein Wort oder einen Blick zu wechseln, fahren wir weiter. Erst als Owen Kennedys Fahrrad außer Sichtweite ist, nehme ich den Fuß vom Gas, bis wir schließlich vor der Eingangstür seines Hauses stehen bleiben. Weit und breit ist kein Mensch zu sehen, doch kaum habe ich den Motor abgestellt, als

Margaret wie ein Bluthund zu ihrem Kissen am Fenster eilt. Ich wende ihr den Rücken zu und öffne den Metallkoffer, dann greife ich nach einem Ohrhörer, den ich mir tief ins Ohr stecke, und binde mir eine der beiden Armbanduhren um. Leroy, der sich auf dem Beifahrersitz zusammengekauert hat, um unbemerkt zu bleiben, tut es mir gleich. Obendrein steckt er allerlei Gerätschaften in seinen Minirucksack.

»Wie lange brauchen Sie, um reinzukommen?«, flüstere ich.

»Dreißig Sekunden bei einem herkömmlichen Schloss«, antwortet er ebenso leise. »Wurde eine Alarmanlage installiert, werde ich länger brauchen.«

»Wie viel länger?«

»Kommt auf die Alarmanlage an. Fünf, vielleicht zehn Minuten.«

Eine Ewigkeit!

»Okay«, antworte ich in einem ruhigen Tonfall, der ganz und gar nicht meinen Gefühlen entspricht. »Mir fällt dann schon was ein.«

»Das muss es«, sagt er eindringlich.

Kurz verfangen sich unsere Blicke ineinander, und der Knoten in meinem Magen zieht sich weiter zusammen, wenn auch aus einem gänzlich anderen Grund als noch vor wenigen Augenblicken.

»Showtime«, sage ich etwas atemlos.

Seine Lippen kräuseln sich. »Showtime.«

Während sich Leroy aus dem Transporter fallen lässt, greife ich nach dem gefakten Lieferschein auf der vorderen Ablage und steige aus. Zeitgleich schlagen wir die Türen zu. Unschlüssig blicke ich mich um, bis mein Blick auf Margaret fällt. Demonstrativ schaue ich auf das Klemmbrett in meiner Hand, dann wieder zu der alten Frau. Schließlich öffne ich die seitliche Schiebetür des Transporters und klettere in den Laderaum. Kurz stockt mir der Atem. Der Strauß dunkelroter Rosen, den Leroy besorgen sollte, ist ein wahr gewordener Traum. Geschmack hat er ja! Für einen winzigen Moment flattert das Bild eines feurigen Liebhabers durch meinen Kopf, der mit einer roten Rose zwischen den Zähnen vor meiner Tür steht und Leroy verblüffend ähnlich sieht. Selbstvergessen starre ich auf die Blumen, bis ich mich besinne und wie ein nasser Hund schüttele.

Das kann doch nicht wahr sein!

Betont geschäftsmäßig nehme ich den Strauß erneut in Augenschein und zähle vierzig Black Baccara in einer wunderschönen Kristallvase. Entsprechend schwer ist sie, als ich damit die Straße überquere. Das Klemmbrett habe ich unter die rechte Achsel gezwängt.

»Sind Sie Mrs O'Neil? Mrs Margaret O'Neil?«, rufe ich mit breitem Südstaatenakzent der alten Frau zu, deren Augen bei meinem Näherkommen immer größer werden.

»Ja«, kommt es dennoch widerwillig zurück.

»Ich hab hier 'nen Strauß Rosen für Sie«, sage ich mit einem breiten Lächeln, das beinahe schmerzt. Die alte Frau soll mich unter keinen Umständen mit Agent Broomstick in Verbindung bringen.

In ihrer Miene liegen Freude und Misstrauen im Widerstreit. »Von wem ist der?«

»Weiß nich. Auf dem Lieferschein steht nix dazu«, nuschele ich. »Ein heimlicher Verehrer vielleicht?«, füge ich grinsend hinzu, doch mein Lächeln bleibt unbeantwortet.

Ich besitze ja auch nicht Leroys umwerfenden Charme!

Der Blick der alten Frau fliegt zwischen mir und dem Blumenstrauß hin und her. »Also ich weiß nicht …«, sagt sie.

Jetzt ist es an mir, große Augen zu machen. »Wollen Sie den nich?«, rufe ich schrill. »Ich würd mir das überlegen, Lady, der hat über hundertfünfzig Mäuse gekostet!«

»Hundertfünfzig Dollar?«, stößt Margaret verblüfft hervor.

»Klaaar!«, antworte ich und lasse meinen Kaugummi knallen. »Das sind Black Baccaras, für die muss man ganz schön blechen!«

»Äh, also gut, wenn es so ist …«

»Super! Soll ich die Vase reintragen?«, biete ich mit Blick auf ihre arthrosegeplagten Hände an.

»Nein!«, kommt es wie aus der Pistole geschossen. »Das schaffe ich auch allein.«

Mist!

Mit ihrer Warnung vor Einbrechern haben die FBI-Agenten Nolan und Broomstick wirklich ganze Arbeit geleistet.

»Sicher?«, hake ich nach.

»Ja.«

»Okay.« Ich ziehe das Klemmbrett mit dem getürkten Lieferschein hervor. »Würden Sie bitte hier unterschreiben?«

Die alte Frau nickt. »Haben Sie einen Stift?«

»Klar«, antworte ich, dann taste ich meine Hose ab. »Oh, Mist! Ich hab den im Wagen liegen lassen. Moment!«

Gemäßigten Schrittes, aber nicht zu langsam, damit Margaret keinen Verdacht schöpft, begebe ich mich zum Transporter, öffne die Fahrertür und krame ausgiebig im Handschuhfach herum.

»Verflucht Leroy, warum dauert es so lang?«, flüstere ich währenddessen in mein Handgelenkmikrofon.

Keine Antwort. Der Ohrhörer bleibt stumm.

Ein hastiger Blick durchs Fenster der Beifahrertür bringt keine Erkenntnis, denn ein Mauervorsprung und ein Magnolienbaum davor versperren mir die Sicht zum Hauseingang. Was, wenn Leroy gar nicht so gut ist, wie allgemein behauptet wird? Mit einem Kugelschreiber in der Hand kehre ich zu Margaret zurück. Als ich ihr den Stift reichen will, fällt er mir aus der Hand.

»Tschuldigung«, murmele ich und bücke mich, um ihn aufzuheben.

Der Ausdruck in Margarets Augen zeigt deutlich, dass sie mich für eine komplette Idiotin hält.

Als sie mir den Lieferschein unterschrieben zurückgibt, bedanke ich mich artig und trete den Rückweg zum Transporter an. Wieder öffne ich die Schiebetür und klettere in den Laderaum, aber diesmal gebe ich vor, Gegenstände umzuräumen. Jedenfalls veranstalte ich eine Menge Radau. Nach einer kleinen Weile springe ich zurück auf die Straße, ziehe die Tür von außen zu und setze mich ans Steuer. Wieder drei Minuten gewonnen! Was nun? Ich blättere in meinem vermeintlichen Fahrtenbuch, kritzele etwas hinein …

»Leroy«, flüstere ich der Verzweiflung nah. »Mir gehen langsam die Optionen aus …«

»Ich bin drin«, ertönt in dieser Sekunde die erlösende Nachricht in meinem rechten Ohr.

Endlich!

»Warum hat das so lange gedauert?«, zische ich angespannt.

»Drei verschiedene Schlösser«, lautet die Antwort. »Der Typ ist paranoid.«

Ich winke Margaret fröhlich zu, die den Strauß Rosen inzwischen hineingetragen hat und in diesem Moment an ihren angestammten Platz zurückkehrt, und starte den Motor. Mein Weg führt mich einen halben Kilometer die Straße hinunter, dann nach rechts und nach etwa dreihundert Metern wieder nach rechts, wo ich nach einem halben Kilometer stehen bleibe. Die Straße unterscheidet sich von der parallel verlaufenden Texas Avenue nur dadurch, dass die Bungalows aus weißem statt grauem Backstein sind. Aus dem Handschuhfach krame ich eine Promizeitschrift heraus und gebe vor, darin zu lesen, zwischendurch trinke ich Cola aus der Dose. Für etwaige Beobachter bin ich eine Zustellerin, die gerade Pause macht.

»Hier ist nichts«, ertönt es plötzlich in meinem Ohrhörer, wobei ich dermaßen zusammenzucke, dass ich etwas Cola über mein Trikot verschütte.

Leise fluchend säubere ich es notdürftig mit einem Papiertaschentuch. »Wie meinen Sie das?«

»Wie ich es sage. Es gibt keinen Keller oder Geheimraum, wo der Typ seine Videos aufnehmen könnte. Nichts.«

»Was ist mit der Garage?«

»Keine Chance. Da steht ein 87er Dodge, der aussieht, als wäre er seit Jahrzehnten nicht bewegt worden, und allerlei Krempel wie Müllsäcke, leere Bierkästen und Kartons mit Weihnachtsdeko.«

Stirnrunzelnd blicke ich nach draußen, wo eine graue Katze mit einem anmutigen Sprung auf einer Mauer landet. »Haben Sie unter dem Teppich nachgeschaut? Vielleicht gibt es irgendwo eine Falltür.«

Das Schweigen in meinem Ohr ist Antwort genug.

»Schon gut«, murmele ich.

»Alles in allem habe ich nichts Verdächtiges entdecken können«, erklärt Leroy weiter. »Kennedys einzige Verbrechen sind eine dreckige Spüle und die Actionfiguren-Sammlung in seiner Vitrine.«

In meinem Kopf wirbeln die Gedanken durcheinander. »Vielleicht fährt er freitags gar nicht zu seiner Mutter, sondern an einen Ort, an dem er seine Videos aufnimmt. Eine Art Einsatzzentrale.«

Keine Antwort.

»Hallo?«

Ein Klopfen an der Beifahrertür lässt mich erneut zusammenzucken. Leroy steht mit einem schwer zu deutenden Blick neben dem Lieferwagen.

»Sehen wir nach«, sagt er und steigt ein.

»Sie waren ja fix«, erwidere ich, ein wenig beschämt, weil ich mich so leicht habe überrumpeln lassen.

»Ich bin hinten über den Zaun geklettert, dann durch die Gärten der Nachbarn gesprintet. Und hier bin ich.« Er wirkt kein bisschen außer Atem. »Ihr Südstaatenakzent kommt übrigens erstaunlich authentisch rüber.«

»Ich stamme aus Sorrento«, antworte ich und lenke den Transporter aus der Parklücke.

»Wirklich?« Er klingt ehrlich überrascht. »Sind Sie eine Cajun?«

Ich nicke.

»Wow!« Sein Lächeln fällt so bewundernd aus, dass mein Herzschlag kurz aus dem Takt gerät. »Sie wissen, sich gut zu verstellen.«

Jahrelange Übung.

»Und Sie?«, frage ich rasch. »Stammen Sie aus New Orleans?«

Er schüttelt den Kopf. »Lafayette. Ich war schon fast erwachsen, als meine Eltern hierhergezogen sind. Mein Vater war gerade aus dem Dienst …«

Er bricht mitten im Satz ab, als hätte er schon zu viel verraten. Ausgeschieden? Entlassen worden? Sein Vater war also entweder bei der Polizei oder beim Militär, doch weil Leroy anscheinend nicht darüber reden will, bohre ich nicht weiter.

»Ich sollte meine Rolle beibehalten«, lenke ich das Gespräch auf unseren Auftrag zurück. »Besorgen wir auf dem Weg zum Pflegeheim einen Blumenstrauß. Auf die Weise bekomme ich am einfachsten Zutritt.«

Leroy nickt zustimmend, dann setzt er seine Baseballcap ab, um sich durch die kurzen Haare zu fahren. Eine schlichte Geste, die mir aus einem kaum nachvollziehbaren Grund einen Stich versetzt. Mich verlangt danach, es ihm gleichzutun, um herauszufinden, wie sich sein Haar anfühlt …

Ich klopfe mir innerlich fest auf die Finger, gebe die Adresse des Pflegeheims ins Navi ein und folge den Anweisungen.

»Woher haben Sie die Adresse?«, fragt Leroy.

»Aus den Akten.«

Während Leroy im Lieferwagen ausharrt, betrete ich eine halbe Stunde später die Eingangshalle des St. Agnes at Mercy, einen Strauß gelber Tulpen im Arm. An einem großen Schwarzen Brett hängen Ankündigungen zum Bingoabend oder Tanztee, flankiert von zahlreichen Fotos mit Heimangestellten und Bewohnern, die eine unbeschwerte Atmosphäre ausstrahlen sollen. Der wabernde Geruch von Desinfektionsmittel und gekochtem Gemüse verstärkt das jäh aufkommende Gefühl der Niedergeschlagenheit in meiner Brust. Eine Pflegerin in weißen Hosen, die einen gebrechlichen Mann im Rollstuhl schiebt, bleibt vor mir stehen.

»Suchen Sie jemanden?«, fragt sie mich freundlich. Das Namensschild an ihrer hellblauen Bluse weist sie als Linda aus.

»Ja. Ich habe hier eine Blumenlieferung für Irene Kennedy«, antworte ich.

Lindas Lächeln wird breiter. »Das ist schön! Da wird sie sich freuen. Sie finden sie im Aufenthaltsraum. Gehen Sie geradeaus, dann nach rechts durch die Doppeltür. Sie erkennen Mrs Kennedy an ihrem roten Filzhut. Den setzt sie immer auf, wenn sie Besuch hat. Heute ist ihr Sohn da, wie jeden Freitag.«

Ich bedanke mich artig und gehe in die beschriebene Richtung. Eine Frau mit ausgezehrtem Körper und tief gesenktem Kopf schlurft an mir vorbei, und ich murmele einen Gruß, den sie nicht beantwortet. Vermutlich hat sie ihn nicht gehört. Als ich die Doppeltür aufstoße, mache ich mich aufs Schlimmste gefasst und werde angenehm überrascht. Der Aufenthaltsraum ist großzügig geschnitten und sonnendurchflutet, die breite Fensterfront zeigt auf einen hübschen Garten mit Rhododendren und Azaleen. Es gibt sogar einen kleinen Teich, auf dessen Oberfläche Wasserlilien treiben. Tische und Stühle sind im Raum verteilt, ein paar Sofas stehen an den Wänden. In einem schmalen Holzregal stapeln sich Bücher und Brettspiele, aus einem Lautsprecher ertönt leise Musik. Knapp ein Dutzend Personen sind anwesend, viele in Morgenmänteln und Pantoffeln, und so entdecke ich Mrs Kennedy in ihrem Blumenkleid und ihrem roten Hut auf Anhieb. Sie ist zierlich, hat eine blasse, dünne Haut und ist mit ihren fünfundsechzig Jahren noch recht jung. Ihre blauen Augen sind hübsch, doch der leere Ausdruck darin zeugt von ihrer schweren Krankheit. Gemeinsam mit ihrem Sohn sitzt sie an einem der Tische, die nah am Fenster stehen.

Auch wenn damit die Frage beantwortet ist, ob Owen Kennedy tatsächlich seine Mutter besucht, trete ich nicht den Rückzug an. Es wäre schade um die schönen Tulpen – und mögliche Informationen, die ich während eines kleinen Plauschs gewinnen könnte. Gemächlich, um die beiden nicht zu erschrecken, gehe ich auf den Tisch zu.

»Mrs Kennedy?«, frage ich sanft.

Die Frau reagiert nicht, sondern starrt auf die Tischplatte, als lägen dort ihre Erinnerungen vergraben, dafür blickt mich ihr Sohn durch seine Brille argwöhnisch an. Noch immer klebt sein Haar an der Kopfhaut fest, ein Bein wippt auf und ab. Er wirkt gestresst.

»Was wollen Sie?«, blafft er mich an.

»Ich soll diese Blumen hier abgeben. Sie sind für Ihre Mutter.«

Auf Owen Kennedys rundem Gesicht bilden sich rote Flecken. »Von wem sind die?«

Zum zweiten Mal an diesem Tag zucke ich bei der Frage mit den Achseln und antworte, dass ich es nicht weiß. Nur der Gag mit dem heimlichen Verehrer scheint mir diesmal wenig angebracht. Indessen fixiert Owen Kennedy die Blumen, als wären sie mit einem Biokampfstoff versetzt.

»Nehmen Sie die wieder mit!«, entgegnet er mürrisch, gleichzeitig löst er den Blick von mir, um ihn dann ziellos durch den Raum schweifen zu lassen. Das Wippen seines Beins verstärkt sich.

»Sind Sie sicher?«, frage ich irritiert.

»Ja!«, presst er hervor, ohne mich anzusehen. »Gehen Sie!«

Ich überlege fieberhaft, doch so sehr ich mir das Gehirn auch zermartere, mir fällt kein schlüssiger Grund ein, warum ich länger bleiben sollte, deshalb wende ich mich zum Gehen. Vor der Doppeltür treffe ich auf Linda, die mit Blick auf die Tulpen in meiner Hand fragend die Augenbrauen hebt.

»Ich werde sie nicht los«, erkläre ich. »Der Sohn glaubt offenbar, sie wären Gefahrgut.«

Die Mundwinkel der Pflegerin kräuseln sich zu einem nachsichtigen Lächeln. »Sobald er weg ist, stelle ich die Blumen in Mrs Kennedys Zimmer«, sagt sie und nimmt mir den Strauß ab.

»Danke«, antworte ich und füge ein gemurmeltes »Komischer Kauz« hinzu, um Linda mit etwas Glück die eine oder andere Information zu entlocken.

»Schon«, entgegnet sie prompt. »Aber Sie sollten wissen, dass Mister Kennedy an Agoraphobie leidet. Er hat eine panische Angst vor Menschenansammlungen und öffentlichen Plätzen. Obwohl er jetzt in diesem Moment am liebsten aus dem Gebäude flüchten würde …« Sie weist mit einer knappen Kopfbewegung auf den Mann. »… bleibt er zwei Stunden auf dem Stuhl sitzen. Und das jeden Freitag! Können Sie sich vorstellen, welch ungeheure Überwindung es ihn kosten muss?« Weil es eine rhetorische Frage ist, warte ich schweigend ab. »Nehmen Sie seine Unfreundlichkeit nicht persönlich. Er ist zu allen so, außer zu seiner Mutter. Zu ihr ist er immer sehr liebevoll.«

Wie um Lindas Worte zu untermauern, beugt sich Owen Kennedy zu seiner Mutter und streicht ihr zärtlich übers Gesicht. Der Ausdruck in seinen Augen ist so voller Zuneigung, dass es mir fast das Herz bricht. Nicht zuletzt auch, weil ein spleeniger Verschwörungstheoretiker mit Mordgedanken wie er seiner Mutter ein besseres Kind ist, als ich es bin.

Mühsam schlucke ich den Kloß hinunter, der sich in meinem Hals gebildet hat. »Hat Mrs Kennedy noch andere Kinder?«, frage ich leise, obwohl ich die Antwort bereits kenne.

Linda verneint. »So viel ich weiß, gibt es nur sie beide. Sonst hat sie keine Angehörigen.«

Wenn Owen Kennedy stirbt, wird niemand mehr seine Mutter besuchen.

Nachdem ich mich von der netten Pflegerin verabschiedet habe, stürze ich aus dem Heim, als wäre der Teufel hinter mir her. Mir ist hundeelend! Vor allem aber spukt mir die Frage im Kopf herum, warum in den Akten Kennedys Krankheit mit keinem Wort erwähnt wird.

Leroy

»Wo, glauben Sie, nimmt Kennedy seine Videos auf?«, frage ich.

Jewel zuckt wortlos mit den Achseln. Seit sie zurück ist, befindet sie sich in einem seltsamen Gemütszustand. Nicht, dass sie sich bisher als Stimmungskanone ausgezeichnet hätte, aber selbst für ihre Verhältnisse ist die Wolke, die ihren Kopf umhüllt, verflucht schwarz.

»Sicher, dass er der Richtige ist?«, setze ich nach.

»Natürlich!«

»Wieso?«, entgegne ich spöttisch. »Weil sich die CIA niemals irrt?«

»Genau.« Es klingt trotzig.

»Dank der Wanzen werden wir bald mehr wissen.«

Erneut bekomme ich eine einsilbige Antwort. »Sicher.«

Kurz spiele ich mit dem Gedanken, sie zu fragen, ob alles in Ordnung sei, doch ihr verschlossenes Gesicht ist wie ein »Bitte nicht stören«-Schild, versehen mit einer dicken Unterstreichung und drei Ausrufezeichen, also sehe ich davon ab. Stattdessen erzähle ich ihr von meiner Vorgehensweise, Owen Kennedy zu liquidieren. Möglicherweise muntert sie das ein wenig auf.

»Vorhin habe ich nicht nur Kennedys Haus verwanzt«, erkläre ich. »Ich habe auch eine Mini-Sprengstoffladung am Garagentor angebracht. Sobald Sie der Ansicht sind, dass die Zeit reif ist«, betone ich, um sie milde zu stimmen, »warte ich den Besuchstag ab und löse den Sprengstoff per Funk aus. Genau in dem Moment, wenn Kennedy sein Fahrrad hinausschiebt. Das Garagentor wird ihn zerquetschen, aber vermutlich nicht töten. Man wird ihn ins Krankenhaus bringen. Dort werde ich mich in sein Zimmer schleichen und die Antibiotika, die man ihm gegen eine bakterielle Infektion verabreichen wird, durch Kochsalzlösung ersetzen. Er wird an einer Blutvergiftung oder Lungenentzündung sterben, was in Krankenhäusern ja immer mal wieder passiert. Niemand wird Fragen stellen.«

»Ziemlich grausam«, sagt Jewel nach langem Schweigen. Ihre Stimme klingt tonlos und leicht gepresst.

»Aber effizient.«

Sie räuspert sich. »Werden denn keine Sprengstoffspuren am Garagentor zurückbleiben?«

»Nein. Es wird nach Verschleiß aussehen.«

Aus einem mir unerklärlichen Grund runzelt sie missbilligend die Stirn. »Sie scheinen sich da sehr sicher zu sein.«

»Das bin ich.«

Unerwartet beginnen ihre Finger auf dem Lenkrad zu trommeln. »Und Sie fühlen sich nicht schlecht dabei?«, fragt sie mit einem gereizten Unterton. »Sie haben doch über mein Handgelenkmikro mit angehört, was die Pflegerin über Kennedy und seine Mutter erzählt hat.«

Verständnislos blicke ich sie an. »Owen Kennedy ist ein liebender Sohn, und wenn schon? Das bedeutet nicht, dass er kein Arschloch ist.«

Ihre Finger schließen sich fester ums Lenkrad, bevor sie mit einem Ruck den Lieferwagen an den Straßenrand lenkt und anhält. Mit zornig funkelnden Augen wendet sie sich mir zu. »Für Sie ist das hier alles nur ein Riesenspaß, oder?«

Alle Freundlichkeit verschwindet aus meinem Gesicht. »Nur weil Sie mit der Situation überfordert sind, müssen Sie mir nicht gleich ans Bein pinkeln!«

Ihre Wangen färben sich zartrosa. »Überfordert? Ich?«

Als ich mich zu ihr beuge, weicht sie instinktiv zurück, was mich mit Genugtuung erfüllt. »Einen Mord aus der Ferne zu beauftragen, ist etwas anderes, als jemanden töten zu lassen, dem man in die Augen gesehen hat, nicht wahr, Jewel? Aber letzten Endes besteht da kein Unterschied. Also sparen Sie sich die Heuchelei!«

Kurz blinzelt sie, dann schiebt sie kämpferisch das Kinn vor. »Darum geht es nicht! Es geht darum, dass Sie den angesichts der Tragweite unserer Mission nötigen Ernst vermissen lassen«, erklärt sie mit der kühlen Stimme, die sie immer dann benutzt, wenn sie sich mit einer Aura von Unnahbarkeit umgeben will. »Und das behagt mir nicht.«

Ich beuge mich weiter vor, bis sich unsere Gesichter fast berühren. Diesmal widersteht sie dem Drang, sich wegzubewegen, und ihr süßer Duft steigt mir in die Nase. Was nichts daran ändert, dass ich sauer bin.

»Ob es Ihnen behagt oder nicht, ist mir scheißegal«, knurre ich. »Ich tue das hier nicht freiwillig, okay? Je schneller wir das Ganze über die Bühne bringen, desto besser.«

Punkt für Punkt mustert sie mein Gesicht, als wäre sie auf der Suche nach der Wahrheit. Überall da, wo ihre schönen Augen meine Haut abtasten, entsteht ein warmes Prickeln. Nun ist es an mir, ein Stück zurückzuweichen.

»Was meinen Sie damit, Sie tun es nicht freiwillig?«, flüstert sie.

Mein unsteter Blick fällt auf ihre leicht geöffneten, feucht schimmernden Lippen. In meinem Schwanz zuckt es unerwartet heftig, so heftig, dass ich gerade so ein Keuchen zurückhalten kann. Verwirrt lasse ich mich in meinen Sitz fallen. Als ich nichts erwidere, setzt sie seufzend die Perücke ab und kämmt mit den Fingern ihre lange schwarze Mähne, was nicht gerade zu meiner Entspannung beiträgt. Es ist das erste Mal, dass ich sie mit offenem Haar sehe, und ich gebe mir alle Mühe, sie nicht anzustarren. Sie hat wundervolles Haar, dick und glänzend zugleich. Wie es sich wohl anfühlt, wenn ich meine Finger tief darin vergrabe? Schon geht die Fantasie mit mir durch, und sie ist eindeutig schmutzig.

»Kann ich mich trotzdem auf Sie verlassen?«, fragt sie nach einer kleinen Weile.

»Natürlich«, antworte ich betont gelassen und schlage die Beine übereinander, um den Ständer in meiner Hose zu verbergen. »Ich bin Profi.«

Bei meinen letzten Worten bricht der Lüstling in mir in höhnisches Gelächter aus, was ich ihm nicht einmal verübele.

Jewel nickt langsam und dreht den Zündschlüssel, woraufhin der Motor des Lieferwagens mit einem tiefen Brummen zum Leben erwacht. »Danke für Ihre Ehrlichkeit.«

Ein kleines Lächeln huscht über ihre Züge, das erste Mal, seit wir uns kennen. Die Verwandlung ist verblüffend, und ich wende hastig den Blick ab. *Schon wieder.* Während wir Richtung Zentrum fahren, starre ich missmutig durch die Frontscheibe. Ich benehme mich wie ein pickeliger Sechzehnjähriger, der durchs Schlüsselloch gafft und beim Anblick einer nackten Mädchenbrust beinahe einen Samenerguss bekommt. Unfassbar!

Nachdem ich das Steuer übernommen habe, setze ich Jewel vor ihrem Hotel ab, wo sie ihrem Boss Bericht erstatten will. Ich habe Deputy Chief Ronald Cooper nie kennengelernt, aber man erzählt sich, er sei ein Paragrafenreiter und verkappter Chauvinist. Hinterher gebe ich den Transporter bei der Autovermietung ab und steige in meinen Wagen, um nach Kenner zu fahren. Der Plan sieht vor, dass ich mich zwei Querstraßen von Kennedys Haus entfernt in einem kleinen Feldweg postiere. Die sprachgesteuerten Wanzen in seinem Haus verfügen über eine Reichweite von dreihundert Metern, so werde ich ihn also ungestört belauschen können. Später löst mich Jewel mit einem eigenen Mietwagen ab, kurz nach Mitternacht übernehme ich, und so weiter und so fort. Eine kraftraubende Angelegenheit. Während ich in Kenner auf der Lauer liege, wird Jewel dank der von mir angebrachten Funkwanze Kennedys Computer nach Hinweisen auf mögliche Mitverschwörer oder Mordpläne durchforsten.

Weil sich Observationen in der Regel ziemlich öde gestalten, mache ich unterwegs einen Abstecher zum Breaux Mart an der Severn Avenue. Gerade verstaue ich die Einkaufstaschen mit diversen Musikzeitschriften, Knabberzeug und Wasserflaschen hinten in meinem Range Rover, als mein Handy klingelt. Obwohl die Nummer unterdrückt ist, nehme ich das Gespräch an.

»Ja?«, melde ich mich und knalle die Wagentür zu.

»Der Plan hat sich geändert, Commander.«

Als ich die weibliche Stimme vernehme, verziehe ich das Gesicht.

Nancy Ohlsen.

»Ich höre.«

»Der Befehl zur Liquidierung von Owen Kennedy ist aufgehoben.«

Der ganze Aufriss für die Katz! Das kommt in unserer Branche allerdings häufiger vor, als man vielleicht glauben mag. In diesem Fall bin ich nicht überrascht.

»Ich dachte mir schon, dass wir den Falschen haben«, antworte ich, was Ohlsen weder bestätigt noch verneint.

»Sie haben ein neues Ziel«, sagt sie stattdessen.

Ergibt Sinn.

Ich umrunde den Wagen und öffne die Fahrertür. »Und wen?«

»Officer Jewel Duchasnel.«

Trotz der Schwüle ist mir, als hätte jemand einen Kübel mit Eis über mich ausgeschüttet, und ich halte mitten in der Bewegung inne. »Können Sie das bitte wiederholen?«

»Sie haben mich schon richtig verstanden, Commander.«

»Wieso?«

»Den Grund müssen Sie nicht kennen. Führen Sie den Befehl aus, wie Sie es bereits unzählige Male getan haben.« Ein ungeduldiges Schnauben ertönt, als ich mich, statt zu antworten, in Schweigen hülle. »Tun Sie es einfach!«

»Wieso?«, wiederhole ich.

Nun sind es ihre Lippen, die geschlossen bleiben. Das Schweigen in der Leitung zieht sich, dennoch habe ich nicht vor, es zu brechen.

Schließlich stößt Nancy Ohlsen einen gequälten Seufzer aus. »Eigentlich wollte ich Sie damit nicht belasten, aber …«

»Aber was?«, entgegne ich scharf. Ich nehme ihr die Anteilnahme nicht eine Sekunde ab.

»Jewel Duchasnel war die verantwortliche Analystin damals in Mogadischu. Sie wissen schon …« Das aufgesetzte Zögern lässt mich beinahe aus der Haut fahren. »Der misslungene Zugriff, dem drei Ihrer Männer zum Opfer gefallen sind.«

Ohlsens Worte schlagen in meinem Kopf ein wie eine Splittergranate. Als die Erinnerungen auf mich einstürmen, bin ich außerstande, in Deckung zu gehen.

Es ist heiß und trocken. Ein stinkender Dunst aus Blut und Staub hat sich wie Säure in meine Nase geätzt.

»Zentrale! Hier Override!«, brülle ich ins Mikro, während mir die Kugeln um die Ohren fliegen. Fluchend wische ich mir den Schweiß aus den brennenden Augen. »Haben Able Six gesichert, kommen aber nicht von diesem Scheißdach runter! Wir werden von drei Seiten beschossen und können uns hier nicht mehr lange halten! Team Bravo kann nur bedingt helfen. Wir brauchen JETZT Feuerunterstützung, Zentrale! JETZT!«

Mein Blick fällt auf Lewis, Codename Able Six. Aus dem notdürftigen Verband um seinen zerfetzten Oberschenkel strömt unaufhörlich das Blut.

»Wie geht's ihm?«, frage ich Fletcher, Codename Viper, der sich schützend über seinen Kameraden beugt, um den Splitterregen der Granaten abzuhalten.

»Er verblutet! Scheiße verdammt …«

Seine Worte sind noch nicht zu Ende verhallt, als ein ohrenbetäubender Knall ertönt und ein Teil des Dachabsatzes auf der Westseite weggesprengt wird. Fletcher duckt sich zu spät. Die Hälfte seines Schädels ist weg, bevor er tot zusammenbricht und Lewis unter sich begräbt. In meinem Kopf explodiert die Wut. Gallagher ist tot. Fletcher ist tot. Lewis ist so gut wie tot. Monahan atmet zwar noch, kann sich aber kaum bewegen. Einen Schrei ausstoßend richte ich meine AR-15 auf das Nachbarhaus und feuere und feuere … Ich komme erst wieder zu mir, als Einschläge von Raketen in die umliegenden Häuser donnern, aus denen zuvor noch geschossen wurde. In Schräglage flankiert ein Black-Hawk-Hubschrauber den Platz westlich unseres Standortes und zerlegt den Feind mit dem rhythmischen Trommeln der 30-Millimeter-Kanone.

»Override! Hier Valkyrie!«, meldet sich der Pilot. »Wir decken euren Abzug. Seht zu, dass ihr da rauskommt. Seagull wartet bei Charlie vier-sieben auf euch.«

»Verstanden, Valkyrie«, stoße ich zwischen zusammengebissenen Zähnen hervor. »Zentrale, hier Override!«, wende ich mich ans Hauptquartier. »Einsatz fehlgeschlagen, Zielperson nicht gesichert.

Kehren zur Basis zurück. Ich wiederhole: Einsatz ist fehlgeschlagen. Override aus.«

Wie betäubt lasse ich die AR-15 sinken und blicke auf die zerfetzten Männer zu meinen Füßen, die umsonst gestorben sind …

»Sie sollten wissen, Commander, dass es seitens Duchasnel kein Versehen war, keine Fehleinschätzung, wie sie behauptet«, setzt Nancy Ohlsen fort und drängt die Erinnerungen zurück. »Sie hat die Mission bewusst sabotiert. Leider haben wir das erst vor Kurzem erfahren. Allem Anschein nach arbeitet sie seit Jahren für die Gegenseite.«

Mit einem Mal fühlt sich meine Kehle staubtrocken an, und ich bin zu keiner Erwiderung fähig.

»Commander? Sind Sie noch dran?«

»Ja, ich bin noch dran«, fauche ich gereizt. »Nichts für ungut, Ohlsen, aber es ist schwer vorstellbar, dass Jewel Duchasnel ein doppeltes Spiel treibt.«

Ein wieherndes Lachen ist die Antwort. »Seit wann kennen Sie Officer Duchasnel? Seit drei Tagen?«

Mühsam dränge ich die unbändige Wut zurück, die an die Oberfläche will, und versuche, meine fünf Sinne zusammenzuhalten. »Warum wird ihr nicht der Prozess wegen Landesverrat gemacht?«

Ohlsen schnaubt. »Derzeit können wir uns keine negative Publicity leisten, deshalb muss die Affäre diskret gelöst werden. Sie werden Duchasnels Leiche verschwinden lassen. Bis ihre nächsten Angehörigen misstrauisch werden, werden Wochen vergehen. Das gibt uns genügend Zeit, das Ausmaß ihres Verrats in Ruhe zu untersuchen.«

»Was ist mit Freunden?«

»Officer Duchasnel ist eine Einzelgängerin. Sie hat keine Freunde … Also, was ist?«, drängt Ohlsens Stimme, als ich nichts sage. »Können wir uns auf Sie verlassen?«

»Natürlich«, antworte ich mechanisch.

»Gut. Und Commander?«

»Ja?«

»Diese Order unterliegt der höchsten Geheimhaltungsstufe.«

»Verstehe. Der Tötungsbefehl an Officer Jewel Duchasnel wird in keinem offiziellen Bericht auftauchen«, fasse ich fürs Protokoll kurz zusammen.

»Sie haben damit hoffentlich keine Probleme?«

»Nein«, antworte ich, die erloschenen Blicke meiner toten Kameraden vor Augen. »Danach bin ich aber raus aus der Nummer! Keine weiteren Aufträge mehr.«

»Keine weiteren Aufträge mehr«, versichert Ohlsen. »Sie haben mein Wort.«

»Nur so aus Neugier: Was ist mit dem Verrückten aus dem Video?«, frage ich. »Wer zieht den aus dem Verkehr?«

»Darum kümmert sich ein anderes Team«, lautet die Auskunft.

Zwar habe ich so meine Zweifel, was Kennedys Beteiligung angeht, aber weil mich die Sache nicht mehr betrifft, erspare ich mir eine Bemerkung. Nach kurzen floskelhaften Abschiedsworten, die ich nicht erwidere, beendet Nancy Ohlsen das Gespräch. Als ich Jewel gegenüber vollmundig behauptet habe, ich hätte noch jeden Auftrag erledigt, habe ich Mogadischu außen vor gelassen. Was für eine Ironie, dass ausgerechnet sie für meine bitterste militärische Niederlage verantwortlich sein soll! Während ich einer Frau hinterherstarre, die sich mit einem quengelnden Kleinkind und einem vollen Einkaufswagen auf dem Weg zu ihrem Auto abmüht, flaut der Aufruhr in meinem Innern so schnell ab, wie er entstanden ist. Er ist Ruhe gewichen. Jener Art von Ruhe, die man kurz vor der Abgabe eines tödlichen Schusses verspürt. Ich stecke das Handy wieder weg und steige in den Wagen. Bevor ich losfahre, prüfe ich die Beretta im Handschuhfach. Im Magazin befinden sich noch zehn Patronen.

Jäger und Gejagte

Jewel

Das Schöne an Kaffeemaschinen in Hotelzimmern besteht darin, dass man sich damit auch Tee machen kann. Genau das richtige Getränk, um sich an den schmalen Schreibtisch vor dem Fenster zu setzen und in einer fremden Festplatte herumzuschnüffeln. Das Telefongespräch mit Cooper war nicht lang, aber aufschlussreich. Ich habe ihn auf den neuesten Stand gebracht und ihm erzählt, dass Owen Kennedy an Agoraphobie leidet. Nach einem kurzen Moment der Überraschung meinte Cooper, es sei für unser Vorhaben von Vorteil, weil jemand, der Menschen meide, zwangsläufig ein Einzelgänger sei. Er drängte mich, Kennedy ein paar Tage lang zu beobachten, um sicherzustellen, dass sein Tod keinen größeren Wirbel verursachen würde. Aber ich solle nicht mehr Zeit als nötig erübrigen, da seine finanziellen Ressourcen begrenzt seien. Außerdem dürfe man das Leben der im Video genannten Senatoren nicht länger gefährden.

Während ich an meinem grünen Tee nippe, versuche ich, das Stechen in der Magengegend zu ignorieren. Irgendwie haben es alle verdammt eilig, Owen Kennedy tot zu sehen! Verdrossen klappe ich den Deckel meines Laptops hoch und gebe das Passwort ein. Kurz flackert der Bildschirm, dann poppt das Menü auf. Mit dem Zeigefinger fahre ich über das Touchpad, als das Schrillen des Telefons rechts von mir auf dem Schreibtisch die Stille durchschneidet. Überrascht starre ich auf das Gerät. Wer sollte mich über das Hoteltelefon erreichen wollen? Außer dem Mitarbeiter an der Rezeption fällt mir niemand ein.

»Hallo?«, melde ich mich.

»Jewel?«, erklingt eine durchdringende Frauenstimme, die ich nicht auf Anhieb erkenne.

»Wer ist dran?«

»Helen.«

»General Wrangler!«, rufe ich erfreut. »Wie geht es Ihnen?«

»Du musst weg aus New Orleans, sofort!«

»Bitte was?«, stoße ich verdutzt hervor.

»Cooper hat dich zum Abschuss freigegeben!«

»Ich verstehe nicht«, entgegne ich stirnrunzelnd. »Was meinen Sie mit ›zum Abschuss freigegeben‹?«

»Leroy Masters hat die Order erhalten, dich zu töten, Jewel.«

Hilflos klappe ich den Mund auf und wieder zu. Ein zentnerschwerer Betonklotz ist auf meine Brust gekracht, und ich bekomme keine Luft.

»Jewel?«, fragt Helen hörbar besorgt.

»Ja«, krächze ich.

»Da ist eine Riesensauerei im Gange!« So aufgeregt habe ich sie noch nie erlebt. »Pack das Nötigste ein, und mach, dass du verschwindest!«

»Aber wieso?«, frage ich, und es klingt schrecklich schwach. Die Welt um mich herum bekommt Risse, droht auseinanderzubrechen. »Ich habe eben erst mit Cooper gesprochen …«

»Keine Ahnung, aber ich finde es heraus«, antwortet Helen eindringlich. »Bis dahin tauchst du unter. Hast du nicht mal erzählt, dass deine Mutter im Bayou lebt?«

»Ja«, flüstere ich.

»Gut! Schreib dir folgende Telefonnummer auf, und melde dich, sobald du in Sicherheit bist.« Als hätte eine fremde Macht die Kontrolle über meinen Körper übernommen, reiße ich eine Seite des hoteleigenen Notizblocks ab und vermerke die Nummer. Meine Hand zittert so sehr, dass ich Mühe habe, den Stift zu halten. »Aber von einem Prepaidhandy aus«, fügt Helen hinzu, als wäre ich ein Frischling von der Uni.

»Was?« Mühsam kämpfe ich mich aus dem Untergrund an die Oberfläche, bis es mir wieder einfällt. *Nur von einem Prepaidhandy aus anrufen.* »Ja, natürlich«, sage ich mit bebender Stimme.

»Über diese Nummer erreichst du mich Tag und Nacht.« Eine kurze spannungsgeladene Pause entsteht. »Pass auf dich auf, Jewel! Leroy Masters ist ein Killer.«

Ein Killer.

Das Stichwort, das mich aus meiner Schockstarre löst.

»Ich mache mich sofort auf den Weg!«, rufe ich und springe auf die Beine. »Und danke, Helen.«

Es ist das erste Mal, dass ich sie beim Vornamen nenne, doch in Anbetracht der Situation wird sie es mir kaum verübeln.

»Viel Glück, Jewel«, kommt es leise zurück.

Der Hörer liegt noch nicht richtig auf der Gabel, als ich meinen Koffer vom Schrank herunterhole und aufs Bett werfe. Dann aber halte ich mitten in der Bewegung inne. *Zu auffällig.* Obwohl mir bei der Vorstellung das Herz blutet, muss ich ihn zurücklassen. Stattdessen stopfe ich das Nötigste in eine verschließbare Stofftasche mit Schultergurt, die große Ähnlichkeit mit einer Strandtasche hat. Wäsche zum Wechseln, verschiedene Oberteile, das weiche, schimmernde Nachthemd mit dem schwarzen Tüll, meine Papiere, Geld, Deo sowie die blonde Perücke finden unter anderem darin Platz. Rollt man die Wäsche straff zusammen, ist es verblüffend, wie viel in eine solche Tasche passt. Und natürlich darf »Das Mädchen im Spiegel« nicht fehlen. Bücher lasse ich grundsätzlich nie zurück! Anschließend zerre ich den Metallkoffer mit dem verbliebenen Equipment unter dem Bett hervor. Zurückbringen kann ich ihn nicht, also werde ich ihn dort verwahren, wo er keinen Schaden anrichtet. Rasch ziehe ich mich um, schlüpfe in T-Shirt und Jeans und tausche meine Pumps gegen die Doc Martens aus. Gerade als ich das Schulterholster anlege, um meine SIG-Sauer-Pistole hineinzustecken, klopft es an der Tür. Mein Herz setzt einen Takt aus.

»Ja?«, rufe ich betont fröhlich.

»Ich bin's«, erklingt Leroys tiefe Stimme auf der anderen Seite.

Grundgütiger! Er verliert wirklich keine Zeit.

Übelkeit steigt mir in die Kehle. »Nanu?«, erwidere ich, während mein Blick panisch durch den viel zu kleinen Raum huscht. »Sollten Sie nicht Kennedy observieren?«

»Schon, aber es gibt ein technisches Problem«, erklärt Leroy ruhig.

Ich muss schlucken. Nichts in seinem Tonfall lässt darauf schließen, dass er mich töten will. Meine Finger tasten nach der SIG Sauer.

»Was für ein Problem?«, frage ich.

»Lassen Sie mich hinein, und ich erkläre es Ihnen.«

Auf der Suche nach einem Ausweg rasen meine Gedanken mit meinem Herzen um die Wette, was mir den Hals brutal zuschnürt.

»Was ist, Jewel?« Seine Stimme klingt sanft, ein wenig neckend. »Soll ich hier draußen versauern?«

So ein verlogener Wichser!

Die aufkeimende Wut verleiht mir die nötige Kraft, um mich in Bewegung zu setzen. »Nein, natürlich nicht«, antworte ich schließlich und ringe mir sogar ein kleines Lachen ab. Die Pistole halte ich fest umklammert. »Einen Moment.«

Meine Knie schlottern, als ich zur Tür gehe, um sie zu öffnen. Dabei lehne ich mich von innen dagegen, sodass die rechte Hälfte meines Körpers verdeckt ist.

»Hallo noch mal«, begrüße ich ihn freundlich.

Wie immer bietet er einen perfekten Anblick, und als mich sein warmer, angenehmer Duft umweht, wandelt sich meine Wut in Mordlust. Feuergleich rinnt sie durch meine Adern, und ich kann nur unter Aufbietung all meiner Willenskraft ein verräterisches Zittern unterdrücken.

»Hallo«, raunt Leroy verschwörerisch, als hätten wir uns zu einem Quickie verabredet, und tritt einen Schritt nach vorn.

Dabei streift er das Bitte-nicht-stören-Schild über der Klinke, das daraufhin auf den Boden flattert. Als er sich bückt, um es aufzuheben, zögere ich keine Sekunde. Ich hole aus und verpasse ihm mit dem schweren Kolben meiner Waffe einen wuchtigen Schlag gegen die Schläfe. Er stößt einen überraschten Laut aus und schwankt, also schlage ich noch einmal zu. Diesmal scheint die Blutzufuhr zum Gehirn unterbrochen, und er bricht bewusstlos zusammen. Die Platzwunde an seiner Schläfe erfüllt mich mit einer Befriedigung, die ich niemals für möglich gehalten hätte. Dann schließe ich die Tür.

Nun muss alles sehr schnell gehen.

Nachdem ich meine Pistole ins Holster gesteckt habe, taste ich ihn ab. Sein Körper unter meinen Fingern fühlt sich aufreizend gut an, warm und muskulös, was mich noch wütender macht. Am liebsten würde ich ihm einen harten Tritt zwischen die Beine verpassen! Rasch nehme ich ihm Geld und Autoschlüssel ab, ein Handy oder eine Waffe trägt er nicht bei sich. Unwillkürlich fliegt mein Blick zu seinen starken, langen Fingern. *Wollte er mich vielleicht erwürgen? Oder mich unter dem Kleiderschrank begraben und es nach einem Unfall aussehen lassen?*, mutmaße ich in einer Anwandlung von schwarzem Humor. Anschließend ziehe ich ihm Schuhe, Jeans und Boxershorts aus, um sie später zu entsorgen. Bei Letzterem halte ich die Augen geschlossen, nicht aus Pietätsgründen, sondern weil ich keine wertvolle Zeit damit vertrödeln will, sein zweifelsohne beeindruckendes Gemächt zu bewundern. Mithilfe der kräftigen Schnürsenkel aus seinen Schuhen binde ich seine Hände ans Heizungsrohr. Ich gebe mich nicht der Illusion hin, dass meine bescheidene Fesselkunst ihn von einer Verfolgung abhalten wird, aber sie verschafft mir Zeit. Auf einen Knebel verzichte ich. Typen wie Leroy Masters geben sich nicht die Blöße und rufen um Hilfe. Schon gar nicht mit heruntergelassener Hose!

Kurz darauf räume ich das Zimmer, nicht ohne vorher ein paar Knöpfe rechts von der Tür gedrückt zu haben, das Bitte-nicht-stören-Schild hänge ich außen wieder an die Klinke. Leroys Geld stecke ich ein, seine Klamotten werde ich einem Obdachlosen auf der Canal Street schenken und den Autoschlüssel zusammen mit meinem Handy in den Fluss werfen. Als ich die Treppe hinuntergehe, stelle ich mit Erleichterung fest, dass keine weiteren Gäste an der Rezeption stehen. Trotzdem dauert das Auschecken eine gefühlte Ewigkeit, zumal ich dem Mitarbeiter einbläue, meinen Bekannten oben im Zimmer noch mindestens zwei Stunden schlafen zu lassen. Ob ich bereit sei, dafür einen Zuschlag zu zahlen? Aber selbstverständlich, erwidere ich mit einem breiten Lächeln.

Auf dem Weg zum Taxistand besorge ich mir ein Prepaidhandy, anschließend lasse ich mich zum Greyhound-Busbahnhof fahren, wo ich ein Ticket nach Gonzales kaufe, eine kleine Stadt, nur fünf Meilen von Sorrento entfernt. Den Metallkoffer deponiere ich in einem der hinteren Schließfächer und stecke den Schlüssel ein. Dann gehe ich auf die Toilette, setze mir die blonde Perücke sowie meine Sonnenbrille auf und schlüpfe in die Cabanjacke. In dieser Aufmachung und mit einem nasalen Ostküstenakzent erstehe ich ein Ticket nach Morgan City, das in der entgegengesetzten Richtung liegt. Zu keinem Zeitpunkt habe ich vorgehabt, zu meiner Mutter zu fahren, wo mich die CIA als Erstes suchen würde. Abgesehen davon würde ich *maman* nie und nimmer einer solchen Gefahr aussetzen.

Eine Person gibt es, bei der ich Zuflucht finden kann und von der die CIA nichts weiß. Dort findet mich Leroy niemals.

Leroy

So ein verschlagenes Miststück!

Unwillkürlich knirsche ich mit den Zähnen. Also stimmt die Geschichte. Neben den stechenden Schmerz – mein Schädel brummt wie nach einem Trinkgelage am Mardi Gras –, die Rachegelüste und die Scham darüber, dass ich von einer schmächtigen Frau k. o. geschlagen wurde, gesellt sich Enttäuschung. Ein Teil von mir hat gehofft, dass Ohlsen mir ein Lügenmärchen aufgetischt hat. Deshalb bin ich überhaupt hierhergekommen, um aus Jewels Mund die Wahrheit zu erfahren. Nun weiß ich Bescheid. Zu allem Überfluss hat mich die Schlampe beklaut und in diesem Zustand zurückgelassen! Die Schuhe allein haben über dreihundertfünfzig Dollar gekostet, außerdem ist es hier arschkalt! Nachdem ich laut fluchend die Knoten um meine Handgelenke gelockert und mich befreit habe, stehe ich auf, schalte die Klimaanlage aus und öffne das Fenster, um etwas Wärme hereinzulassen. Ausgerechnet heute spannt sich der Himmel wie schmutziges Silber über die Stadt, und draußen ist es kaum wärmer als 21 Grad. Wie könnte es auch anders sein!

Wutschnaubend stapfe ich zum Schreibtisch und hebe den Telefonhörer ab. Das hier ist ein Fall für den Fünfköpfigen Drachen, so der Name, den meine besten Freunde und ich vor über zwanzig Jahren unserer Clique gegeben haben. Ich überlege. Kane ist mein Freund, aber auch mein Boss, daher kommt er nicht infrage. Jet ist eine Frau und fällt damit automatisch raus, und wie ich Eric einschätze, würde er mit diebischer Freude die Geschichte über meine prekäre Lage im hiesigen Country Club verbreiten. Bleibt nur eine Person übrig. Zum Glück kenne ich die Nummer auswendig.

»Beau Lamare«, meldet sich kurz darauf eine tiefe Stimme.

»Beau, ich bin's. Ich stecke in der Klemme«, sage ich ohne Umschweife.

»Komm doch heute Abend zum Essen«, lautet die gut gelaunte Antwort. »Cheyenne kocht wieder ihre leckeren Spaghetti, danach können wir reden.«

»Scheiß auf die Spaghetti!«, echauffiere ich mich, was eigentlich so gar nicht meine Art ist. »Ich brauche deine Hilfe nicht heute Abend, sondern jetzt sofort!«

»Jetzt?«, fragt er in seinem typischen gedehnten Tonfall. »Ist, ehrlich gesagt, etwas ungünstig.«

»Bist du im Einsatz?«, frage ich. Beau ist Detective beim New Orleans Police Department.

»Nein, aber …«

»Prima, dann kannst du mir ja helfen!«, sage ich. »Sieh es als Ausgleich für den Sonntag vor einem Monat, als ich kreuz und quer durch die Stadt gurken durfte, um Cheyennes Sachen aus ihrer Wohnung zu holen und das Fahrrad zurückzubringen. Nelly und Denise waren darüber sehr unglücklich. Wir wollten in die Mittagsvorstellung von ›Die Schöne und das Biest‹«, erkläre ich und lege eine kurze dramatische Pause ein. »Wir mussten es verschieben.«

Das Totschlagargument schlechthin.

»Schon gut«, entgegnet Beau mit einem gutmütigen Seufzer. »Schieß los!«

Als ich ihm schildere, dass ich mit blankem Hintern im Hotel Beaumont gestrandet bin und dringend etwas zum

Anziehen brauche, bricht er in Lachen aus. »Ärger mit einer Frau?«

»So ähnlich«, gebe ich knurrend zurück. »Kann ich auf deine Diskretion zählen?«

»Klar, Casanova«, antwortet Beau. »Welches Zimmer?«

»214. Und beeil dich! Bevor sie ging, hat das Miststück die Klimaanlage auf die höchste Stufe gestellt. Meine Eier sind schon auf Erbsengröße geschrumpft.«

Beaus brüllendes Gelächter zwingt mich, den Hörer ein Stück vom Ohr wegzuhalten. »Okay«, sagt er schließlich mit hörbarer Überwindung. »Liegt der Schlüssel zu deinem Haus immer noch unter der …?«

»Ja, tut er!«, falle ich ihm säuerlich ins Wort.

Je länger ich hier festsitze, desto größer wird Jewels Vorsprung.

»Alles klar.«

»Danke!«, sage ich. »Und, falls du an einem Drugstore vorbeikommst, bring Pflaster und Kopfschmerztabletten mit.«

»Mach ich. Muss ja ein aufregendes Tête-à-Tête gewesen sein!«, antwortet Beau fröhlich und legt auf.

Seine gute Laune trägt nicht gerade dazu bei, dass ich mich besser fühle. Entsprechend mürrisch betrete ich das Bad, um die blutende Wunde an meiner Schläfe notdürftig mit Kleenex zu säubern. Da weit und breit keine Wolldecke zu finden ist – *Willkommen in New Orleans!* – und das dünne Bettlaken den Anschein erweckt, als käme es direkt aus der Gefriertruhe, schwinge ich wie ein Idiot Arme und Beine hin und her, damit mir warm wird. Den Kreislauf in Schwung bringen zu müssen, wenn sich der Kopf anfühlt, als würde er mit einem Presslufthammer bearbeitet werden, ist eine echt beschissene Sache! Wenn ich Jewel in die Finger bekomme, und das werde ich, erwürge ich sie. Langsam und qualvoll.

Rekordverdächtige zweiunddreißig Minuten später klopft es an der Tür.

»Wer ist da?«, rufe ich.

»Ich bin's.«

Ein Handtuch um die Hüfte geschlungen, öffne ich die Tür. Beau steht vor mir und grinst mich wie ein gutmütiger Bär an. In der Hand hält er zwei ausgebeulte Einkaufstaschen von Macy's.

»Na? Alles klar?«, fragt er und betritt das Zimmer. Die beiden Tüten wirft er aufs Bett. »Sieht schmerzhaft aus«, fügt er mit ernstem Blick auf meine Platzwunde hinzu.

Männlich, wie ich bin, mache ich eine wegwerfende Handbewegung.

»Bitte sag mir, dass ein Kerl in Frauenkleidern dafür verantwortlich ist.«

Ich schüttele den Kopf. »Sie hat mich überrumpelt. Was ist das?«, frage ich, bevor sich Beau zu einer spöttischen Bemerkung hinreißen lässt, und zeige auf die Abscheulichkeit um seinen Hals.

»Die Krawatte hat mir Cheyenne geschenkt.« Cheyenne ist seine neue Freundin und der Grund, warum er seit Wochen mit selten dümmlicher Miene durch die Gegend läuft. Beinahe zärtlich streift er über den Stoff. »Gefällt sie dir nicht?«

»Doch«, entgegne ich und unterdrücke angesichts der stilisierten Vampirzähne auf rotem Fond ein Schaudern. »Sie ist toll.«

An Halloween. Aber nur, wenn es stockdunkel ist.

»Du hast schon mal besser gelogen!« Beau wirkt kein bisschen beleidigt, offenbar kann ihm nichts die Laune verderben, was mich gerade ziemlich nervt. »Willst du nicht erzählen, was passiert ist?«, fragt er, während ich mich anziehe.

Hose und Schuhe passen farblich nicht zusammen, aber nichts anderes habe ich von Beau in dieser Hinsicht erwartet. Er mag ein knallharter Schnüffler und der beste Freund sein, den man sich wünschen kann, doch von modischer Eleganz hat er nicht den blassesten Schimmer.

»Tut mir leid, Kumpel, aber es geht nicht«, sage ich ein wenig versöhnlicher.

»Wie du meinst.«

»Ich meine«, antworte ich und schlucke zwei Schmerztabletten mit etwas Wasser hinunter. Auf die Platzwunde klebe ich ein Pflaster.

»Soll ich dich irgendwohin fahren?«, fragt Beau, als ich wieder aus dem Bad trete.

»Mein Auto steht weiter unten an der Straße, aber ...«

»Aber was?«

»Sie hat meinen Autoschlüssel mitgenommen«, antworte ich und halte jäh inne.

»Du glaubst, sie könnte dein Auto geklaut haben?«, fragt Beau mit gerunzelter Stirn. Schließlich ist er ein Cop.

Kurz überlege ich, dann verwerfe ich den Gedanken, da mein Wagen über den GPS-Tracker geortet werden kann. Ich gehe eher davon aus, dass Jewel den Schlüssel in den nächsten Gully geworfen hat. Es wird mir ein Vergnügen sein, Ohlsens Befehl auszuführen!

»So dumm wird sie nicht sein«, sage ich. »Zu Hause habe ich einen Zweitschlüssel.«

»Hast du Geld fürs Taxi?«

Ich schüttele den Kopf. »Alles weg.«

Diesmal verkneift sich Beau einen Kommentar, wofür ich ihm dankbar bin. »Okay, ich fahre dich«, sagt er nur.

»Danke, Kumpel.«

»Willst du Anzeige erstatten?«, fragt Beau, als wir kurz darauf in seinen Wagen steigen.

Nun ist es an mir, ein Lachen auszustoßen, wenn auch ein freudloses. »Das ist das Letzte, was ich will.«

Was ich will, ist, die verräterische Schlampe zu fassen zu bekommen! Vielleicht revanchiere ich mich und ziehe ihr das Höschen bis zu den Kniekehlen herunter, bevor ich sie kaltmache. Die Vorstellung zaubert ein böses Lächeln auf mein Gesicht. Unprofessionell, zugegeben, aber überaus verlockend!

* * *

Zu Hause angekommen, hole ich den Zweitschlüssel für meinen Wagen aus der Küchenschublade und will mir gerade andere Schuhe anziehen, als das Festnetztelefon klingelt.

»Was ist mit Ihrem Handy?«, fragt Nancy Ohlsen, ohne sich mit einer Begrüßung aufzuhalten.

»Im Auto«, antworte ich kurz angebunden.

»Die Zielperson ist offenbar gewarnt worden«, erklärt sie grimmig.

Ich fahre mir über die lädierte Schläfe. »Ist mir auch schon aufgefallen«.

»Sie wurde am Greyhound-Busbahnhof von einer Kamera gesichtet. Sie hat dort ein Ticket nach Gonzales gekauft, vermutlich um uns weiszumachen, dass sie zu ihrer Mutter fährt. Die Verkäuferin konnte sich gut an sie erinnern. Allerdings ist Duchasnel nie in den entsprechenden Bus gestiegen. Stattdessen ist sie unterwegs nach Westen, die Innenkamera hat sie erfasst, als sie den Bus nach Morgan City betreten hat. Wir haben keine Vorstellung, wo sie hinwill, aber uns kann es nur recht sein, wenn Sie die Sache außerhalb von New Orleans erledigen. Das erregt weniger Aufmerksamkeit, und im Bayou lassen sich Leichen einfacher beseitigen.«

Bei Ohlsens letzten Worten blitzt Jewels sanftes Lächeln wie ein ungebetener Gast vor meinem inneren Auge auf. Irritiert und wütend zugleich kralle ich meine Finger fester ums Telefon.

»Wann ist der Bus in New Orleans losgefahren?«, frage ich dennoch vollkommen ruhig.

»Vor dreiundvierzig Minuten.«

Ich überschlage es rasch im Kopf. Jewel hat zwar einen deutlichen Vorsprung, aber mit dem Range Rover kann ich ihn mühelos aufholen.

»Sie hat ihr Aussehen verändert«, erklärt Nancy. »Als sie in den Bus gestiegen ist, trug sie eine blonde Perücke, Sonnenbrille und eine schwarze Cabanjacke.«

»Okay.«

Keine Viertelstunde später habe ich mich umgezogen und das Nötigste in einen Armeerucksack gepackt für den Fall, dass die Jagd auf Jewel länger als einen Tag dauert. Ich lasse mich von einem Taxi zu meinem Wagen fahren und bin kurz danach auf der vierspurigen Route 90 Richtung Westen unterwegs. Während ich Meile um Meile hinter mich bringe, verliert die Landschaft zunehmend ihren urbanen Charakter. Der schnurgerade Asphalt durchschneidet eine Gegend, die flach wie eine Flunder ist. Zypressen und windzerzauste Weiden, deren Laub sich bereits gelb verfärbt, säumen den Weg bis zum Horizont. Einzige Abwechslung bieten die Zuckerrohrfelder, die breite Schneisen in den Wald schlagen. In der Ferne ragen die Schlote der Raffinerien wie Mahnmale gen Himmel.

Die Monotonie der Landschaft regt meine grauen Zellen an. Ist Jewel eine Landesverräterin? Obwohl mein Verstand die Frage mit einem klaren Ja beantwortet, schlägt mein Bauchgefühl Alarm. Aber aus welchem Grund? Weil sie mit Augen gesegnet ist, die einen Mann förmlich auffordern, in ihre tiefsten Geheimnisse einzutauchen? Oder weil ich wissen will, wie sich mein Schwanz in ihrer Muschi anfühlt? Scheiße! Das Miststück ist für den Tod von drei meiner Kameraden verantwortlich, und ich denke ernsthaft daran, sie zu vögeln! Laut fluchend überhole ich einen Pick-up mit verbeulten Kotflügeln, der nur noch von

Rost zusammengehalten wird. Übers Display wähle ich »Stormy Weather« von Charles Mingus. Nach den ersten Bassnoten setzt die Trompete ein, legt sich wie Balsam auf meine überreizten Nerven und lenkt meine wirren Gedanken in geordnete Bahnen. Ein jedes Ding hat zwei Seiten, das ist allgemein bekannt, also sollte ich entsprechend handeln. Ohne den Blick von der Straße abzuwenden, hole ich mein Handy aus dem Handschuhfach und rufe eine Nummer in Massachusetts an, die ich schon lange nicht mehr gewählt habe. Bereits nach dem zweiten Klingeln meldet sich ein Mann mit kratziger, aber befehlsgewohnter Stimme.

»Colonel Johnson?«, erkundige ich mich. »Leroy Masters hier … Ja, Sir … Was macht der Ruhestand? … Ich rufe Sie an, Sir, weil ich einige Informationen benötige …«

Das Gespräch dauert keine fünf Minuten, dennoch habe ich dank der präzisen Schilderung des Colonels genug in Erfahrung gebracht, um zu wissen, dass ich in der Tinte sitze. Und zwar so richtig!

Just als ich eine Eisenbahnbrücke überquere, klingelt das Handy. Nancy Ohlsens Nummer wird angezeigt. Am liebsten würde ich das Gerät aus dem Fenster werfen, kann mich aber gerade noch zügeln.

»Ja?«, frage ich über die Freisprechanlage.

Wie immer verliert die Frau am anderen Ende keine Zeit mit Geplänkel. »Die Zielperson ist vorzeitig aus dem Bus gestiegen«, erklärt sie. »In Houma hat sie sich bei Hertz einen Honda Civic gemietet. Sie hat bar bezahlt, aber als sie ihren Führerschein vorlegte, hatten wir sie. Momentan ist sie auf dem Highway 182 nach Norden unterwegs.«

Ein kurzer Blick auf das Navi verrät mir, dass der Highway 182 südlich von mir liegt.

»Gut«, antworte ich. »Ich nehme die nächste Ausfahrt und fange sie ab. Schicken Sie mir die GPS-Daten aufs Handy.«

»Schon geschehen.«

Seit Autovermieter mit immer mehr Verlusten zu kämpfen haben, ist beinahe jeder Mietwagen in den USA mit einem GPS-Signalgeber ausgerüstet.

»Und nicht vergessen, Commander: Gehen Sie diskret vor!«

»Das haben Sie bereits mehrmals betont, Ohlsen«, entgegne ich kühl. »Wer hat den Tötungsbefehl eigentlich erteilt?«, schiebe ich unvermittelt hinterher.

»Seit wann interessiert Sie das?«, kommt es unwirsch zurück.

»Ich bin nur neugierig. Schließlich handelt es sich um eine von Ihnen.«

Verblüffte Stille und dann: »Sie hat nicht nur die Agency verraten, sondern auch unsere großartige Nation.« Ohlsen seufzt. »Ich bin über die Situation nicht glücklich, glauben Sie mir.«

»Nicht?«, gebe ich ihr einen Stupser.

Ein Stupser, der sich als zu offensichtlich herausstellt, denn als sie antwortet, klingt ihre Stimme abweisend. »Sehen Sie zu, dass Sie die Sache schnell und sauber erledigen, Commander.«

»Sie werden mir also nicht sagen, wer den direkten Befehl erteilt hat?«

»Nein.« In ihrem Tonfall schwingt nüchterne Endgültigkeit mit.

»Weil Sie es nicht wissen«, provoziere ich sie. »Sie sind nur eine Handlangerin.«

Ihr Lachen ist verächtlich. »Netter Versuch.«

Sie legt auf, nicht ohne mir vorher das Versprechen abgenommen zu haben, sie sofort anzurufen, sobald der Auftrag erledigt ist. Während ich die Anweisungen des Navis befolge, gebe ich mir alle Mühe, den Pflasterstein zu ignorieren, der sich in meinem Bauch häuslich eingerichtet hat. Kurz vor dem Städtchen Gibson biege ich rechts ab, fahre die Straße hinunter, die als Schleife durch einen üppigen Pinienwald führt und erreiche den Highway 182, auch Bayou Black Drive genannt. Die zweispurige Straße verläuft malerisch am Kanal entlang, der von gelbem Schilf flankiert wird. Eine halbe Meile hinter einer weißen Baptistenkirche mit schwarzem Spitzdach gelange ich über eine Hängebrücke auf die andere Uferseite, wo die Natur aus dem Vollen schöpft. Unter prachtvollen Eichen und Pekannussbäumen ducken sich windschiefe Hütten, aber auch Farmhäuser mit gewaltigen Grünflächen prägen das Bild. Zäune oder Abgrenzungen sucht man hier vergeblich. Es regnet nicht, dennoch ist der Südwind, der durch das offene Fenster hereinweht, feucht und warm.

Unter normalen Umständen hätte ich die Fahrt sicher genossen.

Inzwischen habe ich mein Handy ans Menü des Wagens angeschlossen und den GPS-Tracker aktiviert, um den Honda Civic ausfindig zu machen. Es dauert einen Moment, dann wird das System fündig. Den Blick auf den Bildschirm gerichtet, verfolge ich den kleinen Punkt, der frontal auf mich zukommt. Er ist noch vierzehn Meilen entfernt.

Noch elf Meilen.

Acht Meilen.

Fünf Meilen.

Ein Kribbeln breitet sich in mir aus.

Gleich habe ich sie.

Ich habe den Gedanken noch nicht ganz zu Ende gebracht, als der Punkt den Highway 182 verlässt und ins Niemandsland abbiegt; dorthin, wo sich laut GPS nichts außer einer riesigen grünen Fläche befindet, die von unzähligen blauen Linien durchzogen ist.

Scheiße!

Ungeachtet der schlecht gewarteten Straße drücke ich aufs Gaspedal.

Hexenwerk

Leroy

Es ist leicht diesig, als ich den Range Rover auf den unbefestigten Weg lenke, den Jewel kurz zuvor eingeschlagen hat. Die Route beschreibt eine Kurve, sodass ich nicht weit sehen kann, aber laut GPS trennen mich dreihundert Meter von dem Honda Civic, der sich seit ein paar Minuten nicht mehr bewegt. Neben einer Sumpfzypresse halte ich an und steige aus dem Wagen. Meine Waffe stecke ich ein, aber nicht mit dem Vorsatz, sie zu benutzen, sondern weil ich sie nicht im unverschlossenen Auto lassen will. Ein Motorgeräusch in der Ferne ist nichts, was aufhorchen lässt, das charakteristische Geräusch der Zentralverriegelung schon. Im Laufschritt lege ich die Strecke zum Honda Civic zurück, ohne ins Schwitzen zu geraten. Ich mag keiner Spezialeinheit mehr angehören, trotzdem ist eine gute körperliche Fitness für mich nach wie vor unverzichtbar.

Auf den letzten Metern schleiche ich mich an mein Ziel heran. Der Honda Civic steht verlassen am Ende des staubigen Weges, hinter dem sich ein undurchdringliches Gewirr aus Zwergeichen und Kiefern erhebt. Erst als ich sicher bin, dass sich niemand im Fahrzeug oder in dessen Nähe befindet, wage ich mich aus der Deckung. Ich lege meine Hand auf die Motorhaube. Sie ist noch warm. Aufmerksam blicke ich mich um. Da! Ein Trampelpfad auf neun Uhr. Im Gestrüpp gut verborgen, dennoch existent. Darauf bedacht, keine Geräusche zu erzeugen, dringe ich vorsichtig vor, mit der einen Hand herabhängende Äste abwehrend. Immer wieder bleibe ich stehen, um zu lauschen. Doch außer dem Gezwitscher der Vögel in den Bäumen und dem Grummeln einer Biberratte ist nichts zu hören.

Ich setze meinen Weg fort, ein wenig schneller jetzt, weil ich darauf vertraue, dass das Moos meine Schritte dämpft. Plötzlich blitzt etwas zwischen den Bäumen auf! Ich kneife die Augen zusammen. Eine weibliche Gestalt mit einer Stofftasche geht zielstrebig und ohne zu zögern den Pfad entlang. Zwar trägt sie Jeans und schwere Boots, aber es handelt sich zweifelsohne um Jewel. Das Jagdfieber packt mich, ein Heißhunger, der direkt in meinen Schwanz fährt. Ich beschleunige noch einmal meine Schritte, um sie nicht aus den Augen zu verlieren. *Meine Beute.* Beinahe muss ich über mich selbst lachen. Der Mann und seine dunklen Instinkte. Im gleichen Moment male ich mir aus, wie ich sie von hinten am Genick packe, zu Boden werfe und sie bezwinge. Die Wucht meiner Emotion überrascht mich, denn gemeinhin neige ich nicht zu solchen Extremen. Schnell richte ich meine Aufmerksamkeit wieder aufs Wesentliche. Einige Minuten geht alles gut, bis mir ein dünner Ast zum Verhängnis wird. Ich kann spüren, wie er Millimeter um Millimeter unter meinem Fuß nachgibt und schließlich mit einem leisen »Knack« bricht. Das Geräusch hallt in der Stille des Bayou wie ein Kanonenschuss.

Sofort wirbelt Jewel herum. Über die Entfernung hinweg krachen unsere Blicke frontal und ungebremst ineinander.

»Gehen Sie weg! Lassen Sie mich in Ruhe!«, schreit sie, als wäre ich ein aufdringlicher Kerl, der sie auf dem Nachhauseweg belästigt, und nicht jemand, der es auf ihr Leben abgesehen hat.

Widerwillig muss ich grinsen, doch schon im nächsten Moment vergeht mir der Spaß. Aber gründlich! Jewel hebt ihre

Waffe, die bis dato für mich unsichtbar gewesen ist, und gibt einen Schuss in meine Richtung ab. Sie tut es, ohne mit der Wimper zu zucken. Die Kugel verfehlt mich zwar um einen halben Meter, trotzdem springe ich Schutz suchend hinter einen Baum.

»Ich bin unbewaffnet!«, lüge ich lautstark. »Ich will nur mit Ihnen reden.«

»Na klar!«, kommt es schrill zurück.

Blindlings prescht sie los, stolpert über eine Wurzel und fällt hart.

Herrgott, sie wird sich das Genick brechen!

Doch ebenso rasch ist sie wieder auf den Beinen und stürmt den Trampelpfad entlang. Die Stofftasche hält sie fest gegen ihre Brust gedrückt. Erst da löse ich mich aus dem Schatten des Baumes und nehme die Verfolgung auf. Ich versuche, lieber nicht zu ergründen, weshalb ich mir Sorgen um die Gesundheit von jemandem mache, den ich eigentlich töten soll. Kurz wäge ich ab, dann beschließe ich, ihr den Weg abzuschneiden. Es ist nicht schwer, da sie inzwischen mehr Lärm verursacht als eine Rotte Wildschweine. So leise wie möglich und im Schatten der Bäume und Büsche beschreibe ich links von ihr einen Bogen, um sie weiter vorn in Empfang zu nehmen.

Ohne mein Tempo zu drosseln, schlage ich immer wieder Haken, um sie nicht aus den Augen zu verlieren. Einmal muss ich knietief durch einen Sumpf waten, was kein Problem ist. Meine Klamotten sind wasserdicht und für solche Outdoor-Aktivitäten konzipiert, wobei die Hersteller vermutlich eher nette Campingausflüge als bleihaltige Verfolgungsjagden im Sinn hatten. Immer wieder wirft Jewel einen Blick nach hinten, aber nicht nach links, was ihr Verderben bedeutet. Denn gleich habe ich sie! Mich trennen nur noch zehn Meter von ihr. Ich gebe noch einmal Gas. Inzwischen keucht sie so laut, dass sie selbst dann nichts hören würde, wenn ich direkt neben ihr wäre. Das Adrenalin treibt mich an, und als sie auf zwei Meter herangekommen ist, bringe ich sie zu Fall, indem ich seitlich in sie hineinrenne. Mit einem spitzen Schrei landet sie auf dem Rücken und ich schwer auf ihr, wobei mir der Rucksack zusätzliches Gewicht verleiht. Ihre Stofftasche fliegt im hohen Bogen davon, die Waffe hält sie nach wie vor eisern umklammert. Ehe sie auf dumme Gedanken kommt, packe ich ihre um sich schlagenden Hände und nagele sie über ihrem Kopf auf dem Boden fest. Meine Finger, die sich wie ein Schraubstock um ihr rechtes Handgelenk geschlossen haben, drücken unbarmherzig zu. Tapfer beißt sie die Zähne zusammen, versucht dagegenzuhalten, aber sie hat keine Chance. Als ihr die Pistole aus der Hand fällt, legt sich ein zufriedenes Lächeln auf mein Gesicht.

»Und was jetzt?«, keucht sie. Zorn blitzt in ihren Augen auf. »Brechen Sie mir das Genick?«

»Ich dachte eher an erwürgen«, antworte ich etwas heiser. Der Versuch, ihren zappelnden Körper unter meinem zu ignorieren, stellt sich als verflucht schwierig heraus.

»Aber es soll doch wie ein Unfall aussehen, oder etwa nicht?«, spuckt sie mir entgegen.

Sie atmet schwer, und die Hitze ihrer überraschend vollen Brüste brennt sich durch unsere Klamotten mühelos in meine Haut – und in meine Eier gleich mit.

Verdammt noch mal!

»Hier gibt's genug Krokodile, die übernehmen das für mich«, krächze ich böse.

»Warum?« Plötzlich schimmern ihre Augen feucht. *O nein! Alles, nur das nicht!* »Warum will mich Cooper tot sehen?«

Also steckt ihr Boss dahinter.

»Die Agency hält dich für eine Verräterin«, antworte ich, wobei ich automatisch ins Duzen verfalle.

Ihre Augen weiten sich ungläubig. »Ich? Eine Verräterin? Niemals.«

»Somalia«, sage ich und versuche, die Gesichter meiner toten Kameraden auszublenden.

»Ich … ich weiß, dass diese Männer meinetwegen gestorben sind.« Eine Träne rinnt ihre linke Schläfe hinab. »Ich hätte meiner Quelle nicht blind vertrauen dürfen …«

»Mein Kontakt bei der CIA meint, du hättest die Männer absichtlich in eine Falle laufen lassen. Du würdest ein doppeltes Spiel spielen«, erkläre ich und mustere sie genau.

»Ein doppeltes Spiel? Ich?« Von einer Sekunde auf die andere birst Jewels Maske der Beherrschtheit. »Das ist absoluter Bullshit! Ich reiß mir für die Agency seit Jahren den Arsch auf! Alles habe ich wegen dieser undankbaren Wichser aufgegeben. Alles! Meine Familie. Mein Privatleben. Ich hatte ewig keinen Sex mehr, *putain de merde!* Und dann setzen die solche Lügen in die Welt. Verlogene Schweine allesamt!«

Fasziniert, ja beinahe verzückt, starre ich Jewel an, während sich ihr Cajuntemperament mit voller Wucht Bahn bricht. Die Wildheit in ihrer Stimme steht den Flammen in ihren Augen nicht nach, passend dazu heben und senken sich ihre Brüste hektisch. Jetzt erwacht mein Schwanz vollends zum Leben, zuckt gierig und verlangt nach mehr.

Entsprechend provokativ fällt meine Antwort aus: »Du hattest ewig keinen Sex mehr? Das erklärt, warum du dich aufführst, als hättest du einen Stock im Aaaaaa…!«

Zwischen meinen Beinen explodiert der Schmerz! Dass Jewel mir das Knie in die Eier rammen würde, habe ich nicht kommen sehen. Sterne tanzen vor meinen Augen, und ich klappe keuchend zusammen, was sie zum Anlass nimmt, sich aalgleich unter mir hervorzuwinden und auf die Füße zu springen.

»Mein rechtes Bein ist zum Glück nach wie vor sehr gelenkig«, entgegnet sie und wirft die Haare energisch zurück.

Das ist es in der Tat!

Unter Höllenqualen rappele ich mich auf und erstarre, als sich Jewel nach ihrer Glock bückt und damit auf mich zielt. Unsere Blicke begegnen sich. In ihren Augen lese ich Wut, aber auch etwas anderes. Verwirrung möglicherweise. Ihre Hand mit der Waffe beginnt zu zittern, dann dreht sie sich unvermittelt um, hebt ihre Stofftasche auf und sprintet davon. Mein Versuch, mich an ihre Fersen zu heften, fällt kläglich aus. Der Schmerz zieht bis in meinen Bauch hoch, und bereits nach zwei Schritten klappe ich erneut zusammen wie ein Taschenmesser. *Ich Vollidiot!* Das kommt davon, wenn der Schwanz die Führung übernimmt! Ich zwinge mich, ruhig zu atmen, richte mich Zentimeter für Zentimeter auf, bevor ich zaghaft einen Schritt vor den anderen setze wie ein Kleinkind, das laufen lernt.

Ich habe keine zehn Meter zurückgelegt, als sich plötzlich vor mir eine dichte Nebelwand aufbaut, die jeden Strauch, jeden Baum, ja selbst den Trampelpfad verschluckt. Die Luft ist von einem seltsamen Geruch erfüllt, einer Mischung aus faulen Eiern und Minze. Mit zusammengekniffenen Augen versuche ich, etwas zu erkennen, aber die grünliche Masse ist undurchdringlich. Bis sie zu wabern beginnt und eine schemenhafte Gestalt freizugeben scheint.

Hat Jewel etwa kehrtgemacht?

Doch am Ende ist es nicht Jewel, die langsam aus dem Nebel hervortritt und vor meinen Augen klare Konturen annimmt. Die Frau ist alt und spindeldürr, ihre Züge wirken skeletthaft, ihre Haut ist faltig und schwarz wie Kohle. An ihrem formlosen Kleid hängen winzige Knochen, und um ihren Hals baumelt ein *Gris-gris* in Form eines grob zusammengenähten Lederbeutels, der mit Muscheln besetzt ist. Auf dem Kopf trägt sie einen zerfledderten Strohhut, und sie ist barfuß.

»Was willst du hier, Leroy Christopher Masters?«, lässt sie mit einer Stimme vernehmen, die aus dem tiefsten Schlund der Hölle zu kommen scheint.

»Lavinia«, keuche ich ungläubig.

Dass sie meinen vollständigen Namen kennt, überrascht mich nicht, auch wenn wir uns heute zum ersten Mal begegnen. Um die Voodoohexe ranken sich Gräuelgeschichten. Man munkelt, sie sei schon hundertdreißig Jahre alt und könne einem Mann mit einem einzigen Atemhauch die Zeugungsfähigkeit rauben. Was völliger Humbug ist! Obwohl ich zugeben muss, dass beim Anblick ihrer unheimlichen Augen selbst felsenfeste Überzeugungen ins Wanken geraten können.

»Lass sie in Ruhe, *mon garçon.*«

»Ich sie?«, erwidere ich empört. »Sie ist diejenige, die mir eins über den Schädel gezogen, auf mich geschossen und meine Eier zu Brei geschlagen hat.«

Die Hexe schnalzt mit der Zunge. »Ich nehme an, du hast es verdient.«

»Schon gut, *tati!*«, ertönt es angriffslustig irgendwo hinter ihr. »Ich werde spielend mit ihm fertig.«

Tati? Tantchen?

Verdutzt blicke ich die alte Frau an, die in blechernes Lachen ausbricht, das sich in etwa so angenehm anfühlt wie ein Nagetier, das an meiner Wirbelsäule herumknabbert.

»Du magst ein Hübscher sein, aber der Hellste bist du nicht, was?«, höhnt sie.

Ich straffe mich, starre ihr ins Gesicht mit dem festen Vorsatz, mich von ihr nicht einschüchtern zu lassen. »Geh zur Seite, alte Frau!«, sage ich bewusst finster.

Die Furchen um ihre Augen vertiefen sich. »Damit du ihr etwas antust? Sicher nicht!«

»Ich will nur mit ihr reden.«

»Hör nicht auf ihn!«, ruft Jewel. »Er ist ein Blender und ein eiskalter Killer!«

Während mich Lavinia lange und gründlich betrachtet, widerstehe ich der Versuchung, mein Gesicht nach einem bösen

Ausschlag abzutasten, dann endlich kräuseln sich ihre Lippen zu einem Lächeln. Kein schöner Anblick!

»Er spricht die Wahrheit«, sagt sie ruhig und tritt zur Seite.

Gleichzeitig verzieht sich der Nebel. Solche Phänomene sind im Bayou keine Seltenheit, was an der hohen Luftfeuchtigkeit und den sinkenden Temperaturen liegt. Gut, normalerweise gewinnt man nicht den Eindruck, als würde jemand dabei die Vorlauftaste betätigen, aber darüber will ich jetzt nicht nachdenken.

Ein entsetztes »Was?« ertönt, begleitet von einem Rascheln im Dickicht, untrügliches Zeichen, dass Jewel erneut die Beine in die Hand nimmt. Mit einem resignierten Seufzer setze ich ihr nach. Langsam wird mir die ganze Sache zu dumm! Zum Glück hat die hiesige Fauna ein Einsehen, denn plötzlich bleibt Jewel wie angewurzelt stehen, als wäre sie gegen eine unsichtbare Wand geprallt. Der Grund ist ein ausgewachsener Alligator, der nur einen Steinwurf von ihr entfernt den Trampelpfad überquert, dann aber in der Bewegung verharrt, um sie aus kleinen ausdruckslosen Augen anzustarren.

»Mist«, höre ich sie flüstern, während sie langsam Schritt für Schritt zurücksetzt.

Direkt in meine Arme.

Bevor sie etwas Unüberlegtes tut, nehme ich sie in den Schwitzkasten, darauf achtend, dass ihr Killerknie nicht erneut zum Einsatz kommt. Eine zweite Attacke stehen die Masters'schen Familienjuwelen nicht durch, von meinem Selbstwertgefühl einmal ganz abgesehen.

»Die alte Schachtel ist also deine Tante«, wispere ich dicht an ihrem Ohr. Ein dünner Schweißfilm hat sich auf ihrer Haut gebildet, ihr Atem geht abgehackt. »Ihr seht euch überhaupt nicht ähnlich.«

»Sie ist meine Patentante!«, zischt Jewel, während sie wild um sich tritt. »Und sie ist keine alte Schachtel.«

»Doch ist sie!«

Für so eine kleine Person weiß sie, sich zu wehren, aber am Ende gelingt es mir, mein rechtes Bein um ihr rechtes Bein zu legen und sie ruhigzustellen. »Halt endlich still, du durchgeknalltes Weibsstück! Ich tue dir nichts.«

»Fick dich!«, schnaubt sie.

Aus einem unerfindlichen Grund – möglicherweise liegt es am Adrenalin oder am F-Wort oder an beidem – drücke ich meine Lippen auf den heißen, verschwitzten Hals meiner störrischen Beute.

Jewel

Wie konnte er mich so schnell aufspüren? Natürlich habe ich gewusst, dass sie mich haben, sobald ich den Wagen miete. Aber dadurch hätte ich eine Stunde Vorsprung haben sollen, genug Zeit also, um im Bayou abzutauchen, wo mich niemand hätte aufstöbern können. Wer hier unauffindbar bleiben will, bleibt es auch. Selbst der Versuch, einen eingesessenen Cajun als Spurensucher zu engagieren, wäre gescheitert. Keiner, der bei klarem Verstand ist, bringt Tante Lavinia gegen sich auf!

Das Blut rauscht in meinen Ohren, das Atmen fällt mir zunehmend schwerer. Hektisch blicke ich mich um und bleibe wie angewurzelt stehen. Ein ausgewachsener Alligator, mindestens drei Meter lang, versperrt mir den Weg. Wo ist er plötzlich hergekommen?

»Mist«, fluche ich leise und gehe langsam zurück …

… als sich ein muskulöser Arm um mich legt.

Mein Herz macht einen heftigen Satz. Die Hitze von Leroys stählernem Körper in meinem Rücken dringt in meine Poren ein, sein Geruch versetzt mich in einen Rauschzustand. Mit dem Mut der Verzweiflung versuche ich, mich aus dem harten Griff zu befreien und ihn zu treten, zusätzlich werfe ich ihm Bösartigkeiten an den Kopf. Und was tut dieses Scheusal? Er drückt mir einen Kuss auf den Hals! Was zur Folge hat, dass ein süßes Prickeln von meiner Kopfhaut ausgehend über meinen Körper jagt, gleichzeitig erwachen in meinem Bauch Hunderte von Schmetterlingen zum Leben. Obwohl mich dieser Mann töten will, bin ich völlig machtlos.

Das darf verflucht noch mal nicht sein!

Ich nehme meine ganze Kraft zusammen und verlagere mein Gewicht, um ihn ins Straucheln zu bringen, aber genauso könnte ich versuchen, einen Felsbrocken umzupusten. Leroy zeigt keinerlei Reaktion. Stattdessen presst er mich noch fester an sich, und ich kann seine Erektion spüren. Ich hätte härter zustoßen sollen!

»Können wir jetzt vielleicht wie vernünftige Menschen reden?«, murmelt er. Sein warmer Atem streicht über mein Ohr.

»Nein«, entgegne ich trotzig.

Als er mit der Zungenspitze sanft über meinen Hals streift, wird mir kurz schwindelig.

»Und jetzt?«

Vehement schüttele ich den Kopf. Mit dem nackten Handrücken fährt er über meine Wange, und ich kann gerade noch verhindern, dass mir ein schwelgerischer Seufzer entschlüpft. Von irgendwoher hallt ein kratziges Lachen zu uns herüber.

»Besser?«, raunt er, und ich kann das Lächeln in seiner Stimme hören.

»Mistkerl«, murmele ich schwach.

Ist das seine bevorzugte Tötungsmethode? Frauen so lange zu liebkosen, bis sie an Herzversagen sterben? Warum muss er auch so … so … na ja, eben wie er sein? *Herrgott, ich bin zu keinem klaren Gedanken mehr fähig!* Je länger er mich festhält, desto mehr wächst in mir die Wollust. Ich kann spüren, wie meine Brüste schwer werden, die Nippel hart …

»Lass mich los!«, schreie ich ihn an, bemüht, einen Funken Selbstachtung zu bewahren. »Bitte!«

Zu meiner Überraschung kommt er meinem Wunsch sofort nach. Hastig mache ich einen Schritt von ihm weg, dann noch einen. Ich wische mir die Haare aus dem verschwitzten Gesicht und drehe mich um. Sein Anblick versetzt mir einen Schlag in die Magengrube. Die Ärmel seines Kakihemdes sind über den muskulösen Armen hochgekrempelt, die Cargohose sitzt lässig auf seinen Hüften. Auf dem Rücken trägt er einen Armeerucksack. Sein Bartschatten ist noch dunkler geworden, der Ausdruck in seinen smaragdgrünen Augen ist schwer zu durchschauen. Die linke Schläfe ziert ein Pflaster. In teurem Zwirn ist Leroy Masters ein Augenschmaus, keine Frage, aber in diesem Outfit, das seine raubtierhafte Wirkung betont, zieht er mir schlichtweg den Boden unter den Füßen weg.

»Ist alles geklärt?«, fragt Tante Lavinia, die aus dem Nichts neben uns aufgetaucht ist.

Leroy und ich antworten gleichzeitig. »Ja«, sagt er. »Nein«, sage ich.

»Gut«, entgegnet meine Patentante sichtlich zufrieden. »Gehen wir!«

Schon setzt sie sich in Bewegung, sodass uns nichts anderes übrig bleibt, als ihr zu folgen. Zwischenzeitlich ist der Alligator verschwunden, und sie schreitet regelrecht beschwingt den schmalen Pfad hinunter, der zum Wasser führt. So ist meine Patentante. Völlig unberechenbar, aber mit einem Herzen aus Gold, auch wenn es für Außenstehende nicht immer klar zu erkennen ist. Als ich sie vom Bus aus angerufen habe, *ja, sie besitzt ein Handy, sogar ein iPhone 6,* hat sie sich sofort bereit erklärt, mir zu helfen. Sie schlug vor, dass wir uns im Bayou Black treffen, wo ein alter Freund von ihr lebt, der ihr noch etwas schuldig ist. Bei ihm könne ich mich verstecken, so lange ich wolle. Tante Lavinia kennt Gott und die Welt, und fortwährend schuldet ihr irgendjemand einen Gefallen. Sie besitzt nur das Nötigste und hat nicht einmal ein Bankkonto. Gefallen sind ihre bevorzugte Währung, und davon macht sie reichlich Gebrauch.

Während wir im Gänsemarsch zum Ufer hinunterlaufen, wo ein kleines Boot mit Außenbordmotor vertäut ist, bin ich mir Leroys gefährlicher Präsenz nur allzu sehr bewusst. In meinem Nacken kribbelt es, ob vor unterdrückter sexueller Erregung oder aus Furcht, er könnte es sich anders überlegen und mir gleich hier und jetzt den Garaus machen, kann ich nicht sagen. Eine Mischung aus beidem, vermute ich. Obwohl das Boot ziemlich schwankt, steigen Tante Lavinia und ich ohne Probleme ein. Mir liegt schon ein sarkastischer Kommentar auf den Lippen, aber zu meiner Enttäuschung springt Leroy trotz seines Rucksacks mit der Eleganz einer Katze an Bord, was Tante Lavinia ein zufriedenes Schnauben entlockt. Mit einem warmen auffordernden Lächeln blickt sie mich an, und ich lächele zurück. Wie lange ist es her, dass ich mit einem Boot durch den Bayou gecruist bin? Zehn Jahre?

Nachdem Leroy und sie auf der Bank Platz genommen haben, löse ich das Seil und starte den Motor. Die Stofftasche mit meinen Habseligkeiten und der Glock stelle ich auf den Boden. Mit einem Dröhnen setzen wir uns in Bewegung, eine Kielwelle hinter uns herziehend. Zunächst zaghaft, aber mit zunehmend sicherer Hand manövriere ich das Boot durch einen dichten Blätterteppich. Von der Sonne ist nur noch ein dünner Rest am Himmel zu sehen, in die Luft mischt sich feuchte Kälte, und ich bin froh, meine Cabanjacke zu tragen. Auf dem Wasser ist es wunderbar friedlich, außer dem Schwirren der Moskitos und Tante Lavinias leisen Anweisungen ist nichts zu hören. Der Tag neigt sich seinem Ende zu, legt eine Atempause ein, doch schon bald werden die Kreaturen der Nacht den Bayou erobern. Der Fahrtwind verfängt sich in meinem offenen Haar, und ich atme tief durch. Zwischen dem hier und meinem Leben in Langley liegen Welten. Wie habe ich es nur so viele Jahre dort aushalten können? Im selben Moment rufe ich mich zur Ordnung. Nur weil es seit einiger Zeit nicht optimal läuft und seit heute sogar ziemlich lausig, muss ich nicht gleich meine Lebensweise infrage stellen.

Ich könnte nicht genau sagen, wie lange wir durch diese verwunschene Landschaft fahren, aber irgendwann weist Tante Lavinia mit einer knappen Geste auf eine Stelle am Ufer. Also nehme ich das Gas zurück und lasse das Boot auf dem Kielwasser schaukeln und in die von ihr gezeigte Einbuchtung treiben. Ich schalte den Motor aus, springe aus dem Boot und befestige es an einem schmalen Holzsteg. Dann greife ich nach meiner Stofftasche. Die gesamte Fahrt über hat Leroy kein Wort gesprochen, aber als ich mich umdrehe, sehe ich, dass er mich anstarrt. Aus unerfindlichem Grund laufe ich rot an.

»Wo müssen wir lang, *tati*?«, frage ich ein wenig zu laut Tante Lavinia, die gerade aussteigen will.

Sie zeigt auf eine nebelverhangene Lücke zwischen zwei Sumpfzypressen. »Dorthin.« Leroys hilfsbereit ausgestreckte Hand weist sie forsch zurück. »Ich bin alt, aber nicht tatterig«, fährt sie ihn an, was ihn zum Lachen bringt.

Widerwillig bin ich beeindruckt, wie gelassen er meiner Patentante begegnet. In der Regel haben Männer eine Heidenangst vor ihr, was natürlich von ihr beabsichtigt ist. In einer archaischen Welt, die vielerorts von Gewalt gegen Frauen geprägt ist, hat Tante Lavinia bereits in jungen Jahren entschieden, sich von Männern nichts diktieren zu lassen. Über ihr Leben ist kaum etwas bekannt, aber ihre Kindheit war wohl nicht sehr glücklich. Sie hat mir eines Tages anvertraut, dass sie mit zwölf von zu Hause weggegangen ist. Fortan bestimmte nie wieder jemand über ihr Schicksal, so ihre Worte. Sie hat für Männer nicht viel übrig, denke ich. Vermutlich ist dies der Grund, warum sie keine Kinder hat, dafür aber eine beachtliche Anzahl von Patentöchtern, wie ich eine bin. Gegen den Willen ihrer Ehemänner suchen Cajunfrauen Tante Lavinia auf, um ihr ihre Not zu klagen oder um Beistand für ihre neugeborenen Töchter zu bitten. Nach einem kurzen Blick in das Gesicht des jeweiligen Säuglings stimmt sie zu oder lehnt ab.

Nach einem kurzen Fußmarsch durch den Wald taucht auf einer Böschung ein Haus mit rot gestreiftem Blechdach und einer verwitterten Veranda auf. An den Wänden hängen blumenbepflanzte Körbe, auf dem lehmigen Boden picken Hühner. In der Luft hängt der Geruch von Speck. Als wir näherkommen, tritt ein hagerer Mann unbestimmten Alters über die Schwelle. Er trägt derbe Arbeitshosen und ein weites Hemd, das vom vielen Waschen beinahe farblos geworden ist. Seine Haut in der Farbe verbrannter Ziegel zeichnet ihn als *Redbone* aus. So werden Mischlinge genannt, die französisches, afrikanisches und indianisches Blut in den Adern haben. Sein struppiges Haar wie auch sein langer Bart sind rotblond, seine Augen strahlen hellblau.

»*Bonjour,* James«, ruft Tante Lavinia von Weitem. Sie spricht den Namen Französisch aus, was ein wenig wie »Dschamm« klingt.

»*Bonjour*«, antwortet dieser ohne die Spur eines Lächelns.

»Ihr wartet hier«, sagt Tante Lavinia mit gedämpfter Stimme, bevor sie sich zum Haus begibt.

Während sich die beiden leise unterhalten, blickt »Dschamm« wiederholt zu uns herüber. Seine Miene bleibt verschlossen, dennoch nickt er am Ende bedächtig, und Tante Lavinia winkt uns herbei.

»Ziemlich finsterer Bursche«, flüstert Leroy neben mir.

»Ein Sonnenschein im Vergleich zu dir!«, fauche ich.

Mein Vorsatz, ihn zu ärgern, geht gründlich daneben, denn statt sich zu echauffieren, gibt er ein Geräusch von sich, das verdächtig nach einem Glucksen klingt.

»Wer hätte gedacht, dass Agent Broomstick so unterhaltsam sein kann!«, entgegnet er mit leichtem Spott.

»Und sogar ganz ohne Sex!«, rutscht es mir heraus.

Als Leroys Prusten in schallendes Gelächter übergeht, kneife ich wütend die Lippen zusammen. Warum konnte ich meine vorlaute Klappe nicht halten? In Langley habe ich mir eiserne Disziplin und Selbstbeherrschung antrainiert, doch kaum bin ich zurück in Louisiana, scheine ich alles wieder vergessen zu haben!

»Wenigstens habt ihr gute Laune«, krächzt Tante Lavinia, als wir sie erreichen.

»Er hat gute Laune«, verbessere ich sie mit hochrotem Gesicht und zeige mit einer abschätzigen Geste auf den Quälgeist neben mir, der sich eines Kommentars enthält.

Nachdem Tante Lavinia uns einander vorgestellt hat, was James mit einem Grunzen quittiert, betreten wir das Haus. Kurz nehme ich meine Patin beiseite. Von ihr geht der Geruch von Paprika und Weihrauch aus, was gewöhnungsbedürftig, aber nicht unangenehm ist.

»Du vertraust ihm?«, flüstere ich mit Blick auf Leroy.

»Ja«, antwortet sie genauso leise. »Außerdem weiß ich, wo seine Familie wohnt.«

Erschrocken starre ich sie an, woraufhin sie verschmitzt grinst. »Den Spruch habe ich aus der Serie ›Die Sopranos‹.«

»Ich wusste gar nicht, dass du fernsiehst.«

»Denkst du etwa, ich bin von gestern?«, tut sie erbost, und ihre Stirnfalten legen sich dabei mächtig ins Zeug.

»Nein, nein«, antworte ich beschwichtigend, wobei ich es unterlasse, sie darüber aufzuklären, dass »Die Sopranos« bereits zwanzig Jahre auf dem Buckel haben.

Wie sich herausstellt, besteht James' Haus aus drei Räumen. Die Toilette, nicht mehr als ein Verschlag mit Blechdach, befindet sich im Garten dahinter, sofern man die Wildnis als solchen bezeichnen kann. Im Hauptraum steht außer einem schmalen Bett ein mit Holz beheizter Herd und ein riesiges Waschbecken mit fließendem Wasser, das gleichzeitig als Bad dient. Wir haben James anscheinend beim Kochen gestört, denn auf dem massiven Holztisch liegen zu Pommes geschnittene Kartoffeln, während ein wahrer Berg von Speck in einer Pfanne auf der Herdplatte vor sich hin brät.

»Du schläfst hier«, sagt er zu Leroy und zeigt auf den Boden. »Ich gebe dir einen Schlafsack. Und du«, wendet er sich an mich, »schläfst nebenan.« Mit dem Finger deutet er auf eine von zwei Türen.

»Was ist in dem anderen Raum?«, frage ich.

»Meine Werkstatt«, antwortet James nach einem kaum merklichen Zögern. »Wir essen in einer Stunde.«

Mit dieser für seine Verhältnisse wohl episch anmutenden Erklärung nimmt er am Küchentisch Platz und schneidet weiter seine Kartoffeln. Tante Lavinia schnappt sich ein Messer aus einer Schublade und gesellt sich zu ihm. Indessen inspiziere ich den Nebenraum. Allem Anschein nach werde ich in nächster Zeit auf einer Pritsche zwischen Kartoffelsäcken, Angelruten und Campingzubehör nächtigen.

»Wir sollten reden«, erklingt plötzlich Leroys ernste Stimme hinter mir.

Ich nicke langsam. Nachdem ich meine Stofftasche abgelegt habe, begleite ich ihn vor die Tür. Draußen auf der Veranda lehnen wir uns an das verwitterte Geländer. Das Licht über dem Sumpf schwindet schnell, und der salzige Geruch von Humus und Brackwasser weht zu uns herüber.

»Du hast also den Auftrag, mich zu töten?«, frage ich leise. Mit einem Mal schlägt mir das Herz bis zum Hals.

»Ja.«

»Weil ich eine Verräterin sein soll?«

»Ja.«

Verständnislos schüttele ich den Kopf.

»Du solltest eins wissen«, sagt er, ohne mich anzuschauen. »Ich war damals in Somalia dabei. Ich habe das Team geleitet, das du in den Tod geschickt hast.«

Ich brauche einen Augenblick, um das Gehörte zu begreifen. Als die Erkenntnis wie ätzende Säure in mir hochsteigt, muss ich gegen die Übelkeit ankämpfen.

»Was?«, keuche ich. Meine Finger umkrampfen das Holz. »*Du* warst ›Override‹?«

»Ja.«

»O Gott, Leroy … ich … ich … es tut mir so leid …« Meine Stimme bricht, und ich dränge gewaltsam die Tränen zurück, die mir in die Augen steigen wollen.

So vieles gäbe es, was ich ihm sagen müsste, aber nicht eine einzige Silbe kommt über meine Lippen. Das Herz in meiner Brust wiegt schwer wie Blei. Minutenlang blicken wir in den dunkler werdenden Himmel, wo Wetterleuchten die Wolken zerreißt. Plötzlich ist die Luft voller Vögel.

»Es wird Regen geben«, murmele ich.

»Sieht so aus.«

Erneut verfallen wir in Schweigen. Auch wenn mir noch nie etwas schwerer gefallen ist, muss ich den ersten Schritt machen. Leroy verdient eine Erklärung.

Ich räuspere mich. »Du warst Ranger?«, beginne ich ein wenig hilflos, ohne den Blick vom Himmel abzuwenden. Wieder drohen mir Tränen aufzusteigen.

Aus dem Augenwinkel kann ich sehen, dass er den Kopf schüttelt. »Bis vor ein paar Jahren war ich Teil der Special Activities Division.« *Der paramilitärischen Spezialeinheit der CIA.* »Uns als Ranger auszugeben, gehörte zur Tarnung. Wir sind speziell für diesen Einsatz eingeflogen worden«, erklärt er. »Der Einzige, der Bescheid wusste, war Colonel Johnson in der Einsatzzentrale.«

Ich kann mich deutlich an die Wut und Verachtung in den eisblauen Augen des Mannes neben mir erinnern, nachdem klar geworden war, dass die Mission in einer Katastrophe enden würde.

»Warst du wirklich die verantwortliche CIA-Analystin?«, fragt Leroy dumpf.

»Ja.« Mit übermenschlicher Anstrengung drehe ich mich zu ihm. Im Halbdunkel ist seine Miene schwer zu deuten. »Bitte, Leroy, glaub mir, ich habe nicht vorsätzlich gehandelt. Ich bekam falsche Informationen! Hätte ich die Gegend gründlicher gecheckt, hätte ich die Katastrophe vielleicht verhindern können. Es tut mir so leid …«

Selbst in meinen Ohren klingen meine Worte hohl. Wie müssen sie erst auf Leroy wirken?

»Zentrale! Hier Override! Wir werden von drei Seiten beschossen und können uns hier nicht mehr lange halten! Team Bravo kann nur bedingt helfen. Wir brauchen JETZT Feuerunterstützung, Zentrale! JETZT!«

Knatterndes Gewehrfeuer, dann Schmerzensschreie.

»Mann am Boden! Mann am Boden! Viper und Jester sind getroffen! Mein Gott, sie zerlegen uns hier!«

Gequält presse ich die Lippen fest aufeinander, unterdrücke mit Mühe ein Wimmern.

»Wieso hält man dich für eine Verräterin, Jewel?«, fragt Leroy in ruhigem, fast bedächtigem Tonfall.

»Ich weiß es nicht«, antworte ich leise. »Seit der Sache in Somalia hat mich Cooper auf dem Kieker, aber mir Verrat zu unterstellen, um mich loszuwerden, …«

Erneut breche ich hilflos ab.

»Er hätte dich einfach feuern können.« Leroy scheint über etwas nachzudenken. »Bist du sicher, dass Cooper dahintersteckt?«

»Ziemlich, ja.«

»Vielleicht hat er Dreck am Stecken und benutzt dich als Sündenbock, oder du hast Kenntnis von Dingen, die ihm nicht schmecken.«

Den Blick von ihm abwendend, schnippe ich ein Stück Farbe weg, das vom Geländer abgeblättert ist. »Vielleicht«, murmele ich.

»Leroy?«, frage ich, als er nichts sagt.

»Ja?« Seine Stimme klingt im Dunkeln seltsam unwirklich.

»Glaubst du mir?« Meine Frage ist nicht mehr als ein Hauch.

Während ich auf seine Antwort warte, schlägt mein Herz so hart, dass es mir die Kehle zuschnürt und ich kaum Luft bekomme.

Leroy lässt sich Zeit, und als er endlich spricht, klingt er unaufgeregt. »Auf dem Weg hierher habe ich mit Colonel Johnson telefoniert. Er hält die Behauptung, du hättest uns vorsätzlich in eine Falle gelockt, für hirnrissig. Seine Worte, nicht meine. Er hat mir erklärt, dass du mangels Erfahrung einen schwerwiegenden Fehler gemacht hast. Außerdem …«, hier zögert Leroy, »hätte die Verzweiflung in deinem Gesicht verflucht echt ausgesehen.«

»Wirklich?«, flüstere ich.

»Ja.«

Mein Herzschlag setzt kurz aus, als er sich zu mir dreht. Mit den Fingerknöcheln hebt er mein Kinn an und zwingt mich, ihn anzusehen. Seine grünen Augen scannen jeden Zentimeter meines Gesichts, bohren sich in meine Augen, als wollte er in meine Seele blicken. Er tritt näher an mich heran, sodass uns nur noch eine Handbreit voneinander trennt. In der Kühle des Abends umfängt mich seine Gegenwart wie eine warme, tröstende Decke, und etwas in mir bricht. Ohne dass ich es verhindern kann, rinnen die aufgestauten Tränen über meine Wangen.

»Es tut mir so leid«, schluchze ich. »Sie erscheinen mir Nacht für Nacht … die drei Männer, die gestorben sind. Deine Kameraden …« *O Gott!* »Ich kenne ihre Gesichter nicht und auch nicht ihre Namen. Die Agency hat mir die Akteneinsicht verweigert, aber ich sehe sie trotzdem vor mir.«

Und ich höre sie sterben. Wieder und wieder.

Leroys Hand legt sich schwer auf meine Schulter. »Jewel …«, beginnt er leise.

»Ich bleibe nicht zum Essen«, meldet sich Tante Lavinia plötzlich hinter uns, und ich weiche von Leroy zurück. »Es wird ein Gewitter geben, und ich habe einen langen Fußmarsch vor mir.«

»Du kannst doch hier übernachten«, erwidere ich, während ich mir heimlich die Tränen aus dem Gesicht wische.

»Nein, nein. Ich habe heute Abend noch zu tun.« Sie schnaubt. »Außerdem schnarcht James wie ein ganzes Sägewerk.«

Nachdem ich mich in einer langen Umarmung von ihr verabschiedet habe, trottet sie davon, nicht ohne vorher Leroy einen mahnenden Blick zugeworfen zu haben. Kurz darauf ist ihre schmale Gestalt wie ein Spuk im Schatten der schwarzen Bäume verschwunden.

»Was passiert mit Owen Kennedy?«, frage ich in die Stille hinein.

»Den übernimmt ein anderes Team.«

Also wird eine arme Mutter bald vergeblich freitags auf den Besuch ihres Sohnes warten. Wer weiß, am Ende stellt sich ihre schwere Krankheit als Segen heraus, und sie bekommt von alldem nichts mit. Als hätten wir uns abgesprochen, gehen Leroy und ich schweigend ins Haus zurück, wo uns ein schmackhaftes Essen erwartet. Zu den frittierten Pommes gibt es Hornhechtklößchen und starkes Bier. Unser überschwängliches Lob an den Koch wird zwar nur mit einem leisen Brummen quittiert, dennoch ist das freudige Flackern in James Augen nicht zu übersehen. Auch unsere Hilfe beim Abwasch wird nicht weiter kommentiert. Ich schätze, James hat nicht viel Kontakt mit Menschen. Manchmal würde ich mir wünschen, abseits wie er zu leben, fern von der Grausamkeit und Niedertracht, die unsere Welt vergiften …

Quälende Sehnsucht

Jewel

Ein Abendprogramm ist bei James nicht vorgesehen, und so drückt er Leroy nach dem Essen einen Schlafsack in die Hand, während ich in den Luxus einer sauberen Decke und eines Kissens komme. Als der Hausherr nach draußen geht, um zu rauchen, fordere ich Leroy auf, ihm Gesellschaft zu leisten, und nutze die Gelegenheit für eine Katzenwäsche in der Küche. Zum Glück habe ich in meiner Tasche das Nötigste dabei. Nachdem ich mir die Zähne geputzt habe, begebe ich mich in mein behelfsmäßiges Schlafzimmer und schließe die Tür. Ich betätige den Lichtschalter, die nackte Glückbirne an der Decke flammt auf, dann mache ich mich bettfertig, wobei ich ausnahmsweise ein olles T-Shirt anziehe. Das seidene Nachthemd erscheint mir in dieser Umgebung doch ein wenig fehl am Platz. Ich schlüpfe unter die Decke und bin gerade dabei, »Das Mädchen im Spiegel« auf Seite 32 aufzuschlagen, als der Donner einsetzt. Im gleichen Augenblick trommelt auch schon der Regen auf das Blechdach. Mich überkommt ein Gefühl der Melancholie. Das Geräusch erinnert mich an meine Kindheit, an die Momente, in denen ich, in die Arme meiner Mutter gekuschelt, einschlief. Damals gab es nur uns beide gegen den Rest der Welt.

Mit dem Anflug eines Lächelns auf den Lippen beginne ich zu lesen. Nebenan hört man eine Weile leises Poltern, dunkle Männerstimmen, die sich eine gute Nacht wünschen, dann kehrt bis auf den Regen Ruhe ein. Diese währt allerdings nicht lange, denn aus dem Nachbarzimmer dringen immer lauter werdende Geräusche, die vermuten lassen, dass der halbe Regenwald abgeholzt wird. Armer Leroy!

Leroy.

Bei dem Gedanken an ihn verspüre ich so etwas wie demütige Dankbarkeit. Obwohl er allen Grund dazu hätte, mir Vorhaltungen zu machen, hat er davon abgesehen. Außerdem scheint er mir zu glauben. Wärme breitet sich in meiner Brust aus, zu der sich noch ein anderes Gefühl gesellt: quälende Sehnsucht. Vergessen ist das Buch in meiner Hand. Vergessen die wunderbare Anjelica Huston. Mit einem Mal kann ich an nichts anderes denken als an den Mann, der keine fünf Meter Luftlinie von mir entfernt in seinem Schlafsack liegt. So stark. So makellos. Mit einer Haut, die sich glatt und samtig über harte, definierte Muskeln spannt. Und was sein bestes Stück betrifft … Ich wälze mich auf den Bauch und presse mein erhitztes Gesicht ins Kissen. Hätte ich doch nur einen Blick riskiert, als ich die Chance dazu hatte! Tja, so schnell wandelt sich Demut in Verlangen. Verwirrt schüttele ich den Kopf. Ich muss von allen guten Geistern verlassen sein, an Sex zu denken, nach allem, was heute vorgefallen ist!

Zutiefst beunruhigt gleite ich aus dem Bett, schalte das Licht aus und stelle mich ans Fenster. Der Mond ist hinter Gewitterwolken abgetaucht, und die Landschaft liegt im Dunkeln. Ich weiß nicht, wie lange ich da stehe und gedankenversunken hinausblicke. Wegen des trommelnden Regens auf dem Dach höre ich nicht, wie die Tür hinter mir aufgeht. Aber ich spüre einen Luftzug in meinem Rücken. Wie in Zeitlupe drehe ich mich um. Leroy steht auf der Schwelle, im Halbdunkel sehe ich, dass sein Kakihemd aufgeknöpft ist, und muss schlucken. Seine muskelbepackte Brust schimmert im Mondlicht wie Seide, er trägt seine Cargohose sehr tief und ist barfuß.

»Was willst du hier?«, flüstere ich rau, während er langsam auf mich zukommt.

Ist es ein Traum?

Er vergräbt seine Augen in meine. »Dir ein für alle Mal den Stock aus dem Arsch ziehen, Baby.«

Definitiv kein Traum!

Angesichts meiner entgleisten Züge bricht Leroy in ein selbstzufriedenes heiseres Lachen aus, das wie prickelnder Honig zwischen meine Beine rinnt.

»Raus aus meinem … äh … was immer das hier ist!«, fauche ich ihn an, um einen letzten Rest Würde bemüht.

Als er nicht reagiert, versuche ich, mit durchgestrecktem Rücken und hocherhobenen Hauptes an ihm vorbeizukommen, aber Leroy überbrückt den Abstand zwischen uns in einer fließenden Bewegung und packt mich am Nacken. Bei seiner Berührung krampft sich mein Magen brutal zusammen.

»Schon vom ersten Tag an wollte ich dir die spießigen Polyesterklamotten vom Körper reißen«, murmelt er an meinem Ohr, »jeden Millimeter deiner Haut lecken und dich ficken.«

Es ist nicht Polyester, sondern Fairtrade-Baumwolle aus Westafrika, sollte ich erwidern, stattdessen überspiele ich meine Erregung durch Schlagfertigkeit. »Noch vor ein paar Stunden wolltest du mich erwürgen.«

»Das eine schließt das andere doch nicht aus«, antwortet er mit funkelndem Blick.

Empört hole ich aus, um ihn zu schlagen, doch er fängt meinen Arm mit Leichtigkeit ab und dreht ihn mir auf den Rücken. Seine freie Hand gleitet unter mein Shirt, und meine Gedanken verwandeln sich zu Brei. Das Geräusch, das aus meinem Mund kommt, klingt mehr nach einem lustvollen Seufzer denn nach Protest. Ein wenig mehr Widerstand könnte ich schon leisten, schließlich bin ich ausgebildeter CIA-Officer! Gerade will ich ihm Paroli bieten, als er sich vorbeugt. Mein Puls schießt in die Höhe. Sein Gesicht schwebt nur wenige Zentimeter über meinem, sein männlicher Duft lullt mich ein.

Gleich küsst er mich!

Wie seine Lippen wohl schmecken? Bestimmt nach Schokolade und wildem Sex. Aber der Mistkerl lässt mich zappeln. Unter dichten Wimpern mustert er mein Gesicht. Zunächst die Augen, dann die Nase und den Mund. Das Letzte, was ich sehe, bevor er seine Lippen auf meine presst, ist das laszive Lächeln um seine Mundwinkel. Sein Kuss ist gründlich, als wollte er über seine Absichten keine Zweifel aufkommen lassen. Als ob da Gefahr bestehen würde, zumal sich die Beule, die hart gegen meinen Unterleib drückt, schwer ignorieren lässt. Lavagleich breitet sich die Lust zwischen meinen Schenkeln aus, und ich stelle mir vor, wie ich ihm die locker sitzende Cargohose von den Hüften schäle, um seinen Schwanz ausgiebig zu lutschen. Das Bild lässt mich so heftig erschauern, dass Leroy seine Lippen von mir löst.

»Alles in Ordnung?«, fragt er mit dunkler Stimme.

»Ja«, hauche ich und suche erneut den Geschmack seiner Lippen.

O Gott, Leroy! Du müsstest mich aus tiefster Seele hassen! Warum tust du es nicht? Warum nicht?

Ein Stöhnen dringt aus meiner Kehle, während er mich enger an sich drückt. Seine Zunge, so berauschend wie guter Wein, zieht eine heiße Spur über meine Lippen, spielt auf ihnen wie auf einem Instrument. Dann endlich stößt er vor, und sofort umschlingt meine Zunge seine. Mein Herz bricht Geschwindigkeitsrekorde, als unsere Münder miteinander verschmelzen und sich mein rationales Denken endgültig auflöst.

Alles, was ich weiß, ist, dass ich noch niemals einen Mann so sehr begehrt habe. Mein Atem geht in winzigen Stößen, als Leroys freie Hand meine linke Brust umfasst und sanft massiert. Noch immer hält er mich wie in einem Schraubstock gefangen, was ein Entkommen unmöglich macht. Als ob ich ernsthaft Interesse daran hätte!

Nachdem sie mit meinen Brüsten ausgiebig Bekanntschaft gemacht hat, gleitet seine warme Hand über meinen Bauch weiter abwärts, dann nach innen, um die empfindliche Haut zu streicheln. Zwei besonders vorwitzige Finger reiben das feuchte Stück Stoff zwischen meinen Schenkeln, um sich wie zufällig vorbeizutasten und meine Schamlippen anzutupfen. Die Berührung durchfährt mich wie ein Blitz, und ich lasse den Kopf in den Nacken fallen, was Leroy zum Anlass nimmt, mir sanft in den Hals zu beißen. *Ich bin verloren.* Wimmernd dränge ich ihm meine Hüfte entgegen. Eine Einladung, die er zu gern annimmt. Sachte und dennoch mit der nötigen Zielstrebigkeit stößt er seine Finger in mich hinein. Meine Muskeln ziehen sich gierig zusammen, ganz so, als wollten sie ihn dort für alle Zeiten festhalten. Gekonnt reibt er über meinen Kitzler, was mir ein weiteres Stöhnen entlockt. Ich bin Wachs in seinen Händen …

Halt!, meldet sich meine innere Stimme ungewohnt lautstark zu Wort. *So leicht darfst du es ihm nicht machen.*

Recht hat sie. Leroy sollten, was Frauen betrifft, Grenzen aufgezeigt werden. Was natürlich nicht heißt, dass ich auf den Spaß verzichten will! Der Gedanke ist erquickend, trotzdem kostet es mich übermenschliche Anstrengung, ihn von mir wegzudrücken, zumal seine warme Haut an meinen Fingerkuppen zu haften scheint. Oder ist es andersherum?

»Bitte lass mich los«, murmele ich an seinen Lippen, als er keine Anstalten macht, seinen eisernen Griff zu lockern.

Obwohl sich sein Blick fragend in mein Gesicht bohrt, gibt er mich frei. Dass sein Atem schneller geht als normal, versetzt mich in einen Taumel. Entsprechend forsch ist mein Tonfall, als ich ihm befehle, sich auf einen der Kartoffelsäcke zu setzen. Ohne ein Wort des Protestes kommt er meiner Aufforderung nach, breitbeinig und den Kopf lässig an die Wand gestützt. Sein aufreizender Blick versengt meine Haut bis zu den Knochen und bringt meine Nerven zum Flattern, was ich erfolgreich überspiele.

Wir werden ja sehen, wer hier wem den Stock aus dem Arsch zieht!

»Ich will, dass du deine Hose öffnest«, ordne ich an und kann es selbst kaum glauben.

Seine rechte Augenbraue zuckt in die Höhe, dennoch verkneift er sich einen Kommentar. Provozierend langsam öffnet er seine Hose. Knopf für Knopf. Während ich ihn mit aufgesetzter Coolness beobachte, lässt er mich keine Sekunde aus den Augen. Vermutlich lauert er auf ein Zeichen der Schwäche.

»Und jetzt fass dich an!«, sage ich, wobei ich diesmal das Kratzen in meiner Stimme schwer verbergen kann.

»Normalerweise lege *ich* die Regeln fest, Jewel«, sagt er in einer gefährlich düsteren Tonlage, die meinen Puls in die Höhe treibt.

»Nicht heute«, murmele ich.

In seinem Kiefer zuckt ein Muskel, doch dann taucht er die rechte Hand in seine eng sitzenden Pants und schließt sie um sein eigenes Fleisch. Noch immer betrachtet er mich, im Halbdunkel blitzen seine grünen Augen unheilverkündend und verheißungsvoll zugleich. Mein Herz wummert so wild, dass ich Atemnot bekomme.

»Hol ihn raus!«, sage ich dennoch klar und deutlich, worauf ich wirklich stolz bin. »Ich will sehen, was du zu bieten hast.«

Während er seine Hand herauszieht, hebt er ein wenig den Hintern und schiebt mit der anderen Hand seine Unterhose über die Hüften. Der Schwanz in seiner Faust ist das Erotischste, was ich jemals gesehen habe. So groß und schwer und steinhart. Mit einem Mal ist mein Mund staubtrocken. Wie von einem Magneten angezogen, gehe ich gemessenen Schrittes auf ihn zu.

»Reib ihn«, flüstere ich. »Hart.«

In seinem Blick flackert es. Bin ich zu weit gegangen? Eine Sekunde vergeht, dann noch eine. Seine Faust beginnt sich zu bewegen, fährt hoch und runter, erst langsam, dann schnell. Der Anblick macht mich schwindelig, steigert mein Verlangen ins Unermessliche. Mit heißen Wangen beobachte ich, wie er sich mit kraftvollen Bewegungen Lust verschafft.

»Stopp!«, sage ich, als sich seine Bauchmuskeln zum großen Finale anspannen.

Leroys Brust hebt und senkt sich heftig, seine Augen verengen sich zu Schlitzen, und ich bin überrascht, als er gehorcht. Die Frage ist, wie lange noch. Das kaum wahrnehmbare Zucken um seine Mundwinkel hat zweifelsohne etwas Bedrohliches. Übertreib es nicht, scheint es mir sagen zu wollen. Aber es ist mir egal. Das Machtgefühl, das mich durchströmt, ist berauschender als alles, was ich bisher erlebt habe. Allerdings gebe ich ein Stück dieser Macht ab, als er seine Hand entfernt und ich zum ersten Mal einen ungehinderten Blick auf das Prachtexemplar zwischen seinen Beinen bekomme. So wunderschön. So *mächtig.* Gierig lecke ich mir über die Lippen, ein Zucken seines Schwanzes ist die Belohnung. Weil ich mehr davon sehen will, ziehe ich mir das T-Shirt über den Kopf und werfe es auf die Pritsche. Als sich sein brennender Blick auf meine nackten Brüste heftet, ziehen sich meine Nippel zu harten Knötchen zusammen.

»Nicht schlecht«, sagt er abschätzend. »Schön prall und fest. Allerdings könnten sie etwas größer sein.«

Ich lächele ihn von oben herab an. Seine Worte haben keine Bedeutung. Sein aufragender Schwanz mit der tropfenden Eichel zollt mir genug Tribut. Mit beiden Händen umschließe ich meine Brüste, knete sie und zupfe wie zufällig an den dunklen Spitzen, was ihm ein Keuchen entlockt. Wäre ich doch nur in der Lage, dieses Spiel die ganze Nacht zu spielen. Aber ehrlich gesagt kann ich es nicht und er vermutlich auch nicht. Ungeachtet der Tatsache, dass sein Blick immer finsterer wird und er mich jeden Moment zu Boden werfen könnte, um sich an mir zu befriedigen, treibe ich es noch ein wenig auf die Spitze.

»Zieh das Höschen aus!«, fordert er prompt mit scharfer Stimme. »Ich will deine Muschi sehen.«

Statt zu tun, was er verlangt, gehe ich in die Knie und hauche seinen Schwanz an, ohne ihn zu berühren. Mit halb gesenkten Augenlidern rieche ich an der samtweichen Haut. Wie gut er duftet! Süß und würzig zugleich.

»Fuck, Jewel!«, flucht er. »Lass den Scheiß!«

»Nur, wenn du aufhörst, mich dauernd Agent Broomstick zu nennen.«

Er stößt ein heiseres Lachen aus. »Tu ich doch gar nicht.«

»Du weißt, was ich meine.«

»Vergiss es!«

Um ihn zu ärgern, strecke ich meine Zunge heraus und lasse sie knapp über seiner tropfenden Eichel kreisen. Das Herz trommelt hart in meiner Brust, mein Schoß trieft vor Nässe. Mein Vorrat an Selbstbeherrschung ist fast aufgebraucht. Aber nur fast. Ich könnte vielleicht ein letztes Mal …

Ich werde den Gedanken nie zu Ende bringen, denn ehe ich mich versehe, packt Leroy meinen Kopf mit beiden Händen und drückt ihn auf seinen Schwanz. Meine Gegenwehr ist gleich null. Im Gegenteil. Mit einem befreiten Seufzer heiße ich ihn willkommen. Ich höre ihn flach ausatmen, während ich sein Fleisch tief in meinen Mund schiebe und gierig daran sauge. Ich spüre, wie er heiß pulsiert, was in meinem Schoß ein vergleichbares Pochen auslöst. Wollüstig presse ich meine Oberschenkel gegeneinander, dann beginne ich, seinen Schwanz mit langen

Zungenschlägen zu verwöhnen. Lecken und saugen, immer im Wechsel. Voller Ungeduld schiebt er mir sein Becken entgegen, sein Griff um meinen Kopf verstärkt sich, während er seinen Schwanz tiefer in meinen Rachen stößt. Ich lege mich für ihn mächtig ins Zeug, ziehe die Muskeln zusammen, bewege gleichzeitig meinen Kopf immer schneller vor und zurück.

Ihn glücklich zu machen, ist alles, was ich in diesem Moment begehre. *Ihn alles vergessen zu lassen.* Fast glaube ich, seinen Höhepunkt zu schmecken, als er sich unerwartet von mir löst und meine Kehle packt. Langsam zieht er mich hoch, als wäre ich eine Puppe, bis wir uns auf gleicher Augenhöhe befinden. Seine Muskeln sind angespannt, sein Blick brennt sich tief in meinen Kopf ein. In seiner vom Mondlicht beschienenen Gestalt liegt eine diabolische Schönheit, die mir einen Stich versetzt.

»Ich bin unfassbar wütend auf dich, Jewel«, sagt er mit harter Stimme.

Mein Herz wird schwer. »Leroy, ich …«

»Sei still!«, unterbricht er mich grob und fischt ein Kondom aus einer seiner Hosentaschen. »Was ist?«, fragt er, als er meinen irritierten Blick auffängt. »Wäre dir lieber, wir würden es lassen?«

»N… nein.«

»Gut.«

Kurz lässt er mich los, um die Folie aufzureißen und sich das Kondom mit einer gekonnten Geste überzustülpen. *Jetzt wird's ernst!* Als ich mein nasses Höschen über den Hintern streife, fühle ich mich plötzlich schrecklich befangen. Die menschliche Natur ist und bleibt ein großes Rätsel. Inzwischen hat sich Leroy seiner Cargohose und der Pants entledigt. Dann macht er sich daran, sein Hemd auszuziehen, aber ich halte ihn mit einem Kopfschütteln davon ab. Er sieht so verboten heiß aus. Unsere Augen versenken sich ineinander, bevor er meinen

Nacken packt und mich wild und zornig küsst, als wolle er mich bestrafen. Mit der anderen Hand manövriert er mich dorthin, wo er mich haben will, nämlich auf seinen Schwanz. Zentimeter für Zentimeter drückt er mich nach unten, bis er mich vollkommen ausfüllt. Nur mit Mühe kann ich ein Zittern unterdrücken.

»Ganz nett«, flüstere ich an seinen Lippen. »Heiß und hart. Könnte allerdings etwas größer sein.«

Sein raues Lachen wirkt sich verheerend auf meinen Schoß aus, und als er unvermittelt zustößt, stockt mir der Atem. Ich spüre, wie ich noch feuchter werde, falls es überhaupt möglich ist. Meine Hände begeben sich auf Entdeckungsreise, legen sich um seinen Nacken, streicheln über seine breiten Schultern – er erschauert, als meine Nägel über seine Schulterblätter fahren – und verharren schließlich auf seiner muskulösen Brust. Er lässt mir die gleiche Behandlung angedeihen, und als seine Hände meine Brüste packen, stütze ich seufzend meine Hände hinten auf seinen Knien ab und beginne, auf ihm zu reiten. Mein Becken hebt und senkt sich, immer schneller stoße ich herab, während er mir leise keuchend entgegenkommt. Unsere schweißbedeckten Körper finden den perfekten Rhythmus – bis zu dem Moment, als ich meine rechte Hand von seinem Knie löse, um meinen Kitzler zu berühren.

Unvermittelt steht er auf, und aus Angst runterzufallen, entfährt mir ein leiser Schrei. Aber er hält mich weiterhin fest umklammert. Trotz seiner eleganten Erscheinung besitzt der Mann unglaubliche Kraft.

»Was ist los?«, keuche ich, während er mich quer durch den Raum trägt, als würde ich nicht mehr als eine Feder wiegen. Wir sind nach wie vor miteinander verbunden.

»Ich saß auf einem Kartoffelsack«, murrt er. »Einem Kartoffelsack! Mein Arsch ist schon völlig verbeult.«

Grob presst er mich gegen die Holzwand, und niemals zuvor bin ich mir der körperlichen Überlegenheit eines Mannes so bewusst gewesen wie in diesem Moment. Mit einem leisen Knurren drückt er sich wieder tief in mich hinein. In meinem Bauch zuckt es unkontrolliert, und ich umschlinge ihn mit den Beinen.

»Gott, Jewel, du bist so …« Er streicht mir eine feuchte Strähne aus dem Gesicht. »So scheißverwirrend.«

Ein Schauder läuft durch meine Muskeln, was ihn offenkundig anregt, mich hemmungslos zu stoßen, ja fast brutal. Sein Blick ist lustverzerrt, die Regenschlieren auf der Fensterscheibe, die vom Mond beschienen werden, werfen Schatten auf sein Gesicht, was die Wildheit noch unterstreicht. Die Flut an Reizen ist beinahe zu viel für mich, und mir entfährt ein Wimmern. Wie um es wiedergutzumachen, haucht mir Leroy kleine heiße Küsse auf die Schulter. Ich drücke das Gesicht zur Seite, um ihm einen dieser Küsse zu rauben. Unsere Lippen finden sich zu einer überraschend sanften und zärtlichen Berührung, die mir die Tränen in die Augen treibt. Mehrere Herzschläge lang verlieren seine Bewegungen ihre Wildheit, werden langsamer, gemächlicher, um anschließend wieder Fahrt aufzunehmen. Der Wechsel von langsam zu schnell ist kaum mit Worten zu beschreiben, und ich presse meinen Mund gegen den Oberarm, um meine lustvollen Schreie zu dämpfen. Schließlich sind wir nicht allein im Haus. Meine Augenlider flattern, als sich seine rechte Hand zwischen uns schiebt und er mit seinem Daumen meinen geschwollenen Kitzler reibt. In mir baut sich eine gigantische Welle auf, genährt von seinen Berührungen und dem ungestümen Klatschen unserer verschwitzten Körper.

»Komm für mich, Baby!«, keucht Leroy in mein Ohr. Seine Stimme ist vor Lust heiser. »Jetzt!«

Schon bricht die Welle über mich herein, zieht mich in ihren Strudel, wirft mich gnadenlos hin und her. Die Welt verliert immer mehr an Schärfe, und ich stammele zuckend seinen Namen. Ich spüre seine heiße Zunge in meinem Mund, die sich an meiner Hilflosigkeit labt. Und dann falle ich nur noch und falle. Meine Beine zittern, doch Leroy hält mich sicher in seinen Armen. Während ich langsam zur Erde zurückschwebe, lecke ich über die salzige Haut an seinem Hals. Sein hechelnder Atem kitzelt meine Stirn, als er seine hämmernden Bewegungen wieder aufnimmt. Seine Finger quetschen meine Schulter, und obwohl ich meine Beine kaum mehr fühle, drücke ich mit den Fersen gegen seinen Hintern, sodass kein Blatt Papier zwischen uns passen würde. Mein Eifer wird mit einem tiefen animalischen Stöhnen belohnt. Sein Schwanz zuckt, seine Hoden ziehen sich zusammen, dann ergießt er sich in langen Schüben.

Erschauernd presse ich mich an ihn, berge den Kopf in seiner Halsbeuge, bis seine Lust abgeflaut ist. Hinterher zieht er sich mit einem Seufzer aus mir heraus und setzt mich ab. Zu meiner unendlichen Erleichterung lässt er mich nicht los, sondern drückt mich gegen seine Brust, ich verschwinde beinahe komplett in seiner Umarmung. Eine Weile sagen wir nichts, stehen einfach nur da und schauen durchs Fenster ins mondlichtbeschienene Dunkel, bis er mein Kinn anhebt und sein Blick meinen sucht.

»Ich muss wieder rüber, bevor der sägende Herbergsvater aufwacht und wir Stubenarrest bekommen«, witzelt er leise.

Inzwischen hat der Regen aufgehört, und lediglich das Schnarchen von nebenan ist zu hören. Obwohl ich bereits im Vorfeld ein schmerzhaftes Gefühl des Verlustes verspüre, nicke ich. Ich war so lange allein, dass ich vergessen hatte, wie tröstlich körperliche Nähe sein kann. Als befände man sich in einem sicheren Hafen. Doch selbst wenn Leroy bliebe, wäre die Pritsche zu schmal für zwei. Nachdem wir uns etwas übergezogen haben, schlüpfe ich unter die Decke. Mit einem undefinierbaren Ausdruck in den Augen beugt er sich zu mir herunter und haucht mir einen sanften Kuss auf die Lippen.

»Das war schön«, flüstert er.

Ich muss blinzeln. »Finde ich auch.«

Als er sich abwenden will, greife ich nach seinem Handgelenk, um ihn zurückzuhalten. Fragend blickt er mich an, und plötzlich habe ich einen Kloß im Hals, groß wie ein Straußenei.

»Wirst du mir eines Tages vergeben können?«, frage ich leise.

Seine Miene verschließt sich, und eine eisige Faust ballt sich um mein Herz. Hätte ich doch nur den Mund gehalten! Wie konnte ich ihm eine solche Frage stellen? Ausgerechnet jetzt! Mit angehaltenem Atem verfolge ich, wie er meine Hand nimmt und sie drückt. Seine Haut ist warm und trocken.

»Ich weiß es nicht, Jewel«, antwortet er ernst.

Danach verlässt er den Raum und zieht die Tür sachte hinter sich zu. Während ich ihm nachblicke, rinnen stille Tränen über mein Gesicht. Keine Ahnung, wie lange ich in die dunkle Leere starre, aber irgendwann flattern meine Augenlider und fallen schließlich ganz zu. Obwohl die Pritsche hart und unbequem ist, fordert mein erschöpfter Körper sein Recht, und nach wenigen Atemzügen bin ich eingeschlafen. In dieser Nacht plagen mich wider Erwarten keine Albträume.

Leroy

Nicht der Duft von Kaffee kitzelt mich am anderen Morgen aus dem Schlaf, sondern das unverwechselbare Aroma von *couche-couche*. Offenbar steht James am Herd und bereitet das Frühstück zu. Nachdem ich mich ausgiebig gestreckt habe, öffne ich die Augen. Mein erstaunter Blick fällt auf nackte, wohlgeformte Beine, die unter einem hellblauen Longshirt hervorlugen. Jewel ist gerade dabei, den Tisch zu decken, und als sie sich nach vorn beugt, drückt sich ihr appetitlicher Hintern gegen den Stoff ab. Verwundert und gierig zugleich sauge ich das Bild in mich auf. Ich müsste Jewel für das, was in Somalia vorgefallen ist, hassen oder zumindest verachten, aber weder das eine noch das andere ist der Fall. Vergeben kann ich ihr aber auch nicht. Was mich nicht davon abhält, sie mit jeder Faser meines Körpers zu begehren!

In Erinnerung an den gestrigen Abend ziehen sich meine Hoden zusammen. Dass sie mich überrumpelt und mir ihr Spiel aufgezwungen hat, werde ich nicht noch einmal zulassen. Beim nächsten Mal werde ich sie fesseln und ihr mit meiner Zunge süße Qualen bescheren. Oben am Hals werde ich beginnen, mich langsam nach unten vorarbeiten, mit ihren Brüsten werde ich mir viel Zeit nehmen, und dann knöpfe ich mir ihre Muschi vor. Ich muss unwillkürlich grinsen. Ihre spitzen Schreie wird niemand hören. Wir werden völlig ungestört sein. Oh, was werde ich alles mit ihr anstellen! Kleine Frauen sind so wunderbar handlich. Wie es ihr wohl gefallen würde, wenn ich mich jetzt von hinten anschleichen würde, um sie bäuchlings auf den Tisch zu drücken und am Höschen vorbei zu ficken? Bestimmt ist sie ganz heiß und feucht und …

»Na? Wach?«, brummt eine kratzige Männerstimme keine dreißig Zentimeter von meinem linken Ohr entfernt.

Mein Kopf ruckt zur Seite. James sitzt auf einem Stuhl und fixiert mich mit einem Grinsen, als könnte er meine Gedanken lesen.

Ich muss mich räuspern. »Ja.«

Jetzt dreht sich Jewel um. »Na endlich! Ich dachte, ihr Typen von der Army hättet einen leichten Schlaf und würdet schon beim leisesten Mauspupser aufschrecken.« Ihr Lächeln ist ein wenig unsicher, was mich noch härter macht. »Allzeit bereit sozusagen.«

»Allzeit bereit« bringt es gerade ziemlich gut auf den Punkt, wenn auch auf gänzlich andere Weise.

Statt einer Antwort zucke ich lässig mit den Achseln. In James' Gegenwart kann ich Jewel schlecht erklären, dass mir ihr kleiner sündiger Körper perfekte Dienste geleistet hat. Ich habe geschlafen wie ein Baby.

»Steh auf!«, sagt sie mit aufgesetzter Fröhlichkeit. »Wir frühstücken gleich. Ich habe *couche-couche* gemacht.«

Wenn es nur so einfach wäre! Meine Latte würde selbst einem Blinden ins Auge stechen. Ich schäle mich ein wenig umständlich aus dem Schlafsack, wobei ich Jewel meine Kehrseite präsentiere. Während James' Grinsen breiter wird, murmele ich etwas von »draußen erleichtern müssen« und eile hinaus. Die »Toilette« besticht durch Minimalismus und rustikalen Schick, deshalb sehe ich zu, dass ich, sobald ich fertig bin, schnell wieder an die frische Luft komme. Trotzdem dauert es einige Momente, bis das heiße Pochen in meiner Unterhose abgeklungen ist und ich mich ins Haus wage. In der Zwischenzeit gebe ich vor, die Landschaft zu genießen. Die Hände wasche ich mir in der Regentonne vor der Veranda, die offenbar zu diesem Zweck dort aufgestellt wurde, wenn ich die Seife auf dem grob gehauenen Hocker daneben richtig interpretiere. Drinnen hole ich ein frisches T-Shirt aus meinem Rucksack und ziehe es an, anschließend schlüpfe ich in die Cargohose und geselle mich zu Jewel und James an den gedeckten Tisch.

Jewels *couche-couche* schmeckt zum Niederknien. Vor allem mit dem Zuckersirup, der in seiner Eineinhalb-Liter-Flasche wie der uneingeschränkte Herrscher in der Tischmitte thront. Dazu gibt es Rührei mit Speck, selbst gebackenes Brot und Kaffee. Die Stille, die durch die offenen Fenster und Türen ins Innere dringt, ist für jemanden wie mich, der die vergangenen Jahre fast ausschließlich in der Stadt verbracht hat, ohrenbetäubend. Jewel scheint es zu gefallen. Obwohl wir unser Frühstück mehr oder weniger schweigend einnehmen, fällt die Befangenheit immer mehr von ihr ab. Ein kleines zufriedenes Lächeln legt sich auf ihre Lippen. *Ein Cajunmädchen in seinem Element.* Der Gedanke zaubert auch mir unwillkürlich ein Lächeln aufs Gesicht.

Nach dem Frühstück nehme ich sie zur Seite. Als ich ihren nackten Arm berühre, kribbelt es unter meinen Fingern. Soll ich den gestrigen Abend ansprechen? Und wenn ja, was soll ich sagen? »›Ich habe die Nummer mit dir genossen, am liebsten hätte ich sie direkt nach dem Aufstehen wiederholt‹?« Ich ziehe es vor, das Thema nicht anzusprechen.

»Ich werde meinen Kontakt bei der CIA anrufen und behaupten, dass ich den Job erledigt habe«, erkläre ich stattdessen.

Ihre schönen dunkelgrauen Augen blicken überrascht. »Wirklich?«

»Ja. Das verschafft uns Zeit.«

»Um was zu tun?«

»Herauszufinden, was vor sich geht. Sobald ich zurück bin, überlegen wir uns eine Strategie.«

Sie runzelt die Stirn. »Zurück?«

»Ich kann von hier aus nicht anrufen. Das Risiko ist zu groß, dass mein Handy geortet wird.« Ich lächele freudlos. »Deswegen habe ich gestern den Akku und die SIM-Karte herausgenommen. Ich werde James bitten, mich mit seinem Boot irgendwohin zu fahren. Hauptsache, weg von hier.«

Sie nickt. »Ich verstehe.«

Wir sehen uns an. Ihre Miene ist schwer zu deuten, und einen Atemzug lang erwäge ich, sie zu küssen.

»Du solltest das Pflaster wechseln«, sagt sie leise, dann wendet sie sich ab, und der Moment ist verflogen.

Zwanzig Minuten später sind James und ich im Außenborder unterwegs. Während wir tiefer in das weitverzweigte Netz aus Inseln und Flussarmen hineinfahren, steht die Sonne hoch am

Himmel, zerfließend und formlos. Die Luft ist warm und mit Feuchtigkeit durchsetzt, und schon bald klebt mir das Hemd wie eine zweite Haut am Körper. James, dem die feuchte Hitze nichts auszumachen scheint, lässt das Boot irgendwann in der Nähe einer riesigen abgestorbenen Eiche treiben und sieht mich schweigend an, was ich als Aufforderung verstehe, mein Handy zu zücken. Am weit entfernt gelegenen Ufer entdecke ich einen Jungen, der eine Bambusrute ins Wasser hält. Müsste er nicht in der Schule sein? Dann fällt mir ein, dass heute Samstag ist. Im Bayou verliert man jegliches Zeitgefühl.

»Der Job ist erledigt«, erkläre ich Nancy Ohlsen, die nach dreimaligem Klingeln das Gespräch annimmt.

»Gut. Sie haben das Richtige getan, Commander«, fühlt sie sich genötigt, hinzuzufügen. »Es sind weitere Beweise aufgetaucht, denen zufolge sich Jewel Duchasnel für ihre Informationen großzügig hat bezahlen lassen. Ich habe die Überweisungen schwarz auf weiß. Insgeheim hat sie eine Viertelmillion Dollar auf verschiedene ausländische Konten geschafft. Wir haben sie alle eingefroren.«

Wen wollen Sie überzeugen, Ohlsen? Mich oder sich selbst?, will ich dagegenhalten, behalte den Gedanken aber für mich.

»War's das?«, frage ich schroffer als beabsichtigt.

»Nicht ganz.« Ohlsen räuspert sich, und ich ahne Übles. »Sie müssen Owen Kennedy erledigen.«

»Was?«, rufe ich viel zu laut, was mir seitens James' einen irritierten Blick einbringt. »Sie haben doch gesagt, dass …«

»Das Team ist aufgeflogen«, fällt sie mir ins Wort.

»Nach nur einem halben Tag?«, erwidere ich mit unverhohlenem Spott.

Ein peinliches Schweigen entsteht.

»Es muss nicht mehr wie ein Unfall aussehen«, sagt Ohlsen schließlich. »Hauptsache, der Kerl stirbt. Sie brauchen also keine Rücksicht mehr zu nehmen. Ein Kinderspiel.«

Stirnrunzelnd betrachte ich den Jungen mit der Angelrute, ohne ihn richtig zu sehen. »Woher der Sinneswandel?«

»Ich bin nicht befugt, Ihnen die Gründe meiner Vorgesetzten offenzulegen. Nur so viel: Es ist unerlässlich, dass der Auftrag zu Ende gebracht wird, nachdem Budget und Manpower nun mal dafür zur Verfügung gestellt wurden. Im offiziellen Bericht soll alles seine Richtigkeit haben.«

An der Sache ist definitiv etwas faul.

»Mit anderen Worten, Officer Duchasnel und ich haben den Job zwar erledigt, aber während eines anschließenden Ausflugs in die Sümpfe, den sie aus einem nostalgischen Impuls heraus unternommen hat, ist sie spurlos verschwunden. Vermutlich ein Bootsunfall«, resümiere ich. »Haben sich das Ihre Auftraggeber so in etwa gedacht?«

»Ja, so in etwa«, antwortet Ohlsen, die den Sarkasmus in meiner Stimme entweder nicht bemerkt hat oder einfach ignoriert.

»Wollen Sie mich verarschen?«

Was folgt, ist ein langes, frostiges Schweigen und dann: »Denken Sie an das Wohl Ihrer Familie, Commander.«

Ich knirsche mit den Zähnen. »Drohen Sie mir etwa?«

»Wenn es sein muss«, versetzt sie unumwunden. Der Hauch von Mitgefühl, den sie bei unserem letzten Gespräch an den Tag gelegt hat, scheint verpufft zu sein. »Sie haben sich verpflichtet, diese Mission zu erfüllen.«

»Aber nicht so. Wie viele Menschen muss ich noch für Sie erledigen, bis der Auftrag abgeschlossen ist?«, frage ich kalt.

Aus dem Augenwinkel kann ich sehen, dass James, der sich inzwischen eine Zigarette angezündet hat, mir verstohlene Blicke zuwirft.

»Ich lasse mich nicht gern für irgendwelche Spielchen benutzen, Ohlsen!«, setze ich fort, als sie nicht antwortet. »Dass Officer Duchasnel und ich als Team angeheuert wurden, ist doch kein

Zufall! Sie haben gehofft, dass mein Groll gegen sie groß genug ist, sie zu töten, ohne Fragen zu stellen. Habe ich recht?«

»Darüber weiß ich nichts«, lautet Ohlsens Antwort. In ihrer Stimme ist ein Anflug von Unsicherheit.

»Kommt Ihnen die ganze Sache nicht etwas merkwürdig vor?«, bohre ich weiter.

Ein kaum merkliches Zögern und dann: »Nein.«

»Stellen Sie Befehle niemals infrage, Nancy?«

»Nein. Und das sollten Sie auch nicht!«

»Kam der Tötungsbefehl von Cooper?«, überrumpele ich sie.

»Cooper?«, entfährt es Ohlsen, die ehrlich überrascht klingt. »Welcher Cooper?«

»Deputy Chief Ronald Cooper. Duchasnels Boss.«

»Nein«, kommt es leicht verächtlich zurück. »Die Order kam von höherer Stelle. Also, werden Sie es tun?«, will sie wissen, als ich nichts darauf erwidere.

Ich lasse mir mit der Antwort Zeit. »Ja«, entgegne ich schließlich.

»Gut.«

»Sollte meiner Familie auch nur ein Haar gekrümmt werden«, füge ich mit tödlicher Ruhe hinzu, »lege ich Sie um, Nancy. Das ist ein Versprechen.«

Ein empörtes Japsen dringt an mein Ohr. »Auf Wiedersehen, Commander.«

Dann ist das Gespräch zu Ende.

»Alles klar?«, fragt mich James, als ich langsam das Handy senke, und kickt den Zigarettenstummel ins Wasser.

»Nein«, antworte ich wahrheitsgemäß.

* * *

Später am Vormittag sitze ich am Steuer meines Range Rover und fahre Richtung Norden. Nachdem ich meine Sachen aus der

Hütte geholt und mich von Jewel verabschiedet habe, hat mich James zu der Anlegestelle gebracht, die eine halbe Meile von der Straße entfernt liegt. Als ich ihn darum gebeten habe, mich am nächsten Tag gegen vier Uhr nachmittags wieder einzusammeln, meinte er, er sei kein beschissenes Taxi, was der längste Satz war, den ich je aus seinem Mund gehört habe. Daraufhin habe ich ihm Geld angeboten, was ihn noch mehr verstimmt hat. Schließlich hat er sich unter diversen Kraftausdrücken bereit erklärt, mich abzuholen, was, so vermute ich, weniger an meiner einschüchternden Art als an Lavinias möglicher Rachsucht lag. Mir kann es nur recht sein. Für den Notfall habe ich mir den Weg zu seinem Haus eingeprägt.

Während ich über die Route 90 brettere, schalte ich gedankenverloren das Radio ein. Der Popsong, der aus den Lautsprechern erklingt, ist schnörkellos und ein Ohrwurm. Ich brauche einen Moment, um »SOS« von Abba zu erkennen. Schmunzelnd widerstehe ich dem Impuls, den Sender zu wechseln. Eine Weile lausche ich bewusst und bin überrascht, wie niederschmetternd der Text ist – dem mitreißenden Rhythmus zum Trotz. Das Lächeln gefriert mir auf den Lippen, als mir Ohlsens Worte durch den Kopf schießen.

Ich habe die Überweisungen schwarz auf weiß. Insgeheim hat sie eine Viertelmillion Dollar auf verschiedene ausländische Konten geschafft.

Was, wenn Ohlsens Geschichte stimmt und ich mich in Jewel getäuscht habe? Was, wenn Colonel Johnson den falschen Eindruck gewonnen hat? Männer lassen sich schon mal gern von einem hübschen Gesicht narren. Verstimmt drehe ich die Musik ab und drücke aufs Gaspedal. Ich überschreite die Höchstgeschwindigkeit deutlich, aber es ist mir gleich. Zuerst kümmere ich mich um Owen Kennedy, danach nehme ich mir Jewels Fall gründlich und vor allem leidenschaftslos vor. Ich werde mich, verflucht noch mal, wie ein Profi verhalten!

Das sagt sich leicht, wenn man Meilen von der Frau entfernt ist, fern von ihren geschickten Fingern und ihrer heißen Zunge, höhnt meine innere Stimme, die ich geflissentlich ignoriere.

Eine Stunde später biege ich in die Texas Avenue ein, die heute wie verwandelt scheint, als hätte jemand eine Folie mit bunten Figuren davorgeschoben. Geschäftige Familienväter, die aus dem Kofferraum ihrer Vans volle Einkaufstüten wuchten; Mütter, die alle Mühe haben, ihre tobenden Kinder durch Zurufe vom Spielen auf der Straße abzuhalten; Teenager, die mit sichtlichem Widerwillen und am Ohr angewachsenem Handy den Familienhund Gassi führen. Diesmal stelle ich den Range Rover offen vor Kennedys Haus ab. Beim Aussteigen erspähe ich Margaret am Fenster, beachte sie aber nicht weiter. Ich umrunde den Magnolienbaum, gehe auf die Haustür zu und klingele. Als sich nichts rührt, klingele ich erneut. Drinnen ist ein Scharren zu hören.

»Mister Kennedy!«, rufe ich. »Ich muss mit Ihnen sprechen.«

»Was wollen Sie?«, ertönt eine feindselige Stimme von der anderen Seite der Tür.

»Hier draußen kann ich nicht reden«, antworte ich.

»Versuchen Sie's!«

»Es ist heikel, Mister Kennedy«, sage ich etwas leiser.

»Ist Ihr Problem, nicht meins.«

»Nein. Es ist unser aller Problem.« Ich dämpfe noch einmal die Stimme. »Ich habe Beweise dafür, dass mein Nachbar ein Reptiloid ist.«

Im Haus ist es plötzlich mucksmäuschenstill. Gerade als ich denke, dass mein Bluff fruchtlos geblieben ist, ertönt metallisches Klirren. Dann öffnet sich die Tür spaltbreit, und Owen Kennedy schaut mich durch seine Brillengläser an.

»Wirklich?«, fragt er mit vor Aufregung zitternder Stimme.

»Ja«, antworte ich.

Erst jetzt bemerke ich die Messerklinge in seiner Hand, die auf meinen Bauch zurast.

Von Hühnern und Waschbären

Jewel

An diesem Abend scheint der Himmel zu glühen, und die Wolken sind purpurrot gesprenkelt. Mit einer Harke entferne ich das Treibholz aus dem Entwässerungsgraben hinter dem Haus, danach füttere ich die Hühner. Bevor ich wieder hineingehe, bleibe ich stehen und verliere mich in der Betrachtung von Wildgänsen, die am aufgegangenen Mond vorbeiziehen. Seit Leroy aufgebrochen ist, sind drei Tage vergangen.

Unser Abschied war kurz.

»Wo willst du hin?«, fragte ich, als er seinen Rucksack über die Schulter warf. Das Herz in meiner Brust flatterte wie ein Vögelchen im Käfig, was mich ärgerte.

»Etwas erledigen«, antwortete Leroy in einem Tonfall, der keine weiteren Fragen zuließ.

»Kommst du zurück?«, wollte ich wissen.

»Das habe ich vor.« Er wirkte ernst. »Versprich mir, dass du nichts auf eigene Faust unternimmst, okay? Und halte absolute Funkstille.« Daraufhin fiel mir Helens Bitte ein, sie zu kontaktieren, aber zu diesem Zeitpunkt erschien es mir nicht dringend zu sein, also nickte ich. »Meine Kontaktperson hat mir die Geschichte von deinem Tod abgenommen. Wir wollen, dass es dabei bleibt«, betonte Leroy.

»Der Honda«, gab ich hastig zu bedenken, als er sich abwenden wollte.

Er nickte. »Gib mir den Schlüssel. Ich werde die Autovermietung anrufen und sie anweisen, den Wagen abzuholen, und ihnen sagen, dass du gewillt bist, die zusätzliche Gebühr zu bezahlen.« Sein reserviertes Lächeln vermittelte mir das Gefühl, als lägen bereits hundert Meilen zwischen uns. »Sie werden nicht begeistert sein, aber ihnen bleibt keine Wahl. Den Schlüssel hinterlege ich so, dass sie ihn finden können.«

Danach stieg er zu James ins Boot, ohne zurückzublicken. Keine Umarmung, kein Kuss. Nicht, dass ich es ernsthaft in Erwägung gezogen hätte. Na gut, vielleicht doch ein bisschen, schließlich waren wir uns in der Nacht recht nahegekommen. Wut und Scham packten mich, kaum dass sein breiter Rücken hinter der ersten Flussbiegung verschwunden war, aber mit jedem weiteren Tag, der verstrich, wurden diese Gefühle mehr von Sorge verdrängt. James fuhr jeden Nachmittag mit dem Boot hinaus, um Leroy wie vereinbart abzuholen, kehrte jedoch ohne ihn zurück. Meine stumme Frage traf jedes Mal auf Achselzucken.

Heute Abend fühlt sich James jedoch bemüßigt, das Thema anzusprechen. »Mach dir keinen Kopf, *mignonne*«, sagt er, während er sich ein paar gefüllte Eier auf den Teller schaufelt. »Er kommt zurück.«

»Ja, sicher«, murmele ich, schiebe mir ein Stück Brot in den Mund und ziehe meine Jacke enger um mich. Trotz des glühenden Holzofens ist es im Zimmer etwas kühl.

»Liebst du ihn?«

Mir bleibt das Brot fast im Hals stecken. »Wen?«, frage ich perplex. »Leroy?«

James nickt und nimmt einen tiefen Zug von seiner Zigarette. Er zählt zu den Menschen, die das Kunststück fertigbringen, zu essen und gleichzeitig zu rauchen.

Hastig schüttele ich den Kopf. »Nein, nein. Wir … äh … arbeiten nur am gleichen Projekt. Wir sind so etwas wie Kollegen.«

»Aha.« James kneift im Rauch die hellblauen Augen leicht zusammen. »Es ist nur, weil ich euch in der ersten Nacht gehört habe.«

»Oh«, stoße ich verlegen hervor. Die Hitze steigt mir in die Wangen. »Tut mir leid, wenn wir dich geweckt haben.«

Er schnippt die Asche seiner Zigarette in den kristallenen Aschenbecher neben seinem Teller. »Muss es nicht.«

Stille senkt sich über den Tisch, während ich mein Hirn verzweifelt nach einem unverfänglichen Gesprächsthema durchkämme. Ich weiß wenig über James. Nur, dass er gern Barsch isst, ein leidenschaftlicher Harmonikaspieler ist und dass das Leben abseits der Zivilisation in seinem Gesicht tiefe Spuren hinterlassen hat.

»Hast du schon immer hier gelebt?«, frage ich schließlich.

Bevor er antwortet, dreht er andächtig die Zigarette über den Aschenbecher, obwohl keine Asche dranhängt, dann schüttelt er langsam den Kopf. »Nein. Ich komme ursprünglich aus Baton Rouge, und …«

Ein Poltern hinter dem Haus bringt ihn jäh zum Schweigen.

Leroy!, fährt es mir durch den Kopf, und mein Herz gerät kurz aus dem Takt.

»Es ist nicht Billys übliche Zeit«, murmelt James und springt auf die Füße.

»Billy?«, echoe ich verständnislos.

»Der Waschbär, der jeden Tag hierherkommt, um Essen abzugreifen.«

»Wirklich?«, frage ich verblüfft. »Ich habe ihn noch nie bemerkt.«

Ein Lächeln umspielt James' Lippen. »Er ist scheu und kommt in der Frühe, wenn du noch schläfst.«

»Hast du keine Angst wegen der Hühner?«, frage ich, während er sein Gewehr aus dem Schrank holt.

»Solange ich hier bin, wagen sich keine Wildtiere in die Nähe des Hauses«, erklärt er. »Nachts oder wenn ich unterwegs bin, schließe ich die Hühner im Stall ein.«

Mit diesen Worten greift er nach der Taschenlampe, die neben der Tür an einem Haken hängt, und eilt hinaus.

»Bleib hier!«, ruft er noch, aber ich höre nicht auf ihn. Stattdessen gehe ich nach nebenan, um meine Glock zu holen, für den Fall, dass etwas Gefährlicheres als Leroy oder Billy draußen lauert.

Mit der Waffe in der Hand trete ich hinaus. In einiger Entfernung sehe ich James' Taschenlampe durch die Dunkelheit tanzen, außer dem leisen Klopfen des Außenborders gegen den Holzsteg ist nichts zu hören. James bewegt sich lautlos wie ein Luchs, während er das Haus in großem Radius umrundet. Ebenso wachsam setze ich mich in Bewegung, und zwar in entgegengesetzter Richtung, um den möglichen Eindringling in Empfang zu nehmen, sollte er James auszuweichen versuchen. Ich kneife die Augen zusammen, um besser sehen zu können. Das spärliche Licht aus der Hütte reicht nur wenige Meter weit, dahinter ist nichts, nur völlige Dunkelheit, als würde die Welt, wie wir sie kennen, dort abrupt enden.

Dennoch bereitet mir die Vorstellung keine Angst, haftet dem Geruch von Wasser, Stein und Wildblumen doch etwas Vertrautes an. Was immer dort draußen ist, kann uns nichts anhaben. Gehört es hierher, werden James und ich damit fertig. Gehört es nicht hierher, hat es bereits verloren. Während ich zum hinteren Teil des Hauses schleiche, höre ich die Hühner in ihrem Verschlag. Ein Knacken rechts von mir lässt mich innehalten, die Waffe halte ich sicherheitshalber nach unten gerichtet. Ich will nicht versehentlich James über den Haufen schießen. Angestrengt lausche ich. Nichts. Im gleichen Moment erschallt James' kratziges Lachen, und ich spüre, wie die Anspannung von mir abfällt.

»Was ist?«, rufe ich in seine Richtung.

Sofort schwenkt er seine Taschenlampe auf mich, vielleicht um sich zu vergewissern, dass ich kein Gespenst bin, das dem Bayou entstiegen ist, um ihn heimzusuchen. Dann richtet er den Lichtkegel auf das Toilettenhäuschen, von wo aus uns schwarze Knopfaugen frech anfunkeln. Wie sich herausstellt, ist der Missetäter kein Killer der CIA, sondern ein Opossum, das auf der Tür seine abendlichen Turnübungen absolviert. Offenbar ist das Tier kein bisschen scheu. Normalerweise flüchten seine Artgenossen vor grellem Licht, was der Grund dafür ist, dass Gartenbesitzer Bewegungsmelder um ihre Obstbäume herum aufstellen. Opossums mögen putzig aussehen, aber sie sind richtige Vielfraße.

Der Knall eines Schusses lässt mich erschrocken zusammenfahren.

In der Dunkelheit klingt er ungleich lauter, was das Tier veranlasst, das Weite zu suchen. Insgeheim bin ich froh, dass James nur in die Luft geschossen hat. Opossum gilt hierzulande als Delikatesse. An diesem Abend erfahre ich nicht mehr, warum James Baton Rouge den Rücken gekehrt hat. Anscheinend hat er für heute sein Redepensum aufgebraucht.

Am darauffolgenden Tag taucht Leroy immer noch nicht auf, und ich bin fast geneigt, James anzuflehen, mich mit dem Boot in die nächstgelegene Ortschaft zu fahren.

»Wozu?«, entgegnet er, als ich ihn um seine Meinung bitte, womit er nicht falsch liegt.

Angesichts der Tatsache, dass ich unter keinen Umständen Aufmerksamkeit erregen darf, sind meine Möglichkeiten sehr begrenzt. Außer dass ich nach einer Dusche lechze oder wenigstens nach etwas, das entfernt daran erinnert. Wasserpumpe und Waschbecken in der Küche sind ja schön und gut, aber kein Dauerzustand. Selbst für eine hartgesottene Cajunfrau nicht! Hätte ich Leroys Handynummer, könnte ich ihn von meinem Prepaidhandy aus anrufen, aber er hat sie nicht herausgerückt. Nicht einmal für den Notfall! Von nagender Sorge und Rastlosigkeit getrieben, fällt es mir zunehmend schwer, still zu sitzen. Inzwischen meiden mich die Hühner wie die Pest. Sobald ich in ihre Nähe komme, trippeln sie laut gackernd davon.

»Du machst sie nervös«, kommentiert James dann lakonisch.

Wen wundert's?, will ich dagegenhalten, unterlasse es aber, schließlich will ich nicht undankbar erscheinen. Nicht zum ersten Mal ziehe ich in Betracht, Helen zu kontaktieren. Der Zettel mit ihrer Telefonnummer steckt sauber zusammengefaltet im Schutzumschlag meines Buchs. Vielleicht kann sie für mich herausfinden, was mit Leroy passiert ist. Ich setze mir selbst ein Ultimatum. Sollte ich bis zum Ende der Woche keine Neuigkeiten von Leroy haben, werde ich handeln! Zwei nervenaufreibende Tage vergehen, die ich mit Angeln, Wäschewaschen, Stallausmisten und Dachausbessern hinter mich bringe.

Just als ich gedanklich dazu übergehe, meine Siebensachen zu packen, taucht Tante Lavinia zwischen den Bäumen auf. Sie trägt immer noch dasselbe Kleid und denselben Strohhut, als hätte sie irgendwo in der Nähe ausgeharrt, um wie die gute Fee im richtigen Moment zu erscheinen.

»Leroy ist verschwunden«, erklärt sie unumwunden. »Ein Freund von ihm hat mir erzählt, dass sich seine Spur in Kenner verliert.«

Dort, wo Owen Kennedy wohnt.

»Ich werde ihn suchen«, verkünde ich laut und ohne zu zögern.

Natürlich hätte ich mir eine andere Nachricht erhofft, trotzdem durchströmt mich die Energie wie ein frischer Luftzug. Endlich haben das zermürbende Warten und Nichtstun ein Ende!

»Ich habe mir so was schon gedacht«, antwortet Tante Lavinia mit einem geheimnisvollen Lächeln.

»Ist es eine gute Idee?«, gibt James zu bedenken, der sich zu uns gesellt hat. »Solltest du nicht unsichtbar bleiben, *mignonne?*«

Ich zucke mit den Achseln. »Klar ist es riskant, aber ich kann mich nicht ewig hier verstecken.«

»So schlimm?«, entgegnet James mit einem kleinen Zwinkern.

In einem spontanen Anflug von Zuneigung drücke ich ihm einen Kuss auf die knittrige Wange. »Aber nein. Du bist ein toller Gastgeber!«

Sein Gesicht färbt sich rosa. Er räuspert sich. »Ich fahre dich mit dem Boot nach Houma.«

»Ich begleite euch!«, erklärt Tante Lavinia energisch. »Ich habe dort etwas zu erledigen.«

* * *

Bereits eine Stunde später sind wir unterwegs. Stumm nehme ich von den Hühnern Abschied, die sicher froh sind, mich loszusein, und auch von Billy, den ich heute Morgen zum ersten Mal auf der Veranda erspäht habe. Er knabberte voller Hingabe auf einem Maiskolben herum. Während James uns mit sicherer Hand durch das verzweigte Sumpfland nach Südosten fährt, unterhalten Tante Lavinia und ich uns leise. Die Sonne steht hoch am Himmel, und es ist warm und schwül. Immer wieder wische ich mir den Schweiß von der Stirn.

»Dieser enge Freund von Leroy, wie heißt er?«, frage ich.

»Sein Name ist Beau Lamare. Er ist Polizist. Du kannst ihm vertrauen«, fügt Tante Lavinia, der mein sorgenvolles Gesicht keineswegs entgangen ist, rasch hinzu.

»Hast du seine Telefonnummer?«

»Natürlich.« Sie nennt sie mir. »Und zögere nicht, ihn unter Druck zu setzen«, sagt sie, während ich die Nummer in mein Handy eingebe. »Er schuldet mir einen Gefallen. Erinnere ihn daran.«

»Mache ich.« Mit den Augen verfolge ich einen Reiher, der gemächlich über uns kreist. »Mit meinem restlichen Bargeld komme ich mit dem Bus bis nach New Orleans«, murmele ich mehr zu mir selbst. »Aber danach wird's eng. Mit Kreditkarte kann ich schlecht bezahlen. Vielleicht kann ich ihn dazu überreden, mir einen Wagen zu besorgen …«

Tante Lavinia, die neben mir auf der Bank sitzt, kramt in ihrem *Gris-gris* herum und fördert wie Mary Poppins etwas zutage, das ich niemals darin vermutet hätte. Eine goldene Rolex.

»Sie ist echt, und nein, sie ist nicht gestohlen«, sagt sie, bevor ich zum Fragen ansetze, und reicht mir die schwere, klobige Uhr. »Sie war ein Geschenk für eine Gefälligkeit. Fahr damit zur St. Claude Avenue, Ecke Caffin Avenue. Direkt hinter der Bushaltestelle ist eine Wäscherei. Sie gehört einem großen weißen Kerl mit Vollbart und Tätowierung. Sein Name ist Bernard. Sag ihm, dass ich dich geschickt habe. Er soll dir achthundert dafür geben und keinen Penny weniger. Sonst faulen ihm die Eier ab. Sag ihm das!«

Meine Gefühle schwanken zwischen Belustigung und Dankbarkeit, und ich drücke die alte Frau fest an mich. »Danke, Tante Lavinia. Ich zahle dir das Geld zurück, sobald ich kann.«

»Unsinn!«, entgegnet sie barsch und wirft mir einen beleidigten Blick zu. »Ich bin deine Patin. Schon vergessen?«

Ihre offenkundige Entrüstung bringt mich zum Lächeln. »Wie könnte ich?«

Inzwischen haben wir den undurchdringlichen Sumpf mit seinen moosbehangenen Zypressen verlassen und fahren den breiten Houma Canal hinunter. Die Zivilisation hält immer mehr Einzug, was sich an den Strommasten und einstöckigen Wohnhäusern auf Pfählen bemerkbar macht, die dicht an dicht am Ufer stehen. Schließlich dringen wir über einen Seitenkanal in die Stadt ein und machen das Boot an einer der kleineren Anlegestellen unweit vom Port of Terrebonne fest, dem Industriehafen von Houma. Der Abschied von James fällt kurz, aber herzlich aus, dennoch ist kaum zu übersehen, wie froh er ist, in den Sumpf zurückzukehren.

»Er mag einfach keine Menschen«, konstatiere ich mehr zu mir selbst, während ich mich von Tante Lavinia zur Busstation führen lasse.

Inzwischen trage ich wieder meine blonde Perücke und versuche, die Hitze zu ignorieren, die sich darunter ansammelt. Hätte ich in diesem Moment nicht zu der alten Frau hinübergeblickt, wäre mir ihr eigenartiger Gesichtsausdruck entgangen.

»Was ist?«, frage ich, als wir eine kleine Brücke überqueren.

»Er hat es dir nicht erzählt, oder?«

Neugierig bleibe ich stehen. »Was soll er mir nicht erzählt haben?«

»Zwölf Jahre ist das jetzt her.« Tante Lavinia räuspert sich. »James war damals verheiratet und lebte mit seiner Frau in Baton Rouge. Die beiden hatten lange Zeit vergeblich versucht, ein Kind zu bekommen. Entsprechend glücklich war Stella an diesem Morgen, als sie die Praxis ihres Frauenarztes verließ. Endlich hatte es geklappt! Endlich würde sich ihr größter Wunsch erfüllen.« Tante Lavinias Blick richtet sich auf einen unbestimmten Punkt in der Ferne. »Sie befand sich gerade auf dem Weg zu James, um ihm die wunderbare Nachricht zu erzählen, als sie ins Kreuzfeuer zweier rivalisierender Gangs geriet.« Tante Lavinia legt eine kurze Pause ein, und als sie weiterspricht, kann ich die unterdrückte Wut in ihrer Stimme hören. »Die Salve traf sie in Kopf und Bauch, sie war sofort tot. Nach diesem Vorfall packte James seine Habseligkeiten und kehrte der Stadt für immer den Rücken. Seitdem lebt er im Bayou. Er fährt nie weiter als bis hierher, und das meistens auch nur, um Vorräte aufzustocken.«

Während ich Tante Lavinias Worten lausche, wird mir das Herz schwer, und ich brauche einige Momente, um meine Sprache wiederzufinden.

»Armer James«, murmele ich.

»In dem Raum, den er als Werkstatt bezeichnet, hortet er alles, was ihm von Stella geblieben ist. Fotografien, Kleider, Bücher, CDs, Schmuck. In den ersten Jahren hat er ihn kaum verlassen, er schlief sogar dort. Inzwischen hat er den Raum abgeschlossen und betritt ihn nicht mehr«, erklärt Tante Lavinia weiter, und mir fällt auf, dass ich ihn tatsächlich niemals habe hineingehen sehen.

Während wir uns schweigend wieder in Bewegung setzen, erfasst mich tiefes Bedauern. Ich wünschte, ich hätte häufiger mit James gesprochen. Ich kann mir nicht im Entferntesten vorstellen, was er durchgemacht hat und offenbar immer noch durchmacht.

»Wir müssen doch irgendwas tun können!«, sage ich ein wenig verzweifelt.

Wir passieren gerade eine kleine weiße Kirche, vor der sich gut ein Dutzend Menschen versammelt haben. Wie es aussieht, findet dort eine Hochzeit statt.

»Was meinst du damit?«, fragt Tante Lavinia.

»Seine Einsamkeit muss ein Ende haben.«

»Manche sind allein glücklicher«, gibt Tante Lavinia zu bedenken, die das beste Beispiel dafür ist.

»Ist James denn glücklich?«, frage ich ruhig.

»Nein«, antwortet die alte Frau.

Als fröhliches Glockengeläut an mein Ohr dringt, schießt mir ein verrückter und für meine Verhältnisse ganz und gar untypischer Gedanke durch den Kopf. »Wie alt ist James eigentlich?«

»Achtundfünfzig. Wieso?«

»*Maman* ist vierundfünfzig.«

Tante Lavinia stößt ein lautes gackerndes Lachen aus. »Ist das nicht ein bisschen weit hergeholt?«

Ich kaue nachdenklich auf der Unterlippe herum. »Ich weiß nicht. *Maman* lebt schon so lange allein.« *Seit meiner Geburt.* »Vielleicht könnte ich sie, wenn alles vorbei ist, einander vorstellen«, ereifere ich mich. Je länger ich darüber sinniere, desto reizvoller erscheint mir die Idee. »Du kennst beide, Tante Lavinia. Was meinst du?«

Ich sehe ihrer Miene an, dass sie sich inzwischen die Möglichkeit durch den Kopf gehen lässt. »Nun, früher hat James gern fotografiert.«

Damit spielt sie auf meinen leiblichen Vater an, der vor mehr als dreißig Jahren in unsere Gegend kam, um eine Fotoreportage über die hiesigen Indianerstämme zu machen. Er begegnete meiner Mutter, als sie vor ihrem Haus saß und einen der Körbe flocht, die sie samstags auf dem Markt in Sorrento verkaufte. Was für ein billiges Klischee! Er schoss einige Fotos von ihr, der hübschen Cajunfrau in dem geblümten Kleid und mit den pechschwarzen Haaren und kornblumenblauen Augen. Als sie ihm ihr entrücktes Feenlächeln schenkte, war es um beide geschehen. Begierig wollte sie mehr über seinen Beruf erfahren, also brachte er ihr die Grundzüge des Fotografierens bei. Ihre Affäre war kurz und leidenschaftlich. Dann verschwand er so plötzlich, wie er aufgetaucht war. Erst Wochen später merkte sie, dass er ihr »das größte Geschenk« gemacht hatte, wie sie es gern bezeichnet. Wo sie selbst heute noch die große Liebe ihres Lebens sieht, erblicke ich nur einen feigen Mistkerl! Sie hat niemals versucht, ihn zu finden. »Warum«, sagte sie immer, sobald ich sie darauf ansprach, »er lebt sein eigenes Leben und ich meines.« Nie empfand sie Groll, auch wenn sie sich noch viele Jahre später in den Schlaf weinte.

Als ich alt genug war, nahm ich mir vor, ihn ausfindig zu machen. Nicht weil mir ein Vater fehlte, im Gegenteil: Ich hätte *maman* mit niemandem teilen wollen. Aber ich wollte wissen, wer der Mann war, der es gewagt hatte, meine wundervolle Mutter abzulegen, als wäre sie ein alter Mantel. Wie erwartet, war *maman* alles andere als begeistert, aber ich ließ mir meinen Plan nicht ausreden, und so gab sie am Ende nach. Sie erzählte mir alles, was sie über ihn wusste, was nicht sehr viel war, so kannte sie zum Beispiel nur seinen Vornamen, und ich begann, zu recherchieren. Zu der Zeit war ich siebzehn. Nach langer Suche stieß ich im Internet auf eine Website, die seine schönsten Fotos ausstellte, darunter eines, das *maman* mit einem Strauß Gladiolen im Arm zeigte. Sein vollständiger Name lautete Steve Brewster, ein dunkelblonder, charmant aussehender Australier mit Poetenblick, wie ich es gern bezeichne. Er hatte sanfte Augen, die ein wenig verwundert in die Welt blickten und war sieben Jahre nach meiner Geburt an einer Lebensmittelvergiftung gestorben. Als er meine Mutter kennengelernt hatte, war er verheiratet gewesen. Ich zauderte, ob ich ihr davon erzählen sollte, aber letztendlich tat ich es. Sie schwieg lange, tätschelte meine Wange und sagte: »Es ist, wie es ist, *ma chérie.*«

Keine Anklagen. Kein Groll. Nichts. Sie nahm es einfach hin. Vielleicht hat Steve Brewster sie wahrhaftig geliebt, wer weiß das schon. Trotzdem schwor ich mir damals, mein Lebensziel und meine Würde niemals für einen Mann zu opfern. Liebe, die jegliche Vernunft auslöscht und dir den Lebensfunken raubt, kann nicht erstrebenswert sein. *Maman* mag eine Heilige sein, ich bin es nicht. Aber wenn es jemanden auf der Welt gibt, der etwas Glück verdient hat, dann ist sie es.

»War James von Beruf Fotograf?«, frage ich Tante Lavinia, während wir eine kleine Einkaufsstraße entlanggehen.

»Nein. Er war Heizungsinstallateur, aber in seiner Freizeit hat man ihn nie ohne seine Kamera gesehen. Er hatte sie überall dabei, selbst beim Tanken oder Einkaufen.« Ihr leises Lachen klingt wehmütig. »Seit dem Tod seiner Frau hat er keinen Fotoapparat mehr angerührt.«

Ich seufze hörbar.

»James mag Bluegrass«, wirft Tante Lavinia unerwartet ein.

»Wirklich?«, antworte ich mit neuer Zuversicht. »*Maman* liebt Bluegrass.«

Vor allem beim Kochen oder am Waschtag hört sie den entsprechenden Radiosender und trällert laut mit. Im Gegensatz zu mir ist meine Mutter mit einer schönen Singstimme gesegnet.

»Ich weiß«, antwortet Tante Lavinia, und ein kleines Lächeln legt sich auf ihr Gesicht.

»Gut«, entgegne ich energisch. »Dann haben wir einen Plan.«

»Dir ist aber schon klar, dass ich von Natur aus keine Kupplerin bin, oder?«

»Klar. Du bist das genaue Gegenteil!«, erwidere ich schonungslos. »Du bringst Paare auseinander.«

Tante Lavinia schnaubt, wirkt aber kein bisschen beleidigt. »Ich sorge nur dafür, dass verängstigte Frauen die Kraft finden, sich von ihren Mistkerlen von Männern zu trennen.«

»Lavinia, die Feministin«, necke ich sie.

»Das waren wir Hexen schon immer«, antwortet sie mit einem Lachen, das eine Krähe auf einem Hausdach veranlasst, mit einem Krächzen zu antworten.

Ich wuchte meine Tasche über die andere Schulter und hake mich bei Tante Lavinia ein. In einem Secondhandladen legen wir einen Zwischenstopp ein. Für fünfzig Dollar besorge ich mir eine löchrige Jeans, eine leicht muffig riechende blaue Batiktunika, billige Ohrklemmen und klimpernde Armbänder.

In der Umkleidekabine zeichne ich meine Lippenkonturen mit einem dunkelbraunen Stift namens »Chocolat Noir« neu, außerdem umrande ich meine Augen mit dickem schwarzem Kajal. Der anschließende prüfende Blick in den Spiegel stimmt mich zufrieden. Verblüffend, mit welch einfachen Kniffen man seinen Look umkrempeln kann. Die Blondine, die mich angrinst, sieht aus, als würde sie auf dem Jackson Square in New Orleans Billignippes an Touristen verhökern.

Als wir kurz darauf das blaue, kastenförmige Gebäude der Busstation betreten, zieht Tante Lavinia alle Blicke auf sich. Eine Gruppe Italiener wirkt fasziniert, aber auch eingeschüchtert, und so traut sich kaum einer, sein Handy auf uns zu richten. Was mir nur recht sein kann. Das Letzte, was ich will, ist ein Foto von mir in den sozialen Netzwerken, selbst wenn ich nur als Staffage für eine alte Voodoohexe diene. Nachdem ich mir ein Ticket besorgt habe und wir uns mit einer innigen Umarmung und dem Versprechen verabschiedet haben, zwei einsame Menschen zusammenzubringen, steige ich in den Bus nach New Orleans. Den Großteil der Fahrt verbringe ich damit, aus dem Fenster zu starren und mein weiteres Vorgehen zu planen. Am frühen Nachmittag komme ich in der Stadt an und fahre direkt mit dem Linienbus Richtung Osten.

An der Haltestelle, die mir Tante Lavinia genannt hat, steige ich aus. Die Wäscherei, ein frei stehendes, flaches Gebäude mit breiter Fensterfront, grüner Markise und der riesigen Aufschrift »Cleaner«, ist nicht zu übersehen. Der Empfangsbereich unterscheidet sich kaum von dem anderer chemischer Reinigungen, abgesehen von den Alu-Kotflügeln im Schaufenster und den diversen Harley-Davidson-Postern an der Wand. Mit seinen gut und gern hundertdreißig Kilo, dem kahl rasierten tätowierten Schädel und dem eindrucksvollen Vollbart ist Bernard Kleinschmidt – sein Name prangt auf einem kleinen Messingschild an der Tür – nicht unbedingt das, was man in einer Wäscherei erwartet. Er steht in Jeans und AC/DC-T-Shirt hinter der Theke und notiert etwas in einem Auftragsbuch.

Bei meinem Eintreten blickt er auf. Wider Erwarten erklingen aus dem altersschwachen Lautsprecher neben ihm weder »Highway to Hell« noch »Thunderstruck«, sondern schnelle Akkorde und Banjoklänge. Ich brauche einen Moment, um den Countryhit »Slumberin' on the Cumberland« von John Hartford zu erkennen.

»Ma'am«, grüßt Bernard freundlich.

»Hi«, antworte ich mit einem Lächeln, während ich überlege, wie ich ihm mein Erscheinen schonend beibringen soll. Dann allerdings komme ich zu dem Schluss, dass es unmöglich ist. »Lavinia schickt mich«, sage ich ohne Umschweife.

Insgeheim habe ich entgleiste Züge oder zumindest ein nervöses Blinzeln erwartet, doch Bernard überrascht mich, indem er so breit grinst, dass ich einen Blick auf den Kaugummi in seiner rechten Backentasche erhasche.

»Da brat mir 'nen Storch! Wie geht's der alten Hexe?«, röhrt er und kommt hinter der Theke hervor. Der Kerl ist gewaltig, noch größer als Leroy.

»Äh, gut«, antworte ich verblüfft. »Sie hat mich her…«

»Komm, erzähl mal!« Im Nu hat er die Eingangstür abgeschlossen und das Schild »Vorübergehend geschlossen« angebracht. »Sie hat sich über ein halbes Jahr nicht mehr sehen lassen! Hab mir echt Sorgen gemacht. Sie ist nicht mehr die Jüngste. Wie alt ist sie? Neunzig? Hundert? Hier, setz dich!«, plappert er gut gelaunt und zieht mich zu einem Stuhl im rückseitigen Teil der Wäscherei. Er selbst lehnt sich gegen den altersschwachen Schreibtisch, während ich überlege, ob es andersherum nicht sicherer wäre.

»Willst du 'nen Kaffee?«, fragt er, und ich bejahe.

Die Brühe, die er mir in einer riesigen Tasse reicht, hat die Farbe von Motoröl und schmeckt auch so, dennoch zeige ich mich begeistert und trinke sie bis auf den letzten Tropfen aus. Eine zweite Portion lehne ich allerdings freundlich, aber bestimmt ab. Eine geschlagene halbe Stunde dauert es, bis Bernards Neugier befriedigt ist, wobei er sich an jedem noch so kleinen Detail ergötzt. Während ich erzähle, funkeln seine Augen, und ein warmes Lächeln umspielt seine Lippen. Er scheint Tante Lavinia ehrlich zu mögen. Obwohl ich unter Zeitdruck bin, schließlich steckt Leroy vielleicht in der Klemme und braucht jede erdenkliche Hilfe, kann ich mich Bernards Fröhlichkeit nicht entziehen. Ich schätze, niemand kann das.

»Woher kennst du Lavinia?«, frage ich irgendwann.

»Sie hat meine Schwester aus einer üblen Lage gerettet.« Kurz wird Bernard ernst. »Wäre Lavinia nicht gewesen, läge sie jetzt unter der Erde. Da bin ich sicher.«

Ich nicke. Solche Geschichten habe ich schon häufiger gehört.

»Und du?«, fragt er mich.

Als ich es ihm sage, leuchtet sein Gesicht auf. Bevor er mir erneut Löcher in den Bauch fragen kann, komme ich zur Sache und hole die Rolex hervor.

»Lavinia meint, sie ist achthundert wert«, erkläre ich und verkneife mir die Drohung mit den abfaulenden Eiern. Ich denke nicht, dass Bernard Schwierigkeiten macht.

Falsch gedacht.

Der Wäschereibetreiber mag wie ein gutmütiger Riese wirken, aber geht es ums Business, mutiert er im Nu zum knallharten Geschäftsmann. Die Uhr kritisch betrachtend, schüttelt er den Kopf.

»Da sind Kratzspuren«, erklärt er in nüchternem Tonfall. »Die kann ich zu keinem guten Preis weiterverkaufen. Ich gebe dir fünfhundert.«

»Unsinn!«, widerspreche ich. »Die ist neu über zwölftausend wert«, sage ich ins Blaue hinein. »Du kannst sie immer noch für zweitausend loswerden.«

Offenbar liege ich damit nicht verkehrt, denn Bernard brummt nachdenklich. »Okay, mein letztes Wort: sechshundert.«

Kurz überlege ich, nachzugeben, aber ich habe Tante Lavinias Worte im Ohr. »Wenn du dich weigerst, mir den genannten Preis zu zahlen, wird es denen da nicht gut bekommen.« Mit bedeutungsschwerer Miene weise ich auf seinen Schoß. »Gar nicht gut.«

Als Bernard reflexartig mit der rechten Pranke seinen Schritt bedeckt, halte ich nur mit Mühe ein Lachen zurück.

»Nicht meine Worte, sondern *ihre*«, füge ich sicherheitshalber hinzu.

»Fuck!«, flucht er laut. »Ich lege da noch Kohle drauf! Werde keinen Penny an der Scheißuhr verdienen. Nada!«

Wer's glaubt.

Abwartend starre ich ihn an, bis er erneut flucht.

»Okay, okay«, brummt er schließlich. »Richte der alten Hexe aus, dass …«

»Ja?«

Zum ersten Mal flackert sein Blick. »Nichts«, antwortet er ein wenig kleinlaut.

Fast tut er mir leid. Soll ich ihm sagen, dass es seitens Tante Lavinia nur eine leere Drohung ist? Andererseits brauche ich das Geld wirklich dringend. Glücklicherweise gehört Bernard nicht zu der nachtragenden Sorte Mensch, und als er mir die Scheine überreicht, glaube ich sogar, ein kleines Lächeln um seine Mundwinkel zu erkennen. So schlimm scheint es um seine Finanzen also nicht bestellt zu sein. Er bietet mir gar die Hälfte seines Kuchens an, aber ich lehne dankend ab. Gerade will ich mich zum Gehen wenden, als mir etwas einfällt.

»Kennst du zufällig jemanden, der mir einen Wagen billig verkaufen kann?«, frage ich. »Ohne lästige Formalitäten?«

Tut er.

Ein Bauernopfer

Jewel

Später am Nachmittag fahre ich in einem klapprigen Ford Maverick, den ich für zweihundertfünfzig Dollar erstanden habe, Richtung Kenner – verbeulte Türen und Duftbaum inklusive. Meine wiederholten Bemühungen, Beau Lamare mit unterdrückter Rufnummer zu erreichen, scheitern an seiner Mailbox, deshalb beschließe ich, mein Glück in der Texas Avenue zu versuchen. Vielleicht bringe ich dort etwas in Erfahrung, das weiterhilft. Ich stelle den Wagen in einer Nebenstraße ab und gehe das letzte Stück zu Fuß. Die Glock stecke ich vorsorglich hinten in den Hosenbund. Gut, dass mir die Batiktunika zwei Nummern zu groß ist und bis zu den Kniekehlen reicht. In der Straße ist alles wie gehabt. Weit und breit keine Menschenseele, außer natürlich Margaret, die mit ihrem Fensterkissen anscheinend verwachsen ist.

Vor dem Haus angekommen, verlangsame ich meine Schritte, um das Grundstück unauffällig in Augenschein zu nehmen. Nichts rührt sich. Wie selbstverständlich, als würde ich hierhergehören, steuere ich die Eingangstür an und betätige die Klingel. Ich warte, aber nichts geschieht. Kurz schaue ich mich um, dann drücke ich mein Ohr gegen die Tür. Nichts.

Kein Geräusch. Ich schlendere zu einem der Fenster und spähe hindurch. Durch die schmutzige Scheibe erhasche ich einen Blick auf ein Wohnzimmer. Eine Couch, ein niedriger Tisch, ein TV-Schrank und Bücherregale, nur ohne Bücher. Stirnrunzelnd nehme ich mir das nächste Fenster vor. Die Küche bietet ein ähnliches Bild. Zwar sehe ich Einbaumöbel, doch wo normalerweise Gewürze oder andere Vorräte stehen müssten, herrscht deprimierende Leere. Entweder ist Owen Kennedy ein Ordnungsfanatiker, oder aber der Vogel ist ausgeflogen.

Oder tot.

Gerade als ich mir eine Geschichte zurechtlege, um Margaret auszuhorchen, vorausgesetzt natürlich, sie nimmt mir auch diese Verkleidung ab, klingelt mein Telefon. Überrascht schaue ich aufs Display. Die Nummer kenne ich inzwischen auswendig. Meine unterdrückte Rufnummer zurückzuverfolgen war für ihn als Cop wahrscheinlich keine große Herausforderung.

»Mister Lamare«, melde ich mich. »Nett, dass Sie zurückrufen.«

»Wer sind Sie?«, fragt eine tiefe, gedehnte Stimme.

»Mein Name ist Jewel.«

»Und weiter?«

»Nur Jewel.«

»Okay, Jewel. Was wollen Sie?«

»Ich suche jemanden, und mir wurde gesagt, dass Sie mir eventuell helfen können«, antworte ich.

»Dann sollten Sie sich an die Vermisstenstelle wenden.«

Noch so ein Spaßvogel! New Orleans ist anscheinend voll davon.

»Sein Name ist Leroy Masters.«

»Und?«, entgegnet die Stimme unbeeindruckt. »Muss mir das etwas sagen?«

»Hören Sie auf, mir etwas vorzumachen, Mister Lamare!«, entgegne ich scharf. »Ich weiß, dass Sie miteinander befreundet sind. Lavinia fordert einen Gefallen ein«, füge ich genüsslich hinzu. »Der darin besteht, mich in jeder erdenklichen Weise zu unterstützen.«

»Ach ja?«, kommt es gleichgültig zurück. »Die Hexe hat ihren Gefallen bereits eingefordert. Wir sind quitt.«

Kurz bin ich perplex, dann ändere ich die Taktik. »Mister Lamare, bitte, ich muss wissen, wo er ist und ob es ihm gut geht«, sage ich eindringlich.

In der Leitung herrscht Schweigen.

»Hallo?«, frage ich. »Sind Sie noch dran?«

»Wo befinden Sie sich gerade?«

»In der Stadt«, antworte ich ausweichend.

»Ich rufe Sie nochmal an«, sagt Lamare und beendet das Gespräch, bevor ich auch nur einen Piep sagen kann.

Für einen Moment spiele ich mit dem Gedanken, doch noch zu Margaret hinüberzugehen, entscheide mich letztlich dagegen, weil ich nicht unnötig Aufmerksamkeit erregen möchte. Die Lage gestaltet sich ein wenig anders, wenn dich die CIA tot sehen will! Grübelnd kehre ich zum Wagen zurück, als mein Handy erneut klingelt.

»Fahren Sie zu der folgenden Adresse, und sagen Sie, der Fünfköpfige Drache sei gelandet«, erklärt Lamare gleichmütig und nennt mir eine Straße im Garden District, dem Nobelviertel von New Orleans.

Fünfköpfiger Drache? Beinahe hätte ich laut gelacht. Wie alt ist der Mann? Zehn? Ich will fragen, ob Leroy sich dort aufhält, aber da hat Lamare schon aufgelegt. *Verdammt noch mal!* Im Gegensatz zu Bernard macht dieser Typ nicht viele Worte. Er würde sich gut mit James verstehen.

Während ich nach Südosten tuckere, halte ich mich konstant an die vorgegebene Geschwindigkeit, um nicht aufzufallen. Nicht, dass der Ford Maverick in der Lage wäre, schneller als fünfzig Meilen die Stunde zu fahren, selbst wenn er es darauf anlegen würde! Aber er bringt mich sicher ans Ziel. Und solange ich in Bewegung bleibe, sorgt er dank der offenen Fenster für frische Luft. Keine halbe Stunde später gelange ich zu einer Prachtstraße, die von einem Baldachin immergrüner Eichen überspannt ist und an deren Rändern sich Vorkriegsvillen in Größe und Anzahl der Säulen zu übertrumpfen versuchen. Trotz meiner inneren Anspannung bringen mich zwei Eichhörnchen, die sich in den Baumkronen ein wildes Rennen liefern, zum Lächeln. Es gibt schlimmere Orte, an denen man leben kann, dennoch verknotet sich mein Magen. Was erwartet mich am Ende der Straße?

Vor einem Anwesen, das einen ganzen Block umfasst und dessen weißes klassizistisches Haus auf einem kleinen Hügel thront – ich zähle nicht weniger als zehn Säulen –, halte ich an. Mehrmals vergleiche ich die Adresse mit der, die mir Beau Lamare genannt hat, aber es gibt keinen Zweifel: Ich bin hier richtig. Wieder stecke ich meine Glock in den Hosenbund. Sicher ist sicher. Nachdem ich ausgestiegen bin, gehe ich zum schmiedeeisernen Tor und drücke auf die Gegensprechanlage, gleichzeitig blicke ich hoch zu der dezent angebrachten Kamera. Aus dem kleinen Minilautsprecher erklingt ein klackendes Geräusch, dann ein Rauschen, aber niemand meldet sich.

»Hallo?«, rufe ich, erhalte aber keine Antwort. »Hallo?«

O Mann!

Innerlich verdrehe ich die Augen, bevor ich mich räuspere und mit klarer Stimme sage: »Der Fünfköpfige Drache ist gelandet.«

Langsam beschleicht mich das Gefühl, veralbert worden zu sein. Gerade wende ich mich zum Gehen, als das Tor mit einem leisen Klicken entriegelt wird. Ich hole tief Luft und betrete das Anwesen. Vor mir erstrecken sich, so weit das Auge reicht, blaugrüne Rasenflächen mit Hortensienbüschen, während halbhohe Zypressen den Kiesweg hinauf zum Haus säumen. Solche

Besitzungen kenne ich nur aus dem Fernsehen. Hoffentlich trete ich nicht irgendeinem Promi unbeabsichtigt auf die Füße! Unvermittelt bleibe ich stehen. Was, wenn es eine Falle ist? Gut, zugegeben, der Gedanke hätte mir ein wenig früher kommen können, aber wie heißt es so schön? Lieber spät als nie. Eine geschlagene Minute verharre ich auf der Stelle und überlege. Am Ende gebe ich mir einen Ruck. Beau Lamares Telefonnummer habe ich von Tante Lavinia. *Selbstverständlich ist es keine Falle!*, rede ich mir energisch ein. Trotzdem galoppiert das Herz in meiner Brust, als ich an die schwarz lackierte Tür klopfe. Die rechte Hand mit der Glock halte ich dabei hinter dem Rücken verborgen. Ich hasse Überraschungen, und etwas sagt mir, dass mir eine solche unmittelbar bevorsteht.

Dessen ungeachtet bin ich nicht auf den Anblick vorbereitet, der sich mir bietet, als die Tür aufschwingt. Vor mir steht Leroy, und er trägt nichts außer einer nassen, eng anliegenden Badehose, die wirklich, aber auch wirklich nichts unterschlägt! Mein Magen schlägt einen Rückwärtssalto, und ich spüre die Hitze in meinen Wangen aufsteigen. Wasser perlt an seinem gestählten Körper herab, bildet hier und da Rinnsale auf seiner samtigen Haut, die förmlich danach verlangen, mit den Fingerspitzen oder noch besser mit der Zunge nachgezeichnet zu werden. Für einen Moment ist mein Kopf wie leer gefegt, mir ist alles entfallen, was ich sagen wollte.

»Was zum Teufel tust du hier?«, fragt Leroy hörbar verärgert, während er sich mit einem Handtuch über seine muskulöse Brust reibt.

»Ich? Die Frage lautet wohl eher: Was tust du hier?«, fauche ich zurück, sobald ich wieder zu Atem gekommen bin.

Den Blick halte ich starr auf sein Gesicht gerichtet, die Platzwunde an seiner Schläfe ist nicht mehr als eine blasse Erinnerung. Dem Herrn scheint es ja blendend zu gehen! Mich würde es nicht wundern, käme jetzt eine langbeinige, braun gebrannte Tussi in einem Nichts von Bikini um die Ecke geschwebt und würde ihm ein »Du wolltest mir noch den Rücken eincremen, Darling« ins Ohr flöten!

Ich rede mich in Rage. »Während ich in einer Hütte ohne fließendes Wasser verrotte …« *Sorry, James, für die überspitzte Formulierung,* füge ich in Gedanken hinzu. »… machst du hier einen auf Esther Williams! ›Die badende Venus‹, noch nie gesehen?«, erkläre ich gereizt, als Leroy mich verständnislos anstarrt. »Und dann erzählst du überall rum, dass du verschwunden bist, und ich denk, weiß Gott was!«

Angesichts meines Ausbruchs spiegelt sich Verblüffung auf seinem Gesicht wider. »Ich erzähl gar nichts rum! Und hör auf, mit der Glock herumzufuchteln! Du machst mich nervös.«

Geschieht dir ganz recht!, denke ich, stecke jedoch die Waffe zurück in den Hosenbund.

»Warum tut dein Kumpel Beau dann so geheimnisvoll?«, frage ich nach wie vor aufgebracht. »Er hätte Tante Lavinia einfach sagen können, dass du in Sicherheit bist und …«, ich vollführe eine ungeduldige Geste, »… treibst, was auch immer du treibst.«

»Hat er doch.«

»Das ist echt unverantwortl…«, entgegne ich, dann halte ich überrascht inne. »Was?«

»Beau«, erklärt Leroy, der endlich aufgehört hat, an sich herumzuwischen. »Er hat Lavinia ausgerichtet, dass es mir gut geht, ich aber für eine gewisse Zeit vom Radar verschwinden muss und du dich auf keinen Fall von der Stelle rühren sollst.«

Meine Wut fällt wie ein Kartenhaus in sich zusammen. Warum hat mir Tante Lavinia nur die halbe Wahrheit gesagt?

»Lässt du mich nun rein oder was?«, maule ich Leroy an und schiebe mich peinlich berührt an ihm vorbei, ohne seine Reaktion abzuwarten.

Ein Zucken durchfährt mich, als ich seinen feuchten Brustkorb streife. Für einen winzigen Moment bleibe ich stehen, während er mit einem schwer zu deutenden Ausdruck in den Augen auf mich herunterblickt. Er steht so nah bei mir, dass seine Wärme die Poren meiner Haut durchdringt. Ich glaube fast, seinen Herzschlag zu spüren. Als er mit dem Handrücken über meine Wange streicht, bin ich derart verdutzt, dass ich mich nicht rühren kann.

»Interessantes Outfit übrigens«, raunt er, und sein sanfter Atem auf meiner Schläfe ist wie eine Liebkosung.

Fluchtartig rücke ich von ihm weg und betrete das Haus. Wie eine Maklerin, die den Riesenreibach wittert, nehme ich das Interieur in Augenschein, nur um Leroy nicht anschauen zu müssen. Klotzen, nicht kleckern, fasst die Einrichtung ziemlich gut zusammen. Goldgerahmte Wandgemälde und zahllose Spiegel, ein riesiger Kamin, Schnitzwerk am Geländer einer breiten, gewundenen Treppe und natürlich ein imposanter Kristalllüster, der jeden noch so kleinen Lichtstrahl auffängt und funkelnd zurückwirft. Der Marmorboden weist ein schwarz-weißes Schachbrettmuster auf und sieht aus, als wäre er auf Hochglanz poliert worden.

Ich hole tief Luft, dann drehe ich mich um. »Also, was geht hier vor?«

»Wir versuchen herauszufinden, wer dich aus dem Weg räumen will«, erklärt Leroy, während er die Tür hinter sich zuzieht.

»Wir?«, frage ich nach.

»Kommen Sie ruhig raus!«, ruft Leroy in einen Raum hinein, der rechts abgeht und wie ein Salon aussieht. »Von ihr droht keine Gefahr.«

Der Mann, der mit kleinen, unsicheren Schritten über die Schwelle tritt, trägt ein grün-blau kariertes Hemd, dazu eine braune Cordhose und Pantoffeln. Das schüttere Haar hat er seitlich über die fast kahlen Schläfen gekämmt, die blauen Augen durch die Brille mustern mich misstrauisch. Es ist Owen Kennedy. Verständnislos lasse ich meinen Blick zwischen den beiden Männern hin und her wandern, dann stoße ich einen resignierten Seufzer aus.

»Gibt's hier eine Dusche?«, frage ich.

»Was?« Nun ist es an Leroy, überrascht zu schauen.

»Bevor du mir das hier erklärst, will ich duschen!«, entgegne ich energisch.

»Okay.« Leroy, der sich schnell wieder gefasst hat, zeigt nach oben. »Zweite Tür links. Frische Handtücher liegen im Schrank über dem Waschbecken. Ich kann dir alles zeigen, wenn du willst«, ergänzt er mit einem samtigen Unterton.

»Nicht nötig!«, antworte ich und krame nach meinem Wagenschlüssel, den ich ihm schwungvoll zuwerfe. Zu meinem Verdruss fängt er ihn mühelos auf. »Du kannst aber gern meine Tasche aus dem Auto holen und sie mir vor die Badezimmertür stellen.«

Er grinst. »Meinst du die Karre vorm Haus, die vermutlich noch aus dem Sezessionskrieg stammt?«

Der Mistkerl hat mich bei meiner Ankunft beobachtet, und trotzdem musste ich diesen blöden Spruch aufsagen! Ich verkneife mir eine entsprechende Erwiderung und werfe ihm einen Blick über die Schulter zu, der einer Grace Kelly würdig wäre. Dann stolziere ich die Treppe nach oben und tue so, als würde ich sein Lachen nicht hören.

Wie zu erwarten war, ist das Badezimmer so groß wie ein Baseballfeld und überaus luxuriös, wofür ich keinen Blick übrig habe. Stattdessen lehne ich mich gegen die Wand und schließe die Augen. Jetzt, da die Anspannung von mir abgefallen ist, wird mir bewusst, wie groß meine Sorge um Leroy gewesen ist. Wäre es zum Schlimmsten gekommen … Allein die Vorstellung presst mir das Herz schmerzhaft zusammen, als wäre es eine Zitrone. Dabei kenne ich ihn nicht einmal richtig! Mir wollen die Tränen kommen, aber ich lasse sie nicht zu. Das Ganze ist einfach nur idiotisch! Wahrscheinlich liegt es an der

Erschöpfung. Eine lange heiße Dusche wird mir guttun und mich wieder auf Kurs bringen. Rasch habe ich mich meiner Kleidung, der Perücke und des Billigschmucks entledigt. Im riesigen Spiegelschrank finde ich alles Notwendige, um mich abzuschminken. Ich wähle ein nach Rosen und Jasmin duftendes Duschgel und steige in die geräumige Duschkabine. Eben will ich das Wasser aufdrehen, als vor der Tür ein leises Geräusch ertönt. Mein Herzschlag setzt kurz aus.

»Deine Tasche«, sagt Leroy. Seine dunkle Stimme reicht aus, damit sich ein sinnlicher Schauer auf meinen nackten Körper legt.

»Danke«, antworte ich ein wenig zu hastig und warte, dass sich seine Schritte entfernen.

Einige Sekunden geschieht nichts. Gebannt halte ich die Luft an, und als Leroy tatsächlich geht, spüre ich beinahe einen Anflug von Enttäuschung. Sobald ich sicher sein kann, dass er verschwunden ist, öffne ich, in ein großes Badetuch gehüllt, die Tür und greife nach der Tasche. Erst vorgestern habe ich mit einem Bottich vor James' Hütte einen Waschtag eingelegt, sodass ich im Besitz sauberer Kleidung bin. Ein Segen!

Die Dusche ist herrlich. Als der breit gefächerte Strahl auf mich herunterprasselt, seufze ich. Mit beiden Händen fahre ich mir durch die Haare, genieße das Wasser, das einer Liebkosung gleich meinen Rücken herunterrinnt. Mein Unterleib flattert bei der Vorstellung, Leroy würde mir Gesellschaft leisten. Das passende Outfit hätte er ja schon! Seine Hände würden von hinten meine Schultern einseifen, langsam und ausgiebig, dann würden sie hinunterwandern und meine Brüste mit festem Griff packen. Während er seinen Schwanz an mir reiben würde, auf eine Einladung pochend, die ich ihm nach kurzer Renitenz gewähren würde, würde uns der heiße Dampf wie ein schützender Kokon umhüllen … *Was haben Duschen nur an sich, dass sie die sexuelle Fantasie derart anregen?* Bevor ich etwas tue, wofür ich mich hinterher verachten würde, zügele ich mich. Der Gedanke an Owen Kennedy, der im Haus herumgeistert, ist dabei überaus hilfreich.

Nachdem ich geduscht habe, treffe ich die beiden eine Etage tiefer im Musikzimmer, das ich anfangs für den Salon gehalten hatte. Die dunklen Mahagonimöbel bestechen durch Eleganz und klare Linien, vor der gerahmten Doppeltür, die nach draußen in den Garten führt, steht ein cremefarbener Flügel. Die Sitzgruppe, auf der Leroy, Owen und ich Platz nehmen, ist ebenfalls cremeweiß und mit fliederfarbenen Kissen bestückt. Der Raum wirkt auf eine wohltuende Weise feminin. Fehlt nur noch ein Strauß weißer Gladiolen. Mit meiner Jeans und dem dunkelroten T-Shirt fühle ich mich ein wenig deplatziert. Andererseits sieht Owen in seiner Cordhose aus, als wäre er aus den Siebzigern hierher teleportiert worden, und Leroy … Nun, zumindest hat er sich etwas übergezogen. Er trägt weiße Bermudas und ein lachsfarbenes Hemd. Ich gebe mir alle Mühe, ihn nicht anzustarren, dennoch komme ich nicht umhin, die feinen Härchen auf seinen Armen und Beinen zu bewundern, die in der Abendsonne golden schimmern. Beim Anblick der Bartstoppeln, die seine Wangen und sein Kinn bedecken, meldet sich wieder dieses flaue Gefühl in meinem Magen. Leugnen ist zwecklos. Ich stehe auf seinen verwegenen Dreitagebart!

Ich räuspere mich. »Was ist das für ein Haus?«, richte ich meine Frage an die beiden Männer.

Owen, der am äußersten Rand des Sofas sitzt und den Anschein erweckt, als würde ihn schon ein Hüsteln in die Flucht treiben, weicht meinem Blick aus und schweigt.

»Der Vater eines Freundes kennt da jemanden, und der wiederum hat einen Freund, dem das Haus gehört«, antwortet Leroy mit einem schiefen Grinsen.

»Du scheinst ja viele Freunde zu haben«, antworte ich fast barsch.

»Nicht unbedingt viele, aber sehr gute.«

»Und was macht er hier?«, frage ich und zeige auf Owen, der das fliederfarbene Kissen neben sich anstarrt, als könnte es ihn jeden Moment anspringen. »Ist er auch ein Freund?«

»Nachdem ich dich ausgeschaltet hätte, wäre er laut Auftrag an der Reihe gewesen«, erklärt Leroy ungerührt, was Owen merklich zusammenzucken lässt.

»Aber du hast es nicht getan«, weise ich auf das Offensichtliche hin.

»Nein.«

In den letzten Tagen habe ich nicht einen einzigen Gedanken an Owen Kennedy verschwendet, wie mir schlagartig bewusst wird. *Oder an seine Mutter.* Jäh überkommt mich das schlechte Gewissen. Ich beiße mir auf die Unterlippe und lehne mich in meinem Sessel zurück.

»Wirst du weich auf deine alten Tage?«, frage ich. »Oder woran liegt's, dass du Leben verschonst, statt sie zu beenden?«

Leroy scheint mir den Sarkasmus nicht übel zu nehmen. »Die Videos sind mit großer Wahrscheinlichkeit gefakt«, sagt er.

»Welche Videos?«, frage ich etwas verwirrt.

»Parzivals Botschaften im Internet.«

Entgeistert starre ich ihn an. »Wie bitte?«

»Es gibt keine Reptiloiden«, wirft Owen ein, und ich blicke ihn überrascht an. Er ist wohl doch nicht so durchgeknallt, wie befürchtet. »Also nicht mehr«, erklärt er und macht meine Hoffnung zunichte. »Sie sind vor zwei Jahren durch eine Seuche ausgerottet worden.«

»Aha«, sage ich nur.

»Die Schweinepest.«

»Wirklich?«

Er nickt eifrig. »In einem der Videos wird behauptet, dass sich die Kiemen hinter dem rechten Ohr befinden, aber das ist Unsinn. Es ist das linke Ohr.« Er schnaubt. »Die Videos haben

Hunderttausende von Klicks bekommen. Hunderttausende!« Owens blasser Teint färbt sich rosa. »Unfassbar, wie leichtgläubig die Leute sind! Es gibt so viele Hochstapler da draußen. Ich dachte, Ihr Freund hier wäre einer von denen, deshalb habe ich versucht, ihn zu erstechen …«

Mir bleibt fast das Herz stehen. »Erstechen?«, keuche ich. Mein Blick fliegt zu Leroy, tastet ihn hektisch ab. »Bist du verletzt?«

Er schüttelt den Kopf. »Ich habe ihm das Messer entrissen, bevor es auch nur meinen Bauch streifen konnte«, sagt er mit einem gutmütigen Lachen.

Nicht gutmütig genug, denn Owens Miene verschließt sich prompt. Als Zeichen des Protests greift er nach einem der Kissen und zupft an einem losen Faden, ohne uns weiter zu beachten.

Ich lehne mich zu Leroy hinüber. »Warum soll Owen sterben, wenn die Videos nicht echt sind?«, flüstere ich.

»Das ist die Frage aller Fragen«, entgegnet Leroy mit unverhohlenem Sarkasmus. »Vielleicht um zu verschleiern, dass die Agency das Video selbst gedreht hat?«

»Das ist nicht dein Ernst!«, rufe ich schockiert.

Er zuckt mit den Achseln, eine lässige Geste, die im Widerspruch zu seinem kalten Blick steht. »Dem Verein ist alles zuzutrauen.«

»Du meinst, Owen ist ein Bauernopfer«, raune ich mit Seitenblick auf den kleinen Mann, der uns weiter mit Nichtachtung straft.

Leroys hochgezogene Augenbrauen sprechen Bände.

Skepsis überkommt mich. »Du hast für die Agency gearbeitet. Als Soldat hast du gelernt, Dinge niemals zu hinterfragen. Woher die plötzliche Kehrtwende?«

»Ich bin vor Jahren ausgestiegen und wollte nie wieder etwas mit der Agency zu tun haben, aber dann …« In Leroys

Wange tritt der Muskel hervor. »Sie hätten meine Mädchen nicht als Druckmittel benutzen sollen!«

»Deine Mädchen?«, frage ich eine Spur zu hastig, während ich den Stich in meinem Herzen zu ignorieren versuche.

»Nelly und Denise.« Ein süffisanter Zug legt sich um seine Mundwinkel, als er sich zu mir beugt und mein Kinn mit zwei Fingern packt. »Kein Grund, eifersüchtig zu sein. Sie sind sechs und acht Jahre alt.«

Übelkeit steigt in mir hoch, und ich kann nur mit Mühe ein Keuchen zurückhalten. »Deine Töchter?«

O Gott nein!

Saß vielleicht irgendwo in einem Vorstadthäuschen eine hübsche Frau mit zwei reizenden kleinen Mädchen, die sehnsüchtig auf ihren Daddy warteten, während ich mit ihm unaussprechliche Dinge tat?

»Meine Nichten«, rettet mich Leroy aus meiner ganz persönlichen Hölle.

Vor Erleichterung hätte ich beinahe aufgelacht, doch dann fällt der Groschen. »Rotkäppchen und der böse Wolf«, sage ich langsam und jedes Wort betonend. »Das waren sie, richtig?«

Ein Grinsen legt sich auf Leroys Gesicht.

»Du hast mich in dem Glauben gelassen, dass … dass … du weißt schon.«

Jetzt lacht er leise, was Owen veranlasst, uns finster anzuschauen. »Ich konnte nicht anders. Dein Gesichtsausdruck war einfach gött… Aua!«, ruft er, als ich ihn hart in die Seite boxe.

»Du Arsch!« Aus einem unerfindlichen Grund bin ich stinksauer. »Ich habe dich für einen Sex-Maniac gehalten.«

Er zwinkert mir übertrieben zu. »Heißt ja nicht, dass ich es nicht bin.«

»Können wir vielleicht zum Thema zurückkommen?«, fragt Owen ziemlich verschnupft, und nun ist es an mir, rot anzulaufen.

»Natürlich, Mister Kennedy.« Ich werfe Leroy einen bösen Blick zu, der kein bisschen schuldbewusst wirkt, und verschränke die Finger ineinander, um einen geschäftigen Eindruck zu vermitteln. »Wenn du sagst, dass die Agency deine Nichten als Druckmittel benutzt hat«, greife ich den Faden wieder auf. »Was meinst du damit?«

Leroys Ausdruck verliert seine Heiterkeit. »Was wohl? Sie haben gedroht, ihnen etwas anzutun.«

»Unschuldigen Kindern? Das würde die Agency nie tun«, entgegne ich mechanisch, aber es klingt ziemlich schwachbrüstig.

»Vielleicht, vielleicht auch nicht. Ich wollte es nicht darauf ankommen lassen.«

Ich nicke nachdenklich. »Wozu dann das Theater mit den Videos?«, frage ich, obwohl mein Unterbewusstsein die Antwort bereits kennt, wie mir der frostige Schauer verrät, der meinen Rücken hinunterkriecht.

»Um dich hierherzulocken, weg von Langley und der öffentlichen Aufmerksamkeit, und anschließend zu liquidieren«, erklärt Leroy unverblümt. »Die Frage lautet, warum. Was ist vorgefallen, dass dich die Agency tot sehen will?«

Ich benötige einige Sekunden, um mich von dem Gehörten zu erholen. Hinterher deute ich ein Zucken mit den Schultern an, die plötzlich zentnerschwer zu sein scheinen. »Ich weiß es nicht. Seit dem Vorfall in …« Ich zögere, weiche seinem bohrenden Blick aus. »… Somalia hatte ich keine ernst zu nehmenden Aufträge mehr. Ich habe geopolitisch relevante Daten recherchiert und in Berichten zusammengefasst, das ist auch schon alles.«

»Hm.« Leroys Stirn legt sich in Falten. »Bist du dabei auf irgendwelche Ungereimtheiten gestoßen oder auf Fakten, die dir verdächtig vorgekommen sind?«

Kurz überlege ich, dann schüttele ich den Kopf, als mir etwas einfällt. Nachdenklich tippe ich mit dem Finger gegen meine Zähne. »Allerdings gibt es da eine Sache …«

»Was für eine Sache?« Begierig beugt sich Leroy erneut zu mir herüber, wobei mir sein warmer männlicher Duft für einen Moment die Sinne benebelt.

»Vor einigen Wochen … da …« Blinzelnd rücke ich ein Stück von ihm ab. »Da habe ich einen Antrag gestellt, aber ich kann mir nicht vorstellen …«

»Was für einen Antrag?«, unterbricht er mich ungeduldig.

Ich erzähle ihm von Khalil und dessen gewaltsamem Tod und von meinem Vorhaben, den Todeszeitpunkt feststellen zu lassen, um Gewissheit zu bekommen. Hat Khalil mir vorsätzlich eine falsche Information geschickt, oder war er bereits tot, als sie mir geschickt wurde? War er ein Verräter oder ein Opfer?

»Wenn ich das also richtig verstehe«, konstatiert Leroy langsam, »wolltest du herausfinden, wer letzten Endes für den Tod meiner drei Männer verantwortlich ist?«

Ich nicke, dankbar, dass er nicht »abgesehen von dir« gesagt hat, trotzdem ist meine Kehle mit einem Mal staubtrocken. Mit zusammengepressten Lippen blicke ich auf meine Hände.

»Dieser Green Beret, der dir die Info über Khalils Tod zugespielt hat, wie vertrauenswürdig ist er?«, will Leroy wissen. Seine Stimme hat an Schärfe gewonnen.

»Er denkt, dass er mir sein Leben verdankt«, antworte ich nach einigem Zögern leise, ohne aufzublicken.

»Und? Tut er das?«

Zwar fühle ich mich, als wäre ich mitten in einem Verhör, aber ich schätze, dass Leroy jedes Recht dazu hat.

»Ja«, flüstere ich.

»Okay.« Er greift sich nachdenklich ans Kinn. Indessen hat Owen das Interesse an dem Kissen verloren und verfolgt unsere Unterhaltung mit weit aufgerissenen Augen.

»Hat die Agency nach der missglückten Mission denn nicht versucht, Khalil aufzuspüren?«, fragt Leroy schließlich.

»Natürlich«, antworte ich, mit den Händen ringend. »Aber weil er verschwunden blieb, ging man davon aus, dass er Verrat begangen hat. Doch irgendwie konnte ich mir das nie recht vorstellen.«

»Dieser Antrag … Wer bekommt ihn zu sehen?«

»Ich habe den üblichen Dienstweg eingehalten«, erkläre ich. »Cooper als mein Vorgesetzter muss zwangsläufig davon erfahren haben.« Mein Herzschlag beschleunigt sich. Plötzlich fügt sich das Puzzle zusammen. »Vielleicht will er etwas vertuschen«, mutmaße ich. »Nur verstehe ich den Grund nicht. Als die Sache in Somalia passiert ist, war er noch gar nicht mein Boss. Ich wurde erst hinterher in seine Abteilung strafversetzt.«

»Trotzdem hast du ihn von Anfang an verdächtigt?«, fragt Leroy. »Wieso?«

»Ich habe einen Tipp bekommen.«

»Von wem?«

Ich zögere.

»Jemand von der CIA?«

Ich schüttele den Kopf. »Nicht direkt.«

»Jewel, wenn wir Licht ins Dunkel bringen wollen, musst du mir vertrauen«, sagt Leroy sanft. Die grünen Augen in seinem kantigen Gesicht blicken warm. »Also wer ist es?«

»General Helen Wrangler«, antworte ich und komme mir kurioserweise wie eine Verräterin vor. »Sie war meine Mentorin.«

Leroy wirkt überrascht. »General Wrangler?«

»Kennst du sie?«

»Ich habe von ihr gehört, bin ihr aber niemals persönlich begegnet.« Er nickt anerkennend. »Soll eine bemerkenswerte Frau sein.«

»Ja, das ist sie«, sage ich ehrfürchtig. »Als ich das letzte Mal mit ihr gesprochen habe, wollte sie Nachforschungen anstellen. Bestimmt kann sie uns helfen.«

Leroy blickt nachdenklich. »Sie könnte für uns Augen und Ohren sein. Ich habe zwischenzeitlich bei einigen ehemaligen Mitstreitern beim Militär und der Agency auf den Busch geklopft, aber es war verflucht riskant.«

»Hast du etwas erfahren?«, frage ich begierig.

Er schüttelt bedauernd den Kopf. »Ich hatte kaum Anhaltspunkte. Es war eher ein Fischen im trüben Wasser.«

»Helen hat mir eine Telefonnummer gegeben, unter der ich sie Tag und Nacht erreichen kann. Ich werde sie heute Abend anrufen«, sage ich. »Ich hätte es schon früher getan, aber du hattest die Anweisung erteilt, absolute Funkstille zu halten.«

»So ist es.« Er lächelt und bannt meinen Blick. »Braves Mädchen«, sagt er mit einer Stimme, die tief und dunkel in meinem Bauch widerhallt.

»Cooper wird bald merken, dass etwas nicht stimmt, Leroy«, sage ich rasch, wobei mir das Atmen ein wenig schwerfällt. »Du kannst dich nicht ewig hier verstecken.«

»Ich weiß. Deshalb habe ich meine Familie fortgeschickt. Sie ist erst einmal in Sicherheit.« Seine Miene nimmt einen unergründlichen Ausdruck an. »Und du musst wieder zurück.«

Irritiert starre ich ihn an. »Wohin zurück?«

»Zurück zu James.«

»Was?« Energisch richte ich mich in meinem Sessel auf. »Auf gar keinen Fall!«

Verärgerung macht sich in Leroys Gesicht breit. »Du wirst.«

»Du kannst mir gar nichts befehlen!«, schnaube ich. »Schließlich geht es hier um mein Überleben.«

»Äh«, versucht Owen einzuwenden, aber er erhält keine Chance.

»Eben!«, ereifert sich Leroy. »Und deshalb musst du aus der Schusslinie!«

Ich verschränke die Arme ineinander wie ein bockiges Kind. »Nein.«

»Jewel …« Das Grollen in seiner Stimme lässt den Parkettboden unter meinen Füßen beinahe erbeben.

Seine Miene hat sich verfinstert, seine Muskeln sind zum Zerreißen gespannt. Angesichts der Härte, die er mit einem Mal ausstrahlt, stellen sich die Härchen in meinem Nacken auf.

»Nein«, wiederhole ich dennoch mit fester Stimme. »Das ist mein letztes Wort.«

In einem stummen Duell prallen unsere Blicke aufeinander. Sekundenlang geben wir keinen Mucks von uns, die Luft um uns herum knistert, und selbst Owen scheint zur Salzsäule erstarrt zu sein.

»Verflucht, Jewel …«, setzt Leroy erneut an, aber ich höre bereits an seinem Tonfall, dass ich diesen Kampf gewonnen habe.

»Schön«, sage ich. »Dann wäre das ja geklärt.«

Der wütende Blitz, den Leroys Augen in meine Richtung schießen, verheißt ein turbulentes Nachspiel. Nur mit Mühe gelingt es mir, nicht unruhig auf meinem Stuhl hin und her zu rutschen.

»Glaubst du, einer deiner Kontakte bei der CIA könnte checken, wie weit mein Antrag gediehen ist?«, schiebe ich rasch hinterher, in dem Bestreben, die Spannung zwischen uns zu lösen.

»Ich kann es versuchen.« Abrupt steht er auf und steuert die Tür an. Er klingt angepisst. »Ich gehe telefonieren.«

Er lässt Owen und mich in unangenehmem Schweigen zurück. Ich kann hören, wie er draußen in der Halle leise ins Handy spricht.

»Wie geht es Ihrer Mutter?«, frage ich mein Gegenüber, als ich die Stimmung nicht mehr aushalte.

Owens Kopf ruckt in die Höhe, in seinen Augen lese ich Misstrauen. »Was wissen Sie von meiner Mutter?«

Mein Leben mag momentan nicht optimal verlaufen, aber ich würde um nichts in der Welt in der Haut dieses armen, paranoiden Kerls stecken wollen.

»Ich weiß nur, dass sie im Pflegeheim ist und Sie sich liebevoll um sie kümmern«, entgegne ich so sanft wie möglich.

»Ich muss sie holen«, erklärt er unvermittelt.

»Das haben wir doch schon geklärt!«, mischt sich Leroy laut ein, der in der Halle steht und offenbar in einer Warteschleife steckt. »Im Pflegeheim ist sie zurzeit besser aufgehoben.«

»Woher wollen Sie das wissen?«, ruft Owen mit schriller Stimme.

»Sie bekommt dort die Medikamente und die Pflege, die sie braucht«, lautet die Antwort.

»Die kann ich ihr auch geben«, antwortet Owen schmollend.

»Sie würden sie nur unnötig in Gefahr bringen.«

»Aber …«

»Nichts aber.« Und dann brummt er etwas, das sich wie »ist ja wie im Kindergarten hier« anhört, was mir ungeachtet der Situation ein Schmunzeln entlockt. »Hey, Roger!«, ruft er direkt im Anschluss, kurz darauf verklingen seine Schritte.

Fieberhaft krame ich in meinem Gehirn nach einem unverfänglichen Gesprächsthema, als Owens Magen vernehmlich knurrt. Froh über diese neue Möglichkeit, die sich mir aufgetan hat, klopfe ich mir auf die Oberschenkel. »Es ist Zeit fürs Abendessen.« Ich erhebe mich von meinem Sessel. »Wie wär's, wenn ich uns eine Kleinigkeit zubereite?«

Owens Blick flackert. »Ich komme mit.«

Da ich keinen blassen Schimmer habe, wo sich die Küche befindet, ergibt sein Vorschlag Sinn. Vielleicht will er sich auch nur vergewissern, dass ich nicht Gift ins Essen mische.

Der Kuss des Wolfs

Als Leroy nach einer Stunde zurückkommt, haben Owen und ich den Tisch unter der Kolonnade am beleuchteten Pool gedeckt. Als ich den Wunsch geäußert habe, draußen zu essen, hat Owen zu meiner Überraschung keinen Protest erhoben. Überhaupt ist unsere gemeinsame Zeit in der Küche erstaunlich harmonisch verlaufen.

»Ich habe meiner Mutter früher oft beim Kochen geholfen«, hat er erklärt, während er den Salat gewaschen hat, und es hat traurig geklungen.

Aus einer der unteren Küchenschubladen haben wir eine gelb-weiß karierte Tischdecke gezaubert. Darauf stehen neben Tellern und Besteck Sandwiches mit Eiern, Tomaten, Roastbeef und reichlich Mayonnaise, begleitet von einem bunten Salat und Kartoffelchips aus der Tüte, die wir kurz in den Backofen geschoben haben. Zu trinken gibt es Wasser und Tee.

»Die Vorzüge liegen zwar auf der Hand«, begrüße ich Leroy, als er sich zu uns an den runden Tisch setzt, und deute auf den Pool mit den aufwendigen Mosaiken. »Aber mal ernsthaft: Warum hast du ausgerechnet diesen Ort als Versteck ausgewählt?«

»Niemand kommt ungesehen aufs Anwesen, überall sind Kameras installiert. Und hier schätzen die Leute ihre Privatsphäre«, antwortet er und zeigt auf die drei Meter hohe blickdichte Hecke, die das Grundstück größtenteils umfasst. »Keiner stellt Fragen oder steckt seine Nase in fremde Angelegenheiten.«

»Ich verstehe«, sage ich und lade mir ein Sandwich auf den Teller. »Und? Hast du etwas herausgefunden? Du hingst ganz schön lange an der Strippe.«

Leroy lässt sich mit der Antwort Zeit. Erst als sein Teller unter der Last der Speisen zu zerbrechen droht, stillt er meine Neugier.

»Dein Antrag scheint sein Ziel niemals erreicht zu haben, Jewel«, erklärt er ernst. »Er ist nirgendwo vermerkt, muss wohl auf halbem Weg verloren gegangen sein«, fügt er bissig hinzu.

Düster starre ich auf den Teller vor mir. Mir ist schlagartig der Appetit vergangen. Theorien aufzustellen, ist eine Sache, aber sie bestätigt zu sehen, eine andere.

»Vielleicht weiß General Wrangler etwas darüber«, sagt Leroy und nimmt sein zweites Sandwich in Angriff. »Sehr lecker, übrigens.«

Owen und ich erröten gleichzeitig.

Nach dem Essen überlasse ich es den Männern, den Tisch abzuräumen und das schmutzige Geschirr in die Spülmaschine zu räumen, und wähle über mein Prepaidhandy Helens Nummer. Nach dem dritten Klingeln hebt sie ab.

»Ja?«

»Helen. Ich bin's, Jewel.«

»Jewel!« Ihre zuvor feste Stimme zittert hörbar. »Gott sei Dank! Wie geht es dir? Wo bist du? Ich habe mir solche Sorgen gemacht!«

Nachdem ich sie beruhigt habe, erläutere ich ihr in wenigen Worten die Situation und welchen Verdacht Leroy und ich hegen.

»Commander Masters ist bei dir?«, ruft sie entsetzt. »Aber Jewel, der Mann hat den Auftrag, dich umzubringen!«

»Ich weiß, aber … Nun, sagen wir, er hat es sich anders überlegt.«

»Anders überlegt?« Ihr Tonfall ist maßregelnd. »Er ist ein Killer im Auftrag der Regierung, Jewel.«

»War«, verbessere ich sie.

»Wie bitte?«

»Er *war* ein Killer im Auftrag der Regierung. Diese Mission führt er nicht ganz freiwillig durch.«

»Wie auch immer«, wirft Helen ungeduldig ein. »So jemandem kannst du nicht trauen.«

»Aber …«

»Wir müssen uns treffen! Ich bringe dich an einen sicheren Ort.«

»Aber hier bin ich in Sicherheit.«

»Nicht, wenn du mit diesem Mann unter einem Dach wohnst!« Inzwischen klingt sie wütend.

»Helen!«, rufe ich eindringlich. »Ich vertraue ihm, okay? Tun Sie es auch. Für mich«, sage ich, als sie nichts erwidert.

Was folgt, ist eine lange Pause. *Bitte mach, dass sie einlenkt!*, flehe ich still. *Bitte!* Gerade als ich glaube, sie habe aufgelegt, murmelt sie ein widerwilliges »In Ordnung«.

»Danke, Helen.« Mir fällt ein Stein vom Herzen. »Ich rufe Sie an, weil ich Ihre Hilfe brauche. Wir müssen beweisen, dass es eine Verbindung zwischen Cooper und Khalils Tod gibt.«

»Ich komme zu dir.«

»Aber Helen, haben Sie nicht gehört …?«

»Doch, habe ich.« Sie seufzt. »Und vermutlich hast du recht.«

Mein Herz macht einen Satz. »Wirklich?«

»Ja. Ich habe meine Fühler ausgestreckt und einen Beweis dafür gefunden, dass Cooper geheime Informationen an den Feind verkauft.« Sie senkt die Stimme. »Er hatte große Ambitionen, weißt du, wurde aber immer wieder bei der

Beförderung übergangen. Ich denke, das ist der Grund, warum er das tut. Weniger aus Habgier, mehr aus Rache.«

Mein Pulsschlag beschleunigt sich. »Was ist das für ein Beweis?«

»Schriftverkehr zwischen ihm und seinem Anwalt. Darin werden unter anderem Blutdiamanten aus Sierra Leone erwähnt, mit denen er offenbar bezahlt wurde.«

»Führt die Spur nach Somalia?«, frage ich in dem Wissen, dass das ostafrikanische Land beim illegalen Handel mit den Edelsteinen kräftig mitmischt.

»Das weiß ich, ehrlich gesagt, nicht«, antwortet Helen nach kurzer Überlegung. »Es tauchen zwar Namen und Zahlen auf, aber mir sagen sie nichts.«

»Ich müsste sie mir ansehen«, denke ich laut nach.

»Ich könnte die Seiten scannen, aber sie dir online zu schicken, ist zu unsicher.«

Besorgt runzele ich die Stirn. »Sehe ich auch so.«

»Morgen früh fliege ich nach Tijuana zu einem inoffiziellen Treffen mit einem Vertreter des mexikanischen Militärs.« Wieder überlegt sie. »Auf dem Rückweg könnte ich einen Zwischenstopp in New Orleans einlegen. Bist du überhaupt dort?«

»Ja, wieder.«

»Gut, treffen wir uns doch!«

Zuversicht durchflutet mich. »Gern! Kennen Sie das Prytania Theater?«

Helen lacht leise. »Das älteste Kino Louisianas? Natürlich. Aber mir wäre ein Treffpunkt unweit vom Militärflughafen lieber. Ich werde wenig Zeit haben und muss hinterher rasch wieder zurück. Wie wäre es …« Kurz entsteht eine Pause. »… wenn wir uns morgen gegen sieben Uhr beim PT-305 treffen?«

»Sie meinen das Museumsschiff?«

»Ja. Abends ist da kein Mensch. Dort sind wir ungestört.«

»Gute Idee.« Ich räuspere mich. »Und danke, Helen.«

»Da gibt es nichts zu danken, Jewel«, sagt sie mit warmer Stimme. »Wenn alles vorbei ist, koche ich dir mein berühmtes Irish Stew. Ich habe noch eine Flasche 87er Bordeaux, der würde wunderbar dazu passen.«

Ich muss lachen. »Klingt gut! Ich freue mich. Also bis morgen. Und achten Sie auf sich, Helen.«

»Du auch, Jewel. Bis morgen!«

»Ich komme mit!«, stößt Leroy entschlossen hervor, nachdem ich ihm von den neuesten Entwicklungen berichtet habe.

Wie zwei Kontrahenten stehen wir uns in der großen Halle gegenüber. Owen ist zuvor hinausgehuscht, ein gemurmeltes »gute Nacht« auf den Lippen.

»Auf keinen Fall!«, widerspreche ich. »Helen ist eh skeptisch, was dich betrifft.«

»Ach ja?«

»Ja! Schließlich hast du lange Zeit für die Gegenseite gespielt.«

Eine Falte des Unmuts bildet sich zwischen Leroys Augenbrauen. »Sie doch auch! Seit ich denken kann, fungiert sie als Beraterin für die CIA.«

Ich ignoriere seine Bemerkung. »Ich fahre mit dem Wagen hin, und fertig.«

»Was, wenn die Schrottmühle auf dem Weg verreckt?«, entgegnet Leroy mit genüsslicher Schadenfreude.

»Wird sie nicht!«, entgegne ich erbost. »Gute Nacht!«

Bevor Leroy weitere hanebüchene Argumente aus dem Ärmel zieht, wende ich mich schwungvoll ab und gehe nach oben in das für mich vorgesehene Gästezimmer: einen rüschenverzierten Einrichtungs-Fauxpas in Creme und Brombeerrot mit angeschlossenem Boudoir und Loggia. Die Matratze auf dem riesigen Baldachinbett ist allerdings allererste Sahne, und in meinem champagnerfarbenen Nachthemd mit dem schwarzen Oberteil aus hauchzartem Tüll fühle ich mich ein wenig wie Dornröschen. Allem Ärger zum Trotz kann ich mir ein seliges

Lächeln nicht verkneifen, und ehe ich mich versehe, bin ich sanft entschlummert.

Leroy

Hoch … runter. Hoch … runter. Mein Atem geht gleichmäßig, mein Körper gleitet mühelos durchs Wasser. Am Sprungbrett mache ich eine Unterwasserwende, stoße mich von der gekachelten Poolwand ab und schwimme zurück. So ziehe ich eine Bahn nach der anderen. Schwimmen hilft mir, den Kopf freizubekommen. Normalerweise. Aber heute schiebt sich Jewels lustverzerrtes Gesicht immer wieder vor mein inneres Auge. Der wilde Sturm in ihrem Blick, wenn sie erregt ist, dazu die Röte auf ihren Wangen und die halb geöffneten Lippen. Ich versuche, mich auf die Beugung meines Arms zu konzentrieren, bevor dieser pfeilgleich ins Wasser taucht, aber es will mir nicht gelingen. Ich finde meinen Rhythmus nicht. Gewaltsam lenke ich meine Gedanken zu dem Gespräch zurück, das ich gestern mit Kane geführt habe. Meine Bitte um eine weitere Urlaubswoche hat er besser als erwartet aufgenommen, was vielleicht damit zusammenhing, dass zwischenzeitlich Rosalies Zahn durchgebrochen ist und in der Deverauxschen Kleinfamilie wieder Ruhe eingekehrt ist. Unwillkürlich muss ich grinsen. Wie glücklich der von Natur aus grimmige Kane wirkt, seit er mit Eli verheiratet ist! Und seine kleine Tochter vergöttert er. Ich kann mich gut daran erinnern, wie sein Gesicht gestrahlt hat, als Eli einmal in ihrer Küche die Kleine gestillt hat …

Falsches Bild! Falsches Bild!

Aber es ist zu spät. Schon glaube ich, Jewels weiches, rundes Fleisch in meiner Hand zu spüren, das kleine, vorwitzige Näschen unter meinem neckenden Daumen! Meine Zunge giert danach, sie zu lecken, jeden noch so verborgenen Zentimeter ihres Körpers. *Ich muss sie schmecken!* Schwupps, ist der Gedanke da und trollt sich auch nicht mehr. Ganz im Gegenteil. Jedes

Mal, wenn ich auftauche, um einzuatmen, blitzt er in meinem Kopf auf. *Ich muss sie schmecken! Muss sie schmecken! Muss sie schmecken!* Mit ausgebeulter Badehose beende ich die Bahn und ziehe mich aus dem Becken. Gereizt wische ich mir das Wasser aus den Augen und begebe mich zur Außendusche. Gerade will ich die Hand ausstrecken, um das Wasser auf »arktisch« zu stellen, als mir ein Gedanke kommt, der meinen Frust von jetzt auf gleich verjagt. Mit einem schiefen und vermutlich auch etwas verschlagenen Grinsen halte ich mitten in der Bewegung inne. Ich werde nach oben gehen und duschen. Warm. Anschließend statte ich Jewel, die zwei Türen weiter in ihrem Bettchen liegt, einen Besuch ab. Weil Owen im Untergeschoss schläft, wo er sich sicherer fühlt, werden ihre Lustschreie ungehört bleiben.

Wenn das kein Wink des Schicksals ist!

* * *

Die Vorhänge sind nur halb zugezogen, und die Lichter der Straßenlaternen und umliegenden Häuser sprenkeln Jewel mit kleinen Sternen, die vom Himmel herabgefallen zu sein scheinen. Sie liegt nur mit einem Nichts von Nachthemd bekleidet in ihrem Bett. Ihre verwuschelten Haare sind wie ein Fächer um ihren Kopf ausgebreitet, eine Hand hat sie unter ihre vom Schlaf gerötete Wange geschoben. Weil sie das Laken weggestrampelt hat, erhasche ich einen Blick auf ihre milchweißen Oberschenkel. Noch liegen sie keusch aufeinander. Allein die Vorstellung, was ich gleich mit ihr anstellen werde, bringt mein Blut in Wallung. *Ruhig, Junge!*, ermahne ich mich, *Das Letzte, was du willst, ist, dein Pulver vorzeitig zu verschießen.* In den vergangenen Tagen lieferten sich mein Verstand und mein Schwanz einen erbitterten Kampf, aus dem Letzterer in der Regel als Sieger hervorging. In meiner Fantasie bestrafte ich sie für ihre Verfehlungen mit meinem Schwanz, fickte sie hart, bis sich der reservierte Ausdruck in ihren Augen in wilde Lust verwandelte … Es endete jedes Mal damit, dass ich mir selbst Erleichterung verschaffte.

Halt!

Nicht sofort über sie herzufallen ist schon schwer genug, da muss ich mich nicht noch zusätzlich anheizen. Beim Näherkommen sehe ich, dass ein dünner Träger ihres Nachthemds verrutscht ist. Im Halbdunkel erahne ich mehr den kleinen Nippel, der frech über den Stoff lugt, als dass ich ihn sehe. Mein Schwanz zuckt gierig, und ich lecke mir unbewusst über die Lippen. Ich kann es kaum erwarten, an den zarten Spitzen zu saugen und zu knabbern.

In diesem Moment meint es das Schicksal noch einmal gut mit mir oder auch nicht, kommt darauf an, von welcher Warte aus man die Sache betrachtet, denn sie dreht sich seufzend auf den Rücken. Ich inhaliere förmlich ihren Anblick. Das verrutschte Nachthemd, die halb nackten Brüste und dieses Nichts von Stoff zwischen ihren leicht gespreizten Beinen. Eine Einladung par excellence! Ihre Gesichtszüge sind weich und entspannt, eine zarte Röte hat sich darübergelegt. Wie unschuldig sie aussieht! Der Hunger bricht gnadenlos über mich herein. Sie ist so was von fällig! Aber vorher …

Ich nehme mehrere tiefe Atemzüge, um mich zu beruhigen, und schiebe mich leise zum Fußende ihres Bettes vor, dann berühre ich mit zwei Fingerknöcheln ganz sanft ihre Innenschenkel. Ich übe gerade so viel Druck aus, dass sie im Schlaf nachgibt und die Beine weiter spreizt. *So ist es gut.* In gespannter Erwartung lächele ich und beuge mich nach vorn. Ihr Duft steigt mir in die Nase, süß und salzig zugleich. Als ich mit der Zungenspitze den feuchten Stoff berühre, bewegt sie sich leicht, wacht aber nicht auf. Kurz schließe ich die Augen, fahre mit der Nasenspitze über ihren Venushügel und versuche, meinen schmerzhaft pochenden Schwanz zu ignorieren. Sachte schiebe ich den Slip zur Seite, spüre, wie sie immer unruhiger wird, und muss grinsen. Ihre Muschi ist rosa und feucht und ungemein verlockend. Das Herz schlägt hart in meiner Brust, als ich mit der Zungenspitze ihren Kitzler antippe. Ihr Duft und ihr Geschmack machen mich high. Sanft sauge ich an dem geschwollenen Knötchen, gleite nach unten und schlürfe ein wenig. Dann stoße ich mit der Zunge vor.

Jewel

Ein dumpfes Pochen gesellt sich zu einem Traum, an den ich mich später nicht mehr erinnern werde. Ein Pochen, das nicht an mein Ohr dringt, sondern von innen zu kommen scheint, wie ein Lichtpünktchen, das irgendwo aus der Tiefe ins Zentrum drängt, um sich dort strahlenförmig auszubreiten. Dann zuckende Wärme und ein Blitz, der mich unwillkürlich aufstöhnen lässt. Ich winde mich in meinem Traum, möglicherweise lächele ich sogar. Ein weiterer Blitz erfasst mich, diesmal ungleich intensiver, und mein Unterleib zuckt.

Kratzende Bartstoppeln.

Mein Puls schießt in die Höhe, und der Nebel in meinem Kopf lichtet sich übergangslos. Mit einem Mal bin ich hellwach, als hätte mir jemand eine Kanne Kaffee intravenös verabreicht. Als ich erschrocken die Lider aufschlage, blicke ich in grüne Raubtieraugen, die mich vom Fußende des Bettes aus anfunkeln.

»Hast du mich vermisst?«, fragt Leroy mit dunkler Stimme. Er hockt zwischen meinen Beinen, nur mit Sweatpants bekleidet und einem lasziven Lächeln auf den Lippen – den feuchten Lippen.

Oh, mein Gott! Dornröschen wurde soeben vom bösen Wolf wachgeküsst.

»Ich … ich war lediglich besorgt«, stammele ich, während sich allein bei seinem Anblick mein Inneres verflüssigt.

In einer theatralischen Geste fasst er sich ans Herz. »Autsch! Das tut weh.« Er senkt den Kopf, nicht ohne mir einen letzten wilden Blick aus leicht zusammengekniffenen Augen zuzuwerfen. »Dann will ich dafür sorgen, dass sich das ändert.«

Meine Fußzehen krümmen sich, als er meine Beine packt und spreizt. Seine Hände fühlen sich kräftig an und warm und unbarmherzig. Als er sich hinabbeugt, spüre ich seinen Atem durch den dünnen Stoff meines Slips. Das Herz trommelt in meiner Brust in Erwartung dessen, was folgen wird. Nichtsdestotrotz trifft es mich völlig unvorbereitet. Bevor mein Verstand es richtig erfasst hat, gräbt er seine Zähne in den Stoff und zerreißt ihn mit einer einzigen ruckartigen Kopfbewegung. Ich japse nach Luft, meine Beine zittern.

»Du hast aber gute Zähne«, keuche ich.

»Damit ich dich besser fressen kann«, brummt er noch, dann sagt er lange Zeit nichts mehr.

Mit einem wollüstigen Geräusch, das aus seiner Kehle zu kommen scheint, schiebt er seine warme Zunge in meinen Spalt. Der Reiz jagt wie ein Stromstoß durch meinen Unterleib, und ich kralle meine Finger in das Laken.

»L… Lass aber etwas von mir übrig«, stöhne ich, als er sich tiefer hineinschlängelt und mich fickt, zunächst langsam, danach immer schneller.

Ich erschauere, spüre, wie die Lust aus mir heraussickert, direkt in seinen Mund. Gierig leckt er über mein geschwollenes Geschlecht, trommelt mit der Zunge gegen meinen Kitzler und saugt so fest daran, dass ich beinahe komme. Als ich unkontrolliert zucke, lässt er ein dunkles Lachen hören. Wieder dringt er bis zum Anschlag in mich ein. Sein fordernder Griff um meine Oberschenkel, gepaart mit der feuchten Wärme seines Mundes, bringt mich wiederholt an den Rand der Klippe. Doch er lässt nicht zu, dass ich falle. Er schert sich nicht um meine Erlösung. Stattdessen zieht er den Kopf immer wieder zurück, bedenkt mich lediglich mit einem hochmütigen Lächeln. O ja! Er weiß, was er tut! Jahrelange Übung, vermute ich.

Soll dich der Teufel holen, du Mistk…!

Gepeinigt bäume ich mich auf. Seine Zunge ist wieder da, leckt, bohrt und kreist, bis der Orgasmus unausweichlich auf mich zurollt. Verzweifelt versuche ich, ihn aufzuhalten, in dem Bestreben, meine Würde zu wahren. Ich darf es Leroy nicht so leicht machen, verflucht! Aber ich habe nicht den Hauch einer Chance. Als das gierige Schmatzen aus seinem Mund an mein Ohr dringt, bricht es explosionsartig aus mir heraus. Wogen heißer Lava branden durch meinen Leib, prallen in meinem Kopf auf wie gegen einen Felsen, und als er mich in den Innenschenkel beißt, flimmern weiße Punkte vor meinen Augen. Der Orgasmus reißt mich mit sich. Ich stöhne enthemmt, zucke in seinem Mund, während er meine Lust trinkt. Dabei hat er nicht einmal seine Finger benutzt! Während die Spannung in meinem Körper langsam nachlässt, leckt er mich mit langen Zungenschlägen sauber. Gründlich und ausgiebig, um mein Verlangen erneut anzufachen – und sich dann zurückzuziehen. Diesmal endgültig. Japsend bedenke ich ihn mit dem bösesten Blick, zu dem eine hektisch blinzelnde Frau fähig ist, deren Sicht um gut neunzig Prozent eingeschränkt ist.

Nur einen Atemzug später ist alles vergessen. Bedächtig streift er die Sweatpants ab, ohne mich auch nur einen Moment aus den Augen zu lassen.

»Soll ich dich ficken, Jewel?«, fragt er mit einem kleinen arroganten Lächeln, das keine Zweifel daran lässt, wie sehr er sich seiner Wirkung bewusst ist.

Ich werfe ihm einen abschätzigen Blick zu. »Wenn es denn unbedingt sein muss.«

Sein kehliges Lachen erzeugt ein Kribbeln in meinem Unterleib. »Bettle darum!«

Nun ist es an mir, zu lachen, obwohl es sich mehr wie das Gackern eines Sumpfhuhns anhört, das aus dem letzten Loch pfeift. »Ich glaube, du überschätzt dich, *mon cher.*«

Ich versuche nicht, auf seinen Schwanz zu starren, der sich mir groß und angriffslustig entgegenreckt. *Und so verdammt verführerisch aussieht!* Aber mich wurmt Leroys Selbstgefälligkeit. Wie viele Frauen mag er gehabt haben? Seinem wissenden Blick nach zu urteilen, dürften es nicht wenige gewesen sein. *Viel zu viele,* raunt mir eine kleine, heimtückische Stimme zu. Es mag lächerlich klingen, aber in diesem Moment wünschte ich mir, ich könnte ihm eine eindrucksvolle Zahl um die Ohren hauen, die ihm verdeutlicht, wie viele Männer ich schon hatte. Irgendetwas im hohen zweistelligen Bereich. Ein schöner Traum, denn als er seinen Schwanz umfasst, sind meine verräterischen Augen außerstande, wegzusehen. Als wäre ich das jungfräuliche Dornröschen höchstpersönlich! Mit sicherer Hand führt er sein hartes Fleisch zwischen meine Beine, aber nicht, um einzudringen, sondern um mich zu peinigen. Ich spüre die seidige Haut seiner Eichel an meinen Schamlippen, während er sich lustvoll an mir reibt.

Aaargh!

»Bettle.« Seine Stimme ist unnachgiebig wie sein Schwanz, der über meinen geschwollenen Kitzler streicht.

»Fick dich, Leroy Masters!«, bricht es aus mir heraus.

Mahnend schüttelt er den Kopf. »Nein, nein. Da hast du etwas falsch verstanden.«

Im Anschluss starrt er mir geradewegs in die Augen, und die Wildheit in seinem Blick lässt mich innerlich aufkeuchen. Mit halb gesenkten Augenlidern beugt er sich über mich, seine Schwanzspitze drückt dabei sanft gegen meine Schamlippen. Seine freie Hand fährt über meinen Körper, wandert unter den Saum meines Nachthemds, zupft und zwickt meine Nippel, die nicht anders können, als auf der Stelle anzuschwellen. Unsere Blicke krallen sich ineinander. Ich weiß nicht, was Leroy in meinen Augen sieht, aber schon legen sich seine Lippen auf meinen Mund zu einem feuchten, hungrigen Kuss. Halbherzig zappele ich herum, versuche, meinen Kopf zu drehen, doch dann blähe ich die Nasenflügel, atme gierig seinen leicht holzigen männlichen Duft ein. Ich bin verloren. Aber etwas anderes stand eh nie zur Debatte. Wimmernd erwidere ich seinen Kuss, lasse zu, dass seine Bartstoppeln über meine Wange kratzen, seine Zunge nicht gerade sanft meine Lippen durchstößt. Was eben noch ein neckisches Spiel war, hat sich zu etwas anderem gewandelt. Von einer Sekunde auf die andere ist jegliche Leichtigkeit von Leroy abgefallen. Sein Griff wird härter, und ich kann die Schweißperlen auf seiner Stirn sehen.

»Sag es!«, grollt er, als würde sein Leben davon abhängen.

»Oh bitte, bitte, du Superstecher«, ziehe ich ihn mit übertrieben piepsigem Tonfall auf. »Fick mich bis hinauf zum Mond.«

Leroy ringt nach Luft, seine Augen verengen sich, dann stößt er seinen Schwanz mit einem einzigen glatten Stoß hinein. Jedes Härchen an meinem Körper richtet sich auf. Er ist hart wie Stahl.

»Diese Frechheit wirst du mir büßen, Sweetheart«, murmelt er mit kratziger Stimme.

Er zieht sich zurück, um gleich wieder seinen Schwanz hineinzutreiben, genüsslich, herausfordernd. Seine Hand wandert zwischen meine Beine, reibt mit dem Daumen über meinen Kitzler. Ich spüre das Kribbeln in den Nervenenden, was kaum auszuhalten ist. Mit jedem Stoß dringt er tiefer in mich ein, als wolle er mein Innerstes erforschen. Unter meinen Fingerspitzen, die sich in seine Schultern gegraben haben, spüre ich sein leises Zittern. Bevor ich erneut von einem Orgasmus geschüttelt werde, gleitet er aus mir heraus.

»Dreh dich um, Jewel. Ich will dich von hinten ficken«, sagt er entschieden.

Ohne zu protestieren, leiste ich seinem Befehl Folge. Schon legt sich seine Hand zwischen meine Schulterblätter und schubst mich unsanft nach vorn. Nun knie ich auf allen vieren vor ihm. Ohne mir Zeit zum Durchatmen einzuräumen, drückt er sich in mich hinein, lehnt sich dabei nach vorn, sodass sein warmer Mund eine glühende Spur über meinen Nacken zieht.

»Es war scheißgefährlich, hierherzukommen«, zischt er, während er mich weiter stößt. Hart und rhythmisch.

»Ich … weiß … aber …«

»Nichts aber! Ich hatte dir eine klare Order erteilt.«

»Du … du hast mir gar nichts zu befehlen.«

Sein sardonisches Lachen jagt mir einen Schauer über den Rücken. »In dieser Stellung ist es nicht sehr klug, mir zu widersprechen, Sweetheart. Du streckst mir deinen prächtigen Arsch hin wie eine Einladung.«

Mein Herz stockt. »W… was für eine Einladung?«

Sein Mund ist jetzt dicht an meinem Ohr. »Ihn zum Glühen zu bringen.«

»Das wirst du nicht wagen!«, fauche ich, obwohl mein Magen bei der Vorstellung heftig flattert.

Diese raue, dunkle Seite von Leroy Masters hat die Wirkung eines Brandbeschleunigers, und ich unterdrücke nur mit Mühe ein Zittern.

»Mach nur weiter so, und du findest es heraus.« Seine Zungenspitze gleitet über meine wild pochende Halsschlagader.

Ich stoße ein zittriges Lachen aus. »Alles nur leeres Gerede.«

Zu spät beiße ich mir auf die Zunge. Was reitet mich nur, ihn zu provozieren? Die Retourkutsche folgt auf dem Fuße. Mit der freien Hand packt er eine meiner Brüste und verdreht den Nippel, was mir ein lustvolles Wimmern entlockt. Durch das Geräusch angestachelt, hämmert er seinen Schwanz schneller und schneller in mich, während ich heftig nach Atem ringe.

»Abwarten. Aber jetzt will ich, dass du für mich schreist.« Sein Mund nähert sich meinem Ohr. »Und das wirst du.«

Er soll recht behalten.

Noch einmal steigert er sein Tempo, presst sich an mich, und bald haben wir keine Luft zum Reden mehr übrig. Am

Ende stürzen wir beinahe gemeinsam in die Tiefe. Als der Orgasmus wellenartig meine Sinne überschwemmt, ziehen sich meine Muskeln ruckartig zusammen und entlocken Leroy ein dunkles Stöhnen. Kleine Explosionen schütteln mich, als ich komme. Ich schreie und grabe meine Finger ins Laken. Mein Kopf will nach vorn fallen, doch Leroy packt ihn mit fester Faust und reißt ihn nach hinten. Ein letztes Mal stößt er hart und schnell zu, dann ist es mit seiner Selbstbeherrschung vorbei. Kurz hält er inne, strafft sich und erbebt mit einem enthemmten Stöhnen, als der Orgasmus durch seinen Leib jagt. Während er sich heiß in mir ergießt, entfährt mir ein Japsen, denn erst da wird mir bewusst, dass er kein Kondom benutzt hat. Eine Vorstellung, die mich nicht schockiert, sondern vielmehr verwirrt – als hätten wir soeben einen geheimen Pakt geschlossen.

Hinterher beugt er sich vor und küsst mich sanft auf den Hals, dann legt er mich vorsichtig auf die Seite. Meine Beine zittern, meine Kopfhaut brennt, und ich gebe willig nach. Als er sich an meine Rückseite kuschelt, einen Arm um meine Taille und ein Bein auf meinem platziert, seufze ich zufrieden. Ich inhaliere ihn ganz und gar, fühle mich ihm nah, wie noch niemandem zuvor. Ein magischer Moment. Er zieht die Decke über uns beide, und ich drehe den Kopf zu ihm. Unsere Lippen treffen sich zu einem zärtlichen Kuss, der mir die Tränen in die Augen treibt. Beschämt wende ich das Gesicht ab, was ihn veranlasst, seinen Kopf in mein Haar zu drücken. Das macht es nicht unbedingt besser.

»Nimmst du die Pille?«, flüstert er nach einer kleinen Weile. Seine Hand, die sanft über meine Schulterblätter streicht, lässt die Frage nicht ganz so schroff klingen.

Ich nicke.

»Gut«, antwortet er nur und drückt sich an mich.

In dieser Nacht steht er nicht mehr auf, um in sein Zimmer hinüberzuwechseln.

Im Kugelhagel

Jewel

Begleitet von fröhlichem Vogelgezwitscher zaubert die Morgensonne, die durchs halb offene Fenster ins Zimmer sickert, tänzelnde Punkte auf meine Augenlider. Doch nicht der vertraute Geruch von Kartoffeln, Moos und Brackwasser gelangt an meine Nase, sondern eine Mischung aus Magnolie, frischem Kaffee und Moschus. Ein Lächeln huscht über mein Gesicht. Und wie weich das Bett ist! Genüsslich rekele ich mich, halte dabei die Augen weiterhin geschlossen, um diesen kostbaren Moment zwischen Schlaf und Wachzustand ein wenig länger auszukosten. Die Erinnerungen an die vergangene Nacht stürzen auf mich ein, und Hitze wallt in meinem Schoß auf. Den Hintern hat mir Leroy nicht versohlt. *Noch nicht.* Ein Kichern entringt sich meiner Kehle, und ich taste nach ihm, begierig darauf, über seinen nackten Bauch zu streichen, ganz zart, und dabei zu spüren, wie sich seine Muskeln zusammenziehen.

Zu meiner Enttäuschung ist der Platz neben mir leer. Ich öffne die Augen. Wie spät mag es wohl sein? Ich strecke mich nochmals ausgiebig und geräuschvoll, bevor ich nackt aus dem Bett springe.

»Komm raus auf die Loggia, Schlafmütze«, ertönt da Leroys Stimme. »Ich habe Frühstück gemacht.«

Prompt knurrt mein Magen zustimmend, was angesichts der Energie, die ich heute Nacht verbraucht habe, nicht verwunderlich ist. Ich schaue an meinem nackten Körper herunter und überlege, was zum Frühstück angebracht ist. Nachthemd und Slip? T-Shirt, Slip und Jeans? Nur den Slip? Unwillkürlich fliegt mein Blick zu dem zerfetzten Stückchen Stoff auf dem Boden. Wieder drängt sich mir ein Kichern auf. Selbst die schockierende Erkenntnis, dass ich allmählich zu einer albernen Gans mutiere, kann mir die gute Laune nicht verderben.

»Über dem Stuhl hängt ein Morgenmantel«, ruft Leroy in diesem Moment, also greife ich danach, schlüpfe hinein und knote ihn zu. Der Morgenmantel ist hübsch – graublau mit feinen cremefarbenen Zeichnungen –, und der seidige Stoff gleitet wie eine Liebkosung über meine nackte Haut. Gerade als ich frische Unterwäsche aus meiner Tasche holen will, meldet sich Leroy erneut zu Wort.

»Du brauchst keinen Slip!«

Himmel! Kann der Mann Gedanken lesen?

Auf schlotternden Beinen laufe ich zum Spiegel, fahre mir durch die Haare und vergewissere mich, dass ich einigermaßen präsentabel aussehe, dann tappe ich barfuß hinaus. Leroy sitzt in abgeschnittenen kurzen Jeans und mit bloßem Oberkörper an einem reich gedeckten Frühstückstisch. Er ist unrasiert, und sein Anblick weckt die Schmetterlinge in meinem Bauch aus ihrem unruhigen Schlaf. Seine grünen Augen lächeln warm, als er mich erblickt.

»Steht dir«, sagt er und zeigt auf den Morgenmantel, den ich albernerweise fester knote, als ob Leroy nicht schon alles von mir gesehen hätte.

Sein amüsiertes Lachen treibt mir die Röte ins Gesicht. Ich werfe ihm einen, wie ich hoffe, würdevollen Blick zu, bevor ich mich den Leckereien auf dem Tisch widme. Knusprige Waffeln, Muffins und Croissants verbreiten einen süßen, unwiderstehlichen Duft. Dazu Rühreier, frisch gepresster Orangensaft und eine große Kanne Kaffee. Darauf achtend, dass mein Morgenmantel auf Höhe der Oberschenkel nicht aufklafft, setze ich mich ihm gegenüber und gieße mir eine Tasse Kaffee mit Milch ein.

»Sieht köstlich aus«, sage ich.

»Meine Worte«, antwortet Leroy mit einem Tonfall wie dunkler Samt, der mich veranlasst, aufzuschauen. Sein glühender Blick bringt mich erneut aus dem Gleichgewicht.

Herrje, jetzt reiß dich mal zusammen! Du bist eine erwachsene Frau, kein bibberndes dummes Weibchen!

Wortlos packe ich mir ein paar Waffeln auf den Teller, schütte großzügig Ahornsirup darüber und nehme einen herzhaften Bissen.

»Hmm«, entfährt es mir. »Hast du die selbst gemacht? Sie …« Zergehen auf der Zunge, will ich sagen, verbessere mich aber rechtzeitig, um der Fallgrube zu entgehen. »Sind sehr gut«, ergänze ich stattdessen.

»Ich muss den beiden Krümelmonstern zu Hause schließlich etwas bieten«, antwortet Leroy, der eben Anstalten macht, in ein Croissant zu beißen.

Ich brauche einen Moment, um zu begreifen. »Meinst du damit deine Nichten?«

Er lächelt. »Ja.«

Ich lächele zurück, einige Sekunden länger, als sein müsste, bevor ich versonnen auf die gewaltige Rasenfläche schaue, die an den Pool grenzt. Weiter hinten entdecke ich einen separaten kleinen Garten mit Häuschen. Wirklich hübsch!

»Wo ist Owen?«, frage ich, während ich an meinem Kaffee nippe.

»Er ist schon seit Stunden wach. Nach dem Frühstück hat er sich in seinem Zimmer vergraben. Jeden Tag das Gleiche, als müsste er sich vor der Welt verstecken«, antwortet Leroy und stochert gedankenverloren in seinem Rührei. »Seltsamer Kerl.«

»Irgendwie traurig, findest du nicht?«

Er nickt. »Da fragt man sich, was schiefgelaufen ist.«

Schweigend essen wir weiter. Diesmal ist es Leroy, der die Stille unterbricht. »Ich will dich heute Abend begleiten, Jewel«, sagt er. »Das ist mein Ernst.«

Mit einem leisen Klirren stelle ich die Kaffeetasse ab. »Ich habe doch schon gesagt, dass es nicht klug wäre«, entgegne ich.

Unmut blitzt in seinen Augen auf. »Warum bist du nur so verflucht stur?«

»Ich? Du bist doch genauso stur, indem du nicht lockerlässt. Das Museumsschiff ist keine halbe Stunde von hier entfernt, Leroy«, appelliere ich an seine Vernunft. »Ich fahre hin, lasse mir von Helen die Unterlagen geben, dann komme ich zurück. Ein Klacks!«

Er seufzt übertrieben. »Du musst immer das letzte Wort haben. Wie Mizzy.«

»Mizzy?«, frage ich.

Ein seltsamer Ausdruck tritt in seine Augen. »Melissa, meine drei Jahre jüngere Schwester.«

Vergessen ist unsere kleine Meinungsverschiedenheit. »Wie ist sie denn so?«, frage ich, begierig darauf, mehr über Leroys Familie zu erfahren.

»Tot«, antwortet er mit einem harschen Unterton.

Entsetzt starre ich ihn an, während ich vergeblich nach den richtigen Worten suche.

»Entschuldige«, murmelt er fast unmittelbar und wendet den Blick ab, wenn auch nicht schnell genug. Der Schmerz in seinen Augen schnürt mir die Kehle zu. »Das war nicht sehr taktvoll. Du konntest es ja nicht wissen.«

»Es tut mir leid«, antworte ich leise.

»Vor ein paar Jahren sind ihr Mann und sie bei einem Unfall ums Leben gekommen, ich habe die Army verlassen und das Sorgerecht für ihre beiden Töchter übernommen. Ende der Geschichte«, erklärt er nüchtern, aber immer noch mit abgewandtem Blick.

Ende der Geschichte?

In einer plötzlichen Gefühlswallung bin ich versucht, aufzuspringen und ihn zu umarmen. So viele Fragen liegen mir auf der Zunge, doch angesichts seiner abwehrenden Haltung ziehe ich es vor, das Thema zu wechseln.

»Und womit verdienst du im zivilen Leben deine Brötchen?«, frage ich, um einen lockeren Tonfall bemüht.

Mit einem nichtssagenden Lächeln richtet er seine Augen wieder auf mich. »Ich arbeite für Kane Deveraux, erledige dies und das für ihn.«

Was immer das heißen mag.

»Kane Deveraux?« Ich runzele die Stirn. »Gehört er der Deveraux-Familie an?«

Leroy nickt. »Er ist der Chef des Ladens.«

Seine Antwort ist knapp gehalten, als stünde zwischen uns plötzlich eine unsichtbare Wand. Kurz warte ich, und als Leroy nichts weiter sagt, trinke ich meinen Kaffee aus und stehe auf.

»Ich werde mal duschen«, murmele ich und wende mich zum Gehen.

Ich komme nicht einmal bis zur Balkontür. Schon ist er auf den Beinen – *wie schnell er sich bewegen kann!* – und hat mich am Arm gepackt. Er lässt sich auf den nächstbesten Stuhl plumpsen und zieht mich auf seinen Schoß.

»Wer hat gesagt, dass wir hier fertig sind?«, fragt er mit einer Stimme, die meine Lust neu anfacht.

»Sind wir nicht?«, frage ich etwas atemlos.

Im Nu hat er den Knoten meines Morgenmantels geöffnet.

»Nein«, antwortet er.

Seine Finger auf meinen Brüsten ersticken jeden Widerstand im Keim. Ich werde die Denkweise der Männer niemals verstehen, doch an diesem wundervollen Morgen kann ich sehr gut damit leben.

* * *

Während Leroy ein Telefonat nach dem anderen führt, verbringe ich den Tag mit Müßiggang. Als vermeintlich tote Person, die verschwunden bleiben soll, sind mir die Hände gebunden. In dem Wissen, dass Suchbegriffe wie »Somalia«, »militärischer Zwischenfall« oder »Ronald Cooper« bei Google oder auch anderswo CIA-Analysten, wie ich einer bin, auf den Plan rufen werden, widerstehe ich der Versuchung, eigene Nachforschungen anzustellen. So bilden Owen und ich eine Zweckgemeinschaft und spielen draußen unter den Kolonnaden Dame. Aus Angst vor Spionagedrohnen wagt er sich nicht weiter hinaus, und schon gar nicht in den Pool. Trotz der angespannten Situation genieße ich die Umgebung mit allen Annehmlichkeiten wie einer großen Bibliothek, einem vollen Kühlschrank und einer sündhaft teuren Bang-&-Olufsen-Musikanlage.

Heute wäre Owens Besuchstag bei seiner Mutter, und entsprechend aufgebracht ist er. Dauernd redet er davon, dass sie sein Fehlen spüren wird, es ihre Genesung um Monate, wenn nicht sogar um Jahre zurückwerfen wird. Seine inneren Qualen brechen mir das Herz, zumal es nichts gibt, was ihn davon erlösen kann. Am späten Nachmittag gehe ich nach oben, um mich für meine Verabredung mit Helen herzurichten. Rasch mache ich mich frisch, bürste mir das Haar und ziehe mir etwas Wärmeres an. Anschließend packe ich meine Glock, das Prepaidhandy sowie Bargeld in meine Tasche. Als ich hinausgehe und die Tür hinter mir zuziehe, gelangt Klaviermusik an mein Ohr. »Summertime« aus der Oper »Porgy and Bess« von George Gershwin. Gott, wie ich dieses Stück liebe! Es ist schwer in Worte zu fassen, aber es macht etwas mit mir, kehrt mein Innerstes nach außen. Während ich langsam die Treppe nach unten nehme, dämmert mir, dass die Musik nicht vom iPod oder einer CD kommt, sondern direkt aus dem Musikzimmer. In der Halle luge ich um die Ecke, die Tasche fest an meine Brust gepresst.

Es ist Leroy. Wie versteinert starre ich ihn an, während mich eine Gefühlslawine überrollt. Niemals hätte ich es für möglich gehalten, aber in diesem Augenblick stehe ich kurz davor, in Ohnmacht zu fallen. Dieser Mann ist so vollkommen, dass mir sein Anblick die Tränen in die Augen treibt. Mein Herz krampft sich zusammen, in dem Wissen, dass nichts, aber auch nichts dieses Bild jemals aus meinem Gedächtnis löschen wird. Zu allem Überfluss badet das Zimmer in goldenem Licht, weil die Sonne gerade dabei ist, unterzugehen. Hat sich *maman* so gefühlt, als sie meinem Vater zum ersten Mal begegnet ist? So von Gefühlen überwältigt, dass man glaubt, darin zu ertrinken? Oder innerlich zu bersten, weil das Herz diesem brutalen Ansturm nicht gewachsen ist?

»So hush, little baby, baby, don't you cry«, singt Leroy leise, während seine langen Finger über die Tasten gleiten.

Seine tiefe, dunkle Stimme bohrt sich wie ein Messer in meinen Bauch, und ich japse nach Luft. Ein kaum wahrnehmbarer Laut, aber er genügt, um Leroy innehalten zu lassen. Als er aufschaut, begegnen sich unsere Blicke, und die Zeit friert ein. Nichts ist mehr von Bedeutung in dieser Sekunden währenden Ewigkeit. Etwas geschieht zwischen uns, und ich bekomme keine Luft.

»Ich fahre jetzt«, hauche ich, aber ich bezweifle, dass er mich versteht.

Also ringe ich mir ein kleines Lächeln ab. Sein Blick flackert, doch bevor er etwas sagen kann, das diesen perfekten Moment zerstören könnte, eile ich nach draußen, den Wagenschlüssel in der Hand. Mein Puls rast, inzwischen ist mir übel.

Fühlt es sich so an, wenn die Liebe wie ein Blitz einschlägt?

Liebe!, will ich verächtlich erwidern. *Nur weil ein Mann Klavier spielt und mit einem Bariton gesegnet ist, der weibliche Nervenenden in Brand setzt.* Noch so ein beschissenes Klischee! Aber diesmal gelingt es meiner Stimme der Vernunft nicht einmal im Ansatz, mich zur Ordnung zu rufen. Es sind nicht nur das Klavier und der Bariton. Ich mag sein schiefes, leicht überhebliches Lächeln, ich mag seinen Geruch – *und wie!* –, ich mag, wie er »Sweetheart« zu mir sagt, und ich mag dieses zärtliche Funkeln in seinen Augen, wenn er über seine beiden kleinen Nichten spricht.

Gut, dann ist es eben mädchenhafte Schwärmerei!

Mit über 30? Wirklich?

Ja, und wenn schon!

Meine Beine fühlen sich wie Wackelpudding an, als ich viel zu schnell den Kiesweg zum Tor hinunterhetze. Ein Wunder, dass ich nicht auf die Nase falle! Weil meine Hand zittert, brauche ich zwei Anläufe, um den Motor zu starten. Auf der Fahrt zum Lake Pontchartrain versuche ich, die Bodenhaftung zurückzugewinnen, indem ich meine ganze Aufmerksamkeit auf das bevorstehende Treffen mit Helen bündle. Nach etwa zwanzig Minuten bin ich am Ziel, ohne recht zu wissen, wie ich dorthin gelangt bin. In der Abenddämmerung schimmert das ungewöhnlich glatte Wasser des Lake Pontchartrain wie Silber, die Luft ist mit dem Geruch von Salzwasser gewürzt. Am Horizont zucken Blitze, aber das Gewitter ist weit weg. Als ich den Wagen am Sikorsky Drive parke und aussteige, empfängt mich eine angenehm ernüchternde Kühle.

Mit der Tasche über der Schulter schlage ich den palmengesäumten Weg zur Marina ein. Das verwaiste Gelände liegt in der Abendsonne. Inmitten dieser stillen Schönheit überkommt mich Wehmut, und ich muss ungewollt an *maman* denken, die schon immer davon geträumt hat, auf einem Ausflugsdampfer über den Lake Pontchartrain zu schippern. Ich nehme mir fest vor, ihr noch dieses Jahr diesen lang gehegten Wunsch zu erfüllen. Zweieinhalb Monate habe ich dafür Zeit. Ich gehe durch das Drehkreuz, die Zufahrt ist für Autos gesperrt, biege links ab und passiere die blauen Fischerhäuschen, die am Ufer Spalier stehen. Während ich den Kai entlanglaufe, bewundere ich die sanft schaukelnden Schiffe, deren Maste an einen Wald erinnern, der seiner Blätter beraubt wurde. Ganz am Ende kann ich bereits das Bootshaus sehen, in dem das PT-305 untergebracht ist – ein stählernes Relikt aus dem Zweiten Weltkrieg und Hauptattraktion der Marina.

Ich habe es beinahe erreicht, als mein Schatten am Boden vor mir von einem anderen Schatten überlagert wird. Das Herz rutscht mir in die Hose. Ehe ich reagieren kann, trifft mich etwas Hartes im Rücken, als hätte jemand einen Schläger geschwungen und mich als Baseball benutzt. Wie eine glühende Pranke ergreift der Schmerz meinen Körper, und ich falle vornüber auf die Knie. Ich bekomme nur dumpf mit, wie der Schatten nach meiner Tasche greift und sie samt Glock und Handy ins Wasser wirft, wo sie mit einem lauten Klatschen landet. Schon werde ich bei den Haaren gepackt und über das Pflaster geschleift. Bei jedem Atemzug brennt mein Brustkorb wie die Hölle, und ich hoffe, dass nichts gebrochen ist. Entsprechend schwach fällt meine Gegenwehr aus, als ich auf ein Boot gezogen werde. Mit einem Tritt befördert mich mein Angreifer die Stufen hinunter in die Kabine, wo ich hart auf dem Boden lande. Diesmal kann ich einen Schrei nicht unterdrücken.

Bei dem Versuch, den roten Vorhang aus Schmerz beiseitezuschieben, atme ich hektisch ein und aus. *Jetzt haben sie mich doch erwischt,* ist das Erste, was mir durch den Kopf geht, als ich wieder einigermaßen klar denken kann. *Was haben sie mit Helen gemacht?*, das Zweite.

»Hinsetzen!«, befiehlt eine kalte Männerstimme in meinem Rücken.

Wenn's so einfach wäre!

Die Berührung einer Fußspitze in meinem Nacken lässt mich aufkeuchen.

»Schon gut«, krächze ich hastig. »Ich mach schon.«

Mit Übelkeit kämpfend, hieve ich mich an einem Tisch hoch, lasse mich auf den Hocker daneben plumpsen und schaue auf. Vor mir sitzt eine Frau mit blassem Gesicht.

»Helen«, sage ich leise, aber erleichtert.

Sie haben sie nicht getötet.

»Geht's Ihnen gut?«, frage ich und massiere mir den Scheitel, der mit meinem Rücken um die Wette brennt.

»Ja.« Ihr Blick wirkt leer. »Bist du allein gekommen?«

»Natürlich nicht«, antworte ich, ohne zu zögern.

»Sie lügt«, hebt der Mann hinter mir an.

Auf Helens Gesicht tritt ein Ausdruck, den ich nicht auf Anhieb verstehe. Meine Gedanken geraten in Unordnung, und für einen kurzen Moment komme ich mir wie einer dieser Menschen vor, die außerstande sind, die Mimik ihres Gegenübers richtig zu deuten. Wie hieß diese Krankheit noch mal? Alexithymie, glaube ich. Und dann schlägt die Erkenntnis wie ein Blitz in meinen Verstand ein, und das Chaos erstarrt jäh, als hätte jemand auf die Pausetaste gedrückt. Fassungslos starre ich auf das kalte Lächeln um Helens Mund, gleichzeitig schnellt mein Puls in die Höhe.

»Gut«, sagt sie gedehnt, und es klingt genüsslich, beinahe lasziv.

Ich spüre, wie Panik mich zu überwältigen droht, und atme trotz des Schmerzes mehrmals tief durch. Jetzt einen kühlen Kopf zu bewahren ist überlebenswichtig.

Sag nichts, flüstert mir meine innere Stimme zu. *Bring sie dazu, den ersten Schritt zu tun, nur so hast du eine klitzekleine Chance, die Oberhand zu gewinnen.*

»Das hier hast du dir selbst zuzuschreiben«, füllt Helen schließlich die Stille. Ihre blauen Augen blicken verärgert. »Du hättest die Sache in Somalia auf sich beruhen lassen sollen! Aber nein, du musstest ja unbedingt Staub aufwirbeln, nur um herauszufinden, was mit diesem Kameltreiber passiert ist.«

»Khalil war Übersetzer und Fotograf!«, fahre ich sie an, dann zwinge ich mich zur Zurückhaltung. Helen wütend zu machen wäre mein sicheres Ende. Vielleicht kann ich an ihre Empathie appellieren. »Ich verstehe es nicht, Helen«, sage ich sanft, fast freundschaftlich. »Sie haben mich doch vor Leroy gewarnt.«

Ein verächtliches Lachen schallt mir entgegen. »Ich habe dafür gesorgt, dass du die Stadt verlässt! Um es Commander Masters einfacher zu machen, dich zu beseitigen. Eine tote CIA-Analystin mitten in der Stadt lässt sich schwer erklären. Es hätte in Langley Fragen aufgeworfen. Ein Bootsunfall in den Sümpfen dagegen …« Sie zuckt vielsagend mit den Achseln. »Unglücke passieren. Der Bayou ist der ideale Ort, um eine Leiche zu entsorgen. Hitze, Sonne und Regen erledigen die ganze Arbeit. Nicht zu vergessen die Alligatoren.«

Mit Leiche meint sie mich.

Auf ihr Mitgefühl kann ich wohl nicht hoffen. Die Frau ist ein Eisblock. *Falsch!* Ein Eisblock mit einem brodelnden Kern, denn was ich in ihren Augen lese, ist Wut, wenn nicht gar Hass. Fieberhaft überlege ich, wie ich sie weiter zum Reden bringe. Der Schmerz in meinem Rücken lässt spürbar nach, meine Wirbel scheinen nichts abbekommen zu haben, trotzdem reibe ich mir mit schmerzerfülltem Gesicht das Kreuz. Sollen meine Gegner ruhig glauben, ich sei angeschlagen. Indessen blicke ich mich unauffällig nach einer Fluchtmöglichkeit um oder etwas, womit ich den Mann hinter mir außer Gefecht setzen kann.

»Sie haben Khalil getötet«, sage ich an Helen gerichtet.

»Ich habe nur dafür gesorgt, dass sein Name in gewissen Kreisen gefallen ist«, antwortet sie mit einem gütigen Großmutterlächeln, was ihre Worte noch schlimmer macht. »Alles Weitere ergab sich von selbst. Nach zwei Tagen hat er alles gesagt, was sie hören wollten.«

»Warum das alles, Helen?«, presse ich zwischen zusammengebissenen Zähnen hervor.

»Geld!«, antwortet sie brüsk, und im kalten Lichtstrahl der Deckenlampe kann ich einen Sprühregen aus Geifer erkennen, der aus ihrem Mund kommt. »Ich habe vierzig Jahre lang für mein Vaterland gekämpft. Vierzig Jahre! Habe mir Kugeln eingefangen, und wofür? Wenigstens soll es mir nach meinem Ausscheiden nächstes Jahr an nichts mangeln.« Ihre Augen verengen sich zu Schlitzen. »So kurz vor dem Ziel lasse ich mir von dir und auch von niemandem sonst in die Suppe spucken!«

»Sie haben den Rang eines Generals«, entgegne ich ehrlich perplex.

»Mit einem Stern!«, kontert sie kalt. »Ich hätte mindestens drei Sterne verdient.«

Die Frau ist verrückt.

»Es sieht vielleicht nicht so aus, aber ich mag dich wirklich, Jewel«, sagt sie, als ich nichts erwidere. »Wie eine Tochter.«

»Wie eine Tochter?«, entfährt es mir. »Ein Glück, dass es Ihnen nicht vergönnt war, Kinder zu bekommen!«

Hätte ich doch nur die Klappe gehalten! Der hässliche Ausdruck auf Helens Gesicht jagt mir einen eisigen Schauer über den Rücken, dennoch ist meine Wut größer als die Angst. Mit dem festen Vorsatz, ihr sehr, sehr weh zu tun, springe ich von meinem Hocker auf. In meinem blinden Eifer habe ich den Mann hinter mir vergessen, bis sich seine schwere Hand auf meine Schulter legt und er mich unsanft zurückbugsiert.

»Was jetzt?«, frage ich mit viel zu schriller Stimme. *Bewahr die Ruhe! Flipp nicht aus!* »Werden Sie mich erschießen? Mitten in der Stadt? Ich dachte, das wirft zu viele Fragen auf!«

»Nicht ich. Aber er.« Helen zeigt hinter mich. »Mein Freund hier ist ein Profi, und er hält seine Waffe auf dich gerichtet.«

Wie um ihre Worte zu unterstreichen, berührt etwas Hartes meinen Hinterkopf. Ich muss keine Intelligenzbestie sein, um zu wissen, dass es die Mündung einer Waffe ist. Obwohl von vornherein klar war, warum ich hier bin, trifft mich die Erkenntnis, dass ich vielleicht nur noch wenige Minuten oder gar Sekunden zu leben habe, mit der Wucht eines Hammerschlags. Mein Hals zieht sich vor Angst zusammen. Es gibt so vieles, was ich noch sehen und erleben will! Venedig! Ich war noch nie in Venedig. Die Rialtobrücke muss man doch einmal in seinem Leben gesehen haben, oder etwa nicht?

»Tja, Pech für Sie, Generälchen«, meldet sich plötzlich eine Stimme hinter Helen. »Ich für meinen Teil habe meine Waffe genau auf *Sie* gerichtet. Sie haben den Tod meiner Kameraden auf dem Gewissen. Ein Mucks, und ich puste Ihnen den Schädel weg.« Kurze Pause. »Ich bin ebenfalls Profi, wie Sie wissen.«

Leroy!

Vor Erleichterung beginne ich, so heftig zu zittern, dass ich mich an der Tischkante festhalten muss.

Wie zum Teufel hat er mich gefunden? Und wo ist er?

Hinter Helen sind nur die Schiffswand und ein offenes Bullauge. Mit einer Sekunde Verzögerung fällt es mir wie Schuppen von den Augen. Offenbar hängt Leroy draußen am Bootsrumpf und richtet seine Waffe durchs Bullauge auf Helen. Deshalb haben wir ihn auch nicht kommen hören. Er muss geschwommen sein, um zum Heck zu gelangen. Helen, deren Augen sich in kalte blaue Murmeln verwandelt haben, öffnet den Mund, um etwas zu sagen, als das charakteristische »Plopp« eines Schalldämpfers ertönt. Benommen starre ich sie an. Nicht, weil meine Ohren klingeln oder die Luft vom Rauchgestank erfüllt ist, sondern weil ein blutiges Loch mitten auf ihrer Stirn prangt. Der Schuss kam von vorn! Im gleichen Moment, da ich begreife, dass der Mann hinter mir abgedrückt hat, lasse ich mich instinktiv fallen. Keine Sekunde zu früh, denn er schießt erneut. Holz splittert, dann knallt es noch einmal, diesmal aus der entgegengesetzten Richtung. Hinter mir erklingt ein Keuchen, und wieder fällt ein Schuss über meinen Kopf hinweg. Ein Gurgeln, dann das Geräusch eines Körpers, der schwer auf dem Boden aufknallt.

Stille.

»Jewel!«, ruft Leroys erstickte Stimme. »Alles okay?«

Ich nicke.

»Jewel!«

Erst da wird mir bewusst, dass er mich aus seinem Versteck heraus nicht sehen kann.

»Ja«, krächze ich, und dann noch mal etwas lauter. »Ja!«

»Bleib liegen! Ich komme zu dir.«

Ein platschendes Geräusch ist zu hören und Wasser, das gegen den Rumpf schlägt, als Leroy um das Boot herumschwimmt, ohne darauf achten zu müssen, leise zu sein. Also hatte ich mit meiner Vermutung recht. Nur einen Atemzug später, so scheint es mir, legen sich seine Arme schützend um mich. Erst jetzt fällt die Starre von mir ab, und ich unterdrücke mit Mühe ein Schluchzen.

»Alles okay mit dir?«, flüstert er in mein Haar.

Ich nicke.

»Nichts gebrochen?«

Ich schüttele den Kopf. »Nur ein paar blaue Flecken und wahrscheinlich aufgeschürfte Knie.«

»Der Dreckskerl hat den Tod verdient!«, stößt Leroy hervor, und nun steigen mir albernerweise doch die Tränen in die Augen.

»Du bist ganz nass«, murmele ich in sein Hemd.

»Ach was?« Es klingt nach liebevollem Spott.

Eine Weile hocken wir da, bis er mich sacht hochzieht. »Wir müssen die beiden durchsuchen, bevor die Cops auftauchen«, erklärt er sanft. »Der Kerl hat einen Schalldämpfer benutzt, ich aber nicht. Die Marina liegt zwar verlassen da, trotzdem könnte jemand was mitgekriegt haben.«

In meinem Kopf schwirren viele Fragen herum, die warten müssen. Leroy hat recht. Wie in Trance löse ich mich von ihm, als mein Blick auf seinen Oberarm fällt. Ich keuche. Aus einer Wunde sickert Blut.

»Du bist verletzt!«, rufe ich.

»Das ist nichts, Sweetheart«, antwortet er, ganz Mann. »Nur ein Holzsplitter, der sich in die Haut gebohrt hat.« Er grinst. »Der Schlag, den du mir im Hotelzimmer verpasst hast, ist schmerzhafter gewesen.«

Weil ich nicht weiß, was ich darauf erwidern soll, drücke ich ihm einen Schmatzer auf die Lippen. Einen kurzen Moment hält er mich fest und erwidert meinen Kuss. Nachdem ich mich mit einem zittrigen Lächeln von ihm gelöst habe, mustere ich die beiden Leichen. Obwohl der fremde Mann lädierter aussieht – ein Schuss ging durch seinen Hals, der andere durch seine Brust –, wende ich mich ihm zu, um ihn abzutasten. Ich sehe mich außerstande, Helen zu berühren. Ohne jedes Aufheben übernimmt es Leroy, sie zu durchsuchen. Zwar tragen wir keine Handschuhe, dennoch brauchen wir uns um Fingerabdrücke nicht zu sorgen. Mitarbeiter der CIA, ob außer Dienst oder aktiv, befinden sich schlichtweg nicht im System. Hastig taste ich die Kleidung des Toten ab. Er trägt Jeans, Hemd und Lederjacke, aber nirgends findet sich etwas Aufschlussreiches. Nicht einmal ein Autoschlüssel oder ein Handy. Möglicherweise hat er beides in der Nähe abgelegt für den Fall, dass er gefangen genommen oder getötet wird. Leider fehlt uns die Zeit, die Gegend abzusuchen.

Kurz überlege ich, dann mache ich mich daran, sein blutiges Hemd aufzuknöpfen.

»Was wird das?«, meldet sich Leroy hörbar irritiert.

»Der Kerl war ein Profi«, erkläre ich, ohne aufzuschauen. »Er hat nichts bei sich, was auf seine Identität hinweisen könnte, aber vielleicht verrät uns sein nackter Körper etwas über ihn.«

»Du meinst Tattoos.«

»Genau.«

»Guter Punkt«, entgegnet Leroy. Die Bewunderung in seiner Stimme lässt mein Herz höherschlagen. »Nicht nur schön, sondern auch clever.«

Schön?

Bisher hat mich noch niemand so bezeichnet. Nun zittern meine Hände doch ein wenig, als ich das Hemd über die Schultern des Mannes ziehe. Rasch wandert mein Blick über seinen Körper, wobei ich versuche, über die hässlichen Wunden an Hals und Bauch hinwegzusehen. Auf seiner Brust ist nichts, auch die Arme sind nicht tätowiert. Mist! Das wäre auch zu schön gewesen. Kurz verweilt mein Blick auf seinem Gesicht. Oberflächlich gesehen weist nichts auf seine Herkunft hin. Er ist hellhäutig, und die Augen, die leblos nach oben starren, sind blau, seine Haare kastanienbraun. Mit einem leisen Keuchen, der Kerl ist kräftig und wiegt bestimmt um die hundert Kilo, drehe ich ihn auf den Bauch und stutze. Zwischen seinen Schulterblättern ist so etwas wie eine Zeichnung zu erkennen, allerdings stark verblasst. Ich tippe auf das Überbleibsel eines Tattoos, das er sich vor einiger Zeit hat entfernen lassen.

»Schnell! Dein Handy!«, rufe ich Leroy zu.

Wortlos reicht er es mir herüber, und ich mache ein paar Fotos, die wir uns später in Ruhe anschauen können.

»Das war's«, sage ich, nachdem ich der Vollständigkeit halber die Beine des Mannes untersucht habe, wenn auch ergebnislos. Als ich mich in die Höhe stemme, knacken meine Knie hörbar. »Hast du was?«

Leroy hält kommentarlos Helens Handy hoch.

»Sehr gut!«, rufe ich. »Vielleicht finden wir darauf was Brauchbares.«

In derselben Sekunde ertönt in der Ferne eine Sirene. Leroy zwinkert mir zu. »Zeit, zu verschwinden, Sweetheart!«

An das »Sweetheart« könnte ich mich wirklich gewöhnen.

»Wirst du deinen Freund beim NOPD informieren?«, will ich wissen, während wir den Rückzug antreten.

Er schüttelt den Kopf. »Auf keinen Fall! Ich will nicht, dass er mit der Sauerei hier in Verbindung gebracht wird.«

Im Laufschritt durchqueren wir die Marina, stets darauf bedacht, im Schatten der Gebäude zu bleiben.

»Woher wusstest du es?«, frage ich schließlich mit belegter Stimme, nachdem wir den Sikorsky Drive erreicht haben.

Inzwischen hat sich der Abend auf die Stadt gesenkt, und die beweglichen Lichtpünktchen aus nah und fern zeugen von Geschäftigkeit, während immer mehr Leuchtreklamen und Straßenlaternen zum Leben erwachen.

»Zunächst einmal fand ich es seltsam, dass der Name Cooper meiner Auftraggeberin nichts sagte. Andererseits werden Mittelsleute häufig im Dunkeln gelassen. Aber weil ich von Natur aus misstrauisch bin, habe ich ein wenig herumtelefoniert.« Er schaut grimmig. »Es stellte sich heraus, dass General Helen Wrangler nicht die Galionsfigur war, für die sie sich gern ausgab. Also habe ich tiefer gegraben und ein paar Ungereimtheiten entdeckt. Danach hielt ich es für besser, dir hinterherzufahren.«

Dabei hat er am Klavier so versonnen und unbeteiligt gewirkt …

»Du hättest mir von deinem Verdacht erzählen müssen«, sage ich leicht angesäuert.

»Es war kein Verdacht, mehr ein ungutes Gefühl.«

»Trotzdem.«

»Du hast recht, entschuldige«, sagt er mit einem zerknirschten Lächeln, das es mir unmöglich macht, lange böse auf ihn zu sein.

Als ich nach meinem Wagen Ausschau halte, bemerke ich, dass Leroy direkt hinter mir geparkt hat.

»Steig ein!«, sagt er und deutet auf seinen Range Rover.

Stirnrunzelnd starre ich auf den zerbeulten Ford Maverick. »Aber was ist mit meinem Auto?«

»Du setzt dich jetzt nicht hinters Steuer«, antwortet Leroy streng. »Nicht nach einem solchen Vorfall.«

Obwohl mich seine Besorgnis rührt, fahre ich aus der Haut. Verblüffend, wie häufig mir das in seiner Gegenwart passiert. »Wofür hältst du mich? Ich arbeite nicht für irgendeinen Hausfrauenverein, sondern für die CIA!«

»Ja, als Analystin.«

»Ich habe die gleiche Kampfausbildung genossen wie alle anderen«, sage ich mit vorgerecktem Kinn, das er zu meinem Erstaunen packt.

»Also gut!«, erwidert er hörbar gereizt und bohrt seinen Blick in meinen. »Wann war dein letzter operativer Einsatz mit Schusswechsel? Und ich spreche nicht von heute Abend«, fügt er hinzu, als ich zu einer Antwort ansetze.

»Hä.«

»Gut, dann sind wir uns ja einig.« Sein Daumen streicht sanft über meine Unterlippe, während der Ausdruck in seinen Augen nichts von seiner Unnachgiebigkeit eingebüßt hat. »Rein mit dir!«

»Aber ich kann den Wagen doch nicht hierlassen!«, kontere ich mit einem letzten Aufbäumen.

»Wenn du Glück hast, wird er geklaut.«

»Ich habe zweihundertfünfzig Dollar dafür bezahlt!«, entgegne ich erbost, was mir ein vielsagendes Hochziehen der Augenbrauen einbringt.

»Du bist ein richtiger Snob, weißt du das?«, brumme ich in meinen nicht vorhandenen Bart, was mich nicht daran hindert, auf dem Beifahrersitz des Range Rover Platz zu nehmen.

Als er sich hinters Steuer setzt, kann ich sehen, dass er grinst. Anschließend beugt er sich nach vorn, um eine mir unbekannte Adresse ins Navi einzugeben.

»Wo fahren wir hin?«, frage ich.

»Es wird Zeit, eine Freundin zu besuchen«, antwortet er in einem Tonfall, der gar nicht freundschaftlich klingt. So innig scheint die Beziehung nicht zu sein.

Als er den Motor startet und langsam Gas gibt, fällt mir etwas ein, das mir einen tiefen Seufzer entlockt.

»Was ist?«, fragt Leroy mit einem Seitenblick.

»Ich wäre in meinen Wagen gar nicht reingekommen«, antworte ich kleinlaut. »Der Schlüssel liegt zusammen mit meiner Tasche auf dem Grund des Sees.«

Leroy bricht in lautes Gelächter aus, und ich stimme unwillkürlich in sein Lachen ein, was in meinen Ohren eine Spur zu hysterisch klingt. Trotzdem fühle ich, wie die Anspannung von mir weicht.

»Der arme Maverick«, murmele ich voll ehrlichen Bedauerns, nachdem ich im Seitenspiegel einen letzten Blick darauf geworfen habe.

»Wir holen ihn morgen, falls er noch dasteht. Ich wette, ihn zu knacken ist ein Kinderspiel!«, antwortet Leroy mit einem breiten Grinsen. Und dann wird er schlagartig ernst. »Warum hat der Kerl Helen Wrangler umgebracht? Was glaubst du?«

»Als du aufgetaucht bist, wurde sie zum Sicherheitsrisiko«, antworte ich nach kurzer Überlegung. »Eines Mitwissers kann man sich problemlos entledigen, bei zweien wird es schon schwieriger. Da sie jetzt enttarnt war, hat die Gegenseite offenbar beschlossen, dass sie nicht mehr benötigt wird.«

Leroy nickt. »Das denke ich auch. Der tote Kerl war nicht ihr Partner, sondern ein Aufpasser. Die Frage ist nur, wer steckt dahinter? An wen hat Wrangler ihre Informationen verkauft?« Nachdenklich beißt er auf seine Unterlippe. »Ich hoffe, das Handy gibt Auskunft.«

»Vorausgesetzt, wir knacken das Passwort.«

»Das müssen wir.«

* * *

Gegen halb neun stellt Leroy den Wagen vor einem Haus mit Klinkerfassade und verwildertem Blumenbeet ab. Die Straßenlaternen bescheinen das Wohnviertel in Mid-City, wo die meisten Einwohner zur besten Sendezeit vor dem Fernseher sitzen, wie das blau flackernde Licht hinter den Fenstern verrät. Im Haus selbst, das wir aufsuchen, brennt in zwei Zimmern Licht. Ohne Rücksicht auf die friedliche Feierabendatmosphäre baut sich Leroy vor der weiß lackierten Tür auf und hämmert dagegen.

»Machen Sie auf, Nancy!«, ruft er. »Ich weiß, dass Sie da sind.«

Kein Laut dringt nach draußen, als wären die Bewohner schlagartig zu Stein geworden.

»Ich mache so lange Krach, bis Sie mich reinlassen!«, droht Leroy und lässt seinen Worten Taten folgen, indem er noch lauter hämmert. »Mir ist es egal, ob die Nachbarn neugierig werden. Ihnen auch?«

Dumpfe Schritte sind zu hören, Türschlösser klicken, dann schwingt die Tür auf. Auf der Schwelle steht eine Frau in den Vierzigern mit kurzem rotem Haar. Sie trägt einen hellen Knitterrock, dazu einen ärmellosen roten Pullover, der sich mit dem kräftigen Orange ihres Lippenstifts beißt.

»Wie haben Sie mich gefunden?«, fragt sie Leroy, ohne ein Wort der Begrüßung. Ihre unangenehm hohe Stimme überschlägt sich beinahe.

»Wir müssen reden«, antwortet dieser ebenso barsch.

Eine Sekunde lang zögert die Frau, dann macht sie einen Schritt zur Seite, und wir betreten schweigend das Haus. Dabei fällt ihr abweisender Blick auf mich.

»Sie lebt noch?«, fragt sie Leroy, als ob ich gar nicht anwesend wäre, und schließt die Tür hinter uns.

Ich bin eben zu dem Schluss gekommen, dass ich Leroys Freundin nicht leiden kann.

»Ja. Sie und auch Owen Kennedy«, entgegnet Leroy und redet weiter, bevor sich die Frau gefangen hat. »Ich will wissen, von wem Sie Ihre Befehle erhalten haben, Nancy. Und diesmal werden Sie mir antworten.«

Die Frau verschränkt die Arme, eine tiefe Falte hat sich zwischen ihre Augenbrauen gegraben. »Haben wir das nicht schon x-mal durchgekaut? Und überhaupt schulden Sie *mir* eine Erklärung und nicht umgek…«

»Von General Helen Wrangler vielleicht?«, unterbricht Leroy sie.

Nichts im Gesicht der Frau weist darauf hin, dass sie den Namen kennt. »Von wem?«

»Spielen Sie nicht die Unwissende«, sagt Leroy und blickt sich um, als würde ihn das Interieur ernsthaft interessieren. Dabei ist das Haus lieblos eingerichtet, steril und unpersönlich. Ein Safe-House der CIA, schließe ich daraus. »Es spielt eh keine Rolle mehr, weil sie tot ist.«

Diesmal entfährt der Frau namens Nancy ein Keuchen. »Sie lügen!«

Wortlos zieht Leroy sein Handy aus der Tasche und hält ihr ein Foto der toten Helen unter die Nase.

»Sie haben sie getötet!« Die Lippen zu einem Strich zusammengepresst, weicht die Frau zurück, gleichzeitig fasst sie hinter sich, als wollte sie nach einer versteckten Waffe greifen.

Oh, oh!

Leroy hingegen wirkt völlig unbeeindruckt. »Nicht ich war es, sondern der Typ hier«, sagt er und wischt mit dem Finger über das Handydisplay. »Kennen Sie den?«

Die Frau blinzelt hektisch, richtet ihren Blick dennoch aufs Handy. Lange schaut sie auf das Foto des Toten, bevor sie den Kopf schüttelt.

»Sicher?«, fragt Leroy.

»Ja. Wer ist der Mann?«

»Wir dachten, er wäre Wranglers Bodyguard, aber da haben wir uns wohl getäuscht.«

Die Frau runzelt angestrengt die Stirn. »Ich verstehe nicht.«

»Wer steckt noch in der Sache mit drin?«, hakt Leroy nach, während er einen Schritt auf sie zu macht.

»Wovon sprechen Sie?«, erwidert die Frau sichtlich nervös.

Ebenso nervös verfolge ich jede ihrer Bewegungen. Hätte ich doch bloß noch meine Glock!

»Ist noch jemand von der Agency in diese Sache involviert?«

»Nun ja, die Entscheidungsträger selbstverständlich.«

»Sie sind ganz sicher?«, fragt Leroy mit einem Anflug von Spott.

Nancy lässt ihren Blick zwischen uns hin und her wandern. »Ich nehme es zumindest an«, antwortet sie langsam und bewegt den Arm nach vorn.

Ihre Hand ist leer.

»Die Mission ist illegal, und damit meine ich keine von den üblichen nicht genehmigten Geheimoperationen der CIA«, erkläre ich, während ich versuche, mir meine Erleichterung nicht zu sehr anmerken zu lassen. »Helen Wrangler war eine Landesverräterin und Sie waren ihre Handlangerin.«

Mit einiger Genugtuung sehe ich, dass die Frau weiß wie die Wand wird.

»Das ist nicht wahr!«, protestiert sie laut und ringt nervös die Hände. »Das genaue Gegenteil ist der Fall. General Wranglers Anliegen ist … war es, Maulwürfe bei der CIA zu entlarven und unschädlich zu machen. Sie hat dafür grünes Licht von ganz oben. Der Direktor weiß Bescheid.«

»Tut er nicht.«

Bleiernes Schweigen.

»Tut er nicht?«, flüstert Nancy nach einer Weile.

Beinahe tut sie mir leid.

Nicht aber Leroy, wie ich seinem harten Blick entnehme. »Nein. Ich wette, der Wisch, den Sie mir letzte Woche unter die Nase gehalten haben, ist eine Fälschung. Der Direktor hat ihn nie unterschrieben. Von wem haben Sie den bekommen? General Wrangler?«

Nancys Miene ist Antwort genug.

»Sie sind gelinkt worden, Ohlsen«, sagt Leroy mit hörbarer Befriedigung. »Außer natürlich, Sie wussten Bescheid.«

»Was? Ich? Nein!« Die Frau schüttelt benommen den Kopf. »Ich glaube Ihnen das alles nicht. Es muss ein Missverständnis sein«, fügt sie murmelnd hinzu, aber es klingt nicht sehr überzeugt.

»Wurden Sie denn nicht misstrauisch, als Wrangler Ihnen den Tötungsbefehl gegen einen CIA-Officer erteilt hat?«

Wieder schüttelt sie den Kopf. »Nein, wieso auch? General Wrangler stand fünfundzwanzig Jahre lang im Dienst der CIA, sie genießt … genoss das Vertrauen von achtzehn Direktoren.«

Nancy, die plötzlich zehn Jahre älter aussieht, fährt sich durchs Gesicht. »Sie war eine Institution, Herrgott!«

»Was ist mit dem zweiten Team?«, fragt Leroy ungerührt.

Verständnislos blickt sie auf. »Welches zweite Team?«

»Das zweite Team, das mit Kennedys Liquidierung beauftragt wurde.«

Nancy läuft rot an. »Hat es nie gegeben. Der Plan sah von Anfang vor, dass Sie beide liquidieren …« Sie zeigt auf mich. »Sie und Owen Kennedy. Es erschien uns nur strategisch klüger, mit Bedacht vorzugehen.«

»Mit Bedacht?«, wiederholt Leroy mit leiser, grollender Stimme.

»Warum Owen Kennedy?«, werfe ich rasch ein, bevor es zum Knall kommt. Obwohl Leroy einen halben Meter von mir entfernt steht, kann ich seine Wut körperlich spüren. Als wäre er unter Strom gesetzt worden.

Die ältere Frau zuckt mit den Achseln. »Ein Vorwand und ein Spinner weniger auf der Welt, den niemand vermissen würde.«

Diesmal ist es an mir, die Hände zu ringen.

»Was ist mit Deputy Chief Cooper?«, fragt Leroy mit eisiger Stimme.

»Wie ich bereits sagte, ich kenne ihn nicht. Zumindest nicht persönlich. Ich habe seinen Namen mal auf einem Organisationschart gesehen, mehr aber auch nicht.«

»Er ist mein Boss«, wende ich ein. »Er hat mich hierhergeschickt.«

»Davon weiß ich nichts.«

»Das hat Wrangler eingefädelt«, sagt Leroy an mich gewandt. Seine Miene ist ausdruckslos. »Sie brauchte einen Idioten, der diese Operation in die Wege leitet und ihr damit die perfekte Voraussetzung für ihren perfiden Plan bietet. Ich wette, die Videos sind auf ihrem Mist gewachsen.«

Alarmiert lösen wir den Blick voneinander, als Nancy zu einem hohen Tischchen geht, auf dem eine Flasche Scotch und Gläser stehen. Aber sie schenkt sich nur mit fahrigen Gesten ein Glas ein, das sie sofort zur Hälfte leert.

»Wollen Sie auch?«, fragt sie.

Leroy und ich schütteln den Kopf.

Sie nimmt erneut einen großen Schluck. »Warum das alles?«, murmelt sie anschließend.

»Wrangler wollte mich loswerden«, antworte ich. »Also hat sie der Agency die gefakten Videos präsentiert, um das Ganze anzukurbeln, hat Leroy, Owen und mich wie Schachfiguren an strategisch wichtigen Punkten platziert und nur darauf gewartet, dass sich die Sache von selbst erledigt«, schließe ich mit Bitterkeit in der Stimme.

Neugierig starrt mich Nancy an. »Was haben Sie getan, dass General Wrangler Sie tot sehen wollte?« Ihre Stimme klingt nicht annähernd so selbstbewusst wie noch vor zehn Minuten.

»Nichts, zumindest noch nicht. Sie wollte mich nicht für etwas, was ich getan habe, töten lassen«, erkläre ich merkwürdig abgeklärt, als würde ich über eine Fremde reden. »Sondern für etwas, das ich über kurz oder lang herausgefunden hätte.«

Stirnrunzelnd schaut die Frau in ihr Glas, erwidert aber nichts.

»Sie stecken ziemlich tief in der Scheiße, Nancy«, sagt Leroy kühl. »An ihrer Stelle würde ich auf Knien nach Langley zurückkriechen und alles beichten. Und immer schön über die Schulter sehen: Sie wissen zu viel, und das dürfte Wranglers Sponsoren nicht gefallen.«

Erschreckt blickt sie auf. »Was wollen Sie damit sagen?«

»Ihr Leben ist in Gefahr«, erklärt Leroy, jede Silbe betonend, als würde er mit einem begriffsstutzigen Kind reden.

»Wollen Sie mir denn nicht Ihren Schutz anbieten?« Nancys panische Stimme droht, das Glas in ihrer Hand zu zersplittern.

»Ich? Ihnen?«, entgegnet Leroy ungläubig. In seinem Blick glimmt kalter Zorn. »Sie haben meine Familie als Druckmittel benutzt. Sehen Sie zu, wie Sie klarkommen! Sie sind CIA-Officer, Sie wurden für solche Situationen ausgebildet.« Nach diesen Worten wendet er sich zu mir. »Komm, wir sind hier fertig.«

Während Nancy ihm wie vom Donner gerührt nachschaut, steuert er mit großen Schritten die Haustür an. Ich hefte mich an seine Fersen und bin froh, als wir wieder draußen sind.

»Was, wenn ihr etwas zustößt?«, frage ich ein wenig kurzatmig, weil ich fast joggen muss.

»Nicht mein Problem«, antwortet er und drückt auf den Knopf der Zentralverriegelung.

Ich ziehe es vor, das Thema nicht weiterzuverfolgen.

»Ich muss Cooper anrufen«, murmele ich mehr zu mir selbst, als wir in den Wagen steigen.

»Warte noch ein bisschen damit«, sagt Leroy. »Wir wissen nicht, wer von der Agency mit Wrangler unter einer Decke steckt.«

»Dass sie weitere Komplizen hat, scheint mir doch recht unwahrscheinlich«, entgegne ich und lege den Gurt an. »Mir kommt Helens Rachefeldzug eher wie eine Solonummer vor.«

»Mir auch, trotzdem sollten wir kein Risiko eingehen.«

»Cooper hat seit Tagen nichts mehr von mir gehört«, gebe ich zu bedenken. »Was, wenn er die Kavallerie schickt, um nach uns zu suchen?«

»So schnell findet er uns nicht.« Unerwartet beugt sich Leroy zu mir herüber und drückt mir einen Kuss auf die Lippen, der mir einen wohligen Seufzer entlockt. »Lass uns zurück zur Villa fahren. Wir haben uns etwas Erholung verdient.«

»Erholung klingt gut«, flüstere ich und lasse mich gegen die Kopfstütze fallen.

Mit einem Mal fühle ich mich schrecklich ausgelaugt.

Ärger im Paradies

Jewel

Owen holt tief Luft. »Ich glaube, es ist eine Pyrami…«

»Ist es nicht!«, rufen Leroy und ich unisono.

Beinahe wäre ich in Lachen ausgebrochen, und auch um Leroys Mundwinkel zuckt es verdächtig. Weil wir seine Freimaurertheorie im Keim erstickt haben, lehnt sich Owen schmollend in seinem Stuhl zurück und verschränkt die Arme. Ich richte meine Aufmerksamkeit erneut auf das verblasste Tattoo des Toten, das als Farbausdruck zwischen uns auf dem Tisch liegt, und kämpfe vergeblich gegen mein schlechtes Gewissen an. Nach unserer Ankunft hat uns Owen mit einer kreolischen Hühnersuppe überrascht, die nicht nur schmackhaft war, sondern auch unsere Lebensgeister geweckt hat.

»Kommen Sie, Owen«, sage ich eindringlich, während mich Leroy amüsiert mustert. »Das hier sind doch keine geraden Linien, eher Schattierungen. Oder was meinen Sie?«

Owens einzige Reaktion ist ein verächtliches Schnauben.

Seit einer guten Stunde brüten wir über dem Tattoo, das in etwa so aussagekräftig ist wie die Fettflecke auf einer Glastür. Bisher ist der große Geistesblitz ausgeblieben. Nachdem wir Owen über die Vorfälle am Hafen informiert haben, die ihn übrigens nicht im Mindesten schockierten, wahrscheinlich weil er stets vom Schlimmsten ausgeht, bot er sich an, das Passwort von Helens Handy zu knacken.

»Ich krieg das hin«, betonte er. »Ich brauche etwas Zeit, aber ich schaffe das.«

Jetzt springt er unvermittelt auf die Füße und schnappt sich Helens Handy, das neben dem Farbausdruck liegt. »Ich habe zu tun«, verkündet er mit einem verkniffenen Zug um den Mund und eilt zur Tür hinaus.

Bekümmert blicke ich ihm nach. Ich will ihn zurückrufen, als Leroy meinen Arm drückt. »Lass ihn«, sagt er sanft. »Er beruhigt sich schon wieder.«

»Ich weiß nicht …«

Leroy bedenkt mich mit einem unerwartet zärtlichen Ausdruck, der mir die Röte ins Gesicht treibt. »Wer hätte gedacht, dass du so ein weiches Herz hast?«, raunt er.

»Wofür hältst du mich? Für ein gefühlloses Biest?«, entgegne ich ehrlich empört, aber auch, um meine Verlegenheit zu überspielen.

Seine Finger gleiten über meine Wange, dann unter mein Haar, wo sie sich behutsam um meinen Nacken legen. »Das nicht gerade, aber du trägst dein Herz nicht unbedingt auf der Zunge, Sweetheart«, sagt er und drückt seinen Mund auf meinen.

Mein Körper wird schmiegsam wie Wachs, als seine Lippen mich zum Spielen auffordern. Mit quälender Langsamkeit streicht er über meinen Hals und meine Kehle. So zärtlich seine Berührungen auch sind, in ihnen schwingt etwas Neues, höchst Verwirrendes mit: Besitzanspruch. Ein heftiger Schauer durchläuft mich.

»Lass uns für heute Schluss machen«, murmelt er.

»Da… das Tattoo …«, stammele ich, als er seine Hand unter den Saum meines T-Shirts schiebt.

»Das hat bis morgen Zeit«, erwidert er mit heiserer Stimme.

Ehe ich protestieren kann, hat er mich bereits hochgehoben. Mir entfährt ein erschrockenes Quieken, was mich nicht davon abhält, meine Arme um seinen Nacken zu schlingen und meinen Kopf an seine Brust zu betten.

»Wo gehen wir hin?«, flüstere ich kokett, als er sich in Bewegung setzt.

»In mein Bett, wo du hingehörst«, antwortet er mit einem zufriedenen Brummen.

Ich ergebe mich meinem Schicksal mit einem schmachtenden Seufzer.

* * *

Nach einer aufregenden und dennoch erholsamen Nacht, in der wir die Verletzungen des jeweils anderen mit viel Liebe behandelt haben, schleiche ich mich am nächsten Tag frühmorgens in die Küche, um Crêpes Suzette, Brownies und Bread Pudding mit Rosinen zuzubereiten. Fürs Frühstück etwas dick aufgetragen, zugegeben, aber die Männer haben sich kulinarisch mehr als einmal eingebracht, nun bin ich an der Reihe. Außerdem sprühe ich vor Energie, und weil heute Sonntag ist, darf es ruhig ein wenig mehr sein. Während die Sonne langsam über den Dächern aufgeht und die Stadt in rosiges Licht taucht, wusele ich durch die riesige Küche wie ein Oompa-Loompa aus Roald Dahls »Charlie und die Schokoladenfabrik«. Die Zeit vergeht viel zu schnell, und als Owen wie ein scheues Reh in den Raum lugt, ist es bereits neun Uhr vorbei. Wieder trägt er seine braune Cordhose, aber zumindest scheint das karierte Hemd frisch zu sein.

»Guten Morgen!«, begrüße ich ihn fröhlich und zeige auf den gedeckten Tisch. »Das Frühstück ist fertig. Kaffee?«

Er nickt und tritt zögernd ein.

»Und?«, frage ich, nachdem ich ihm eine Tasse eingeschenkt habe. »Gut geschlafen?«

»Ich bin nah dran.«

Verwirrt schaue ich ihn an. »Womit sind Sie nah dran?«

»Mit dem Passwort«, antwortet Owen und nickt euphorisch. Seine Augen sehen aus, als würden sie gleich aus ihren Höhlen hüpfen.

»Das ist eine gute Nachricht«, erklingt in diesem Moment eine dunkle Männerstimme hinter uns.

Als ich mich umdrehe und Leroy in der Tür stehen sehe, schlägt mein Magen einen Salto. In seinem verknitterten Shirt und der Jeans wirkt er noch ein wenig verschlafen und unglaublich sexy.

»Guten Morgen«, sage ich.

»Guten Morgen«, antwortet er, und es klingt nach purer Verheißung.

Ich muss mich räuspern. »Kaffee?«

»Gern.« Dann schnuppert er demonstrativ. »Was riecht hier so verflucht lecker?«

Als ich die Köstlichkeiten aufzähle, die ihn erwarten, verzieht sich sein Gesicht zu einem seligen Lächeln.

»Essen ist für dich sehr wichtig, habe ich recht?«, ziehe ich ihn auf.

»Das Essen ist die *raison d'être* von New Orleans, die Daseinsberechtigung«, verkündet er feierlich und reibt sich die Hände.

Maman hätte ihre Freude daran, für ihn zu kochen, fährt es mir unwillkürlich durch den Kopf.

»Nehmt Platz!«, sage ich schroffer als beabsichtigt, während ich frische Crêpes auf die Teller häufe, in der Hoffnung, niemand bemerkt meine jähe Befangenheit.

Im Gegensatz zu Owen, der meiner Aufforderung unmittelbar folgt, kommt Leroy auf mich zu. Sein Blick hält mich fest wie ein Traktorstrahl, und ich kann mich keinen Millimeter rühren. Nur eine Handbreit von mir entfernt bleibt er stehen. Mit klopfendem Herzen schaue ich zu ihm hoch, als er mit dem rechten Daumen über meine Nasenspitze streicht.

»Du hast Mehl im Gesicht, Sweetheart«, flüstert er, und ich glaube, nie etwas Zärtlicheres aus einem Männermund gehört zu haben.

Ich forme ein O mit den Lippen und fahre mir hastig übers Gesicht. Sein schiefes Grinsen lässt mich innerlich erbeben.

»D… die Crêpes werden kalt«, stammele ich.

»Du hast recht, es wäre eine Schande.«

Nun setzt er sich ebenfalls an den Tisch, und ich kann wieder atmen, auch wenn mich im nächsten Augenblick eine seltsame Leere überkommt.

Meine Güte, ich bin total süchtig nach dem Mann.

»Ich habe Beau das Foto des Toten geschickt«, erklärt Leroy gut gelaunt in die Runde, nachdem er sich bedient hat. »Ich glaube zwar nicht, dass Typen wie er in der Verbrecherdatenbank registriert sind, aber vielleicht haben wir ja Glück. Beau hat mir versprochen, sich schnellstmöglich darum zu kümmern.«

»Was hast du ihm erzählt?«, frage ich.

Leroy grinst. »Dass es überaus wichtig ist.«

»Es schmeckt sehr gut, Miss Duchasnel«, sagt Owen fast schüchtern.

»Bitte nennen Sie mich Jewel.«

Er lächelt. Zum ersten Mal, seit ich ihn kenne. Ich lächele zurück und will etwas sagen, als Leroys Handy auf der Anrichte klingelt. Mit bedauernder Miene und einem angebissenen Stück Bread Pudding in der Hand steht er auf, um es zu holen.

»Entschuldigung, da muss ich ran«, erklärt er mit Blick auf das Display.

»Dad?«, höre ich ihn murmeln, während er durch die Tür tritt, die nach draußen in den Garten führt.

Das Gespräch dauert nicht lang. Keine zwei Minuten, nachdem ich die Brownies aus dem Ofen geholt habe, erscheint er wieder auf der Schwelle. In Anbetracht seiner aschfahlen Gesichtsfarbe sackt mir das Herz in die Hose. Etwas Schlimmes ist passiert! Bevor ich den Mund aufmachen kann, um ihn danach zu fragen, wendet er sich mit regungsloser Miene an Owen.

»Wie lang brauchen Sie, um das Passwort zu knacken?«, fragt er mit seltsam tonloser Stimme.

»Wie ich schon sagte, ich bin nah dran«, antwortet Owen gleichmütig, der Leroys veränderte Stimmung nicht zu spüren scheint.

»Sie haben eine halbe Stunde«, kommt es dumpf zurück.

»Aber …«

»EINE HALBE STUNDE!«, brüllt Leroy mit einer Stimme, die Blitz und Donner zu entfesseln in der Lage wäre.

Zu Salzsäulen erstarrt schauen Owen und ich ihn an. Mit Schrecken bemerke ich, wie schnell sich Leroys Brustkorb hebt und senkt.

»Was ist passiert?«, flüstere ich.

In dem Bemühen, sich wieder zu fassen, atmet Leroy mehrmals tief durch. »Das am Telefon eben war mein Vater. Meine Mutter ist von der Messe nicht zurückgekehrt. Nelly und Denise waren bei ihr.« Er schluckt hörbar. »Vor wenigen Minuten bekam Dad einen Anruf. Ein Mann sagte ihm, dass ich ihm Helens Handy bis elf Uhr bringen soll, sonst …«

Den Rest lässt er unausgesprochen, doch selbst Owen begreift, was Leroy uns zu sagen versucht, und sein ohnehin fahles Gesicht verliert jeglichen Rest von Farbe.

Leroy blickt auf die Uhr. »Es ist jetzt zwanzig nach neun. Spätestens um zehn muss ich los. Der Treffpunkt befindet sich etwas außerhalb.« Er wendet sich an Owen. »Bis ich losfahre, müssen wir alles runterladen, was auf dem Handy ist! Haben Sie mich verstanden?«

Der kleine Mann reißt sich aus seiner Starre und nickt eifrig. »Ich krieg das hin, Mister Masters, versprochen. Ich krieg das hin«, wiederholt er fast manisch.

Ich beschließe, ihn allein zu lassen, damit er in Ruhe arbeiten kann, und stehe vom Tisch auf. Sanft packe ich Leroy am Arm und bugsiere ihn aus der Küche, was er widerstandslos zulässt.

»Was unternehmen wir?«, frage ich leise, um Owen nicht weiter in Unruhe zu versetzen.

Mit seltsam leerem Ausdruck schaut mich Leroy an, dann scheint ein Ruck durch seinen Körper zu gehen. »*Wir* unternehmen gar nichts.«

»Wieso?«, frage ich. »Ich kann dir während des Austauschs Rückendeckung geben.«

»Nein.«

»Wo ist dieser Treffpunkt?«

Er zögert. »Das kann ich dir nicht sagen.«

»Kannst du es nicht, oder willst du es nicht?«

Er antwortet nicht, doch sein kalter Blick lässt mich zurückprallen, als hätte er mich geschlagen.

»Kannst du es nicht, oder willst du es nicht?«, wiederhole ich und hasse mich für das Zittern in meiner Stimme.

Er seufzt laut.

Ach, jetzt nerve ich ihn auch noch mit meinen Fragen, oder was?

»Ich will es nicht«, sagt er schließlich.

Eine eisige Faust quetscht mein Herz so brutal zusammen, dass ich nur mit Mühe ein Keuchen unterdrücke.

»Du vertraust mir nicht«, krächze ich. »Aber zum Ficken reicht's, ja?«

Er verzieht entsetzt das Gesicht. *Was für ein verdammter Heuchler!* »Das wollte ich damit nicht sagen, Jewel.«

»Was wolltest du dann sagen?«, frage ich mit einem letzten Rest Beherrschung, doch er bleibt mir die Antwort schuldig, wendet sogar die Augen ab.

Dieser feige Zug ist es, der meine Emotionen überkochen lässt, so allgewaltig, dass ich glaube, keine Luft zu bekommen. Gefühle des Versagens, der Erniedrigung, des Schmerzes und der Schuld vermischen sich zu einem brodelnden, giftigen Cocktail. Was befürchtet Leroy? Dass ich ihn hintergehe und Menschen, die ihm nahestehen, erneut ins Unglück stürze? In meinem Kopf brennt eine Sicherung durch, so unvermittelt, wie ich es niemals für möglich gehalten hätte.

»Leck mich, Leroy!«, bringe ich gerade noch so heraus, dann schnappe ich mir seinen Autoschlüssel, der in einer Schale am Eingang liegt, und haste hinaus.

»Scheiße, wo willst du hin?«, ruft er mir hinterher.

Im Laufschritt begebe ich mich zum Range Rover, der vor dem Tor steht. Am gestrigen Abend hat Leroy sich nicht mehr die Zeit genommen, ihn in die Garage zu fahren. Sein Pech! Als die Haustür hinter mir geöffnet wird, werfe ich einen Blick über die Schulter. Leroy hat sich an meine Fersen geheftet. Ich beschleunige das Tempo, ich war schon immer eine gute Sprinterin, und schaffe es rechtzeitig zum Wagen, bevor er mich eingeholt hat. Ich betätige die Zentralverriegelung, reiße die Tür auf und springe hinein. Zwar ist der Sitz für meine Größe zu weit vom Lenkrad entfernt, doch ich habe keine Zeit, ihn richtig einzustellen. Flugs starte ich den Motor, stelle die Automatik auf »Drive« und drücke aufs Gaspedal, ohne darauf zu achten, dass Leroy sich drohend vor dem Auto aufgebaut hat.

Mit einem beherzten Sprung rettet er sich zur Seite, bevor ich an ihm vorbeirausche. Sein ungläubiger Blick trifft mich mitten ins Herz. Der Wagen verfehlt ihn nur um Haaresbreite, und bei dem Gedanken, dass ich ihn hätte überfahren können, hebt sich mein Magen. Tränen der Hilflosigkeit rinnen über meine Wangen, während ich Gas gebe, um so schnell wie möglich aus seinem Dunstkreis zu verschwinden. Soll ihn der Teufel holen! Erst als ich ungefähr zwei Meilen von der Villa entfernt bin, fahre ich rechts ran und schalte den Motor aus. Ich zittere am ganzen Körper. Leise stöhnend lasse ich mich in den Sitz fallen und wische mir übers verweinte Gesicht. Mein Herz schmerzt, als wäre es von Hunderten von Splittern durchbohrt. Ich brauche mehrere Minuten, um mich so weit zu fassen, dass ich den Sitz einstelle und mich vergewissere, dass genügend Sprit im Tank ist. Dennoch vergehen weitere fünf Minuten, bis ich starten kann. Bis nach Sorrento sind es fünfundfünfzig Meilen. Gegen Mittag müsste ich dort sein.

Ob *maman* gerade in der Küche steht und Beignets macht?

Leroy

Scheiße! Was habe ich mir nur … Scheiße!

Verdattert starre ich dem davonrasenden Wagen hinterher, bevor ich mich langsam dem Haus zuwende. Meine Gedanken wirbeln so wild durcheinander, dass mir davon schwindelig wird, und mein Herz pocht viel zu schnell und viel zu hart. Hätte sie mich wirklich über den Haufen gefahren? Vermutlich. In ihren Zügen lag so viel Zorn … Ein Zorn, der die Verwundbarkeit in ihren Augen nicht zu überdecken vermochte. Ich wollte ihr nichts über den Treffpunkt sagen, weil es mit einem großen Risiko verbunden gewesen wäre. Was hätte ich denn sagen sollen? Du bedeutest mir etwas, deshalb will ich nicht, dass du in Gefahr gerätst? Ich verharre mitten im Schritt. Ist das so? Bedeutet mir Jewel etwas? Das schmerzhafte Ziehen in meinem Herzen liefert die Antwort. Ihr überstürzter Aufbruch weckt offenbar Gefühle, die ich bis zu diesem Augenblick unter Verschluss gehalten habe.

Nun, da Jewel vielleicht für immer aus meinem Leben verschwunden ist, rütteln diese Gefühle an ihren Fesseln. Ich darf nicht zulassen, dass sie sich befreien. Nicht jetzt! Nicht heute! Ich muss bei klarem Verstand bleiben. Gewaltsam verdränge ich jeglichen Gedanken an Jewel. Meine Familie zu retten hat oberste Priorität. Bei der Vorstellung, welche Ängste Denise, Nelly und Mom genau in dieser Sekunde ausstehen, wird mir übel. Sobald ich den Austausch über die Bühne gebracht habe, werde ich die Sache mit Jewel wieder hinbiegen, aber zunächst brauche ich einen Wagen, und zwar rasch! Meine Hand zittert leicht, als ich mein Handy aus der Hosentasche ziehe und Erics Nummer wähle. Mein Anwaltsfreund hebt erst nach zehnmaligem Klingeln ab.

»Also wirklich, Leroy«, begrüßt er mich in seinem typisch blasierten Tonfall. »Ich habe gerade einen Mandanten in der anderen Leitung.«

»Nicht mein Problem, wenn du am Sonntag arbeitest«, knurre ich ihn an.

Ich kann spüren, wie er am anderen Ende stutzt. »Du klingst, als wärst du völlig durch den Wind, mein Lieber.«

»Ich brauche den Porsche in der Garage. Weißt du, wo der Schlüssel ist?«

Eric, dem ich meinen derzeitigen Zufluchtsort verdanke, lacht. »Ich denke nicht, dass Jean-Paul begeistert wäre, wenn du dir seinen Zweihunderttausend-Dollar-Porsche für eine Spritztour ausleihen würdest.«

»Eric!«, stoße ich ungeduldig hervor. »Meine Familie befindet sich in tödlicher Gefahr, und ich brauche das Auto dringend. Reicht dir das als Begründung?«

Als hätte jemand einen Schalter umgelegt, hat sich Erics Tonfall schlagartig verdüstert. »Scheiße.« Und dann: »Ich rufe gleich zurück.«

Inzwischen habe ich die Eingangstür erreicht und betrete das Haus. Owen sitzt immer noch in der Küche, als wäre die Zeit eingefroren, seit ich Dads Anruf erhalten habe.

»Ist sie weg?«, fragt er mich und blickt mich durch seine Brillengläser seltsam ausdruckslos an.

Ich nicke.

»Sie haben Mist gebaut.«

Wieder nicke ich.

In Owens Augen lese ich Unmut. »Ich mag sie«, sagt er, und es klingt eindeutig vorwurfsvoll.

Zum Glück klingelt mein Handy, was mir eine Antwort erspart.

»Eric?«, melde ich mich.

»Der Schlüssel liegt in der oberen Schreibtischschublade im Arbeitszimmer, und ich soll dir ausrichten …«

»Was?«, frage ich ungeduldig.

»Na ja, das Übliche.« Eric klingt verlegen, was für einen Anwalt seines Kalibers an eine Sensation grenzt. »Versuch, den Porsche nicht zu Schrott zu fahren.«

»Ich tue mein Bestes«, erwidere ich eine Spur zu sarkastisch.

»Hey! Ich bin nur der Übermittler.«

»Natürlich, entschuldige«, sage ich zerknirscht, schließlich hilft er mir nicht zum ersten Mal aus der Patsche.

»Schon vergessen. Können wir dir sonst irgendwie helfen?«

Mit wir meint er unsere Clique.

»Nein. Das muss ich allein durchziehen.«

»Wie du meinst.« Es klingt wenig begeistert. »Halte mich aber auf dem Laufenden, ja?«

»Mache ich. Danke, Kumpel.«

»Viel Glück!«

Nachdem er aufgelegt hat, verharre ich kurz in der Position, bevor ich mich überwinde, auf die Uhr zu sehen.

»Sagen Sie mir, dass Sie es schaffen, Owen«, flüstere ich und blicke zu dem Mann am Tisch.

Als er mit einem kleinen, aber unverkennbar triumphierenden Lächeln einen USB-Stick hochhält, auf den er offenbar die Handydaten heruntergeladen hat, schicke ich ein Stoßgebet zum Himmel.

* * *

Keine zwanzig Minuten später brause ich in einem dunkelroten Porsche Panamera 4 S Executive Richtung Nordosten. Aus der Freisprechanlage ertönt Owens Singsang, der mich über den Inhalt von Helens Handy informiert. Telefonnummern, WhatsApp-Kontakte, besuchte Webseiten, Notizen … Die Flut an Zahlen und Wörtern, die über mich hereinbricht, während die karge Vegetation an mir vorbeirauscht, stiftet mehr Verwirrung, als dass sie mich erleuchtet. Ich bin krank vor Sorge und schlicht unfähig, meine Gedanken in geordnete Bahnen zu lenken, geschweige denn etwas Hilfreiches aus den Datenmengen abzulesen.

»So hat es keinen Sinn!«, unterbreche ich Owen irgendwann. »Ich kann ad hoc nichts damit anfangen. Suchen Sie weiter, und melden Sie sich, sobald Sie etwas Vielversprechendes haben.«

Genau jetzt könnten wir Jewels analytisches Talent gut gebrauchen, fährt es mir unwillkürlich durch den Kopf. Aber sie musste ja unbedingt die Flucht ergreifen! Bevor in mir endgültig das Chaos ausbricht, verbiete ich mir jeden weiteren Gedanken dieser Art. Mit jeder Meile, die ich mich von der Stadt entferne, nimmt der wolkenlose Himmel größere Ausmaße an, bis er mein gesamtes Gesichtsfeld ausfüllt. Einzig die Stromkabel, die sich wie Notenlinien davor spannen, sorgen für ein wenig Struktur. Das Thermometer im Wagen zeigt sechsundzwanzig Grad an, was selbst für Louisiana im Herbst recht warm ist. Die Klimaanlage läuft auf Stufe zwei. Ich will beim Aussteigen nicht gegen eine Hitzewand prallen, die mir den letzten Rest klaren Verstands raubt. Wir werden den Austausch sauber durchführen, und fertig. Die Situation darf unter keinen Umständen eskalieren. Trotzdem habe ich nicht vor, die Entführer ungeschoren davonkommen zu lassen. Die Dreckskerle nehme ich mir ein anderes Mal vor.

Seit meinem letzten Gespräch mit Owen ist das Telefon stumm geblieben. Offenbar hat er nichts Neues herausgefunden, was bedauerlich, aber nicht allzu tragisch ist. Solange meine Familie in der Schusslinie ist, kann ich mein Wissen eh nicht nutzen! Die holprige, wenngleich breite Straße, der ich seit gut dreißig Meilen folge, bringt mich zu einer menschenleeren Kreuzung, über der eine Ansammlung von Ampeln hängt. Alle ausgeschaltet. Vermutlich, weil heute Sonntag ist. Auch der riesige Truckstore, bei dem normalerweise Hochbetrieb herrscht, da die Straße der einzige Zubringer zur Interstate 10 Richtung Osten ist, wirkt wie ausgestorben. Die Entführer haben diesen Ort mit Bedacht gewählt. Nicht einmal ein herrenloser Hund würde sich hierher verirren. Ich fahre über die Kreuzung weiter geradeaus, an mehreren Kiesgruben vorbei, bis ich die Mülldeponie erreiche, die von einem hohen Maschendrahtzaun umschlossen ist. Davor türmen sich Gerümpel und Reifenberge, als ob jemandem auf den letzten Metern die Kraft gefehlt hätte, sie hineinzubringen.

Obwohl Mathieu's Disposal Services offiziell geschlossen ist, steht das Eisentor sperrangelweit offen, also fahre ich hinein. Bis auf einen niedrigen Verwaltungskomplex prägen riesige Hallen und Container das Bild bis zum Horizont. So zumindest kommt es mir vor. Während ich mich innerlich wappne, fahre ich im Schritttempo die Haupttrasse entlang, lasse die Gebäude und den betriebseigenen Fuhrpark aus blau-weißen Müllwagen hinter mir. Noch immer lässt sich niemand blicken. Mich überkommt kurz Panik. *Hab ich den Treffpunkt vielleicht missverstanden? Aber warum sollte das Tor sonst offen stehen?*, versuche ich, mich zu beruhigen. Im selben Moment tritt gut hundert Meter vor mir ein Mann auf die Straße. Ein dunkler, unheilvoller Strich, der mich tief durchatmen lässt.

Es geht los!

Einen Steinwurf von ihm entfernt halte ich den Wagen an. Zum wiederholten Male in der letzten Stunde spiele ich mit dem Gedanken, die Beretta aus dem Handschuhfach zu holen, aber ich entscheide mich dagegen. Obwohl ich mich damit sicherer fühlen würde, brächte sie im Notfall nichts. Selbst wenn ich zum Schuss käme, wäre ein Mitglied meiner Familie tot, bevor ich überhaupt den zweiten abgeben könnte! Also steige ich mit erhobenen Händen aus, um zu signalisieren, dass ich unbewaffnet bin, und bewege mich langsam auf den Mann zu, der eine schwarze Sturmhaube trägt. Trotz des fehlenden Schattens ist die Hitze erträglich, was auch für die süßlich geschwängerte Luft gilt.

»Schöner Wagen«, sagt er ohne erkennbaren Akzent.

»Wo ist meine Familie?«, entgegne ich ausdruckslos.

»Wo ist das Handy?«, kommt es ungerührt zurück.

»Vorher will ich meine Mutter und meine Nichten sehen.«

»Erst das Handy.«

Ich lache verächtlich. »Sie glauben doch nicht ernsthaft, dass ich es bei mir trage? Ich habe es auf dem Weg hierher versteckt. Erst will ich sicher sein, dass es meiner Familie gut geht, dann bekommen Sie das Handy.«

Ohne mich aus den Augen zu lassen, hebt er die Hand, woraufhin der Motor eines Wagens angelassen wird. Kurz darauf rollt ein schwarzer Van heran, der hinter einem hohen

Metallcontainer gestanden hat, und bleibt wenige Meter von uns entfernt stehen. Die linke hintere Tür wird geöffnet, und ein weiterer Mann mit Sturmhaube zerrt meine Mutter aus dem Gefährt. Ihr Anblick versetzt mir einen schmerzhaften Stich, und angesichts des Blutergusses in ihrem Gesicht packt mich kalte Wut. Sie trägt eines ihrer Lieblingskleider, dunkelblau mit weißen Knöpfen, und als sie mich sieht, ringt sie sich ein kleines aufmunterndes Lächeln ab. Stolz durchflutet mich wie eine heiße Woge. Mom ist eine starke Frau.

»Granny! Granny!«, höre ich die beiden Mädchen von drinnen rufen, begleitet von lautem Schluchzen.

Trotz der Verzweiflung in ihren Stimmen fällt mir ein Stein vom Herzen, so gewaltig wie ein Berg. Alle drei leben und sind einigermaßen wohlauf.

»Schicken Sie mir die drei rüber, dann gebe ich Ihnen das Handy«, fordere ich kalt.

»Halten Sie uns für Idioten?«, blafft der Mann. »Die Alte können Sie haben, aber die beiden Mädchen bekommen Sie erst, wenn wir das Handy haben.«

In meinem Kopf rotiert es, während ich alle Möglichkeiten durchgehe. Es ist davon auszugehen, dass sich abgesehen vom Fahrer mindestens noch ein weiterer Mann im Van aufhält. Ich habe es also mit vier Kerlen zu tun, die jeweils einen von uns aufs Korn nehmen können, wogegen ich alle vier ausschalten müsste. Was unmöglich ist, ohne meine Familie in Gefahr zu bringen! So oder so habe ich keine Wahl.

Vielleicht hättest du doch Jewel mitnehmen sollen?, wirft meine innere Stimme ein.

Wozu?, versetze ich wütend. *Damit die Typen eine fünfte Zielscheibe haben? Reichen vier etwa nicht?*

»Okay«, sage ich, um Gelassenheit bemüht, dann zu meiner Mutter gerichtet, die mich mit schreckgeweiteten Augen anblickt. »Steig in den Wagen, Mom.«

Eine Zielscheibe weniger.

Der Mann schüttelt den Kopf. »Nein, nein. So funktioniert das nicht. Der Wagen bleibt hier. Sie und Ihre Mutter gehen zu Fuß, um das Handy zu holen.«

»Fuck!«, stoße ich wütend hervor. »Glauben Sie vielleicht, ich würde mit meiner Mutter türmen und meine Nichten hier zurücklassen?«

Der Mann zuckt lediglich mit den Schultern.

»Also gut«, räume ich mit knirschenden Zähnen ein. »Das Handy liegt im Handschuhfach.«

»Na, wer sagt's denn?« Das Lächeln in der Stimme des Mannes ist unüberhörbar. »Sehen Sie, jetzt können wir doch wie vernünftige Menschen reden.«

»Steig in den Wagen, Mom«, flüstere ich.

Diese schüttelt energisch den Kopf. »Ich lasse die Mädchen nicht allein!«, entgegnet sie fest.

»Mom«, bitte ich gequält.

Ihr Protest geht in einem erschrockenen Schrei unter, als der Mann ihr einen brutalen Stoß versetzt, sodass sie das Gleichgewicht verliert und nach vorn klappt. Ich kann gerade noch verhindern, dass sie zu Boden fällt, indem ich ihren Arm packe. Sie zittert wie Espenlaub.

Verfluchter Wichser!

»Musste das sein?«, fahre ich den Typen an. Ich spüre die pochende Ader an meiner Schläfe.

»Wir haben keine Zeit für so'n Scheiß!«, entgegnet dieser eiskalt. »Halten Sie Ihre Mutter unter Kontrolle, und holen Sie endlich das Handy.«

Ich neige den Kopf. »Bitte, Mom, tu, was ich dir sage, und steig in den Wagen. Es wird alles gut, versprochen.«

Ihre Augen schwimmen in Tränen, als sie mich stumm ansieht, aber dann nickt sie. Sie schwankt ein wenig, und ich muss sie stützen. Ich öffne die hintere Tür, und es vergehen einige Sekunden, bis sie auf der Rückbank Platz genommen hat.

»Wird's bald?«, erklingt es auch prompt ungeduldig.

Der Typ ist tot. Er weiß es nur noch nicht.

»Mach dich so klein wie möglich, und bleib unten, Mom«, flüstere ich, bevor ich die Tür schließe.

Dann hole ich Helens Handy aus dem Handschuhfach, dabei fällt Moms Blick auf die Beretta, die danebenliegt.

»Ganz gleich, was geschieht, fass die Waffe nicht an«, rede ich ihr leise ins Gewissen. »Alles klar?«

»Alles klar?«, wiederhole ich, als sie nicht antwortet.

Sie nickt langsam.

»Gut. Du machst das toll, Mom.«

Ich will mich zurückziehen, da beugt sie sich nach vorn und greift nach meiner Hand. Ihr Griff ist erstaunlich fest wie auch ihre Stimme. »Hol unsere Mädchen zurück, Junge.«

Ich drücke ihre Hand. »Mache ich.«

Ohne Eile und mit erhobener Hand, um zu zeigen, dass ich das Gerät bei mir habe, gehe ich auf den vermummten Mann zu. Als ich ungefähr zwei Meter von ihm entfernt bin, gibt er mir per Handzeichen zu verstehen, dass ich stehen bleiben soll.

»Halt!«, ruft er unnötigerweise. »Sie sind nah genug. Werfen Sie mir das Handy zu.«

Ich tue es.

Rasch tippt er etwas ein, das Passwort vermutlich, dann nickt er zufrieden. »Gut«, sagt er. »Das war's.«

Das war's. Mehr nicht.

Ehe ich die Tragweite seiner Worte erfassen kann, knallt es laut und mein Körper wird nach hinten katapultiert, als wäre ich gegen einen fahrenden Zug geprallt. Gleichzeitig ertönt ein Schrei irgendwo hinter mir, eine Wagentür wird geöffnet, danach höre ich hastige Schritte auf dem staubigen Boden.

Ein kurzer gebellter Befehl. »Bringt die Alte zurück in den Van!«

Erst jetzt setzt der Schmerz ein. Ein heftiges Brennen, das ich schon häufiger verspürt habe, wenn auch nicht in der Brust. Schwankend starre ich an mir herunter. Die dunkelrote Blume auf meinem Shirt wächst erschreckend schnell, während sich der Stoff mit immer mehr Blut vollsaugt. Mühsam hebe ich den Blick. Der Mann vor mir zerfällt in seine Einzelteile, und ich schüttele verwirrt den Kopf.

»Sie haben doch nicht geglaubt, dass wir Sie leben lassen?«, erklingt dessen Stimme wie aus weiter Ferne. »Wir wissen, wer Sie sind, und können nicht riskieren, dass Sie Vergeltung üben.«

»W… was ist m… mit meiner Fa… Familie?«, stammele ich und spüre, wie Blut aus meinem Mund quillt.

»Sie werden eine lange Schiffsreise machen, ins schöne Guyana. Von dort aus werden die Mädchen verkauft, vielleicht in den Jemen oder nach Brunei. Und die Alte.« Er zuckt mit den Achseln. »Mal sehen …«

Der Mann grinst. Wieder fällt ein Schuss, aber diesmal fühle ich den Schmerz nicht und auch nicht den harten Aufprall, als ich zu Boden gehe.

O Mizzy … vergib mir, kleine Schwester. Ich habe versagt.

Bevor mich die Finsternis verschlingt, sind die Augen, die meinen umnebelten Verstand heimsuchen, seltsamerweise nicht braun, sondern dunkelgrau mit hellen Sprenkeln.

Game over

Jewel

Ich komme nicht mal bis zum Maurepas-Swamp-Naturschutzgebiet. Mit jeder Meile, die ich zurücklege, verebbt meine Wut immer mehr, bis mich nur noch Traurigkeit erfüllt. Dazu gesellt sich der Gedanke an die beiden verängstigten Mädchen, die in diesem Moment mit ihrer Großmutter Todesängste ausstehen müssen. Auch wenn sich Leroy wie ein Arschloch verhalten hat, braucht er jede Hilfe, die er bekommen kann. Ob er will oder nicht! Der Besuch bei meiner Mutter ist zwar überfällig, dennoch hat die Rettung dreier unschuldiger Menschen Vorrang. Kurz bevor ich auf die Interstate 10 Richtung Westen schwenke, wende ich an einer Ampel und fahre zurück. Glücklicherweise sind weniger Autofahrer unterwegs als gewöhnlich, und so stehe ich keine halbe Stunde später wieder vor der Villa. Ich klingele Sturm, blicke dabei angestrengt in die Kamera.

Komm schon, mach auf!, bitte ich stumm.

Mein Gebet wird erhört, und das Tor öffnet sich mit einem Klicken. Nachdem ich es hastig aufgestoßen habe, renne ich den Kiesweg hinauf zum Haus, wo Owen mich mit düsterer Miene auf der Türschwelle erwartet.

»Ist Leroy schon weg?«, rufe ich von Weitem.

Er nickt.

»Seit wann?«

»Zehn Minuten.«

»Und? Haben Sie das Passwort geknackt?«

»Natürlich.«

»Haben Sie etwas entdeckt?« Ich muss mich heftig zusammenreißen, um ihn nicht zu schütteln. Seine Art, sich jede noch so kleine Information aus der Nase ziehen zu lassen, macht mich verrückt.

»Noch nicht. Aber ich bin dran.«

»Gut. Kennen Sie den Treffpunkt?«

Zu meiner Überraschung nickt Owen eifrig und nennt ihn mir. »Mister Masters meinte, sollte er bis drei Uhr nicht zurück sein, sollte ich die Polizei anrufen und zu der Adresse schicken.«

»Okay«, sage ich und überschlage im Kopf die Entfernung. »Haben Sie Leroys Nummer in Ihrem Handy gespeichert?«

Wieder nickt er.

»Können Sie mir Ihr Handy leihen?«

»Nein.«

»Owen, bitte!«

»Nein«, wiederholt er entschieden. »Niemand fasst mein Handy an.«

»Verflucht, Owen!«, fahre ich aus der Haut. Ich spüre, wie mein Gesicht heiß wird. Während ich mit ihm herumdiskutiere, vergeht wertvolle Zeit! »Leroy braucht vielleicht Hilfe und …«

»Ich komme mit Ihnen«, unterbricht mich der kleine Mann ruhig. »Ich und das Handy.«

Verblüfft halte ich inne. »Wirklich?«

Er nickt.

Mir fällt ein, was die Pflegerin im Heim über seine Krankheit gesagt hat.

»Das weiß ich sehr zu schätzen, Owen«, erwidere ich gerührt. »Aber es könnte gefährlich werden.«

Er blinzelt, hält dennoch meinem Blick stand. »Ich weiß.«

»Sie könnten dabei umkommen«, unternehme ich einen letzten Versuch.

Er schüttelt den Kopf. »Werde ich nicht. Das Universum hat etwas anderes für mich vorgesehen.«

Schweigend schaue ich ihn an, dann schenke ich ihm ein Lächeln. »Okay. Haben Sie zufällig eine Waffe?«, frage ich nach einer kaum merklichen Pause.

Sein entsetzter Blick ist Antwort genug.

Fünf Minuten später sind wir im Range Rover Richtung Nordosten unterwegs. Owen sitzt stocksteif und mit regloser Miene neben mir und starrt immerfort geradeaus durch die Windschutzscheibe. Kurz spiele ich mit dem Gedanken, ihm zu sagen, er solle sich entspannen, unterlasse es aber letztlich, da es nichts bringen würde. Bloß leere Worthülsen. Es ist Mittagszeit, und die meisten sitzen beim Essen oder besuchen die Familie oder Freunde, jedenfalls durchquere ich die Stadt ohne größere Verzögerungen, bevor ich die Zubringerstraße zur Interstate nehme. Sobald ich freie Fahrt habe, beschleunige ich bedenkenlos. Während verrostete Wohnwagen, entsorgter Müll und sumpfige Wiesen hinter kaputten Gattern an uns vorüberziehen, kommt über Owens Lippen kein einziges Wort.

Mechanisch rolle ich die Schultern, mein Nacken fühlt sich hart an, weil ich das Lenkrad fest umklammert halte. Vor allem als ich – die Schnappatmung meines Beifahrers ignorierend – zahlreichen Schlaglöchern ausweiche, ohne langsamer zu werden. Der Range Rover ist zwar ein massiger, dennoch erstaunlich wendiger Wagen, der auf kleinste Lenkbewegungen reagiert. So gelangen wir rasch zu der Mülldeponie, die Owen mir genannt hat. Einige Meter vor dem Haupttor bringe ich den Wagen zum Stehen, genau auf Höhe eines niedrigen Holzzauns mit dem Schild »For Sale« und frage mich beiläufig, wer in dieser Ödnis ein Grundstück kaufen würde.

»Sie bleiben hier«, sage ich zu Owen. »Aber lassen Sie das Fenster offen, damit Sie mich hören können, falls ich rufe.«

Er nickt sichtbar erleichtert.

»Owen«, sage ich leise und mit Bedacht. »Geben Sie mir Ihr Handy. Für alle Fälle. Oder aber Sie kommen mit«, schließe ich mit einer Stimme, die keine Diskussion duldet.

In seinem Gesicht arbeitet es, nervös kaut er auf der Unterlippe herum, als mir etwas einfällt.

»Warten Sie!« Flugs durchsuche ich das Innenfach der Fahrertür und werde nach wenigen Sekunden fündig. »Ha!«, stoße ich triumphierend aus und halte eine Packung Latexhandschuhe in die Höhe.

Wusste ich doch, dass Leroy jemand ist, der sich beim Tanken die Hände nicht schmutzig machen will. Ein Boss-Anzug und nach Benzin stinkende Finger passen einfach nicht zusammen! Der Gedanke entlockt mir ein Schmunzeln.

»Sehen Sie!«, sage ich. »Die hier werde ich anziehen, sollte ich Ihr Handy benutzen müssen. Versprochen!«

»Okay«, antwortet Owen nach anfänglichem Zögern, tippt kurz auf dem Gerät herum und reicht es mir. »Ich habe es entriegelt.«

Ich bedanke mich und stecke ein Paar Handschuhe und das Handy in die Tasche meiner Jeans. Anschließend setze ich die Sonnenbrille auf und steige aus. Leise drücke ich die Tür zu, bevor ich zum offenen Tor hinübersprinte. Von einem Turm aus alten Reifen verdeckt, die in der Hitze penetrant nach Gummi stinken, lasse ich meinen Blick schweifen. Eine breite, staubige Trasse führt zwischen Bürogebäuden und riesigen Containern in die Tiefe der Mülldeponie. Auf dem Areal ist niemand zu sehen, dennoch ist mir wohl bewusst, wie einfach es ist, hier irgendwo auf der Lauer zu liegen. Ich schaue mich suchend auf dem Boden um, bis ich eine armlange Holzlatte entdecke. Besser diese provisorische Waffe als gar keine. Ich atme tief durch, dann sprinte ich los, so schnell und vor allem so leise ich kann. Immer wieder suche ich Deckung und lausche. Nichts. Mir fällt auf, dass die Trasse Reifenspuren von mindestens zwei Fahrzeugen aufweist. Mein Herz gerät aus dem Takt. Ich komme zu spät! So wie es aussieht, hat der Austausch bereits stattgefunden, und Leroy befindet sich mit seiner Familie auf dem Heimweg. Plötzlich komme ich mir schrecklich dumm vor. Was tue ich hier eigentlich? Wem will ich etwas beweisen? Leroy ist ein kampferprobter Mann, der weiß, was er tut.

Ich zaudere, mache bereits einen Schritt nach hinten, um den Rückzug anzutreten, doch dann halte ich inne. Owen hat sich seinen Ängsten gestellt, um mich zu begleiten, also sollte ich das hier bis zum Ende durchziehen. Sollte Leroy meine Hilfe nicht benötigen, umso besser. Natürlich. Aber ich werde mich selbst davon überzeugen. Nachdem ich mich zwischen den Fahrzeugen des Fuhrparks hindurchgeschlängelt habe, gelange ich auf einen freien Platz, von dem links und rechts Wege abgehen, die von noch mehr Containern flankiert werden.

Das ist der Moment, da mein Blick weiter vorn auf die Trasse fällt und ich etwas Dunkles entdecke. Mein Atem stockt. Ohne zu überlegen, verlasse ich meine Deckung und renne darauf zu. Mit jedem Schritt verknotet sich mein Magen immer fester. Als ich nur einen Katzensprung entfernt bin, begreife ich, worum es sich handelt. Es ist eine Blutlache von erschreckendem Ausmaß, die eine ähnliche Wirkung auf mich hat wie der Schlag eines Holzknüppels gegen den Schädel. Die Welt vor meinen Augen verschwimmt, und mir wird übel. Energisch schüttele ich den Kopf, um wieder klar denken zu können. Es ist das Blut des Entführers, rede ich mir ein, ganz sicher. Aus der Lache bricht eine Spur aus, breit und schmierig, als wäre ein blutender Körper über den Boden gezogen worden. Doch nach nur zwei Metern endet sie abrupt. Vermutlich wurde der Körper hochgehoben und …

»Leroy!«, schreie ich aus vollem Hals. »Leroy!«

Der Gedanke, dass die bösen Buben in der Nähe lauern könnten, ist nicht mehr als ein fernes Echo in meinem Kopf, das ich geflissentlich ignoriere.

»Leroy!«

Nichts.

Meine Finger zittern, als ich die Handschuhe überziehe – kaum zu fassen, dass ich es tue, aber selbst in diesem Moment erschiene es mir falsch, Owens Vertrauen zu missbrauchen –, dann greife ich nach dem Handy. Hastig wische ich übers Display, zum Glück funktioniert es trotz Latex problemlos, tippe und wische erneut, bis ich Leroys Nummer gefunden habe. Was sich einfach gestaltet, denn Owen hat nur vier Nummern gespeichert: neben Leroys die des Pflegeheims seiner Mutter, die einer Apotheke und die eines Comicladens. Als ich auf das grüne Telefonsymbol drücke, klopft mein Herz so heftig, dass ich das Pochen in der Kehle spüre.

Ich warte und lausche.

Eine Sekunde, zwei Sekunden, drei Sek…

Das einsetzende Klingeln aus einem der Container hinter mir geht mit der Galle einher, die meinen Hals hinaufschießt.

O mein Gott! Bitte nicht!

Hektisch atme ich ein und aus, kämpfe mit aller Gewalt gegen die Übelkeit an, während sich meine Beine eigenmächtig in Bewegung setzen, erst langsam, dann immer schneller. Am Fuß des riesigen Containers lasse ich meine Augen verzweifelt hin und her wandern. *Wo ist die Leiter? Wo ist die verfluchte Scheißleiter?* Wie ein Hund auf Speed laufe ich um den Container herum, bis ich fündig werde. In diesem Moment bricht das Klingeln ab. Ich presse das Handy ans Ohr, die Mailbox ist angesprungen, also kappe ich die Verbindung. Nachdem ich die Leiter hochgeklettert bin, drücke ich erneut auf das grüne Telefonsymbol. Oben angelangt, fällt mir das Handy beinahe aus der Hand. Das Klingeln ist überflüssig geworden. Der Anblick von Leroys leblosem, blutgetränktem Körper zwischen Bananenschalen, Salatresten und verwestem Fisch lässt mein Herz zerspringen, ein Schmerzenslaut entfährt meiner Kehle, und ich krümme mich zusammen. Meine Augen brennen, jeder Atemzug droht, mich von innen heraus zu versengen.

Hektisch wähle ich den Notruf.

»911. Notrufzentrale. Was k…?«

»Schicken Sie sofort einen Krankenwagen zu Mathieu's Disposal Services!«, krächze ich. »Das liegt ungefähr …«

»Wir wissen, wo das ist, Ma'am.«

»Gut. Gut.« Ich schlucke hart. »In einem der hinteren Container liegt ein Mann. Ich glaube, er wurde angeschossen. Er atmet noch, aber sehr schwach«, behaupte ich, obwohl ich keine Ahnung habe.

Aber ich hoffe es.

So sehr.

»Wie ist Ihr Name, Ma'am?«

»Jewel Duchasnel.« Ein Schluchzen entringt sich meiner Kehle. »Bitte beeilen Sie sich!«

»In zwanzig Minuten wird ein Krankenwagen bei Ihnen sein.«

Zwanzig Minuten? Eine Ewigkeit!

»Bis dahin ist er tot!«, stoße ich verzweifelt hervor.

»Die Mülldeponie liegt ziemlich abgelegen, Ma'am.«

Warme Tränen laufen über meine Wangen.

»Ma'am?«

»Ja«, hauche ich.

»Haben Sie Verbandszeug? Irgendwas, womit Sie ihn verbinden können?«

Meine Gedanken fahren Achterbahn. *Im Wagen ist bestimmt ein Erste-Hilfe-Kasten.* »Ich denke schon.«

»Gut. Sie schaffen das.«

»Ja«, murmele ich. »Danke.«

Ich wurde für solche Situationen ausgebildet, doch plötzlich scheine ich alles vergessen zu haben, was ich je im Training gelernt habe. Ruhe bewahren, lautet die oberste Regel, aber wenn ich Leroy in diesem Zustand sehe … Ich beiße mir so fest auf die Unterlippe, dass ich Blut schmecke.

»Owen«, rufe ich, aber es ist nicht mehr als ein Krächzen, und ich muss mich räuspern.

»Owen!«, brülle ich mehrmals, warte nicht ab, ob er mich gehört hat, sondern stürme aus dem Container.

Halb steige ich, halb falle ich die Leiter hinunter, dann renne ich zurück. Nun macht sich mein regelmäßiges Lauftraining bemerkbar. Ich spüre, wie das Blut durch meine Adern gepumpt wird, das Herz mehr und mehr in Gang kommt und Kraft in meine Beine leitet. Am Ende der Trasse sehe ich eine Gestalt. Kurz stocke ich, aber es ist Owen. Er hat mich gehört!

»Owen!«, brülle ich erneut, ohne anzuhalten. »Erste-Hilfe-Kasten. Schnell!«

Offenbar hört er die Panik in meiner Stimme, denn er macht sofort kehrt, um ihn zu holen. Allerdings dauert es eine gefühlte Ewigkeit, bis er wiederauftaucht. Er läuft auf mich zu, viel zu langsam, also beschleunige ich mein Tempo, bis wir auf halber Strecke beinahe zusammenstoßen. Ich reiße ihm den Kasten aus der Hand.

»Leroy wurde angeschossen«, sage ich und packe seinen Arm, was ihn kurz zusammenschrecken lässt. Es kümmert mich nicht. Ich kann jetzt nicht auf seine Phobie Rücksicht nehmen. »Er liegt in einem Container. Ich brauche Ihre Hilfe, um ihn rauszuhieven.«

Ich warte seine Antwort erst gar nicht ab, sondern zerre ihn hinter mir her. Zu meiner Überraschung hält er mit mir Schritt, und so erreichen wir schnell unser Ziel. Als er in den Container sieht, keucht er, doch liegt es wohl weniger an Leroys Anblick als an dem stinkenden Müll, der sich unter ihm ausbreitet.

»Nicht rumzicken, Owen!«, fahre ich ihn an. »Nicht jetzt.«

Wortlos starrt er mich an. In seinem Blick lese ich blanken Ekel, also gewähre ich ihm etwas Zeit, sich zu fassen, und springe in den Container.

»Leroy«, stammele ich hilflos, während ich seinen reglosen Körper mit den Augen abtaste. Sein T-Shirt ist blutgetränkt!

Nachdem ich die Handschuhe ausgezogen habe, lege ich zwei Finger auf seine Halsschlagader. Ich wage kaum, zu atmen, und als ich kurz die Augen schließe, um mich besser konzentrieren zu können, spüre ich, wie Tränen unter meinen Lidern hervorquellen. Leroys blutleeres Gesicht mit den blauen Schatten unter den Augen hat sich in mein Gehirn eingebrannt. Wie schrecklich verletzlich er aussieht!

»Leroy, Baby, hörst du mich?«, schluchze ich.

Da! Ein schwaches Pochen.

Oder ist es vielleicht nur mein eigener Puls?

Ich muss Gewissheit haben, also reiße ich das T-Shirt entzwei, um seinem Herzschlag zu lauschen. Himmel! Sein Brustkorb schwimmt förmlich in Blut. Ich blinzele, ziehe dann irritiert die Stirn in Falten. Etwas ist seltsam. Ich brauche einen Moment, um zu begreifen, dass unter dem T-Shirt etwas ist. Schwarzer Stoff. Nein, kein schwarzer Stoff, das ist … das ist … mein Gott … eine kugelsichere Weste! Eine von den dünneren zwar, aber definitiv eine Kevlarweste. Sie scheint das Schlimmste verhindert zu haben, trotzdem hat Leroy verdammt viel Blut verloren. In diesem Augenblick bewegt er den Kopf, kaum merklich, aber er tut es. Mein Herz will schier zerspringen.

»Owen!«, rufe ich, ohne mich umzudrehen. »Kommen Sie, und helfen Sie mir! Wir müssen ihn raustragen.«

Als keine Antwort kommt, schaue ich über die Schulter. Der kleine Mann steht mit kreidebleichem Gesicht oben auf der Leiter und schaut zu mir herunter.

»Bitte, Owen. Allein schaffe ich das nicht.«

Ich zeige ihm die Handschuhe.

»Ja, ich weiß, ich habe sie getragen«, sage ich schnell, bevor er etwas einwenden kann. »Aber mir fällt gerade nichts Besseres ein, okay? Nehmen Sie sie!« Ich tauche meinen Blick in seinen. »Bitte«, hauche ich.

Mit beleidigter Miene starrt er mich an. »Was denken Sie von mir? Ich leide doch nicht an Mysophobie, also Ansteckungsphobie!«, fügt er fast ungehalten hinzu. »Ich finde es nur widerwärtig, in modrigem Abfall zu waten.«

Warum dann das Herumdrucksen mit dem Handy?, will ich fragen, verkneife es mir aber. Für Diskussionen ist jetzt keine Zeit.

Unsere Blicke begegnen sich. Ich weiß nicht, was Owen in meinen Augen liest, aber durch seinen Körper geht ein sichtbarer Ruck.

»Okay«, sagt er und steigt in den Container, als wäre es das Normalste der Welt.

Am Ende stellt es sich für uns als undurchführbar heraus, Leroy aus dem Container zu hieven, ohne ihm weiteren Schaden zuzufügen. So beschränken wir uns darauf, ihn aus der Sonne zu ziehen und ihn auf einen einigermaßen stabilen – und sauberen – Untergrund zu betten, wo ich ihn notdürftig verarzte. Ich muss gegen die Übelkeit ankämpfen, als ich bemerke, dass die Schutzweste ein Brandloch aufweist. Während die Kugel, die für sein Herz bestimmt war, in der Weste stecken geblieben ist, weil diese auf Höhe von Herz und Leber mit Platten verstärkt wurde, ist eine zweite Kugel in seinen Bauch eingedrungen.

Vorsichtig ziehe ich Leroy die Weste aus, dann verbinde ich ihn, was sich als schwierig und für ihn schmerzvoll erweist. Sein gequältes Stöhnen dringt an mein Ohr, während ich mich darauf konzentriere, den Druckverband fest um seinen Bauch zu wickeln. Ich habe schon lang kein Gebet mehr gesprochen, aber jetzt tue ich es mit Inbrunst.

Als ich fertig bin, streichle ich seine Wange, wie um mich für die zugefügten Qualen zu entschuldigen.

»J… Jewel«, höre ich ganz schwach, kaum wahrnehmbar.

Ich hebe den Blick. Sein Gesicht ist schweißbedeckt, seine Augenlider flattern.

»Ich bin hier, Leroy«, sage ich mit gebrochener Stimme und beuge mich zu ihm. »Der Krankenwagen ist gleich da.« Ich drücke seine Hand. »Du schaffst das. Du bist stark.«

Der stärkste Mann, den ich kenne.

»Sch… Schiff.«

»Was?«

»Schiff«, stammelt Leroy, der augenscheinlich seine letzten Kraftreserven mobilisiert. »S… Sie … wollen sie nach … nach Guy… Guyana bringen. Sie werden … sie … wollen …« Seine Stimme ist inzwischen so leise, dass ich ihn nicht verstehe.

Ich beuge mich noch tiefer zu ihm. »Welches Schiff, Leroy?«

Er schüttelt schwach den Kopf, und ich kann sehen, wie er mir entgleitet.

»Leroy, bleib bei mir!«, sage ich eindringlich und lege meine Hand um seinen Nacken, um seinen Kopf ein wenig anzuheben. Verzweifelt suche ich seinen Blick. »Heißt das, sie wollen deine Familie nach Guyana verschiffen?«, frage ich langsam und übertrieben deutlich.

Er gibt ein Geräusch von sich, das ich als ein Ja interpretiere.

»Wann?«

Eine Träne rinnt seine Schläfe hinab, ein Zeichen seiner Hilflosigkeit, das mir das Herz zerreißt.

Ich drücke meine Lippen an seine Schläfe. »Ich werde deine Familie finden, Leroy«, murmele ich, ohne zu wissen, ob er mich hören kann. Seine Augenlider haben sich wieder geschlossen. »Ich werde sie retten.«

Das bin ich dir schuldig.

»Da!«, ruft plötzlich Owen ungewohnt euphorisch und zeigt nach oben.

Mit geröteten Augen folge ich seinem Finger, aber weil die Sonne blendet, muss ich sie mit der Hand abschirmen. Heiße Tränen schießen mir in die Augen. Die schattenhaften Umrisse eines Rettungshubschraubers, der sich rasch nähert, ist der wunderbarste Anblick, der sich mir jemals dargeboten hat.

Eine illustre Runde

Jewel

Wortlos starre ich auf die drei hochgewachsenen Männer, die sich vor mir aufgebaut haben. Der eine dunkelhaarig und düster, der andere breit wie ein Bär mit bernsteinfarbenen Augen, der dritte blond und von aristokratischem Aussehen. Ein aufregendes Trio, wie ich trotz der Umstände zugeben muss, und stellt man noch Leroy mit in die Reihe … Halleluja!

»Sie sind also der sagenumwobene Fünfköpfige Drache«, eröffne ich das Gespräch.

Der blonde Mann, der sich als Eric Vincent vorgestellt hat, schenkt mir ein charmantes, fast entschuldigendes Lächeln. »Den Namen haben wir uns gegeben, als wir Kinder waren.«

»Apropos«, sagt der dunkelhaarige Mann, Oberhaupt der prominenten Deveraux-Familie. »Wo ist Jet?«

Erics Lächeln gefriert auf seinem Gesicht, und er zuckt mit den Achseln.

Statt seiner antwortet Beau Lamare, der Cop mit den bernsteinfarbenen Augen. »Cheyenne hat erzählt, dass sie übers Wochenende mit einem Typen namens Joseph Gobert weggefahren ist.«

Kane Deveraux runzelt die Stirn. »Joseph Gobert? Ist das nicht dein Tennispartner, Eric?«

»War«, entgegnet dieser mit einem grimmigen Unterton, der im Widerspruch zu den vornehmen Zügen steht und seine beiden Freunde veranlasst, vielsagende Blicke zu wechseln. »Können wir jetzt zum Grund unseres Treffens zurückkommen?«

»Ja, bitte«, werfe ich ungeduldig ein, woraufhin sich die Augen der drei Männer auf mich richten. »Willkommen in unserer Operationszentrale!«, sage ich mit dem Hauch eines Lächelns, um meinen etwas schroffen Tonfall von eben abzumildern, und zeige Richtung Küche. »Hat sich irgendwie so ergeben.«

Als wir über die Schwelle treten, schaut Owen vom Bildschirm seines Laptops auf. Sein Blick hastet fast panisch zwischen den Neuankömmlingen hin und her.

»Owen, das sind Beau, Kane und Eric. Leroys Freunde«, stelle ich die Männer einander vor. »Das hier ist Mister Kennedy. Er … äh … kennt sich gut mit Computern aus.«

Nachdem die Männer Owen mit Handzeichen begrüßt haben, nehmen sie um den großen Tisch Platz, wobei sie darauf achten, Owen so viel Freiraum wie möglich zu lassen. Beau, dem ich im Vorfeld einiges über Owens Eigenarten erzählt habe, hat seine Freunde offensichtlich instruiert, was mich fast zum Heulen bringt. Zurzeit bin ich schrecklich nah am Wasser gebaut.

»Ich habe Kaffee gekocht«, verkünde ich lautstark, ehe ich noch vor aller Augen die Beherrschung verliere. »Möchte jemand einen?«

Schon steht Eric auf. »Ich mache das.«

Überrascht schaue ich ihn an. »Danke. Die Tassen sind …«

Er lächelt. »Ich weiß, wo sie sind. Ich war hier bereits häufiger zu Besuch.«

Prompt werde ich rot. »Oh, natürlich.«

Sein Lächeln wird breiter. »Kein Problem.«

Ein wirklich charmanter Typ, wenn auch nicht mit Leroy zu vergleichen.

Um Atem ringend blicke ich auf mein Handy.

»Alles klar?«, fragt Beau leise.

»Leroys Dad ist im Krankenhaus«, murmele ich. »Er hat versprochen, sich zu melden, sobald es etwas Neues gibt.«

»Leroy packt das«, erklingt Kanes ruhige Stimme. »Er ist stark.«

Ich nicke, unfähig, etwas darauf zu erwidern. Stille tritt ein, während Eric uns den Kaffee serviert. Weil es im Raum stickig geworden ist, stehe ich auf, um die Terrassentür zu öffnen und einige tiefe Atemzüge zu nehmen. Draußen ist alles wie gehabt. Die Sonne scheint hell und heiß, und eine Brise trägt den schweren Duft von Rosen herüber. Ohne sich um die Belange der Menschen zu kümmern, zwitschern die Vögel mit quälender Heiterkeit. Nachdem ich wieder Platz genommen habe, bittet mich Beau um eine Zusammenfassung der Geschehnisse. Feierlicher Ernst umfängt mich, als ich zu erzählen beginne. Ich lasse nichts aus. Weder Leroys Vergangenheit, noch unseren Auftrag oder die gefakten Videos – dankbar registriere ich, dass bei der Erwähnung der Reptiloiden-Theorie keiner der Anwesenden die Miene verzieht –, auch nicht Leroys Tötungsmission und den Vorfall in der Marina von New Orleans. Irgendwann komme ich auf die Entführung zu sprechen und wie wir Leroy halb tot im Container gefunden haben.

Bis dahin ist es mir gelungen, Haltung zu wahren, aber nun gerate ich ins Stocken. »Er …« Wieder habe ich Leroys leichenblasses Gesicht vor Augen, als er in den Operationsraum geschoben wurde. »Er wurde ins New Orleans East Hospital geflogen und wird seit einer Stunde notoperiert. Die Kugel, die in seinen Bauch eingedrungen ist, hat wie durch ein Wunder zwar keine Organe verletzt, aber dennoch viel Schaden angerichtet und steckt jetzt in seiner Rückenmuskulatur fest.« Das Sprechen fällt mir schwer, und ich kann nur mit Mühe ein gequältes Stöhnen unterdrücken.

»Wichser«, höre ich einen der Männer flüstern, ohne bestimmen zu können, um wen es sich handelt.

»Hätte er diese Schutzweste nicht getragen, wäre er jetzt tot«, erkläre ich weiter. »Sein Zustand ist trotzdem kritisch, und die Ärzte wissen nicht, ob er es schafft. Er hat wahnsinnig viel Blut verloren …« Meine zitternde Stimme verebbt zu einem Raunen, und während sich mein Schweigen in die Länge zieht, sagt keiner der Männer etwas. »Momentan können wir nicht viel tun, außer seine Familie finden«, sage ich schließlich in leisem, aber eindringlichem Tonfall.

Kane schenkt mir den Hauch eines Lächelns, der seine harten Züge ein wenig erweicht. »Deshalb sind wir hier.«

Ich nicke.

Sein Gesicht verdüstert sich erneut. »Warum musste der Idiot das auch allein durchziehen?«, fragt er an niemand Bestimmten gerichtet. »Wir sind seine Freunde, verfickte Scheiße, wir hätten ihm helfen können!«

»Wahrscheinlich wollte er nicht, dass Sie erfahren, dass er jahrelang für die CIA tätig war«, murmele ich.

Irgendwie fühle ich mich bemüßigt, Leroy zu verteidigen. Dass ich seinen Freunden alles erzählt habe, wird er sicher als Vertrauensbruch ansehen.

Sofern er die Operation überlebt.

Er wird! Und was dann? Was, wenn er mir nicht verzeihen kann? Ich verdränge meine Bedenken. Für so etwas ist jetzt kein Platz, abgesehen davon hatte ich keine Wahl.

»CIA«, flüstert Eric. »Unglaublich! Und ich dachte immer, du wärst der größte Geheimnistuer von uns, Kane«, schließt er mit einem freudlosen Lachen.

Mehrere Augenblicke lang hängen wir unseren Gedanken nach, bis Beau schließlich das gedrückte Schweigen bricht. »Zunächst brauche ich Helen Wranglers Handynummer«, sagt er und schaut mich an. »Zwar glaube ich nicht, dass die Entführer so dumm sein werden, es eingeschaltet zu lassen, aber einen Versuch ist es wert. Das Gleiche gilt für den GPS-Tracker des Porsche.«

Nun richtet er seine Augen fragend auf Eric, der mit sichtlichem Bedauern den Kopf schüttelt.

»Auf der Fahrt hierher habe ich mit Jean-Paul gesprochen«, erklärt er. »Nichts. Das Ortungssystem wurde deaktiviert. Er war übrigens nicht gerade begeistert, als ich ihm sagte, dass seine Luxuskarre verschwunden ist.« Prompt wenden sich ihm in stummem Vorwurf alle Köpfe zu, woraufhin er abwehrend die Hände hebt. »Schon gut. Ich wollte es ja nur erwähnt haben.«

»Ich möchte mich für meinen Freund entschuldigen, Jewel«, bemerkt Kane. »Wenn er sich nicht gerade wie ein unsensibles Arschloch verhält, ist er ein ganz netter Kerl.«

Der »nette Kerl« wirkt kein bisschen beleidigt, und als er mit zerknirschtem Gesicht die rechte Hand auf sein Herz legt und eine Verbeugung in meine Richtung andeutet, entlockt er mir beinahe ein Lächeln.

»Ich glaube, ich habe hier was!«, platzt Owen so unvermittelt dazwischen, dass ich erschrocken zusammenzucke. Den Blick hält er starr auf seinen Laptop gerichtet.

»Was?«, fragen Beau und ich gleichzeitig.

»General Wrangler hat …«

»Nur Wrangler«, verbessere ich ihn höflich, aber bestimmt. »Diese Frau hat den Titel eines Generals nicht verdient.«

Wider Erwarten nickt Owen, ohne zu murren. »Wrangler hat regelmäßig mit einem Mann namens Mike kommuniziert. Die Nachrichten sind auffällig banal, aber gerade das finde ich verdächtig. Es sind Aussagen wie ›Die laktosefreie Milch ist alle‹ oder ›Holst du den Anzug von der Reinigung?‹, als wäre Gen… Wrangler in einer festen Beziehung gewesen. Aber sie war alleinstehend.«

Beau runzelt die Stirn. »Woher wissen Sie das?«

Die Röte steigt Owen ins Gesicht. Bevor er zum Sprechen ansetzen kann, grätsche ich dazwischen. »Von mir«, lüge ich in dem Wissen, dass sich Owen unerlaubten Zugang zu vertraulichen Dokumenten verschafft hat. »Helen hat es mir einmal erzählt.«

»Aha«, antwortet Beau, aber seiner Miene nach zu urteilen, glaubt er mir kein Wort.

»Sei kein Spielverderber!«, sagt Eric. »Schließlich geht es um zwei kleine Mädchen und eine zauberhafte ältere Lady, die den besten Apfelkuchen der Stadt backt.«

»Ist ja gut«, brummt Beau. »Trotzdem …« Weiter kommt er nicht, denn in diesem Moment klingelt sein Handy. »Entschuldigt mich«, sagt er, nachdem er aufs Display geschaut hat, und steht auf, um in den Garten zu gehen und zu telefonieren.

Gerade habe ich ein Déjà-vu, das mir einen heftigen Stich durchs Herz jagt.

Rasch wende ich den Blick von der Terrassentür ab. »Haben Sie sonst noch etwas?«, frage ich Owen.

Kurz nimmt dieser die Brille ab, um sich die Augen zu reiben, bevor er sie wieder aufsetzt. »Nein. Tut mir leid.«

»Schon gut«, antworte ich leise und versuche, die aufsteigende Mutlosigkeit zu unterdrücken.

Überraschenderweise ist es Erics warme Hand, die ich plötzlich auf meiner spüre. »Machen Sie sich keine Sorgen, Jewel«, sagt er sanft. »Wir finden Leroys Familie und bringen sie heil zurück.«

Nicht weinen, nicht weinen.

»Ich habe es ihm versprochen, Eric«, entgegne ich heftig blinzelnd, dann ziehe ich einen Farbausdruck aus einem Papierstapel hervor, der neben Owens Laptop steht. »Hat vielleicht einer von Ihnen eine Idee, was dieses verblasste Tattoo darstellen könnte?«, frage ich.

Angestrengt starren die Männer auf den Ausdruck. Eine Weile ist außer Owens Fingern auf der Laptoptastatur nichts zu hören.

»Keine Ahnung«, antwortet Eric hörbar enttäuscht, dann schüttelt auch Kane den Kopf, was mich nicht verwundert, schließlich haben Leroy, Owen und ich stundenlang darüber gebrütet, ohne zu einem Ergebnis zu kommen.

»Es ist ein doppelköpfiger Adler«, erklingt Beaus Stimme plötzlich hinter uns.

»Hast du gekokst?«, entgegnet Eric angesichts der unförmigen Kleckse auf dem Ausdruck, und selbst Kane kann sich ein Grinsen nicht verkneifen.

Beau fährt mit einem Finger über den Ausdruck. »Hier verläuft das schildförmige Wappen mit dem Adler, und dahinter ist das Schwert.«

»FSB?«, frage ich in dem Wissen, dass das Emblem des russischen Geheimdienstes haargenau der Beschreibung entspricht.

Beau nickt. »Der Name des Toten lautet Michail Wassiljewitsch Kowaljow …«

»Mike!«, wirft Owen triumphierend ein.

»Gut möglich«, pflichtet ihm Beau bei. »Kowaljow war ein abtrünniger FSB-Agent. Er steht auf der Fahndungsliste von Interpol, und auch die Russen suchen ihn.« Sein Blick sucht meinen. »Nachdem ich nichts über ihn in unserem System gefunden habe, habe ich die Suche ausgeweitet. Interpol hat ein paar interessante Informationen über ihn. Kowaljow arbeitete zuletzt für einen albanischen Waffenhändler namens Ibrahimi, der unter anderem Waffen an die al-Shabaab verkauft.«

Ich nicke langsam. »Helen hat sich also dafür bezahlen lassen, militärische Schläge gegen Ibrahimis Klienten zu vereiteln.«

»Sieht so aus«, erwidert Beau. »Und weil diese Leute überall auf der Welt operieren, hat niemand den Zusammenhang erkannt.«

»Ich frage mich, wie viele militärische Fehlschläge auf Helens Konto gehen«, murmele ich mehr zu mir selbst.

»Das lässt sich problemlos eruieren«, antwortet Eric pragmatisch. »Einfach die Kundenliste des Kerls mit den gescheiterten Missionen vergleichen, schon dürfte die Sache klar sein.«

»Von Interpol habe ich noch etwas Interessantes erfahren. New Orleans ist für Ibrahimi ein wichtiger Umschlagplatz«, erklärt Beau, während wir alle an seinen Lippen hängen. »Von hier aus verschiebt er Waffen nach Südamerika und von dort aus weiter in den Nahen Osten und nach Afrika.«

»Guyana!«, rufe ich dazwischen. »Leroy sagte, man wolle seine Nichten und seine Mutter nach Guyana verschiffen.«

Beau lächelt. »Das muss es sein.«

Mit einem Mal scheint der Raum mit positiver Energie erfüllt, als würde eine frische Quelle sprudeln. Ich kann sehen, wie die Augen der Männer ringsum zu funkeln beginnen.

»Wenn allgemein bekannt ist, dass ein Waffenhändler, der die al-Shabaab beliefert, auf amerikanischem Boden seine Geschäfte tätigt, warum hindert ihn niemand daran?«, fragt Kane hörbar verärgert.

»Ich schätze, solange er unsere Verbündeten vor Ort mit Waffen versorgt, drückt die Regierung ein Auge zu«, mutmaße ich leise.

»Michail Wassiljewitsch Kowaljow wird wegen Raub und Mord per internationalem Haftbefehl gesucht, nicht aber Ibrahimi«, sagt Beau. »Unsere Regierung ist nicht die einzige, die ihre schützende Hand über ihn hält.«

»So eine Sauerei!«, entfährt es Eric, und den Mienen der Anwesenden nach zu urteilen, pflichten ihm alle bei.

»Jetzt gilt es herauszufinden, wann welches Schiff den Hafen verlässt.« Beau fährt sich nervös durch die Haare. »Hoffentlich kommen wir nicht zu spät!«

»Nashville Avenue 11!«, ruft Owen triumphierend. »Eine von Mikes kryptischen Nachrichten an Helen Wrangler vor zwei Monaten lautete: Johnny Cash spielte Football überwiegend dienstags.«

Vier Augenpaare starren ihn verständnislos an.

Angesichts der Tatsache, von so vielen Banausen umgeben zu sein, seufzt Owen laut. »Johnny Cash starb in Nashville«, erklärt er ungeduldig. »Und beim Football sind immer elf Spieler pro Team auf dem Feld. Ich denke, damit wollte dieser Mike mitteilen, dass die nächste Verladung an einem Dienstag am Terminal Nashville Avenue, Ladeplatz 11, stattfinden würde.«

Verblüfftes Schweigen breitet sich aus. »Nichts für ungut.« Eric findet als Erster seine Sprache wieder. »Aber ist es nicht ein wenig weit hergeholt?«

»Finden wir es heraus«, sage ich und werfe Beau einen Blick zu. »Was haben wir schon zu verlieren?«

Dieser zögert nur kurz, dann zieht er erneut sein Handy hervor und wählt eine Nummer. »Detective Beau Lamare hier, ich brauche die Nummer der Hafenmeisterei vom Port NOLA. Ja, danke, ich warte.« Pause. »Ja, hallo? Spreche ich mit der Hafenmeisterin? Gut. Mein Name ist Beau Lamare, ich bin Detective beim 11. Revier und benötige eine Auskunft. Können Sie mir sagen, welche Schiffe heute von Terminal Nashville Avenue, Ladeplatz 11, ablegen?« Wieder eine Pause. »Die *Filomena,* sagen Sie? Sie ist ein Containerschiff und fährt unter portugiesischer Flagge nach Georgetown, Guyana?« Ein schneller Blick in die Runde. »Können Sie mir sagen, was sie geladen hat?« Pause. »Stahl und Gummi? Aha, ich verstehe. Und wann legt die *Filomena* ab?«

Alle im Raum halten den Atem an.

»Neun Uhr dreißig heute Abend.«

Unwillkürlich fliegt mein Blick zu dem Display meines Handys.

3.17 Uhr.

»Eine letzte Frage: Wie viele Besatzungsmitglieder befinden sich an Bord?« Pause. »Achtzehn inklusive der Offiziere. Okay.« Wieder eine Pause. »Nein, nein. Machen Sie einfach so weiter wie bisher. Diese Informationen dienen lediglich als Hintergrund für eine Ermittlung, aber bitte behandeln Sie das diskret, Ma'am.« Letzte Pause. »Danke. Das wünsche ich Ihnen auch. Auf Wiederhören!«

Nachdem Beau aufgelegt hat, schaut er uns lächelnd der Reihe nach an. »Ich schätze, wir haben Ibrahimis Umschlagplatz gefunden.«

Daraufhin bekommt Owen seine fünf Minuten Ruhm. Das Gesicht des armen Kerls wird rot wie eine Tomate, als wir ihn überschwänglich loben, dennoch ist ihm die Freude deutlich anzusehen.

»Wir haben sechs Stunden, um uns einen Plan zurechtzulegen«, sagt Kane. »Wir können davon ausgehen, dass Leroys Mom und seine beiden Nichten bald an Bord gebracht werden, wenn sie nicht sogar schon dort sind. Das Verladen eines solchen Schiffs dauert mindestens einen Tag, vermutlich stehen sie kurz davor, die Formalitäten abzuwickeln.« Nachdenklich reibt er sich das kantige Kinn. »Wir brauchen ein Ablenkungsmanöver.«

»Uns fällt schon etwas ein«, entgegnet Beau.

»Okay«, sage ich in die Runde. »Und was dann?«

»Dann müssen wir das Boot kapern, Leroys Mädels nach draußen schaffen und hoffen, dass uns niemand über den Haufen schießt«, fasst es Eric trocken zusammen.

»Nichts einfacher als das«, murmele ich bedrückt und wage erneut einen Blick aufs Handy.

Immer noch keine Nachricht von Leroys Vater. Wie schmal der Grat zwischen Leben und Tod in solchen Momenten doch ist! Eine Unachtsamkeit, ein Schwächeanfall, und alles kann vorüber sein. Mir ist heute auf brutale Weise klar geworden, wie tief die Grube in meinem Herzen sein würde, sollte dieser arrogante Mistkerl mit den grünen Augen aus dem Leben scheiden. Gut möglich, dass ich mich niemals von diesem Schlag erholen würde. Gewaltsam löse ich den Blick vom Display, zum x-ten Mal in den vergangenen zwei Stunden. Kane, für seinen Teil, starrt angestrengt auf die Tischplatte.

»Was ist?«, fragt Eric, dem sein Stimmungswechsel ebenfalls aufgefallen ist.

»Ich denke, der kleine Scheißer könnte uns von Nutzen sein«, brummelt Kane, ohne aufzublicken.

»Welcher kleine Scheißer?«, fragt Beau verdutzt.

»Oleg Tupolew, ein Kunde von mir. Er und seine Jetset-Freunde könnten für die Ablenkung sorgen, die wir benötigen.« Kane schaut mit entschlossener Miene auf. »Ich stelle mir das so vor, dass er eine Jacht chartert, um Party zu feiern. Nähert er sich der *Filomena* mit ein paar leicht bekleideten, Champagnergläser schwingenden Modelfreundinnen, wird er bei der Crew des Containerschiffs Aufsehen erregen. Das ist unsere Chance, um uns von der Hafenseite her ungesehen zu nähern.«

Wir sind uns einig, dass die Idee gut ist, und verbringen die nächste Stunde damit, uns eine Strategie zurechtzulegen. Dabei geht es recht turbulent zu, weil jeder ein anderes Vorgehen vertritt. Während Kane die Holzhammermethode bevorzugt, bei der ich ihn uneingeschränkt unterstütze, will Beau den Kollateralschaden minimal halten. Eric hingegen schwört auf Bestechung, weil, so der Tenor, »jeder seinen Preis hat«. Am Ende sieht der Plan eine Mischung aus allem vor. Ein bisschen

Bestechung und ganz viel Holzhammer, aber ohne tödliche Folgen.

»Warum noch mal schalten wir die Cops nicht ein?«, fragt Eric abschließend.

»Die Agency würde nicht wollen, dass die Affäre bekannt wird«, erkläre ich.

»Und warum bitten wir die CIA dann nicht um Hilfe?«

»Weil wir nicht wissen, wem wir dort vertrauen können.«

Eric nickt wenig begeistert. »Super.«

Daraufhin stößt ihm Beau spielerisch in die Seite. »Hey, mach dir nicht gleich in die Hose! Wir kriegen das locker hin.«

Als die drei Drachenköpfe Anstalten machen, aufzubrechen, wobei es Owen erwartungsgemäß vorzieht, in der Villa auszuharren, stehe ich ebenfalls auf.

»Sie bleiben hier«, sagt Kane auch prompt zu mir.

Ich werfe ihm einen kalten Blick zu. »Nein.«

»Ich muss darauf bestehen«, entgegnet er. »Leroy würde nicht wollen, dass Sie sich in Gefahr begeben.«

»Leroy würde wollen, dass seine Familie gerettet wird«, halte ich unbeeindruckt dagegen.

Warum müssen Männer immer so einen überzogenen Beschützerinstinkt an den Tag legen?

»Normalerweise wäre Jet mit von der Partie«, springt Eric für mich in die Bresche. »Wir würden sie ja auch mitnehmen.«

»Das ist etwas anderes«, antwortet Kane.

»Wieso?«, entgegnet Eric gereizt. »Weil es egal ist, ob sie in Gefahr gerät?«

Wie zwei Rottweiler starren sich die beiden Männer in die Augen. Ganz gleich, wie das heute ausgeht: Ich muss diese Jet unbedingt kennenlernen!

»Habt ihr's bald?«, mischt sich Beau mit gedehnter Stimme ein. »Wenn Jewel mitkommen will, ist das ihre Sache. Wir können jede Hilfe gebrauchen. Aber ich bin der Einzige, der eine Waffe trägt.«

Mit mildem Erstaunen bemerke ich, wie Kane und Eric, die eben noch kurz davorstanden, sich an die Gurgel zu gehen, amüsierte Blicke wechseln.

»Als CIA-Analystin bin ich berechtigt, eine Waffe zu tragen«, erinnere ich Beau.

»Haben Sie eine bei sich, die auf Sie registriert ist?«

»Nein«, antworte ich. »Die liegt auf dem Grund des Sees.«

»Dann brauchen wir nicht weiter darüber zu diskutieren. Es gibt Regeln, und die müssen eingehalten werden.«

»Ich denke nicht, dass die Entführer das genauso sehen«, entgegne ich.

»Trotzdem«, sagt Beau und wendet sich zum Gehen.

Noch so ein sturer Hund!

»Ich sag's doch: Spielverderber«, murmelt Eric, und Kane stößt ein heiseres Lachen aus.

Innerlich schüttele ich den Kopf. Ich werde die Männer wirklich nie verstehen!

Nachdem wir uns von Owen verabschiedet haben, der uns ein »Viel Glück!« zuraunt, verlassen wir die Villa. Kurz bevor wir das Tor erreichen, vibriert das Handy in meiner Tasche. Schlagartig bleibe ich stehen, das Blut rauscht in meinen Ohren, als ich mit zitternder Hand das Gerät hervorhole. Beau, Kane und Eric, die ebenfalls stehen geblieben sind, schauen mich schweigend an. Unbeeindruckt zwitschern die Vögel weiterhin ihr fröhliches Lied. Im Zeitlupentempo senke ich den Blick aufs Display und muss heftig blinzeln, um die Nachricht entziffern zu können.

OP gut gelaufen. Leroys Zustand ist stabil.

Als ich aufschaue, begegne ich den bangen Blicken der Männer. Mehr schlecht als recht ringe ich mir ein kleines Lächeln ab, und als Eric und Kane zeitgleich ein »Dem Himmel sei Dank« und »Fuck« von sich geben, zerbirst etwas in mir. Die Erleichterung bricht sich Bahn in einem Strom von Tränen. Peinlich berührt drehe ich mich von den Männern weg, drücke gleichzeitig die Hand auf den Mund, um mein Schluchzen zu dämpfen. Als sich von hinten starke Arme um mich legen, schließe ich die Augen und spüre, wie das Zittern in meinem Innern langsam verebbt.

Zum ersten Mal an diesem Tag bin ich voller Hoffnung, dass alles gut wird.

Der arme Herr Porsche

Leroy

Der süßlich stechende Gestank ist überall. Er ätzt meine Nase, brennt in meinen Augen und hinterlässt auf meiner Zunge einen widerlichen Geschmack. Alterndes Fleisch. Mein Fleisch! Mein noch intaktes Herz rast, ich versuche, mich zu bewegen, aber es gelingt mir nicht. Mir bricht der kalte Schweiß aus. Ich verfaule langsam von außen nach innen! Die Panik droht mich zu verschlingen. Finger legen sich um meinen Nacken, warm und federleicht, ich schmecke salzige Tränen, als Lippen meine berühren, dann wird alles schwarz. Nicht schwarz wie eine gemalte Leinwand, sondern wie ein Mahlstrom, der mich in eine Tiefe ohne Boden zieht.

»Leroy.«

Ich kenne diese Stimme und auch wieder nicht. Mühsam öffne ich die Augenlider, die sich anfühlen, als wären sie aus Blei. Graue Augen im Gesicht eines Engels füllen mein verschwommenes Sichtfeld aus. So wunderschön. Meine Augenlider flattern und fallen erneut zu, der Mahlstrom hat mich wieder. *Nein!,* will ich brüllen, aber aus meiner verrotteten Kehle dringt kein Laut.

Abermals verschluckt mich das Nichts.

Dann eine Hand, die mich ins Licht reißt, höher und höher. Unerbittlich und endgültig. Die Schwärze zieht sich aus meinem Verstand, als hätte man einen Pfropfen entfernt, der Sog verliert an Kraft, noch ein wenig mehr Zug, und ich bin frei! Mit einem Seufzer öffne ich die Augen, um sie gleich wieder zu schließen. Das Licht ist derart grell, dass sich mir der Magen umdreht. Hilflos schnappe ich nach Luft, mein Hals fühlt sich an, als wäre er mit Nägeln gefüllt. Jemand setzt etwas Glattes an meine Lippen, dann rinnt eine kühle Flüssigkeit meine Kehle hinunter. Als ich begreife, dass es Wasser ist, trinke ich gierig.

»Langsam, Schatz«, flüstert eine geliebte Stimme, und mein Kopf füllt sich mit Erinnerungen.

Mom?

Ich unternehme einen erneuten Versuch, die Augen zu öffnen, diesmal mit Erfolg. Benommen starre ich auf die beiden nebelhaften Gestalten vor mir. Ich blinzele heftig. Eine davon ist meine Mutter, die neben mir auf dem Bett sitzt. Die andere ist mein Vater, der sich in diesem Moment von etwas erhebt, das wie ein Stuhl aussieht. Beide lächeln, aber ihre Augen sind gerötet.

»M… Mom«, krächze ich.

Als ich mich aufrichten will, fährt ein stechender Schmerz durch meinen Oberkörper, der mich aufstöhnen lässt.

»Nicht«, sagt Mom. »Bleib liegen, du bist schwer verletzt, Schatz.«

»D… Du lebst.«

Sie nickt.

»Nel…, Den…«, stammele ich, unfähig, ganze Wörter auszusprechen.

»Nelly und Denise geht es gut, Junge«, antwortet mein Vater. »Alle sind wohlauf.«

Die Frau mit den grauen Augen, will ich fragen, *was ist mir ihr?* Mir fällt ihr Name nicht ein. Ich weiß, dass es wichtig ist, mich an ihn zu erinnern, lebenswichtig sogar, aber mein Schädel ist mit Watte vollgestopft. O Gott! Warum gelingt es mir nicht? Mein Herzschlag beschleunigt sich, ich werde unruhig. Ich muss mich erinnern! Ich muss! Ein durchdringendes Piepen gelangt an mein Ohr, das stetig lauter wird. Ein schreckliches Geräusch. Bitte macht, dass es aufhört! Am Rande bekomme ich mit, wie mein Vater etwas drückt. Kurz darauf glaube ich zu hören, wie sich eine Tür öffnet.

»Er ist aufgewacht, Schwester«, sagt mein Vater mit einem Zittern in der Stimme, das ich bisher noch nie bei ihm vernommen habe. »Er hat ganz kurz mit meiner Frau gesprochen, dann hat er sich plötzlich aufgeregt. Bitte tun Sie was!«

»Kein Grund zur Sorge, Mister Masters, das ist normal«, erklingt die ruhige Stimme einer Frau, die ich nicht kenne. »Ihr Sohn hat über eine Woche im künstlichen Koma gelegen. Es braucht seine Zeit, bis er wieder zu sich kommt. Für ihn muss das hier alles sehr verwirrend sein.«

Ein weiblicher Schatten nähert sich, der rechts von mir an etwas herumfummelt, dann weichen die Gedanken und damit auch die Panik aus meinem Kopf. Wieder werden meine Augenlider schwer, doch diesmal heiße ich die Schwärze wie einen Freund willkommen.

Als ich das nächste Mal aufwache, liegt das Zimmer im Schatten. Eine Frau sitzt an meinem Bett. Sie hat Ringe unter den Augen, ihr von schwarzen Haaren umrahmtes Gesicht ist zwar blasser als sonst, aber wunderschön. Unsere Blicke begegnen sich, und mein Herz macht einen gefährlichen Hüpfer.

»Jewel«, flüstere ich.

Ich kann hören, wie sie sich räuspert. »Wie fühlst du dich?«, fragt sie leise.

Etwas sagt mir, mit den Schultern zu zucken wäre eine schlechte Idee, also lasse ich es bleiben. »Ich … lebe«, sage ich mit einem überraschten Unterton.

Ihr fast schüchternes Lächeln rammt sich in mein Herz. »Ja«, sagt sie nur. Ihre Augen schimmern.

»Nicht weinen«, krächze ich.

»Ach du«, kontert sie leise, aber vehement. »Ich weine, wann ich will, verdammt!«

Es kostet mich zu viel Kraft, die Hand zu heben, deshalb klopfe ich sachte auf das Laken. »Komm her, Sweetheart. Du … bist so weit … weg.«

Kurz starrt sie mich an, dann kommt sie an mein Bett und setzt sich neben mich. Ich suche ihre Hand. Mit dem Daumen streichelt sie sanft meine Haut.

»Das war ganz schön knapp«, murmelt sie.

»Mom, Nelly und Denise geht es gut, ja?«

Sie nickt.

»Du musst erzählen.«

»Ein anderes Mal, Leroy.« Ihre Augen blicken ernst. »Die Schwester meinte, wir sollten es langsam angehen.«

»Okay«, antworte ich leise, während meine Glieder bereits wieder schwer werden und sich meine Augenlider ohne mein Zutun schließen.

»Küss mich, Jewel«, flüstere ich noch, als ich spüre, wie sie sich bewegt.

Eine Sekunde vergeht, vielleicht auch zwei, und als sich ihre Lippen wie warmer weicher Samt auf meine legen, droht meine Brust zu explodieren.

Ist es Liebe, was ich fühle, oder nur unendliche Dankbarkeit?

Ich komme nicht mehr dazu, den Gedanken zu Ende zu bringen, denn nur einen Atemzug später bin ich eingeschlafen. Türen werden geöffnet und geschlossen, Gesichter kommen und gehen …

»Onkel Leroy! Onkel Leroy!«, ist das Nächste, was ich höre.

Es sind helle und ein wenig zu laute Stimmen, die an mein Ohr dringen, dann spüre ich auch schon schmale Ärmchen, die sich um meinen Hals legen. Etwas in meiner Kehle zerplatzt, und stille Tränen laufen mir über die Wangen.

»Sachte, Kinder, Onkel Leroy ist noch sehr schwach«, höre ich eine Stimme, die ich mit einiger Verzögerung als die meiner Mutter erkenne.

Kurz darauf legt sich eine raue Hand um meine. »Ach, Junge«, höre ich meinen Vater mit einem unterdrückten Schluchzen sagen.

Langsam öffne ich die Augen. Dieses Mal ist das Bild klarer. Die beiden Mädchen in den bunten Kleidern und mit Schleifen in den Haaren stehen an meinem Bett und sehen mich aus großen Augen an.

»Hallo, ihr«, flüstere ich heiser, dann lasse ich den Blick zu Mom und Dad wandern, die hinter ihnen stehen. »Wie geht's euch?«, frage ich.

»Jetzt, da du aufgewacht bist, könnte es uns gar nicht besser gehen, Leroy«, antwortet mein Vater mit dem Hauch eines Lächelns im ernsten Gesicht.

»Ihr seid wohlauf«, seufze ich schließlich, und die Erleichterung darüber erfasst mich wie eine kühle Woge.

»Wir hatten solche Angst«, sagt Denise mit bibbernder Stimme.

Ich suche den Blick meiner Mutter. »Was ist passiert?«

Sie lächelt mich warm an. »Nun …«

»Wir waren auf so einem Boot, wo böse Männer leben!«, wirft Nelly ein.

»Man unterbricht Erwachsene beim Reden nicht«, ermahnt mein Vater sie, woraufhin Mom die Hand beschwichtigend auf seinen Arm legt.

»Lass sie, Tom!«, sagt sie sanft. »Du weißt doch, was Doktor Miller gesagt hat. Es hilft, wenn sie darüber reden.« Und dann an Nelly gewandt. »Erzähl weiter, Süße.«

Die lässt sich das nicht zweimal sagen. »Dann ist noch ein Boot gekommen, mit ganz vielen Leuten darauf. Die haben gesungen und geschrien …«

»Die haben Party gemacht«, fühlt sich Denise genötigt, zu erklären.

»Ja! In einer komischen Sprache, und die bösen Männer sind hingelaufen und haben geguckt.«

»Die wollten auch Party machen«, unterbricht Denise ihre Schwester erneut, was ihr einen bösen Blick einbringt.

»Und dann war ein Riesendurcheinander!«, ruft Nelly. »Es hat ganz doll gerumst, plötzlich waren alle aufgeregt, sind rumgelaufen und haben getobt. Granny hat plötzlich eine Pistole in der Hand gehabt, wie ein Zauberer.« Die Augen des kleinen Mädchens funkeln. »Sie hat auf die Tür geschossen, und die ist aufgegangen …«

Mom muss die Beretta aus dem Handschuhfach genommen haben.

Nelly senkt die Stimme. »Und dann ist Jewel gekommen und hat uns geholfen. Sie war sooo stark.«

»Und so hübsch«, wirft Denise ein.

»Sie hat den bösen Mann, der auf uns aufgepasst hat, mit 'nem Knüppel verhauen. Der hat so gemacht …« Sie verzieht das Gesicht und streckt seitlich die Zunge heraus. »… und ist tot umgefallen.«

Über die Köpfe der Mädchen hinweg sehe ich, wie Mom lächelnd den Kopf schüttelt. Nur k. o. geschlagen, deutet sie mit den Lippen an.

»Jewel hat gesagt, dass du sie geschickt hast«, übernimmt Denise. »Und Granny hat geweint und ihr die Pistole gegeben.«

»Und sie hat gesagt, sie ist deine Freundin.«

»Wirst du sie heiraten?«, fragt Denise mit leuchtenden Augen.

»Ist doch jetzt egal«, fährt Nelly sie an.

»Ich mag sie«, sagt Denise mit vorgestrecktem Kinn.

Ich mag sie auch.

»Dann sind wir alle rausgegangen, und oben an … äh …«

»Deck«, hilft ihr Denise aus der Patsche.

»Genau. Da haben Onkel Kane, Onkel Eric und Onkel Beau mit den bösen Männern gekämpft.« Nelly bricht in helles Lachen aus. »Onkel Eric war lustig.«

»Jaaaa!«, bestätigt Denise. »Er hat einen der Männer geschüttelt und geschüttelt und immer gerufen ›Wo ist Herr Porsche? Wo ist Herr Porsche?‹«

»Und?«, frage ich amüsiert und dem wachsenden Pochen unter meiner Schädeldecke zum Trotz auch unendlich glücklich. »Wo ist Herr Porsche?«

»Nicht auf dem Boot«, antwortet Nelly ernst. »Onkel Eric war ganz schön ärgerlich deswegen.«

»Der beruhigt sich schon wieder«, antworte ich. »Ich bin sicher, Herr Porsche taucht irgendwann auf, dafür werden gewisse Leute sorgen.«

»Hoffentlich!«, ruft Nelly und seufzt. »Der arme Herr Porsche.«

»So, Kinder, genug für heute«, schaltet sich nun meine Mutter ein. »Onkel Leroy muss schlafen. Wir müssen fahren.«

Ohne auf die enttäuschten Rufe der Mädchen zu achten, will sie diese sanft, aber bestimmt aus dem Zimmer bugsieren. Nelly, der es gelingt, sich unter ihrem Arm hindurchzuschlängeln, stürzt auf mein Bett zu und umarmt mich stürmisch.

»Ich hab dich lieb, Onkel Leroy«, sagt sie und drückt mir einen feuchten Kuss auf die Wange.

»Ich hab dich auch lieb, Spätzchen«, krächze ich gerührt.

Inzwischen hat sich auch Denise von Mom gelöst und bettet ihren Kopf an meine Schulter. Ihre Haare kitzeln meine Nase. So gut es mir möglich ist, drücke ich die beiden Mädchen und lächele meinen Eltern zu, die vom Fußende des Bettes auf uns herunterblicken. Ich begegne dem Blick meines Vaters, der leicht nickt. In seinen Augen lese ich Liebe und vielleicht so etwas wie Stolz.

»Mom!«, rufe ich, als sie Anstalten macht, das Zimmer zu verlassen.

»Ja, Schatz?«

»Weißt du, wo Jewel ist? Die Frau, die …«

In ihren Augen glimmt ein warmer Glanz. »Ich weiß, wer Jewel ist. Sie musste zurück nach Langley.«

Ich runzele die Stirn. »Was?«

»Du liegst hier seit fast zwei Wochen, Schatz.«

Grimmig schaue ich auf die Tür, die sich hinter Mom geschlossen hat. Im Lauf der letzten halben Stunde hat mein Verstand sich eingestanden, was mein Herz schon weiß, und ich kann es kaum erwarten, Jewel in meine Arme zu schließen. Sobald ich wieder auf den Beinen bin, hole ich sie mir!

Am Ende stellt es sich als ein frommer Wunsch heraus, denn es dauert eine ganze Weile, bis ich sie wiedersehe.

Schwindende Sinne

Jewel

»Danke fürs Heimfahren, Rupert.« Lächelnd nicke ich dem blonden Mann am Steuer zu und will die Beifahrertür öffnen, als er mich sachte am Arm packt.

»Bittest du mich nicht hinein?«, fragt er leise. Seine dunklen Augen mit den langen, dichten Wimpern schauen warm.

»Wir arbeiten gemeinsam an einem Projekt«, antworte ich freundlich. »Mit Kollegen fange ich grundsätzlich nichts an.«

Irgendwo in der Ferne bricht schallendes Gelächter aus, ich tippe auf meine innere Stimme.

»Ach komm, Jewel«, sagt er und setzt seinen bewährten Hundeblick ein.

Rupert aus der Abteilung »Wissenschaft und Technologie« der CIA ist attraktiv und humorvoll obendrein, dennoch bin ich nicht interessiert. Dass ich heute in seinem Wagen sitze, ist purer Zufall. Als ich nach einem anstrengenden Arbeitstag am Straßenrand gestanden habe, um ein Taxi anzuhalten, hat er sich angeboten, mich heimzufahren. Da mein Apartment auf seinem Weg liegt, gab es keinen Grund, abzulehnen.

»Tut mir leid.« Angesichts der unverhohlenen Enttäuschung in seinem Blick lehne ich mich zu ihm und drücke ihm einen Kuss auf die Wange. »Gute Nacht.«

Ehe er reagieren kann, steige ich aus und schlüpfe durch die unverschlossene Eingangstür ins Haus. Mein Apartment befindet sich in der fünften Etage eines fünfzehnstöckigen seelenlosen Kastenbaus, der im Gegenzug mit Annehmlichkeiten wie Fahrstuhl, Müllschlucker und Trainingsraum ausgestattet ist. Während ich die Treppe nach oben nehme, um mich fit zu halten, lasse ich die vergangenen drei Monate Revue passieren. Nachdem wir Leroys Familie auf der *Filomena* aufgespürt und befreit hatten, besuchte ich Leroy mehrmals im Krankenhaus. Als er im künstlichen Koma lag, wirkte er trotz seiner natürlichen Bräune schrecklich fahl und ausgemergelt. Und dann die vielen Schläuche. Der Anblick brach mir das Herz. Nach dem Aufwachen aus dem Koma war er so schwach, dass er nicht einmal zum Sprechen fähig war.

Erst zwei Wochen nach der schweren Operation nahm er seine Umgebung langsam wieder wahr. Genau zu der Zeit wurde ich nach Langley zurückbeordert. Seitdem habe ich ein paar Mal mit ihm telefoniert, doch es waren kurze, ziemlich verkrampfte Gespräche. Dafür gibt es triftige Gründe. Entweder empfing er währenddessen Besuch, was es ihm unmöglich machte, offen zu reden, oder er hatte gerade Medikamente gegen die Schmerzen eingenommen, die seine Sinne benebelten. Vielleicht aber erschien ihm unser Verhältnis im Nachhinein zu verwirrend und kompliziert, um fortgeführt zu werden, was ich ihm nicht einmal übel nehmen kann. Je länger ich aus New Orleans fort bin, desto klarer wird mir, dass unsere kurze Affäre, falls man denn unser sexuelles Techtelmechtel so nennen kann, einem Orkan nicht unähnlich war. Furios und aufwühlend, aber vergänglich, geschmiedet aus der Gefahr, in die wir geraten sind.

Natürlich vertritt Tante Lavinia eine ganz andere Meinung. Bei unserer letzten Begegnung habe ich ihr vorgeworfen, mich bezüglich Leroys Verschwinden angelogen zu haben. Sie hat es ohne Scham zugegeben.

»Aber wieso?«, habe ich sie gefragt.

»Du musstest da weg, du hast James' Hühner verrückt gemacht.«

Ich habe sie abwartend angeschaut, woraufhin sie einen Seufzer ausgestoßen hat. »Also gut. Du standst kurz davor, eine Dummheit zu machen. Stell dir vor, du hättest diese schreckliche Helen angerufen. Bei James wärst du ein leichtes Ziel gewesen. Außerdem habe ich in den Knochen gesehen, dass dein Schicksal mit dem von Leroy Masters verwoben ist.« Sie hat gelächelt. »Ich habe nur etwas nachgeholfen.«

»Also bist du doch eine Kupplerin.«

Sie hat eine unschuldige Miene aufgesetzt. »Ich befolge nur das, was das Schicksal für dich vorgesehen hat.«

»Du weißt aber schon, dass alles nur Zufall ist, oder?«

»Hatten wir dieses Gespräch nicht schon viele Male, Jewel?«

Ich habe lächeln müssen »Seit ich sechzehn bin.«

Inzwischen weiß ich, dass sich Tante Lavinia geirrt hat. Vor einer Woche ist Leroy aus der Reha entlassen worden und hat seinen Job bei Kane wieder aufgenommen. Sein Leben ist in New Orleans, meines hier in Langley.

Bevor ich von einer Welle der Trauer überrollt werde, verbiete ich mir jeden weiteren Gedanken an ihn und schließe oben die Tür zu meinem Apartment auf, dann betätige ich den Lichtschalter. Im hellen Glanz der Deckenleuchte wirkt der geräumige und modern eingerichtete Raum wie das Zimmer eines Businesshotels. Der Fernsehschrank mit seinen unterschiedlich großen Regalen fungiert als Raumteiler zwischen Wohnecke und Bett, neben dem ein Einbauschrank steht. Die

Kochnische ist klein und funktional ausgestattet, davor stehen ein Tisch und zwei Stühle.

Home Sweet Home!

Müde entledige ich mich der Jacke und der Pumps, bevor ich barfuß zum Kühlschrank gehe, um den Rest meines Abendessens vom Vortag aufzuwärmen. Hinter mir liegen anstrengende Wochen. Nach der Aktion am Hafen von New Orleans kontaktierte ich unverzüglich die Agency, um dem Direktor persönlich Bericht zu erstatten. Er reagierte ungehalten. Schließlich hatte er unter Vorspiegelung falscher Tatsachen eine Mission genehmigt, die Helens Untaten vertuschen sollte. Er ordnete weitreichende interne Untersuchungen an – wobei ich einen nicht unwesentlichen Part übernahm –, die mit der Erkenntnis abschlossen, dass Helen allein gehandelt hatte. Nancy Ohlsen, die vermeintliche Komplizin, wurde für zwei Monate suspendiert und anschließend strafversetzt. Zwischenzeitlich flog ich nach Somalia, um Khalils Leiche exhumieren zu lassen. Wie bereits vermutet, war er getötet worden, bevor die verhängnisvollen Infos an mich weitergeleitet wurden. Zuvor hatten Ibrahimis Handlanger die Codewörter aus ihm herausgepresst. Obwohl die Mannschaft der *Filomena,* darunter auch die Entführer von Leroys Familie, verhaftet wurde, wird der Waffenhändler wohl ungeschoren davonkommen. Wie so oft. Es sei denn, er steigt eines Tages in seinen Wagen und erleidet einen tödlichen »Unfall«, sobald er die Zündung betätigt.

Danach besuchte ich Khalils Sohn in New York, um ihm mitzuteilen, dass sein Vater nicht länger als Landesverräter gilt und posthum geehrt werden wird. Kurzum: Ich war in den letzten drei Monaten so eingespannt, dass ich keine Zeit fand, nach New Orleans zu fahren. Zumindest rede ich es mir ein, während meine innere Stimme nicht müde wird, mir weiszumachen, dass ich eine Memme bin, die sich ihren Gefühlen nicht stellen will. Ich ignoriere sie, so gut es geht, wobei mir die

Arbeit eine große Hilfe ist. Vor meiner Rückkehr nach Langley habe ich *maman* einen mehrtägigen Besuch abgestattet, unser Ausflug auf einem Vergnügungsdampfer steht aber noch aus. Ich habe ihr alles gebeichtet, auch die Sache mit Somalia. Als ich fertig war und sie mit bangem Herzen angeschaut habe, hat sie mein Gesicht in ihre Hände genommen und mir tief in die Augen geblickt.

»Ich bin stolz auf dich, *ma chérie,* ganz gleich, was du tust«, hat sie leise gesagt. »Und dass du im National Museum of American History arbeitest, habe ich dir in all den Jahren nicht eine Sekunde lang abgenommen.«

»Nicht?«, habe ich verwundert erwidert, während ich den dicken Kloß hinuntergeschluckt habe.

Sie hat den Kopf geschüttelt. »Ich bin deine Mutter. Mir machst du so leicht nichts vor.« Als sie auf meinen abgekauten Daumennagel gezeigt hat, bin ich rot geworden. »Kuratoren stehen nicht unter solchem Druck.«

Überwältigt habe ich sie in die Arme genommen und fest an mich gedrückt.

»Und jetzt erzähl mir von diesem Leroy.« Schalk hat in ihren Augen geblitzt. »Lavinia hat ihn schon ein paarmal erwähnt.«

Ich habe lachend abgewunken, etwas von einem prickelnden Intermezzo gefaselt und es vermieden, ihrem wissenden Blick zu begegnen.

Versonnen starre ich auf den Teller in meiner Hand. Ich sollte sie anrufen. Gerade als ich das Hühnchen mit Reis in die Mikrowelle schieben will, klopft es an der Wohnungstür.

Rupert.

Mit einem tiefen Seufzer stelle ich den Teller zurück auf die Arbeitsplatte und gehe zur Tür. Dass manche Männer kein Nein akzeptieren können! Schwungvoll öffne ich.

»Ich hatte dir doch gesagt, d…«, ereifere ich mich, doch der Rest bleibt mir im Hals stecken.

Der Mann, der sich vor mir auftürmt, ist weit davon entfernt, Rupert zu sein. Wäre dieser doch kaum in der Lage, von einer Millisekunde auf die andere meine Beine in Wackelpudding zu verwandeln und mir zur selben Zeit den Sauerstoff zu entziehen. Genau das aber vermag mein nächtlicher Besucher. In seinem königsblauen Hemd und der hellen Hose sieht er umwerfend aus, wenn auch etwas schmaler im Gesicht als in meiner Erinnerung. In seinen strahlend grünen Augen liegt ein Hauch von Verärgerung.

»Wer war der Hampelmann?«, fragt er. Beim Klang seiner dunklen Stimme richten sich die Härchen auf meinem Körper verzückt auf.

»Hampelmann?«, frage ich etwas atemlos. »Welcher Hampelmann?«

Unbeeindruckt schiebt er sich an mir vorbei und schaut sich in der Wohnung um. »Der Typ, den du im Auto geküsst hast.«

»Ich habe ihn doch nicht …« Ich stoße einen empörten Laut aus. »Hast du mich etwa gestalkt?«

Leroy denkt nicht im Entferntesten daran, sich zu rechtfertigen. »Also, wer ist der Kerl?«

»Das geht dich zwar nichts an«, sage ich, während ich mit zitternden Fingern die Tür schließe. »Aber er ist ein Kollege.«

»Aha.« Die Hände in den Hosentaschen vergraben, dreht sich Leroy langsam um die eigene Achse. »Hier wohnst du also?«

Ich nicke und versuche, das spartanisch eingerichtete Zimmer durch seine Augen zu sehen. »Du magst es nicht«, sage ich schließlich.

»Richtig.«

Während er gemächlich auf mich zukommt, verschmelzen unsere Blicke miteinander. Die Welt um mich herum verblasst, ich sehe nur ihn. Die feinen Falten um seinen Mund, die zuvor nicht da gewesen sind, seinen vor Energie strotzenden Körper, das Funkeln seiner Augen.

»Wie geht es dir?«, flüstere ich.

Statt zu antworten, tritt er so nah an mich heran, dass mich seine Wärme und sein Geruch schwindelig machen.

»Warum versteckst du dich vor mir, Jewel?«, fragt er mit leiser, gefährlicher Stimme.

»Ich verstecke mich doch nicht vor dir«, widerspreche ich heiser, den Blick auf seinen Brustkorb gerichtet. »Ich habe nur sehr viel zu tun.«

Als er einen Finger unter mein Kinn legt und es anhebt, gerät mein Herzschlag völlig aus dem Takt. »Das soll ich dir glauben?«

Ich nicke hastig, während sich sein strenger Blick in mein Gesicht brennt.

»Beweise es!«, fordert er.

»Was?«

»Du hast mich schon richtig verstanden, Sweetheart. Beweise mir, dass du dich nach mir verzehrt hast und nur ein unüberwindlicher Berg von Arbeit dich daran gehindert hat, nach New Orleans zu kommen.«

Obwohl ich innerlich bebe, bemühe ich mich um eine kühle, souveräne Haltung. »Wie soll ich das anstellen?«

Ein leichtes Schulterzucken. »Lass dir was einfallen.«

»Bist du überhaupt wieder fit?« Zack! Die Frage ist raus, bevor ich es verhindern konnte.

»Fit wofür?«, fragt er aufreizend langsam. Der Ausdruck in seinen Augen genügt, damit hitzige Wellen durch meinen Körper jagen.

Ich leide an schwerer Atemnot, was mich jedoch nicht davon abhält, auch noch den Rest auszusprechen. »Zu vögeln.«

Für einen winzigen Moment steht die Zeit still. Das Herz donnert gegen meinen Brustkorb, und ich bin unfähig, mich zu bewegen, geschweige denn, etwas zu sagen. Schon in der nächsten Sekunde hat Leroy mit beiden Händen in meine Mähne gegriffen und meinen Kopf in den Nacken gezogen. Sein Gesicht ist nur wenige Zentimeter entfernt, ein wilder Zug liegt um seinen Mund.

»O ja! Da kannst du deinen hübschen Arsch darauf wetten«, sagt er mit heiserer Stimme und erstickt meine Erwiderung mit seinen Lippen.

Innerhalb von Millisekunden brennt der Pfeil, der vor Monaten meine Brust durchbohrt hat und seitdem in einer Art Eiszeit gefangen war, lichterloh. Aber nicht nur er, denn als Leroy seine Zunge in meinen Mund drängt, schießt eine Welle der Lust durch meinen Körper. Kein Umgarnen, kein Vorspiel, nur eine monatelange Sehnsucht, die gestillt werden will. Seine Finger in meinem Haar fixieren meinen Kopf, sodass ich seinem hungrigen Mund nicht entgehen kann. Wieder und wieder küsst er mich, während ich mich wie eine Ertrinkende an ihm festkralle. Und dann, als würde ein Damm brechen, fallen wir übereinander her. Er reißt die Knöpfe meine Bluse auf, schiebt den BH nach oben und mustert unverhohlen meine nackten Brüste und die Nippel, die an der Luft sofort hart werden.

Mir steht ein Sturmangriff bevor.

Meine Finger zittern, als ich sein Hemd hochschiebe, das er sich über den Kopf zieht und achtlos auf den Boden fallen lässt. Atemlos starre ich auf seinen Oberkörper, auf die muskulösen Arme und die rötlichen Narben auf seinem harten Bauch. Ohne mir einen weiteren Blick zu gewähren, hebt er mich hoch und trägt mich zum Bett. Hitze steigt in meine Wangen, als er meinen Körper auf das Laken presst und sein Knie zwischen meine Beine zwängt. Ich spüre seine Muskeln, seinen Schwanz, der sich gegen den weichen Stoff seiner Hose drückt, sein schnell pochendes Herz. Als sich seine Lippen um meinen rechten Nippel legen und hingebungsvoll saugen, fährt die Berührung wie ein Glüheisen in meinen Unterbauch. Schamlos bäume ich mich ihm entgegen, will mehr davon, aber statt mich zu erhören, löst er sich von mir. Seine Miene kann man nur als verflucht selbstzufrieden beschreiben! Ich werfe ihm einen vorwurfsvollen Blick zu, der jedoch nicht lange währt. Denn jetzt öffnet er den Reißverschluss seiner Hose. Sein Lächeln vertieft sich, als ich es ihm gleichtue und hastig den Rest meiner Kleidung ausziehe. Im nächsten Moment liegt er nackt auf mir und schiebt seinen harten Schwanz zwischen meine Oberschenkel.

»Ich habe dich vermisst, Jewel.« Der schwer zu deutende Ausdruck in seinen Augen bringt mein Herz zum Stolpern.

»Das ist nicht zu übersehen«, sage ich betont gelassen.

»Die Coolness nimmt dir niemand ab, Sweetheart. Ich kann deine Geilheit riechen«, antwortet er und senkt seine Lippen auf meine.

Arroganter Mistkerl!

Aber de facto hat er recht, denn ich triefe vor Nässe. Entsprechend gierig schnappen meine Muskeln zu, als er in mich eindringt. Mit der Wange gegen seine Schulter gepresst, liege ich unter ihm gefangen. Meine Beine hält er weit gespreizt. Der Gedanke, dass es für mich kein Entrinnen gibt, lässt mich schaudern. Kurz verharrt er, um mich seine Härte spüren zu lassen, bevor er sich mit langen, gemächlichen Stößen vor und zurück bewegt. Er duftet herrlich, nach Mann und Sonnenschein – dieser Art von Sonnenschein, die es nur in Louisiana gibt. Ein Geräusch, irgendwo zwischen Liebe und Leidenschaft angesiedelt, quillt aus meinem halb offenen Mund.

Wundervoller Mistkerl!

»Also, was geht da ab zwischen dir und diesem Kasper?«, fragt er heiser.

Verwirrt suche ich seinen Blick. »Meinst du Rupert?«

Ein besonders kräftiger Stoß lässt mich aufkeuchen.

»Rupert?«, brummt Leroy. Er klingt wütend. »Was für ein Scheißname!«

»Na ja, so schlimm ist er auch wied…«

Der Ausdruck in seinen Augen bringt mich schlagartig zum Verstummen.

»Was immer du meinst«, erwidere ich halb lachend, halb stöhnend.

»Ich meine«, sagt er noch, dann schaltet er vom ersten in den fünften Gang.

Während er mich hart fickt, knipst die Wildheit in seinen Zügen meinen Verstand aus, und ich presse die Lippen aufeinander, um nicht zu schreien. Schier unerträglich wird es, als seine Finger meinen Kitzler zu seiner Spielwiese machen.

»Also was ist nun mit diesem Rupert?«, hakt er nach, die Augen unerbittlich in meine versenkt. »Vögelst du ihn?«

Unfähig zu sprechen, schüttele ich den Kopf.

»Nein?« Mit einer Hand massiert er weiter meinen Schoß, mit der anderen krallt er sich in meinen Haaren fest.

»Nein«, keuche ich, bevor ich kamikazemäßig hinzufüge: »Meinst du, ich sollte?«

Als Leroy mit einem wütenden Knurren seine Prachtexemplare von Zähnen in meine Schulter gräbt, verliere ich die Kontrolle. Während die mächtige Woge über mir zusammenschlägt, hält er seinen Blick auf mein Gesicht gerichtet.

»Du gehörst mir«, murmelt er und küsst meine Tränen weg, von denen ich nicht einmal bemerkt habe, dass ich sie vergossen habe.

Als ich erbebe, wandern seine Lippen zu meinem Mund. Seine Zunge bohrt sich hinein, heiß und besitzergreifend. Ich spüre seinen hämmernden Schwanz in meinem Bauch, spüre seinen prallen Hodensack, der gegen meine Scham stößt. Sein schneller werdender Atem und der schmerzhafte Druck seiner Finger auf mir kündigen seinen bevorstehenden Höhepunkt an.

Wie durch einen Schleier sehe ich, wie seine Augenlider flattern und er den Kopf zurückwirft. So atemberaubend schön!

»Jewel! Ich … Ich …«, stammelt er, dann stößt er noch einmal zu und ergießt sich mit einem kehligen Stöhnen in mir.

Ich ringe nach Luft, mein Herz trommelt gegen meine Rippen, als ich mit in den Abgrund gerissen werde. Diesmal entlädt sich mein Orgasmus in einer Explosion aus Licht und Farben. Mir schwinden die Sinne, und ich fürchte beinahe, in Ohnmacht zu fallen, so intensiv ist das Gefühl. Als würde mein Leben davon abhängen, schlinge ich meine Beine und Arme um ihn, presse mich an seinen Körper, lasse zu, dass seine Zuckungen mein Innerstes erschüttern. *Für immer vereint,* ist der wahnwitzige Gedanke, der mir in diesem Moment durch den Kopf geht. Als wir gemeinsam aus schwindelnden Höhen herunterkommen, legt er sich keuchend neben mich, ohne mich loszulassen. Erschöpft bette ich meinen Kopf auf seine Schulter, genieße seinen Geruch, den frischen Schweiß auf seiner Haut. Die Finger meiner rechten Hand sind mit seinen Fingern verflochten, eine Weile sagen wir nichts, lauschen einfach nur dem Atem des anderen.

»Willst du etwas trinken?«, frage ich irgendwann.

»Ich will dich, Sweetheart«, murmelt er in meinem Haar.

»Unsinn!«, sage ich leise, obwohl sich in meinem Kopf plötzlich wieder alles dreht.

»Wäre ich sonst hierhergekommen?«, fragt er.

»Dir ging's doch bloß ums Vögeln«, entgegne ich mit einem provozierenden Unterton. Ich führe meine Antwort auf einen irrationalen und völlig dämlichen Selbstschutz zurück.

Leroy verdreht amüsiert die Augen. »Ja, genau, weil es in New Orleans keine Frauen zum Vögeln gibt!«

Ich verpasse ihm einen sanften Hieb auf den Oberarm, schließlich will ich ihm nicht wehtun. Ist eh symbolisch gemeint. »Du Idiot bist nur dankbar!«

»Wieso sollte ich?«, kontert er mit wohlbekannter Arroganz. »Meine Rettung war wohl eher eine Art Wiedergutmachung, oder nicht?«

Sachte mache ich mich los und stütze mich auf einen Ellenbogen, um ihm ins Gesicht zu schauen. »Zwischen uns steht so viel, Leroy«, sage ich ruhig, obwohl mir das Herz bis zum Hals klopft. »Ich habe deinen Freunden und deiner Familie dein bestgehütetes Geheimnis verraten. Alle wissen Bescheid. Und dann …« Ich wende den Blick ab. »… ist da natürlich noch die Sache in Somalia.«

Behutsam legt er seine Hand an meine Wange. »In den letzten drei Monaten hatte ich viel Zeit zum Nachdenken, Jewel, und weißt du was? Ohne dich wäre ich in diesem Müllcontainer verreckt. In solchen Momenten wird einem bewusst, wie schnell das Leben vorbei sein kann. Viel zu schnell, um sich mit solchem Scheiß wie Schuld und Vergebung herumzuärgern.«

Während ich ihn stumm anstarre, zieht er mein Gesicht zu sich heran, um mich zu küssen. Eine zärtliche, liebevolle Berührung, die ich mit ganzer Seele erwidere.

»Was findest du nur an mir?«, seufze ich hinterher. »Ich bin stur, besserwisserisch und nicht einmal besonders gesellig.«

»Oh, ich finde dich sogar sehr gesellig«, erwidert er mit anzüglicher Miene.

»Ich meine es ernst, Leroy.«

»Ich auch, Sweetheart.« Versonnen streicht er mit dem Daumen über meine Unterlippe. Wüsste ich es nicht besser, würde ich seinen Blick als den eines verliebten Mannes interpretieren. »Meine Freunde, meine Familie, ja selbst mein Vater, haben dich ins Herz geschlossen. Also warum nicht auch ich?«

Läge in seinem Lächeln nicht liebevoller Spott – *sei verflucht, Leroy Masters, für dieses Lächeln* –, würde ich ihn zum Teufel jagen. So aber seufze ich erneut, bevor ich mich zurück an seinen nackten warmen Körper kuschele.

»Wo soll das überhaupt hinführen, Leroy?«

»Lassen wir uns einfach überraschen!«, sagt er mit seiner tiefen, wohltönenden Stimme. »Ich liebe dich. Für den Anfang muss das genügen.«

Mein Herz vollführt einen Dreifachlooping, um dann in Schockstarre zu verharren.

Ich liebe dich.

Herrje! Wie kann er diese drei Wörter ohne Vorwarnung raushauen! Jedenfalls braucht es einen Moment, bevor ich meine Sprache wiederfinde.

»Liebe ist ein großes Wort, findest du nicht?«, frage ich mit heiserer Stimme. »Wir kennen uns doch kaum.«

Er zuckt lässig mit den Schultern. »Und wenn schon! In der kurzen Zeit haben wir mehr erlebt als andere Paare nach vierzig Jahren Ehe.«

Widerwillig muss ich lachen. »Das stimmt wohl.«

»Heißt das, du liebst mich auch?« Ein schelmischer Ausdruck tritt in seine Augen.

Ja.

»Möglicherweise.« Ich reibe meine Brüste an seiner nackten Haut.

Mit einem Knurren umfasst er mein Kinn. »Was meinst du mit möglicherweise?«

Mit zwei Fingern trippele ich spielerisch über seinen muskulösen Brustkorb. »Der Sex ist ja ganz okay.«

»Ganz okay?« Leroys Stimme klingt herrlich gefährlich.

»Ja.« Ich schnalze skeptisch mit der Zunge. »Aber ob das reicht?«

Seine Lippen umschließen meine, und für eine Weile kann ich an gar nichts mehr denken.

»Okay«, sagt er hinterher leise. »Gefühle kann man nicht erzwingen, aber erlaube mir wenigstens, dich zu umwerben.«

Mich umwerben?

In diesem Moment weiß ich nicht, ob ich vor Rührung weinen oder lachen soll. Wer hätte gedacht, dass Leroy Masters so wunderbar altmodisch sein kann? Bevor ich ihn erlösen und ihm sagen kann, dass es nicht nötig ist, redet er weiter.

»Ich lade dich zum Essen ein, danach ins Kino oder in einen Jazzklub, wo sie nicht Miles Davis spielen.« Er klingt nicht verzweifelt oder flehend, sondern entschlossen. »Wir fahren am Wochenende weg und schauen einfach, was passi…«

Diesmal bin ich diejenige, die ihn mit einem leidenschaftlichen Kuss zum Schweigen bringt.

»Du hattest mich schon bei dem Wort ›Hampelmann‹«, murmele ich an seinen Lippen.

Er versteift sich, dann, als hätte ihm jemand die Maske vom Gesicht gerissen, fällt jegliche Gelassenheit von ihm ab. In seinen Augen spiegeln sich heftige Emotionen wider, die mir die Kehle zuschnüren.

»Herrgott, Jewel, du machst mich fertig!«, keucht er und drückt mich so fest an sich, dass ich fürchte, er könnte mir die Knochen brechen.

Kurz genieße ich das Gefühl, in einer Schrottpresse zu stecken, dann löse ich mich sanft von ihm, um ihm in die Augen zu sehen. »Aber ich bin hier, Leroy, und du bist in New Orleans.«

»Das lässt sich leicht ändern.«

»Mit anderen Worten, ich soll mein Leben hier aufgeben …«, murmele ich und fahre mit den Fingern über seinen nackten Bauch, ziehe sachte die wulstigen Narben nach, während sich mein Herz schmerzhaft zusammenzieht. Ganz gleich, was die Zukunft für uns bereithält, ich werde nicht zulassen, dass ihm wieder etwas Fürchterliches zustößt. »Die Agency hat mich gefragt, ob ich meinen alten Job zurückhaben will«, sage ich.

Ich kann hören, wie er kurz den Atem anhält. »Und? Was hast du geantwortet?«

»Ich habe um Bedenkzeit gebeten.«

»Wie lang ist das her?«

»Sechs Wochen«, antworte ich mit dem Hauch eines Lächelns.

»Sechs Wochen?« Die Überraschung ist ihm deutlich anzusehen.

Ich nicke. »Die ganze Sache mit Khalil, aber auch mit Owen hat mich zum Nachdenken gebracht. Vielleicht wird es Zeit, mein altes Leben aufzugeben und einen Neuanfang zu wagen …«

Als sich Leroy aufrichtet, mit beiden Daumen auf sich zeigt und dabei übertrieben mit den Augenbrauen wackelt, breche ich in ein morsches Lachen aus, das sofort in sich zusammenfällt. Ehe ich es verhindern kann, schwimmen meine Augen in Tränen. Schon finde ich mich erneut in seinen Armen wieder.

»Ich bin hier nicht glücklich«, schniefe ich an seiner Schulter.

»Ich weiß, Sweetheart«, flüstert er.

»Du hast mir schrecklich gefehlt«, gestehe ich schließlich auch mir selbst ein. »Es ist kein Tag vergangen, an dem ich nicht an dich gedacht habe.«

»Natürlich nicht.«

Ich zwicke nicht gerade sanft seine rechte Brustwarze, was ihm ein Keuchen entlockt. Da er die Strafe verdient hat, verspüre ich nicht den Hauch eines schlechten Gewissens.

»Und ja, ich liebe dich«, füge ich leise hinzu.

Seine Augen funkeln. »Ich wei…«

»Ach, halt die Klappe, du unmöglicher Mann!«, unterbreche ich ihn.

Um meiner Forderung Nachdruck zu verleihen, setze ich erneut meine Lippen ein. Diesmal ist allerdings nicht sein Mund das Ziel.

Epilog

»Wer möchte ein Eis?«, fragt der dunkelhaarige Mann mit einem breiten Lächeln.

Die beiden Mädchen vor ihm reißen begeistert die Hände in die Höhe. »Ich! Ich! Ich!«, schreien sie, und die bunten Schleifen in ihren Krauslocken hüpfen fröhlich auf und ab.

»Und ich«, antwortet die Frau in seinem Arm.

Sie trägt ein zitronengelbes Kleid mit weitem Rock, dazu flache Sandalen, und reicht ihm gerade bis zur Schulter. Der Wind, der an ihren langen, dunklen Haaren nestelt, lässt sie wild und verwegen erscheinen.

»Okay, ihr wartet hier«, entgegnet daraufhin der Mann. »Ich bin gleich wieder da.«

Geschmeidigen Schrittes begibt er sich zu dem Eisverkäufer, der seinen Wagen direkt neben der Anlegestelle zu den Ausflugsdampfern postiert hat, während seine Freundin nicht umhinkommt, ihm verträumt nachzublicken. In dem malvenfarbenen Polohemd und den weißen Bermudashorts, die einen sexy Kontrast zu seiner gebräunten Haut bilden, sieht er zum Anbeißen aus. Ein helles Kinderkreischen, das Glas zum Bersten bringen kann, reißt die junge Frau jäh aus ihrer schwärmerischen Betrachtung. Erschrocken blickt sie sich um – und atmet auf, als sie die beiden kleinen Mädchen entdeckt. Begeistert zeigen sie auf zwei Pelikane, die sich mit flach angelegten Flügeln ins Wasser fallen lassen, um sich im nächsten Moment triefend und samt zappelnden Fischen im Schnabel in den blauen Himmel emporzuschwingen.

Es ist ein wunderschöner Frühlingstag in New Orleans, und über dem Lake Pontchartrain weht eine warme Brise, die nach salziger Gischt riecht. Auf den Anlegestellen schaukeln bunte Segelboote, und am Ende des langen Holzstegs wartet ein großer Ausflugsdampfer.

Zum wiederholten Mal blickt die Frau auf die Uhr.

»Er kommt schon noch«, schleust sich die Stimme ihres Freundes in ihre Gedanken ein.

In ihren grauen Augen funkeln kleine Lichter, als sie zu ihm aufschaut. »Ich hoffe.«

Er drückt ihr einen Kuss auf die Nase. »Bestimmt.«

Anschließend verteilt er das Waffeleis an seine Nichten, die augenblicklich jegliches Interesse an der hiesigen Fauna verlieren, dann drückt er seiner hübschen Freundin ein Schokoladeneis in die Hand. Er selbst begnügt sich mit vier Kugeln Vanille. Während er sich darüber hermacht, betrachtet sie ihn mit einem zärtlichen Lächeln. Die Liebe zu diesem Mann hat sie bewogen, nach New Orleans zu ziehen, und bisher hat sie ihre Entscheidung keine Sekunde lang bereut. Ganz im Gegenteil. Ist ihr Leben in den letzten Jahren grau und leer gewesen, so ist es jetzt reich an Licht und Freude. Jeder Tag überwältigt sie aufs Neue, und als der große Mann an ihrer Seite sie anstrahlt, droht ihr Herz vor Glück zu zerspringen. Eine solche Liebe zu empfinden, selbst wenn sie mit den größten Qualen verbunden ist, sei erstrebenswerter, als nichts zu fühlen, hatte ihre Mutter einmal gesagt. Bis vor Kurzem hätte die junge Frau eine derartige Aussage als Unsinn abgetan. Aber nun versteht sie es.

Ihren Job bei der CIA hat sie inzwischen aufgegeben. In New Orleans leiden nach wie vor viele Menschen unter den

Folgen des Hurrikans Katrina, Teile der ärmeren Viertel befinden sich knapp fünfzehn Jahre später immer noch im Aufbau. Deshalb hat sie beschlossen, ihre Fähigkeiten als Analystin in den Dienst der Allgemeinheit zu stellen. Sie arbeitet für das »St. Bernard Project«, eine Wohltätigkeitsorganisation, die sich der Hilfsbedürftigen annimmt. Ihr karger Lohn reicht gerade fürs Nötigste, aber es stört sie nicht, zumal sie einen großzügigen Freund hat, der sie unterstützt.

»Jewel!«, ruft Denise, das ältere der beiden Mädchen, das nach seinem Onkel kommt und sein Erdbeereis bereits hinuntergeschlungen hat. »Wann ziehst du bei uns ein?«

Die junge Frau, die ihre Rührung kaum verhehlen kann, schaut lächelnd in die braunen Kinderaugen. »Das habe nicht ich zu entscheiden, Schätzchen, sondern dein Onkel.«

»Onkel Leroy!«, brüllt daraufhin Denises kleine Schwester, die gleichzeitig versucht, sich das Schokoeis von der Nasenspitze abzulecken. »Wir wollen, dass Jewel bei uns wohnt. Bitte sag ja!«

Mit hochgezogenen Augenbrauen blickt der Mann zu den wichtigsten Frauen in seinem Leben. »Hmm …«, sagt er mit nachdenklicher Miene. »Noch mehr Mädchenkram im Haus? Ich weiß nicht, Nelly.«

»Du bist vielleicht komisch«, verdirbt ihm diese die Show. »Du hast doch gesagt, wir sollen Jewel fragen.«

Angesichts der zarten Röte, die ins Gesicht des Mannes steigt, bricht die Frau in helles Lachen aus. »Wie heißt es so schön, du Held? Kindermund tut Wahrheit kund.« Sie schüttelt den Kopf. »Du bestichst also deine Nichten«, sagt sie mit gespielter Strenge.

»Was bleibt ihm auch anderes übrig?«, erklingt eine weibliche Stimme plötzlich hinter ihr. »Du bist stur wie ein Esel, *ma chérie.*«

Die Frau, die sich zu der Gruppe gesellt, ist klein und zierlich, und obwohl ihre Augen blau sind und silberne Fäden ihre schwarzen Haare durchziehen, ist die Ähnlichkeit mit der jüngeren Frau unübersehbar.

»Du hast mich doch zu Zurückhaltung erzogen, *maman*«, protestiert diese prompt.

Die andere schüttelt energisch den Kopf. »Im Gegenteil. Ich wollte immer, dass du aus dir herausgehst und dem Leben mit Leidenschaft begegnest.«

»Keine Sorge, Céline«, wirft der große Mann ein. »Die Sache mit der Leidenschaft bekommt deine Tochter inzwischen ganz gut hin. Aber es war ein hartes Stück Arbeit.«

Entrüstet blickt die junge Frau zwischen den beiden hin und her, dann schnaubt sie und beschließt, das Thema zu wechseln. »Hast du gefunden, was du gesucht hast, *maman*?«

Die Angesprochene wedelt fröhlich mit einem Strohhut, den sie in einem der Souvenirläden am Hafen ergattert hat.

»Setz ihn auf!«, ermuntert ihre Tochter sie, was sich die ältere Frau nicht zweimal sagen lässt.

»Der Hut steht dir«, sagt ihr Freund lächelnd.

»Du siehst hübsch aus, *maman*«, ergänzt die jüngere Frau wahrheitsgemäß.

Das dunkelrote Kleid mit den winzigen weißen Blumen betont die zierliche Figur ihrer Mutter. Obwohl sie weit über fünfzig ist, weist sie immer noch eine schlanke Taille und wohlgeformte Brüste auf. Die Haare hat sie zu einem lockeren Knoten zusammengebunden, und zum ersten Mal seit sehr langer Zeit liegt ein unbeschwerter Ausdruck auf ihrem Gesicht.

»Ihre Tochter hat recht.«

Die Stimme des Neuankömmlings lässt die kleine Gruppe herumwirbeln. Vor ihnen steht ein älterer Mann in sauberen Jeans und weißem Hemd. Seine Haut ist stark gebräunt, sein rotblondes Haar nach hinten gegelt, der Bart frisch gestutzt. Die Augen strahlen hellblau. Die eigentliche Sensation ist der Fotoapparat, der über seiner rechten Schulter baumelt.

»James!«, ruft die junge Frau. »Sie haben es doch noch geschafft!« Ihre Stimme droht zu brechen, und sie räuspert sich, bevor sie sich ihrer Mutter zuwendet. »*Maman,* darf ich dir James vorstellen?« Dann, an den Mann gerichtet. »James, das ist meine Mutter Céline.«

James' Blick flackert, als er die Hand ausstreckt. Die Geste mutet ein wenig steif an, dafür ist sein Tonfall weich und warm.

»Angenehm, Céline.«

Als sich ihre Finger zaghaft berühren, hält die junge Frau den Atem an. Dann verkündet der Lautsprecher auf Englisch, Französisch und Spanisch das Auslaufen der *Creole Queen II,* und die kleine Gruppe setzt sich in Bewegung. Während James und ihre Mutter plaudernd die Metallrampe zum Schiff hinaufgehen, hakt sich die junge Frau bei ihrem Freund unter. Derweil hüpfen die kleinen Mädchen feixend voraus.

»Und? Willst du Teil unserer kleinen Familie werden?«, fragt der Mann und schaut auf seine hübsche Begleiterin hinunter. Sein Lächeln sitzt nicht so perfekt wie sonst.

Um das verräterische Schimmern in ihren Augen zu verbergen, drückt sie ihr Gesicht gegen seinen Oberarm. »Ich kann mir nichts Schöneres vorstellen, Leroy«, nuschelt sie im Stoff seines Hemdes.

Als er sie unvermittelt packt und lachend herumwirbelt, glaubt die junge Frau, ein krächzendes Lachen zu hören, das von der gegenüberliegenden Uferseite aus dem Bayou zu ihnen herüberweht.

Aber vielleicht sind es auch nur die Möwen.

Nachwort

Liebe Leserin, lieber Leser,

ob Tante Lavinia immer noch am anderen Ufer des Lake Pontchartrain steht und sich ins Fäustchen lacht? Ich weiß es nicht. Jedenfalls hat es Spaß gemacht, die alte Hexe wieder ins Spiel zu bringen, zumal einige von euch sie ins Herz geschlossen haben.

Nun, da Leroy seine Herzensdame gefunden hat, sind noch zwei aus der Clique des Fünfköpfigen Drachen übrig, denen das Liebesglück bisher versagt geblieben ist: Jet und Eric. Es wird keine leichte Aufgabe, die beiden zusammenzubringen! Zwischenzeitlich wird Jet verlobt sein, und Eric bekommt es mit einem gefährlichen Gegner zu tun. Und dann sind da noch jede Menge Missverständnisse, die aus dem Weg geräumt werden müssen! Dennoch bin ich alles in allem ganz zuversichtlich, denn New Orleans ist eine Stadt voller Magie, in der alles möglich ist.

Mehr zu dem vierten und letzten Band der »New Orleans Blues«-Reihe erfahrt ihr beizeiten auf meinem Blog, auf Facebook oder Instagram. Wenn ihr in Zukunft auf dem Laufenden bleiben wollt, zu Veröffentlichungen, interessanten Neuigkeiten oder Aktionen, lege ich euch meinen Newsletter ans Herz. Und keine Sorge: Ihr werdet nicht wöchentlich oder gar täglich zugemüllt, denn ein bisschen Zeit braucht es schon, um ein Buch zu schreiben.

Zum Ende noch eine kleine Bitte: Sollte euch »Splitter im Herzen« gefallen haben, würde ich mich über eine Weiterempfehlung oder eine Rezension zum Beispiel bei Amazon oder Lovelybooks freuen.

Ich danke euch und wünsche euch und euren Familien eine schöne Zeit!

Eure Amélie Duval

Danksagung

Mein ganz spezieller Dank geht an die Mädels vom »Inner Circle« für ihre Unterstützung und ihren regen Zuspruch, insbesondere danke ich Anne für ihren Einfall mit dem Splitter im Herzen. Ein wunderschöner Buchtitel! Danke dafür! Ferner danke ich meinen LeserInnen, denen ich seit nunmehr sechs Jahren meinen Erfolg verdanke. Außerdem danke ich meinen Freunden bei Facebook und Instagram, die an der Entstehung und Verbreitung meiner Geschichten regen Anteil nehmen, mich mit ihren Kommentaren und persönlichen Nachrichten motivieren und zum Weiterschreiben antreiben.

Ich danke von ganzem Herzen dem Team von Amazon Publishing für die großartige Zusammenarbeit, ganz gleich, ob es sich ums Lektorat, um die Gestaltung des wunderschönen Covers oder ums Marketing handelt. Ohne die Argusaugen des Lektorats hätte diesmal Louis Armstrong auf einem Mississippi-Dämpfer gespielt, und Margaret, die alte Frau am Fenster, würde vermeintlichen Einbrechern eine Ladung Schrott in den Hintern jagen!

Last but not least danke ich meiner Familie und meinen Freunden für ihren Beistand, insbesondere meinem Mann, der mir beim Schreiben immer den Rücken freihält.

Printed in Poland
by Amazon Fulfillment
Poland Sp. z o.o., Wrocław

52023333R00179